GUADALUPE LOAEZA

Confieso que he leído...
¡HOLA!

1.ª edición: noviembre 2006

© 2006, Guadalupe Loaeza

© 2006, Ediciones B, S.A. de C.V.
 Bradley 52, Colonia Anzures. 11590, México, D.F.
 www.edicionesb.com

ISBN: 970-710-191-1

Impreso por Quebecor World

GUADALUPE LOAEZA

Confieso que he leído...
¡HOLA!

EDICIONES B
GRUPO ZETA

Barcelona • Bogotá • Buenos Aires • Caracas • Madrid • México, D.F.
Montevideo • Quito • Santiago de Chile

Ella, más escrupulosa en la retención de los datos, se supo ante un experto, alguien para quien la aristocracia de la sangre y la aristocracia del dinero son espectáculos insuperables…

CARLOS MONSIVÁIS
La pareja que leía ¡Hola!

AGRADECIMIENTOS

Rocío Cerón, María Teresa Priego, Isabel Custodio, Isabel González Rul, Sergio Almazán, José Saucedo, Rayhza Cavazos Garza, Víctor Hernández del periódico *Reforma*, Rocío Durán, Pavel Granados y Mayan Santibañez.

PRÓLOGO

¡Hola!
¡Hola!
¡Hola!
¡Hola!
¡Hola, cómo te va, mi amor!
¡Ven, que vamos a conversar!
Ven, que quiero saber de ti,
si ya no me quieres más.

¡Hola!, ANGÉLICA MARÍA.

La que canta es, en efecto, Angélica María y lo hace en 1969. Podría ser otra la intérprete, sin embargo, y otro también el año, siempre y cuando se trate de una mujer (o, en algunos casos aislados —pero no por ello poco significativos—, de un hombre) adulta o cuando menos adolescente en un momento sito en el periodo que va de 1944 a este preciso instante. Y es que tal —o cuando menos una muy parecida— es la cantinela que profieren (mejor: que claman, que gritan, que siembran a los cuatro vientos, en la casa y la oficina, en el campo y la ciudad, en Europa y en América, *urbi et orbi*) las devotas, delirantes, desquiciadas, deschavetadas, demiúrgicas lectoras del ¡Hola!

¡Hola! —así escrito, entre admiraciones, paroxísti-
co— repetido como mantra una vez, dos, tres, diez, cincuenta y dos veces al año, doscientas sesenta veces por
lustro, quinientas veinte veces por década y —espérate
nomás que llegue el 2044, amiga— cinco mil doscientas
veces a lo largo de un siglo: el siglo del ¡Hola!

Angélica sigue cantando (¿Canta a la revista? Se an-
toja dudoso, pero tú hazte las ilusiones) y, en el proceso,
arroja de cuando en cuando una frase que te sirve para
ejemplificar tu afición (¿Adición? ¿Adicción? ¿Afec-
ción? ¿Aflicción?) por el ¡Hola! *¡Hola, cómo te va, mi
amor!*, dice ella y tú recuerdas que, en efecto, el ¡Hola!
es tu amor ya solo porque, a diferencia de tu marido,
de tus hijos, de tu madre, de tu quincena, de tu jefe, de
tu sirvienta, llega siempre puntual en la fecha conveni-
da. *Ven, que vamos a conversar. Ven, que quiero saber
de ti.* He aquí, resumido en dos versitos simples —de
hecho, más bien simplones— el *ethos* mismo de tu relación con la revista. Cuando el exhorto vira al *Ven, que
vamos a caminar* asientes extática (pero nunca estáti-
ca) en memoria de tantos paseos —por la calle Ortega y Gasset, por Bond Street, por la Rue Cambon, por
la Via Sant'Andrea, por 57th Street, alguna vez incluso
por Masaryk— que has dado tomada de la mano de tu
¡Hola!, esa paseante inmóvil, esa *flaneuse* de excepción
que sabe recorrer los caminos que valen la pena ser re-
corridos (es decir aquellos que albergan, en uno de sus
flancos, una boutique Chanel). Y cuando, hacia el final de la canción, la cantante exclama *¡Cuánto tiempo
pasé de ti!*, sabes que ella y tú —y el ¡Hola!, desde luego; *toujours l'amour* pero, ante todo, siempre el ¡Hola!:
en medio de vosotras el ¡Hola! como un dios— han alcanzado el perfecto entendimiento: ella sufre —con un

giro, por cierto, sospechosamente gachupín— por un amor perdido y tú la comprendes porque sabes lo que es el abandono, porque vives semana a semana la tortura, la agonía, el vía crucis de tener que aguardar siete largos días para comprar (mejor: para apropiarte, para fundirte con) una nueva edición del ¡Hola!

A estas alturas, de hecho, ya no sabes si es Angélica María la que canta o si eres tú. Y poco importa. Al fin y al cabo, una causa común hermana sus voces: la causa justa —muy leal pero, sobre todo, muy noble— del ¡Hola! (Porque, seguro, seguro, seguro, *cross your heart and hope to die*, que la Novia de México también lee el ¡Hola!)

Otra que seguro, seguro, seguro, te-lo-juro-por-el-Osi-to-Bimbo que lee el ¡Hola! es Guadalupe Loaeza. Lo sé ahora a ciencia cierta (postulo las siguientes páginas como prueba irrefutable de ello) pero lo intuía ya —de manera inconsciente, si se quiere, pero, a fin de cuentas, ¿no es toda intuición un producto del inconsciente?— desde nuestro primer encuentro fechado en 1978, cuando yo contaba tres años y ella era ya una mujer sin edad (su gracia la hace carecer de tan infausto atributo) que, junto con otras madres tan devotas de sus retoños como del *beau monde* —entre ellas Nina Menocal, Viviana Corcuera y la mía propia—, asistía con estoica paciencia y chic consumado a las entregas anuales de premios del *Mini Cours* de *Mme.* Durand, la escuela maternal tan académicamente augusta como socialmente esnob en la que habían decidido inscribir a sus hijos.

Entonces, la señora del vestido de seda lila de *chez* Nina Ricci no era todavía Guadalupe Loaeza. Era *ma-*

dame Antoni —tal es el apellido de su primer marido, francés para mayores (y, sobre todo, mejores) señas— y se desempeñaba, justamente, como directora de relaciones públicas de tan prestigiada *maison de couture* en nuestro país. No publicaba entonces artículos y menos aún libros. No había decidido todavía forjarse la pluma (de pavo real) en talleres literarios. Y lo más probable es que devorara número tras número de la *Vogue* gringa, de la *Marie Claire* francesa y, desde luego, del ¡Hola!

Con los años —lo sabemos todos—, *madame* recuperó su apellido pero, sobre todo, el uso pleno de sus facultades intelectuales, acaso chispeantes de sí pero acaso también atrofiadas hasta entonces por una dieta demasiado rica en desfiles de moda, *cocktail parties*, niñas-bien y revistas ilustradas. Se descubrió escritora. Y, cosa curiosa, decidió escribir sobre el mundo que conocía de toda la vida: ese universo de papel satinado y fotos a color del que era a un tiempo gozosa partícipe, divertida espectadora y crítica crudelísima. Su arrojo habría de valerle una nueva vida, una exitosa carrera y, en tanto (d)efecto secundario, la ira santurrona de todo un segmento de la sociedad. ¿La de las clases populares, excluidas por definición de su universo literario? No, cuando «los peladitos» leen a Loaeza lo hacen ajenos pero también con una mezcla de reconocimiento solidario, buen humor y talante escapista. ¿La de los presuntos aristócratas, caricaturizados con mordacidad a lo largo de su obra? Menos aún, dado que «la gente bien» suele reconocer que, en la literatura de Loaeza, ellos mismos son cómplices del chiste y ella misma, víctima del *punchline*. ¿Quién resiente entonces a Guadalupe Loaeza? ¿De dónde sale esa plétora de lectores indignados por «esta señora tan frívola, tan superficial, tan mala leche, pues-quién-se-cree»? De las clases medias.

Las clases medias son las que ven *reality shows* y concursos de baile pero repiten, en tanto cansina letanía, que la tele es un asco y que los únicos programas que valen la pena son los de las televisoras culturales (si tanto les gustan y tanto los ven, ¿por qué no se refleja su preferencia en los *ratings*?) Las clases medias son las que humillan a los pobres (los ricos, sencillamente, no los ven) y ejercen contra las minorías la discriminación soterrada que encierran frases como «¡Quítate eso que te ves como una india!» o «¡Ay, pero si a mí me caen rebién los putitos! Nada más que no anden haciendo sus cochinadas en público». Y las clases medias son las que dicen despreciar los libros de Guadalupe Loaeza por ocuparse de «estupideces sin trascendencia» (prefieren libros como *El código Da Vinci*, al que endilgan su adjetivo favorito: «profundo») pero corren a comprarlos no bien son publicados, ya solo para cultivar el doble placer de hacer de ellos fantasía proyectiva en la intimidad de su hogar y, después, protestar airados su frivolidad en compañía de sus bienpensantes amistades.

Las clases medias constituyen también la clientela más fiel de la revista ¡Hola! Es en sus filas que militan las devotas del semanario «de amenidades» (i.e. de chismes color de rosa sobre aristócratas y *entertainers* europeos) y en su filas donde se rinde culto a figuras como Isabel Preysler (rebautizada «Presley» acaso para inventarle un pasado aún más melodramático, que haría de ella una de las viudas de El Rey), Letizia Ortiz (pronunciada «Letitsia» para añadir un *frisson* de exotismo a su persona) y Lady Di (la mártir de este universo, tenida por una cruza entre Doris Day y Meg Ryan pero con acento *british*, cuna de pedigrí y, a partir de su muerte, halo celestial). ¿Que estas y otras señoras —y señores— que pueblan las páginas del ¡Hola! resultan, ellas sí, en su mayoría «tan frívolas», «tan superficiales» y tan llenas de «estupideces intrascendentes»? Eso es cosa que escapa a los lectores de la publicación, que ven en tales personajes princesas y príncipes de cuento, encarnación de virtudes capitales tan vagas como vacuas.

Los detractores de Guadalupe Loaeza serán, entonces, los mismos lectores de la revista ¡Hola! ¿Por qué condenan a una mientras rinden devociones rayanas en lo sacramental a los personajes de la otra? ¿Qué distingue a una y a otros si, a fin de cuentas, todos provienen de la misma capa social? Apenas dos cosas: la inteligencia y el humor.

Guadalupe Loaeza es —para recurrir al término que ella misma contribuyera a popularizar— una niña-bien. Una reina de Polanco (aun si ahora vive en la Colonia Roma). Pero también es dueña de una inteligencia malvada y maledicente, hilarante, disfrutable como pocas, que representa una amenaza para esas clases medias que gozan de perderse en ensoñaciones principescas. Guerrillera infiltrada en palacio, dinamita con su prosa socarrona y machacona la imagen inmaculada de la abundancia feliz que sus clasemedieros lectores a palos querrían soñar y, acaso, emular. Es una traidora pero no a su clase social sino a la ñoñería de los sueños colectivos de dicha. Es la creadora de un espectáculo transmitido en alta definición —¡hasta los poros se les ven!—, presentado ante un público acostumbrado a imágenes lindas, filtradas por gasas en tonos pastel.

Es, como Christopher Isherwood, una cámara y, como Christopher Isherwood, es una cámara curiosa, crítica y, a fin de cuentas, cruel.

Ya que andamos por Berlín —porque tal es la ciudad mítica de la obra de Isherwood—, invoquemos al más iconoclasta de sus dramaturgos: Frank Wedekind, aquel que, a principios del siglo XX, gozara de escandalizar a los públicos burgueses con montajes sobre la decadencia moral, justamente de la burguesía. Apelemos entonces al prefacio de su *Espíritu de la tierra* y trasladémonos a un escenario en el que un domador, vestido con «un frac bermellón, una corbata blanca, pantalones blancos y botas altas de caña vuelta», arenga a una multitud no tan imaginaria para hacerla presenciar un espectáculo circense:

> Entrad a ver las fieras,
> caballeros altivos, mujeres graciosas,
> con placer ardiente y con frío pavor
> veréis a la criatura sin alma
> domada por el genio humano.

¿No? ¿No os animáis, delicadas damas y cultos caballeros? ¿Decís que preferís ir, por ejemplo, al teatro? Habrá el domador de cuestionaros:

> ¡¿Qué veis en comedias y tragedias?!
> Animales domésticos que refrescan
> sus pequeños bríos con pálidas verduras
> y se regodean en confortables lloriqueos
> con sentimientos tan bien educados
> como aquellos otros, allí abajo, en la platea.

¿Sí? ¿Y os gusta? ¡Pues eso mismo veréis aquí, cultas damas y delicados caballeros! ¿Os animáis? ¡Muy bien, cultas delicadas y caballeros damas! *¡Hola!*, pues, a todos. *¡Hola!* al tigre, que según su costumbre, todo lo que se le cruza devora. *¡Hola!* al oso, que voraz desde el comienzo en la tardía cena muerto se desploma. *¡Hola!* al pequeño mono divertido que derrocha su fuerza de puro aburrimiento. Y *¡Hola!* a nuestra autora, la que nunca es melindrosa, ni necia, artificial o extravagante, aunque sus críticos menos la alaben. ¿Preguntáis a quién me refiero? ¡Os sacaré de dudas!

Levanta la cortina de la puerta y grita hacia adentro de la tienda.

¡Eh, August! ¡Tráeme aquí a nuestra serpiente!

Nicolás Alvarado

Mi vida secreta

Tengo que cambiar mi vida, lo he pensado con mucho detalle. Ya me hice dos tatuajes y varios *piercings*. No creo que las rastas me favorezcan. Creo que llegó el momento de reconocer que necesito transformar los objetos de mi habitación interior y no seguir insistiendo en un simple cambio de «estilacho». Lo que no significa que no mantenga mi obsesión por los «estilachos», entre más extravagantes, mejor. Soy una mujer postmoderna. Ecologista, pacifista, feminista, altruista, enamorada de las letras; escribo en las páginas editoriales y culturales de revistas y periódicos, espacios de vastísimas pretensiones y tirajes. (Dice mi amiga Sofía que el ¡Hola!, en sus momentos candentes, ha vendido más de dos millones setecientos mil ejemplares.)

El último mes subí dos kilos, deduzco, porque vago contrariada, confundida, rebasada y azorada. Tengo pocos o muchos años, según se vea. Me desenamoré y enamoré del amor y sus promesas maravillosas y triturantes. Ayer me descubrí una cana y todavía no tengo un hijo. El embarazo de Inés me desató las alarmas del reloj biológico a decibeles muy potentes; ya se me desataban más disimuladas cada vez que mi ¡Hola! anunciaba, con bombo y platillo, un nuevo embarazo de una que no era yo. Letizia, con zzzzzzzzzzzzzzzzz, está al borde del segundo heredero y yo sigo peleándome con mi sombra, sin entender las razones del pleito que, sin duda, debe parecerme apasionante, puesto que se prolonga. La tía de Sofía, Guillermina —que todo sabe y de todo opina—, opina de mí, desde su confortable casona de la colonia Juárez, que ya me quedé; mis tíos y mis hermanos opinan también que ya me quedé. Yo, lo único que sé de mí con certeza es que mi especialidad ha sido no quedarme en ningún lado.

Vivo mesurada y leo desmesurada. Confieso que, para estas alturas de mi vida, he leído vagones enteros repletos de mi revista ¡Hola! Sí, confieso que he leído...¡Hola! Lo confieso ruborizada, con la mirada turbia y las manos temblorosas. Como se confiesa una adicción. No es que mi revista no sea enriquecedora, apasionante, variada y reveladora. ¡La adoro! Es que yo me muevo con frecuencia entre ciudadanos esnobs, en su versión de racionalidad muy leída y neuronas buceadoras. Esta convivencia ha reprimido mi espontaneidad brutalmente. Me someto a la regla del silencio. ¡Me reprimo! ¡Miento! Los percibo tristemente impedidos para conmoverse ante el encanto *hiperkitsch* de las aspiraciones imposibles y las vidas paralelas.

Quizá a ellos les suceden muchos eventos apasionantes, en conferencias y congresos o conviviendo con los seres humanos reales. Yo amo y estoy obsesionada con «La espuma de la vida» del ¡Hola! Sus personajes recurrentes y fugaces, sus presencias ausentes, sus descripciones acarameladas y sin traspatios emocionales, sin alcantarillados a la vista, aunque sufran. *Life is not difficult, life is a very glamorous experience.* ¿Alguien tiene una opinión distinta? Quien diga que sí, necesita una terapia de emergencia.

La lectura de las aventuras del ¡Hola! es un laberinto de promesas, no demasiado peligrosas, que cuesta treinta pesos; monedas calculables y mesurables. Vivir las aventuras en la realidad suele ser bastante más costoso.

De ahí viene que esa mujer aguerrida que soy... ¿Ya dije que soy muy aguerrida? Lo de postmoderna sí, ya lo dije, ¿verdad? ¿Ya dije lo de feminista y liberal? Bueno, esa «personaja» con la que convivo y a la que cargo sobre mis hombros, prefiere meterse debajo de un edredón en camisón de algodón lleno de alforcitas, recogerse el pelo en una colita de caballo y leer cómo Estefanía de Mónaco, ubicada en el extremo opuesto de mi gazmoñería, vive vertiginosamente, pero *hélas*, se estrella vertiginosamente. Tengo que encontrar su dirección para sugerirle que nos mezclemos en una licuadora, para que ella se detenga y yo me agite.

¡Hola! del legendario 1968. Las barricadas, «Los muros tienen la palabra», me encantan las frases *d'époque*: «La imaginación al poder». Los soberanos de Mónaco y sus retoños «Vacacionan en un apacible *chalet* alpino en la localidad suiza de Villar-Sur Ollon». Seis páginas de reportaje. Voy al clóset por mi gorrito de lana y mis lentes oscuros, el frío de los Alpes me azota la cara y la luminosidad deslumbra. Me acomodo en mi sofá como un gato feliz y panza arriba. Suena el teléfono. No en el apacible *chalet* de los Grimaldi, donde de todas maneras responde el mayordomo, sino en mi casa donde tendría que responder yo. Me niego a darme por aludida. «Paseo por Reforma de la reina Federica y Ana María, y de las princesas Sofía e Irene». El teléfono se desgañita. Los pequeños príncipes descienden como rayos por las pistas más exclusivas de los Alpes suizos. Cuando el ejercicio termine, nos arrojaremos bolas de nieve y regresaremos a casa a tomar tazas humeantes de *chocolat bien chaud* con crema chantilly. ¡Qué delicia!

«Reportaje en color de la moda de verano en Saint Tropez». Aviento el gorrito de lana, la playa en las fotos luce espléndida. Suena el teléfono. No contesto porque voy corriendo a ponerme mi bikini floreado. Sé que está un poquito *démodé* y que o me mato de hambre la próxima década o terminaré por ser una ballena más llamativa que Moby Dick. ¡Qué papelón! Intentaré hacerme pasar por una extravagante intelectual millonaria, recién llegada de Miami. Allí los floripondios y los kilitos siempre son *fashion*. Cuando llego a «*Cocktails* y natalicios de la alta sociedad española», el teléfono vuelve a sonar y me acuerdo entre brumas de que tengo una oferta de trabajo pendiente, facturas pendientes, entregas pendientes… Mi vida es un largo pendiente. Solo que aún no sé de dónde pende.

«¡Bueno!», exclamo con una voz de odio que me hace recordar los momentos más álgidos de la película *Monster*. «Llevo horas hablándote, como quedamos», me dice la voz del director de una revista culta y de páginas mal pagadas. ¿Serán sinónimos? Tartamudeo. Mis ¡Hola! están desparramados por la sala. Me digo que hasta ahora nadie me ha espiado por el cable del teléfono, pero la duda permanece, (me siento igual de paranoica si estoy desnuda cuando me llaman, que corro al baño antes de responder y regreso envuelta en una toalla). Un mundo nos vigila. No tuve manera de esconder mis revistas.

—Es que estaba concentrada en la investigación —le respondí muy aguda.

—¿Con qué comenzaste?

—Revisando mi colección de *Letras Libres*.

—¿Tienes todos los números?

—Todos, ordenaditos y encuadernados.

—A ver si un día me los prestas… Y, ¿en qué estabas?

—En la capacidad de la literatura de sumar emociones, como bolas de nieve y de provocar la sensación de descenso a grandes velocidades por una pista de esquí, ¿no es divino? Y en la historia literaria del Paseo de la Reforma, lugar de *promenade* de las más exquisitas plumas. Y en un ensayo donde hablan de *Moby Dick* y el lenguaje poético de Melville.

—Define tu tema, porque te siento más confundida que de costumbre…

Colgamos. ¿No es un tipo delicioso? «Me siente más confundida que de costumbre.»

¿Cómo explicarles a los *supernice* del intelecto que en las revistas del corazón, como en los boleros y en los tangos, una puede encontrar el sentido de la vida? No hay manera.

—¿Conoces la revista ¡Hola!? —Me preguntó una compañera (creo que milita en el PRD) el otro día. Percibí el arribo en tromba de una taquicardia.

—¿Cuál revista, perdón? ¿Cómo dices que se llama? —Soy una Judas miserable. ¡Cuánta traición hay en mí! ¡Qué horror!

—¡Hola!, la revista española de pésimos chismes de ricos —me explicó con un tono muy peyorativo.

—¿Qué? ¿A poco son mejores los chismes de los pobres? —Le respondí airada.

Sentí que la lucha de clases corría entre nosotras. Camino sobre vidrios. Soy la fundadora involuntaria de la Cofradía Secreta de Trabajadoras Intelectuales Adictas al

¡Hola! Por el momento soy la única cofrade que conozco; se aceptan membresías.

¿Realmente estaré más confusa que de costumbre? Le deseo a mi dizque amigo que lo muerda un alacrán y lo chupe un sapo. Convivencias y miserias de la vida asalariada. Si viviera de mis rentas, podría encerrarme por meses amurallada tras un mayordomo leal como el de *Batman*: «*Allo?*», respondería presto. «¿Es usted, señor ministro? La señorita toma su lección de piano. No tengo autorización para perturbarla»; «*Allo? Madame la comtesse*, la señorita está en su hora de yoga, meditación y viaje astral»; «*Allo?* Su Excelencia, *excusez moi*, la señorita está indispuesta». Y yo tiradita leyendo, en mi versión Holítica del viaje astral. En cambio, la única condesa que frecuento es la colonia de la Ciudad de México; no me llaman ministros, ni siquiera de culto, y vivo con mi ¡Hola! en una situación de *interruptus* frustrante y traumático.

¡Hola! 1975. «La simpática visita de Henry Kissinger a los reyes de Jordania. Su esposa Nancy, apasionada por la egiptología». ¿Por qué habrá sido «simpática» la visita de Kissinger? Qué adjetivo tan anodino para una visita de Estado. ¿Qué intentan ocultarnos? Sospecho que el feroz Kissinger fue a amenazarlos con un lanzamiento inminente de bomba. El rey de Jordania tembló. El redactor de mi ¡Hola! se quedó sin palabras y la señora Kissinger hizo «apasionada» los honores a las momias.

Me agito por la ciudad de los Palacios. De un lado para otro, para satisfacer el ansia de conocer a nuestros escasos pero fieles lectores. Ahí voy hecha una loca con discos de Gardel y similares a todo lo que dan: «*Sola, fané y descangayada / la vi una madrugada / salir de un cabaré*». Ella tenía «*tres cuartos de cogote...*» No he oído peor venganza que ese tango y su final infame: «*Y por ese cachivache / soy lo que soy*». Adoro mi Mini Cooper (no descapotable), que me ofrece la ilusión de vivir en una ciudad europea. No me protejo de los peseros, porque dentro de esta miniatura frágil de mundo civilizado, los peseros no existen. Así soy yo de displicente ante los *serial killers* urbanos. Que si viene el Bolshoi, pues ahí voy barnizadita de especialista del ballet. Que si quién se quedó con parte del patrimonio de Remedios Varo, pues ahí voy barnizadita en arte contemporáneo. Que si ya le quitaron el nombre de Juan Rulfo, al Premio ex Juan Rulfo, pues ahí voy, barnizadita en beligerancias literarias… Con frecuencia me ocupo de dimes y diretes, pero siempre en el ámbito de lo que podríamos considerar la Cultura, con mayúsculas (bueno, confieso que también la Política). Tengo como diez novelas comenzadas, esparcidas en cajones y roperos, muy interesantes todas ellas; obritas que no voy a terminar nunca para no correr el riesgo de constatar que a nadie le interesan.

Para intensificar la *experience* del ¡Hola! escucho *La Pasión según San Mateo* de Johann Sebastian Bach mientras la leo. Con ambos me embarco en el túnel del tiempo. Me olvido del mundanal ruido de la vida cotidiana, de los contratiempos varios y del lavabo donde ayer se quedó atorado un arete gigante de plata de Daniel Espinosa, con drásticas consecuencias. Dice el plomero —misógino como casi todos los plomeros mexicanos— que, si no desbarata kilómetros de tuberías, corro el riesgo de morir ahogada mientras duermo. Es que además tengo una gotera en la exacta llave de ese lavabo. Nunca las desgracias llegan solas. Me quiere cobrar como si estuviera comprándole su taller, con material y herramientas. Lo echo a la calle. Me advierte que provocaré una inundación en varias delegaciones. Le cierro la puerta en la cara. La acariciante música bárroca me regresa a donde vale la pena. Pero no me hallo con ella, mejor pongo un disco de Luismi: *«Así, dejar volar / mi imaginación / ahí, donde todo lo puedo / donde no hay imposibles / Qué importa vivir de ilusiones / si así soy feliz».* ¡Es tan poético y a la vez tan resignado!

Con mi ¡Hola! de 1964 soy feliz: «La familia real persa celebra el cuarenta y cinco cumpleaños del Sha». «Hombres rana robaron el zafiro mayor del mundo». «Cantinflas, junto a Lucero Tena, padrinos de una niña madrileña». «El idilio de la princesa Margarita de Inglaterra que acabó en boda con el famoso fotógrafo Tony Armstrong…» ¿Y si verdaderamente inundo la mitad de la colonia? ¿Y si los vecinos no saben nadar? ¿Y si mis ¡Hola! salen flotando por la ventana? Estoy al borde del mal humor. Quizá fue Armstrong, tan enamorado de Margarita, quien hizo que los hombres rana robaran el zafiro mayor para regalárselo a la princesa y que así ella pueda lucirlo en los festejos del Sha, donde también acudirán Cantinflas, la señora Tena y la niña madrileña, vestida con su elegante ropón de bautizo decorado con fino encaje de Bruselas. Pero también es posible que la pequeña bautizada se haya tragado el zafiro confundiéndolo con un caramelo de menta y, antes de ese accidente (sin consecuencias), lo robaron Cantinflas y la señora de Tena con la complicidad de la princesa Margarita. La desaparición inicial del objeto sucedió durante la fiesta del Sha, a la cual los invitados asistieron vestidos de hombres rana. Una situación semejante, ¿la reportaría el ¡Hola!?

Mi militancia en la Cofradía Secreta de Trabajadoras Intelectuales Lectoras del ¡Hola! me ha llevado a reflexiones muy especializadas en torno a la naturaleza humana, la autoconciencia, el ser y el parecer. El *to have or not to have.* ¿Qué es lo que una tiene que tener o dejar de tener, para ser valorada en su hábitat? ¿Leer o no leer el ¡Hola!? Ese es el meollo de mis sesudas cavilaciones de investigadora de banqueta. En el medio en el que crecí, por ejemplo, se necesitaba ser una analfabeta desahuciada para no leer el mismo ¡Hola! varias veces, como bien escribió Einstein, aunque no estoy muy segura de que se refiriera concretamente a mi ¡Hola!... ¡Lo relativo es pasmosamente relativo!

En el *entourage* de mis mocedades tenías que conocer los nombres de cada miembro de la realeza, los últimos gritos de la moda y los penúltimos gemidos de sus entusiastas portadoras. No estar al día podía hacerme merecedora de una ley del hielo, cruel y generalizada por todas las niñas-bien que en el fondo me odian, salvo Sofía. Levito ante la memoria de los números viejos: «El magnate naviero Aristóteles Onassis», «El armador griego». Cristina Onassis *c'est moi, daddy* me regala un barquito, un velero de *very lux,* en el que caben mis compañeritos de escuela en pleno, con sus papás, sus hermanitos, sus nanas y sus mascotas. *Daddy loves me. Everybody loves me.*

Soy Cristina y a los cinco años me regalaron un pony peludito, de sangre azul. Quiero y ya no sé siquiera si quiero lo que parece que quiero. Me regalan y me regalan. «Pero usted no es Cristina Onassis», me explicó mi analista muy solemne. Yo le contesté rencorosa: «¿Y usted cómo lo sabe? A lo mejor ando de incógnito». «Pues si así fuera me vería obligado a aumentarle el precio de su análisis; setecientos pesos por sesión no son significativos para una heredera en la opulencia». Debo ser una persona muy sana y controlada. Cuando salí de su consultorio el individuo aún respiraba.

Tenemos una isla que se llama Skorpios. La arena y las olas son mías; es mío cada milímetro de cielo. Soy una niñita patológicamente millonaria. Es suculento. Le dije a *daddy* que me compre Mikonos, Santorini y el Partenón, y me respondió que va a preguntar. Quizá no estén en venta. Entonces quiero que me compre el Coloso de Rodas. *Daddy* me explicó que no sea mensa, que ese señor ya no existe. ¡Quiero que *daddy* me compre todo lo que no existe! Un día *daddy* se casa con una extranjera que no lo quiere, la ex de un presidente de Estados Unidos. Peor. Un día, *daddy* ya no va a estar. Va a desaparecer de la tierra igual que el Coloso y la tierra se va a convertir en un lugar deshabitado, en el que me caso cuatro veces y cada relación es peor que la anterior. En mi último matrimonio acepté que Thierry Roussel continuara sus amores con Gaby Landhage ¡Hasta que tuviera con ella una hija! Me hice amiga de Gaby. Después tuvieron un segundo hijo. Llegué a ofrecerle a Thierry diez mil dólares por cada noche que pasara conmigo. *Too much, it's too much.*

Cuando una llega a la edad adulta, en situación comparativamente menesterosa, la pregunta más inquietante que podría hacerse ante un hombre de intenciones sospechosas es: *Does he want my soul and my brain? or Does he just want my body?* Minutos de encrucijada y suspenso en la vida de una mujer. Leyendo mis ¡Hola! de los ochenta descubro que Cristina Onassis tiene un problema triple. ¿La aman a ella? Pero, ¿de verdad *does he want her body?*, el cual cada vez luce como más embutidito… ¿O la heredera del «imperio naviero» se tropieza ante un cazafortunas de la más oscura, vil y acidulácea ralea? Le va a destrozar el corazón. ¡Lo hará picadillo! Le va a quitar su isla, su barquito, sus esmeraldas, sus esperanzas y su pony. «*Una busca llena de esperanzas / el camino que los sueños / prometieron a sus ansias / sabe que la lucha es cruel y es mucha / pero lucha y se desangra / por la fe que lo empecina / una va arrastrándose entre espinas / en su afán de dar su amor*». Ese es el más extraordinario de todos los tangos. Huyo hacia mi lugar de trabajo, para aliviar la insoportable tensión dramática.

Le pagaba diez mil dólares por noche a Roussel. ¡Dios mío! Te agradezco mi vida clase mediera, de amores relativamente honestos, *outlets* de marcas aproximadas, clase turista y vacaciones en hoteles de dos estrellas, sin aire acondicionado en el verano ni calefacción en el invierno. Mi vida a treinta y seis mensualidades con intereses, pero en la más neta flama del amor. Me detengo. Creo que voy a comenzar a deprimirme. ¡Miento! Cristina O., ¡yo te comprendo! Ustedes las ricas y nosotras las pobres, igualito sabemos de desdichas y traiciones. Ya sé que el desamor se te cayó encima hace muchísimo. Es más, ya hasta te mataste de puritita tristeza, porque no pudiste más. ¡Lo que ya no se puede! Como canta Luismi: «*Querer sin presentir*». Cristina Onassis murió de sobredosis en 1988. Acepto que no es reciente, pero yo experimento en mi ¡Hola! duelos tenaces y retroactivos.

Sofía y yo intercambiábamos fascinadas los viejos ¡Hola! para leer y releer las historias de Ari Onassis y de su rival, casi tan millonario como él, el también magnate naviero Stavros Niarchos. Hasta estuvieron casados con la misma mujer: Athina Livanos. Athina descubrió que Onassis la engañaba con la Callas y lo dejó. Después —¿casualidad o venganza?— se casó con su archienemigo Niarchos. Historias con vista al mar Egeo y nombres complicados que sonaban a Amígdalas y Papanicolau. Niarchos a cada rato la perdía con Aristóteles. Nunca tuvo a una María Callas cantándole óperas desde cada una de las habitaciones del burdel de Pompeya. No sé si esta escena tuvo lugar. Me hubiera arruinado por ver las fotos.

Mis fantasías sexuales corren de manera recurrente por el lado de las bañeras pompeyanas. Dicen que el amor entre el magnate y la artista griega fue un apasionado choque de trenes: se atraían y repelían, sin escapatoria posible; hasta que Jacqueline Kennedy llegó a arruinarlos, fría, interesada y maquiavélica. Las lectoras del ¡Hola! aullábamos a la alta traición de un abandono consumado muchos años atrás. Onassis contrataba a la viuda de los Estados Unidos, firmaba con ella un acuerdo prenupcial leonino como si se comprara las estrellitas de la bandera. Jackie Kennedy en venta. Jackie dejaba de lado la memoria de su flamante marido asesinado en la cúspide de su vida.

Qué golpe moral para toda una generación que lloró frente a la foto en que Jackie despide a su constitucional marido en el cementerio, con sus hijos en abriguito y aquel inolvidable gesto de John-John haciendo el saludo militar. Dice Sofía que su tía Guillermina se indignaba al recordar la «traición de Jackie», mucho más que cuando se peleaba con las «lagartonas» de la realidad, que traicionaban bastante más de cerca. Jackie descastada, desvergonzada, desmemoriada, despilfarrada, bebedora de cientos de cocacolas. ¡La historia nunca te absolverá! Nada más, mira tú, casarse con un viejito por un puñado de millones, cofres de joyas, hectáreas de propiedades, yates… Es inmoral ser una interesada tan asertiva. Por eso, la odié el doble.

No conocí a ninguna niña del colegio de monjas en la

década de los ochenta que no se encomendara a la Virgen de Guadalupe y pusiera de cabeza a San Antonio, para que el Marlon Brando de los años sesenta abandonara a Tarita Teriipia y se quedara congelado en su espléndida belleza hasta que creciéramos. Fue el ídolo de la tía Guillermina de Sofía. Mina se desmayaba contándonos sobre el brevísimo matrimonio de Brando con la actriz mexicana Movita Castañeda. ¿Por qué lo dejó ir? ¿Por qué no pensó en nosotras? En mis escenarios nocturnos, junto al obligado Ángel de la Guarda, estaba Marlon. Con una compañía virilmente apasionada, a diferencia de la dulzura empalagosa y asexuada del famoso angelito, el cual a partir de cierta hora ya estaba como de más.

«No me desampares ni de noche ni de día…» ¡Un testigo ocular! ¡Qué estorbo de conciencia! Marlon está por llegar y sigo oyendo el batir de alas del *angelo* en mi recámara. Fue en esas noches de locuras tahitianas, con el ángel espiándome (a solicitud mía para peor), cuando supe con hechos lo que significaba la palabra: voyerista. A veces, aun ahora, en noches de actividades *non sanctas* escucho las inquietantes alitas de las que hablo. Mi mamá me contó que los bailes de las películas de Yolanda Montes, la célebre Tongolele, eran «danzas tahitianas». Me aprendí los pasitos de memoria, por si servían. ¡Qué me duras Tarita la de Tahití! Le he narrado a mi analista en varias ocasiones esta extraña sensación de ser observada. ¿Seré una megalómana? ¿Habrá ocupado el ángel el lugar de los *paparazzi* que jamás me persiguieron por plebeya? Él guarda un silencio sepulcral (escucho de nuevo las alitas a mis espaldas… ¿Las traerá puestas?) No es que me preocupe particularmente descubrir un día que he sido una perversa, aunque sí me avergonzaría muchísimo ser la última en enterarme.

Quiero aclarar que en esos tiempos mi adicción al ¡Hola! ya estaba sellada de por vida. Yo ya era tan voyerista como el ángel. Eso sí, con la frente en alto, porque beberse el ¡Hola! no se consideraba un signo de desfallecimiento neuronal, sino una referencia a la delicadeza y a la sofisticación de los artistas y de las grandes casas. Las mujeres poco mundanas leían revistas con muchos consejos de belleza; se dejaban seducir por las recetas de cocina, los horóscopos y la novelita rosa. Las concebía como conformistas, dignas de casarse en el futuro con el subgerente de una salchichonería, expendedora de productos de calidad dudosa. Yo, en cambio, cambiaría de amantes en escenarios afrodisíacos. Ellas, aburridas, vestidas con diseños de pésimas costureras y madres cada una de doce hijos, se suscribirían al ¡Hola!, ahora sí, para seguir envidiosas las huellas Gucci y Ferragamo, de su ex compañera de escuela.

Príncipes, actores y toreros me asedian. Soy una célebre *demi-mondaine,* como la Dama de las Camelias, pero vacunada contra la tuberculosis desde la infancia. Más tarde, la maternidad me llamará y comenzaré una vida feliz, con un aristócrata que perdona mi pasado, me «da su apellido», (¡Dios mío! ¿Y yo qué hago con él?) y me convierte en una mujer decente y reposada. ¡Qué tiempos aquellos! Cuando todavía se podía leer el ¡Hola! en cualquier lugar público, sin temor a ser repudiada. Cuando se podía soñar.

Mi colección de ¡Hola! encuadernada en piel color caramelo Kraft pasó a la clandestinidad, en que aún habita, cuando la descubrió una compañera del *Master Degree* y, con los ojos desorbitados por el horror, agitó un tomo ante mis ojos como si fuera una serpiente venenosa. Temí que la deshojara. Eso si que jamás se lo hubiera perdonado. «Pero tú, ¿lees esto?» Estuve segura que de allí me conducía derechito ante la Santa Inquisición, terminaría achicharrada con leña verde, en los corrillos de la universidad. «Sí. Confieso que he leído... ¡Hola!», le dije con la cara roja, roja.

Pensé rogarle para que me jurara su silencio, pero no era el momento de rogar. «Solo a veces», le dije, «el fin justifica los medios». La miré con odio, le arrebaté mi revista de las manos y le dije apocalíptica: «Si te atreves a contarlo, juraré por veinte generaciones de mis ancestros registrados en el *Gotha* (esta palabra la impresionó muchísimo) que tú me las prestaste, así de ordenaditas y encuadernadas». Fin de una amistad. Mis revistas abandonaron los espacios libres por donde circulaban y terminaron en el fondo de una covachita, ocultas por cajas que contienen años de *Letras Libres, Nexos, The New York Review, Le Nouvel Observateur, Le Magazine Littéraire, Lire* y *Proceso*.

En el *snob planet* que elegí en el segundo tiempo de vida, se necesita ser una analfabeta desahuciada para no pronunciar correctamente los nombres de los escritores «obligados», los recientes títulos de las editoriales prestigiosas. *Intelligence oblige.* Yo «ni soy de aquí ni soy de allá»; me siento como el jamón serrano en el sándwich. Con un pie en las obras completas de Octavio Paz y el otro en la farándula. Siempre corro a conocer al Nobel de literatura cuando ya lo premiaron. Rara vez he podido decir, el día mismo de las nominaciones, como hacen los cultos de pura cepa: «¿Pamuk? Una obra interesante y densa, lo leí hace años en su primera traducción al francés (al alemán, al inglés, al chino)». Y el auditorio se queda pasmadísimo. No es para menos.

Quizá el culto leyó a ese escritor desde que estaba en imprenta, pero cabe la posibilidad también de que su secretario se haya devorado el día anterior dos o tres libros del Nobel, en ese sistema de lectura rápida que es leer en diagonal y saltarse muchos párrafos. Y el secretario superacomedido —un estudiante de filosofía y letras, mechudito— le hizo un resumen, para que el Maestro pudiera brillar en sociedad. Entre *petit four* y *petit four*.

Los «aristocratizantes de la cultura» viven en la verdad absoluta con respecto a la exquisitez de sus aficiones; los otros, los «aristocratizantes de la clase social» y el *glamour* también, pero los contenidos y las referencias de las grandiosidades de cada *snob planet* son muy distintas. De un mundo al otro se dan de patadas y de coletazos: «Pues fulanito será muy leído y "escribido", pero no sé cómo puede ahorrar agua y jabón de esa manera y, ¡ese atuendo inimaginable! Es del *outlet* de JC Pennys de hace diez años». Y el del atuendo inimaginable sale aceptando que la señora de la casa es hasta *charmante* y la cena estuvo maravillosa, pero «qué bueno que los catálogos de Sotheby's y similares les indiquen qué comprar, porque si no confundirían una pintura del Dr. Atl con una de Leonora Carrington.»

Tomo el sol en mi balcón. Sueño con el mar y la vida bucólica, pero soy un animal del asfalto y de los cielos contaminados. Me aferro a la ciudad. ¿Qué querré en la vida? Leer. ¡Hola! 1974: «Los hermanos Ruiz-Mateos ingresan en la orden del Santo Sepulcro de Jerusalén». «La secreta ambición de Sari Dewi, viuda de Sukarno, sueña con ser para Indonesia lo que la viuda de Perón fue para Argentina». «Gracia de Mónaco visita a Onnasis, recién superada su crisis bronquial». También quiero comprar. Hoy es día de rebajas en el Palacio y lucho contra mí como una leona obsesa. Dado mi temperamento influenciable y frágil, tengo inclinación a endeudarme. Por esto, que yo llamaría mi «propensión», evito las páginas de publicidad de los periódicos y revistas. Los espectaculares del Periférico son mi perdición. Sería irresponsable cerrar los ojos y abollarle un costado a la Windstar de una madre a quien, justo ese día, le tocó la ronda. La tentación me asedia desde los costados del Peri. Si alcanzo a leer de corridito un anuncio del Palacio, ese mes estoy perdida. Los espectaculares de Ghandi y Bachoco no me generan conductas incontrolables.

Dice Sofía que padezco *The Outfit Disorder*, quizá por mi obsesión de cambiar de estilo cada seis meses. Como dirían los campechanos: mi estilo «lo busco y no lo busco». Frase que significa que lo buscan, pero no lo encuentran. Pero quizá en algún lugar también signifique que aceptan que están buscando muy distraídamente. Es una frase maravillosa y casi freudiana de la sabiduría popular.

Por mi personalidad adictiva, soy víctima de ese mal absurdo y torturante: la *outfitfilia*, que me coloca en verdaderas situaciones de emergencia moral y económica. Es un hecho que las famosas de mi ¡Hola! pueden permitirse compulsiones que no me corresponden, pero aún no me resigno a mirarlas salir de las tiendas, cargadas de paquetes, y no imitarlas. La *outfitfilia* no llega sola, sino con una andanada de urgencias paralelas: la zapatofilia, la collarofilia, la pulserofilia, la anillofilia… Es a la suma de estas tendencias a lo que Sofía llamó, con exactitud científica, *The Outfit Disorder*.

Mi pasión por el ¡Hola! y por las compras me ha causado serios problemas en mis relaciones amorosas. No entiendo por qué. Yo odio el futbol y jamás daría una opinión solo porque alguien lo vea. No entiendo nada de coches ni de tecnología, pero escucho pacientemente interminables explicaciones sobre lo fascinantes que son los motores o el último avance en aparatos de música, computadoras o marcapasos. Fui novia durante años de un maniático de las etimologías y sobrellevé sus interrupciones, cada vez que deseaba explicarme la genealogía completita de una palabra. No podría olvidar al escritor frustrado de novelas policiacas. No las escribía, me las contaba. Ni al especialista en paleontología. Ni al arqueólogo. Ni a varios «todólogos». Si lo pienso, soy una santa o quizá solo una libre-pensadora que deambula en espacios autoritarios. ¡Ninguna bestia en el mundo ha sufrido lo que yo!

Confieso que a mis bienamados (y no tanto) no solo los ha desquiciado que lea el ¡Hola! compulsivamente; también soy dependiente del *Vademécum*. ¿No tienes uno en tu casa?, le pregunto a Sofía. Pero amiga, ¡qué descuido! ¿Cómo puedes vivir en el error de esa manera? El *Vade* es un paraíso descriptivo de las enfermedades, sus diagnósticos y medicaciones posibles. Yo lo tengo en tres idiomas para poder comparar. Sería terrible no detectarme un cáncer terminal a tiempo por un error de traducción.

¿Cómo saber en qué momento en la progresión de un síntoma podemos ya hablar de compulsión? (Intento sonar como investigadora en un laboratorio). Cuando una se ve a sí misma, a las siete de la mañana, haciendo espacio en la mesa, *desperate*, para colocar el *Vademécum* junto al ¡Hola! entre el *croissant* y el tarro de mermelada.

El ¡Hola! es una oda a toda la idea de sofisticación y de belleza, cursilona, pero potente. El *Vademécum* es una fascinante mini enciclopedia de las desgracias corporales. No leo el *Vade* porque sea hipocondríaca, pero es que no soportaría que una enfermedad terminal me tomara desprevenida en un vuelo Madrid-Ciudad de México, solo porque no tuve la disciplina de mantenerme informada.

Vivir en estado de alerta es extenuante, pero tengo terror a que cualquier evento pueda tomarme por sorpresa en público, sin rayita negra en los ojos y despeinada. Bueno, tengo terror casi de cualquier evento. Luismi canta: *Perfidia*. «*Nadie comprende lo que sufro yo / canto, pues ya no puedo sollozar / sola, temblando de ansiedad estoy*». Luego manda a la mujer a hablar con Dios. Esa parte no me encanta; los diálogos místicos no se me dan. ¿Y si dejara el psicoanálisis freudiano e intentara la bioenergética?

Vivo en un edificio monísimo, con *lofts* que miran hacia un jardín con árboles, plantitas, caracoles y gatos en común. Me lo dejó una amiga pintora. Vivo desde entonces entre artistas, todos inspirados y muy creativos; menos el supuesto *dealer* de arte de la puerta de al lado y yo. No creo que sepa ni quién es Frida Kahlo, para acabar pronto. Lo que no dudo es que sea un *dealer*. ¡Quizá de opiáceos! Estos pensamientos maledicentes, como de mentalidad de judicial, son una herencia que me dejó el escritor frustrado de novelas policiacas. Leía mi colección de ¡Hola! en éxtasis cuando sonó la puerta. Fui a abrir y era el *dealer* sospechoso. Me pidió prestado el teléfono. Le dije que me esperara un segundo que tenía que vestirme. Fue ridículo ya que me tenía frente a él y era evidente que estaba muy vestida.

Corrí por la sala en estado de agitación, ¿dónde esconder pilas y pilas de mi maravillosa revista? ¿Por qué no fue a un teléfono público? Se quedó ante la puerta un rato larguísimo, mientras yo trasladaba kilos de palabras y fotos fascinantes hacia mi recámara. Cuando por fin abrí, miraba a diestra y siniestra como quien espera descubrir un cadáver. Sí, tiene gestos de chismoso. Hago bien en ser discreta. Me lo imaginé contando de puerta en puerta mis desvaríos de lectora ávida del ¡Hola! Lo que más me inquietaba es que se lo dijera a la conserje, esa señora histriónica sería capaz de venir a pedirme prestadas mis revistas. ¡Ni bajo tortura las presto! Podría derramar el café sobre una imagen familiar de mi ¡Hola!, conservada por décadas como una reliquia.

¡Hola! de 1977: «El rey Carlos Gustavo de Suecia y la reina Silvia mostrando a su hija Victoria, recién nacida». ¿Qué edad tendrá ahora Silvia? Hago cuentas. «Natalie Wood y Robert Wagner a bordo de su yate Splendor». «Groucho Marx agonizante». Lo de Groucho sí es demasiado doloroso; inolvidable su frase: «Nunca podría pertenecer a un club que me aceptara como miembro». Y lo peor de leer las revistas atrasadas es que ya sé que sí se va a morir; y que los enamorados de 1980 terminaron desenamorándose; y que varios maravillosos bebés de los setenta ya se despacharon por sobredosis o accidentes de carro.

«¿Muy ocupadita?», me dice el presunto narcotraficante que, posiblemente, hasta se imagina galán. Cada uno tiene derecho a sus fantasías. «Pues yo siempre», le digo. «¿De qué te ocupabas?» Tuve ganas de explicarle que de actividades autoeróticas, pero quizá era cometer una imprudencia. «Descifrando el agujero de la capa de ozono. El medio ambiente es mi angustia permanente». Puso cara de sorpresa excesiva, como si se hubiera encontrado a Estefanía de Mónaco en el juego Pumas-América. «¿Viste que Plutón ya no es un planeta?» «No, ¿verdad? Lo degradaron. Es increíble cómo la ciencia le va a una arrebatando los más sólidos bastiones de la infancia». Comencé a sentir hormigueos en los pies, señal de que mi vena homicida se despierta. Hizo su llamada. Tal vez del otro lado de la línea estaba un integrante peligrosísimo de la mafia siciliana. «¿Y con qué materiales te ilustras?», me pregunta ese extraño vecino. «Con el *Ecologist Magazine*». «No lo había oído mencionar».«Es de escasa circulación, porque es una revista muy especializada». «Pues si está en inglés, a ver cuándo me lo pasas». «Mira —le digo, empujándolo hacia la puerta—, el título de la revista está en inglés, pero el contenido, en ruso antiguo. Es bastante difícil de leer». No alcanzó a preguntar nada más. Le lancé una mirada de Molotov y Kalashnikof. Necesito un carrito para transportar mi colección de ¡Hola! de un lado a otro. Cargué mis torres, como las gemelas, de revistas hacia la sala.

He tenido algunos amantes de altas intensidades, otros de regulares y otros con los que vivo algunos meses a contrapelo la precariedad evidente de voltaje. Dada la escasez de materia, no podría extenderme en el punto. Qué hipócrita. ¿Por qué escribo como si un ojo gigantesco me observara? Intentaré ser honesta. Tal vez han sido muchos. No logro resolver este asunto espinoso. ¿En qué exacto momento de la existencia de una mujer independiente y postmoderna, «algunos» se convierten en «muchos»? Sometí el tema al sabio escrutinio del Club de Lulú. «Cuando estás recién casada y tu mejor amiga se lo cuenta a tu marido al detalle». «Cuando tu papá viene de vacaciones a tu casa y lee tu diario». «Cuando constatas que aparece por lo menos uno en cada letra de tu agenda». «Cuando sus orígenes cubren las nacionalidades de los países miembros de la ONU». «Cuando te los encuentras jugando futbol en la misma cancha, del mismo club y tus memorias completan los dos equipos». Este escollo cuantitativo duró varias noches y no logramos solucionarlo.

Las vidas de las glamurosas nos muestran una extensa y controvertida gama de hombres de la vida, en la vida de cada mujer. Como una sucesión de tálamos nupciales, cada vez igual de esperanzados. «Boda real entre el príncipe Fouad de Egipto y Dominique-France Picard, princesa Fadila». Octubre de 1977, ya «falleció Groucho Marx». Guías espirituales y redactores de mi ¡Hola! ¡Respondan! ¿Seré una loca? El paleontólogo insistía en que mis lecturas del ¡Hola! eran una evasión vergonzante de la realidad. Me hizo un escándalo épico cuando me atreví a comentar detalles de la vida del Sha de Irán, y especifiqué que mi referencia era el ¡Hola! «Evádete, pero no lo presumas. Vives en la luna», me dijo con voz de trueno cuando los contertulios por fin se fueron. ¡Imagínate tú! Semejante comentario en boca de un hombre hipnotizado por la vida de Lucy, la Mujer Australopitecus. Por lo menos mis voyerismos, implican personajes de vidas más recientes y menos rudimentarias. También odiaba mi *Vademécum*, sobre todo desde que sus síntomas de una bronquitis me hicieron diagnosticarle un linfoma. No fue nada personal. Por esa época yo a todo le veía cara de linfoma.

La vida puede ser muy injusta. Nunca he sido fotografiada por mi revista ¡Hola! Creo que ya lo merezco. En las páginas centrales. A todo color. «Premio ¡Hola! a la alta fidelidad». Tengo la colección completa desde 1947. Conservo aún los números de esos años cuando en México era dificilísimo conseguirla. (Nada más la tía de Sofía conservaba algunos de esos ejemplares). Un verdadero triunfo de la obsesión. He pensado en planear un autosecuestro, avisar con un nombre falso a la policía de élite: «Mi vecina fue extraída de su casa por quince rufianes con pasamontañas y cuernos de chivo». Dejaría el ¡Hola! regado por toda la sala, para que los reporteros lo vean en cuanto entren en mi casa. «No hay pista alguna en el caso de la desaparición de la periodista e investigadora. No se le conocen enemigos. Era una persona muy amable y convivial. Sus únicas adicciones parecen ser el *Vademécum* y la revista ¡Hola!» Si la redacción de la revista se entera de que fui secuestrada entre sus páginas, quizá decida hacerme un reportaje apenas aparezca…

¿Qué haría yo? Primero, sonreír *très charmante*, luciendo el «estilacho» del momento. Después aclarar que «los intelectuales mexicanos no han sabido valorar la aportación invaluable del ¡Hola! a la literatura, la sociología, la antropología y las ciencias de la conducta». Después, aprovecharía la tribuna para expresar con voz lánguida: «No puedo ya "querer sin presentir" como en el tango, pero busco (con desesperada lentitud) un futuro padre, para mi futuro hijo». Millones de hispanoparlantes escucharían mi llamado. Por último, haría el anuncio, que sería retomado por las primeras páginas de los periódicos nacionales e internacionales y las cadenas de televisión: «Dono en vida mi colección entera de ¡Hola! al único espacio en el mundo cuya tradición lo hace merecedor de albergar semejante joya: la Biblioteca de Alejandría». Mi imagen queda inmortalizada en una columna de la biblioteca. Y en el ¡Hola!, mi vicio privado se convertiría, tras años de complejos, en una virtud pública y fastuosa: «A nuestra insigne y tantas veces incomprendida benefactora». Y antes de morir, en lugar de decir adiós, diré: «¡Hola!», con todas sus letras.

1

La pasión de Mina

La primera vez que Sofía sostuvo entre sus manos un ejemplar de la revista ¡Hola! exclamó: «¡Guau! Aquí todos son muy felices. Yo también quiero ser princesa…» Entonces, esta adolescente tan entusiasta tenía 14 años de edad y era una joven inquieta y, sobre todo, sumamente soñadora. Fue su tía Guillermina, hermana menor de su madre, quien la introdujo en ese mundo de color rosa. Mina, como la llamaban cariñosamente todos sus sobrinos, era una lectora voraz de las revistas del corazón y de sociales, así como de todo aquello que tenía que ver con las aristocracias europeas. De ahí su adicción al ¡Hola!

«Con esta revista tengo la felicidad garantizada», pensaba cada vez que la hojeaba. Curiosa y criticona como era Mina, le encantaba estar al tanto de la vida íntima de las celebridades. También se sentía atraída cuando la revista abordaba asuntos históricos o políticos. A pesar de que estos temas siempre eran tratados de forma somera y, sobre todo, sesgada, de alguna manera, le permitían asomarse a otras realidades. Fue gracias a las fotografías de un viejo ejemplar de 1944 del ¡Hola!

cuando pudo ver, en el legendario salón de belleza Esperanza, a los soldados norteamericanos caminando por las calles de un París libre. Con qué admiración había observado a de Gaulle, en fotos a doble página, paseando por los Campos Elíseos; qué ilusión le había hecho ver a esas muchachas francesas del brazo de los soldados atravesando el Arco de Triunfo. Cómo le hubiera gustado estar allí ese 25 de agosto para gritar con la multitud: *«Vive la France!»*

Mina, además de sentirse muy identificada con España, «nuestra Madre Patria», como decía, adoraba Francia por lo que también devoraba las revistas de *Point de vue Images…* y *Paris Match.* Aunque estas a Sofía no le gustaban tanto porque las sentía muy lejanas. «Es que son como raritas», decía. Con el ¡Hola!, en cambio, hizo clic desde el primer día. Con las que más se divertía era con las viejitas, es decir, con los números atrasados que conformaban la colección de la tía, iniciada desde la segunda mitad de los cuarenta.

El primer ejemplar del ¡Hola! que atesoraba esta solterona empedernida y que le había enviado su amiga Montserrat desde Madrid, tenía fecha del 20 de noviembre de 1947. Entre muchas noticias que cubría la revista, resaltaba la boda de la princesa Isabel de Inglaterra con el príncipe Felipe Mountbatten. Se vendieron tantos ejemplares de este número, que se tuvo que duplicar el tiraje. Al cabo de los años se convirtió en un verdadero clásico, tanto por la calidad de las fotografías como por el reportaje de la boda. Todos se enteraron de que el vestido de la novia estaba ricamente bordado con perlas que simulaban flores de naranjo, jazmín y rosas blancas de York; que estaban combinadas con pequeñas espigas que simbolizaban la fertilidad; que el velo medía casi cinco metros y que estaba sostenido por una tiara de diamantes de Cartier, regalo de Nizam de Hyderabad, un hindú multimillonario de la época. También se mencionaba quién había sido el diseñador, Norman Hartnell, y cómo se había inspirado en un cuadro de Botticelli para el bordado. El vestido no llevaba cremallera en la parte de atrás, sino catorce botones diminutos cubiertos con el mismo satén con el que se había confeccionado el vestido. Lo que en esa ocasión no dijo la revista fue que las hermanas del novio no pudieron asistir a la ceremonia porque estaban casadas con aristócratas alemanes ligados al nazismo; y que antes de la boda el príncipe ortodoxo se había visto obligado a convertirse al anglicanismo, además de renunciar a las pretensiones de otros tronos europeos. Pero tantas renuncias fueron compensadas pronto, porque su suegro, el rey Jorge VI, le otorgó el título de duque de Edimburgo aunque olvidó renombrarlo príncipe. Esta pequeña distracción fue corregida en 1957.

Con qué gusto había recibido la tía Guillermina aquel paquete que venía directamente de España y que contenía el ejemplar tan esperado. Con qué ilusión había pasado las yemas de los dedos a lo largo de la hilera de timbres con la ubicua efigie del Generalísimo, Francisco Franco. No. No es que ella hubiera sido franquista. Lo que le hacía mucha ilusión era la idea de recibir correo desde Europa y ver su nombre perfectamente bien escrito sobre la etiqueta. Mina nunca había viajado al Viejo Continente, así que todo lo que venía de allá estimulaba sus enormes ganas de conocer otros mundos. Como no podía hacerlo físicamente, por lo menos lo hacía con la imaginación. Estas revistas le permitían evadirse, soñar, imaginar y, sobre todo, no pensar en su realidad.

Cuando Mina llegó al clímax fue cuando rasgó el sobre amarillo e introdujo su mano blanca para verificar si efectivamente estaba allí. Sí, allí estaba. «A Dios gracias, esta sí no se la robaron», pensó con los ojos brillantes que asomaban detrás de sus gruesos anteojos. Poco a poquito fue sacando la revista hasta tenerla por completo en sus manos. Al ver la portada con la fotografía de los novios casi se desmaya.

Seguidamente y con cierto nerviosismo, se dirigió a su habitación, cerró la puerta con llave y se sentó a los pies de la cama. Sentía que le faltaba aire. Respiró profundamente… «¿Quién tocó a la puerta?», preguntó a lo lejos una voz masculina. «Era el joven de la farmacia, papá», mintió Mina. Confesarle a su padre que acababa de recibir algo que para ella representaba todo un tesoro, hubiera sido una enorme imprudencia.

En esa época, Guillermina vivía con sus padres, era la hija menor de ocho hermanos y de una familia sumamente conservadora. Doña Celia, su madre, una niña-bien queretana, llevaba en cama más de diez años debido a un accidente de automóvil que la dejó inválida hasta el día de su muerte. La vida de Mina consistía en atender día y noche a sus papás, ir a misa de doce al Sagrado Corazón, jugar a la lotería, ver la televisión y leer «mis revistas», como ella decía.

Más de diez minutos se quedó observando la portada de la boda real. La revista yacía sobre sus piernas muy juntitas. «No, no la quiero hojear todavía… Mejor espero a que se despierte mi mamá para verla juntas… Pobrecita, qué ilusión le va a dar…», pensó con una mirada enternecida. Hacía muchos años que entre doña Celia y su hija se había establecido una suerte de complicidad. Más que madre e hija, parecían dos viejas amigas que se habían conocido en el colegio. Y como dos niñas traviesas, cada vez que el padre se ausentaba, compartían el momento de su recreo; el momento ideal para disfrutar su juego preferido, es decir, leer con tiempo la sección de sociales de los diarios y de las revistas en tanto oían sus viejos discos. «Mira mamá, cómo salió aquí fotografiada la primera dama. ¿Ya te fijaste en las joyas que lleva? ¡Bola de ladrones!» Para que su madre pudiera ver mejor y con más detalle las fotografías de los diarios, Mina se sentaba muy cerquita de ella y le colocaba una enorme lupa bajo los ojos totalmente miopes. Conforme pasaba las páginas, comentaban la foto o la crónica de alguna boda de gente conocida.

Estos eran los momentos que más gratificaban a estas dos mujeres eternamente atemorizadas por el autoritarismo y el mal humor de don Víctor. Este auténtico *pater familias* era un hombre muy chapado a la antigua, con ideas sumamente fijas respecto a todo, especialmente las relacionadas con la manera en que debía comportarse una mujer; la mujer de deber, la mujer de su casa y la mujer de una familia decente. Su autoridad era implacable y debía hacerse lo que él ordenara. Con la edad se le había empeorado el carácter y quien siempre acababa por pagar los platos rotos era Mina. Su esposa, doña Celia, además de inspirarle ternura, le provocaba cierta culpa, por eso procuraba tratarla con consideración. En cambio, su hija Mina lo irritaba. La encontraba demasiado excéntrica. «¡Ay, mamá! Ya no aguanto a mi papá. Por más que me encomiendo al Señor de Atocha para no faltarle al respeto, a veces tengo unas ganas de contestarle…» Esa era una de sus constantes quejas. Sin duda, doña Celia era la que más padecía la situación familiar. La entristecía no poder hacer nada para evitar esas tensiones que tanto la agobiaban. La entristecía ya no reconocer al hombre con quien se había casado hacía tantos años. La entristecía advertir tanta competencia y distancia entre sus hijos. Pero lo que más la entristecía era ver sufrir a Mina. No. Definitivamente la benjamina de la familia no había corrido con la misma suerte que sus hermanas y hermanos. Su única perspectiva en la vida era ocuparse de sus padres, sacrificando con esto sus propios proyectos, es decir, la posibilidad de casarse y tener hijos.

La misma tarde del mismo día en que Mina había recibido la revista desde España, después de darle de comer a su padre, de lavar los trastes y de recoger la cocina, de ir a buscar sus lentes de mayor aumento, de lavarse las manos, de ponerse un poco de crema de pepino, de rociarse unas gotas de agua de colonia de azahar alrededor del cuello, se dirigió a la recámara de su madre. No terminaba de abrir la puerta cuando en un dos por tres se le vino encima aquel olor a medicinas, confundido con un ligero tufo a pan dulce un poco pasado que ya había impregnado toda la parte superior de la casa.

«Mamá, ¿estás despierta? Te tengo una magnífica noticia… Montse ya nos mandó el ¡Hola! desde España. ¿Te acuerdas que te conté que le había escrito para que de favor nos lo mandara? Pues ya lo recibimos. ¿Quieres que te ponga más almohadones detrás de la cabeza para que puedas verla mejor? Mira, te voy a poner los dos más grandes para que estés bien derechita y puedas apreciarla mejor. ¡Está preciosa! ¡Ay, qué bueno que ya se fue mi papá! Se fue muy enojado porque, según él, la carne estaba muy dura. ¿Así estás bien, mamá? Espérame tantito, porque voy a buscar la lupa. ¿Verdad que tenemos mucha suerte de haber recibido el ¡Hola!? ¿Te imaginas el coraje que le va a dar a la envidiosa de

Beatriz cuando se entere…? No, mamá, no es que me pase la vida criticándola, es que es muy chocante y siempre me está presumiendo que a ella siempre se la mandan desde España. Mira, mira la portada mamá, ¿no está preciosa? ¿Ves bien? Mira, qué bonita se ve la novia de blanco. Acuérdate mamá que la princesa Isabel también es princesa de York. Ya sabes de quién es hija, ¿verdad? Claro, del rey Jorge VI y de la reina Isabel. ¡Ay, mamá qué buena memoria tienes…! ¡Ay, ve al novio, mamá!, ¿no está guapísimo? ¡Qué bonito tipo tiene! ¿Sabes a quién me recuerda un poquito? A Nacho Orendáin. La próxima vez que vea a su mamá se lo voy a decir… Me lo recuerda, porque también Nacho es muy alto y medio narigón… No te olvides que Felipe Mountbatten nació príncipe de Grecia y Dinamarca y que es biznieto de Eduardo VII. Eso sí, no tiene ni casa real, ni trono. ¿Sabías que los novios son primos en tercer grado entre sí? ¡Ay, mamá!, ¿tú crees que vivirán en pecado mortal? A lo mejor el Papa les dio permiso… Mañana sin falta le pregunto al padre Romero. Mira, es como si yo me casara o me hubiera casado con… con… con… Miguel, el hijo de Inés, que viene siendo tu prima segunda. ¡Ay, no!, está muy feo Miguel. Jamás me casaría con él. Además, tiene mal aliento y se muerde las uñas… Bueno ya no voy a criticar… Está bien…»

Y entre más le mostraba Mina las fotos de la revista a su madre, más se entusiasmaba con la boda:

«¡Ay, mamá!, mira esta otra foto de los novios frente a la abadía de Westminster… ¿Qué tal? ¡Imponente! Dice aquí que la ceremonia fue presidida por los arzobispos de Canterbury y York y por los obispos de Londres y Norwich. Mira qué bonitos se ven los pajecitos con su falda escocesa y la princesa Margarita Rosa, ¡qué guapa está con su vestido de dama y con su collar de perlas! Para mí no hay nada como las perlas… ¿Verdad mamá que me vas a heredar tu collar de tres hilos? Conste, ¿eh…? Ahora, déjame leerte el reportaje.»

Pero la pobre Mina ya no pudo leerlo porque doña Celia se había dormido por completo. Sin embargo, con la mano de su madre entre las suyas, su hija pasó largo rato observando las fotografías. Al ver aquella en donde aparecían los novios en el balcón del Palacio de Buckingham, saludando al pueblo británico, pensó que seguramente la vista no debió haber sido muy agradable, ya que dos años antes los bombardeos alemanes habían sumido a Londres en un verdadero caos. Pensó que las calles probablemente todavía estarían llenas de escombros, repletas de gente sin hogar. Y de pronto se puso melancólica y se acordó de su amiga Montserrat. «Pobrecita, la sentí muy triste en su última carta.»

Madrid, 16 de agosto de 1947

Querida Mina:

Las cosas aquí siguen fatal. Bueno, ni la visita de Evita Perón nos ha cambiado las ideas, y eso que al llegar al aeropuerto de Barajas dijo: «Españoles, os traigo el contagio de felicidad de los trabajadores argentinos». ¿No te parece ridícula? Y luego, la muy pesada agregó: «Os ofrezco mi corazón de mujer, empapado en la nueva justicia que hemos dado a los obreros de mis ciudades y mis campos». Si hasta parece letra de tango… Por más barcos con trigo que dicen que ha enviado a España, no me simpatiza esta mujer… No sabes la cantidad de gente que se juntó en el palacio de Oriente nada más para verla. Claro, ella enjoyada y muy elegante con su abrigo de visón sobre los hombros, y eso que ese día hacía un calor infernal. Mientras la veíamos en el balcón con Franco, todos nos estábamos abanicando por el calor. El Generalísimo, literalmente a sus pies, hasta le impuso la Gran Cruz de Isabel la Católica. Se dice que Evita tiene 27 años, pero en las fotografías del ¡Hola! se ve mucho mayor...

¡Ay, Mina! ¿Qué haría sin mi revista? Es lo único que me da ilusión y me hace compañía en estos tiempos tan tristes que vive España. Cada vez que la leo, pienso en ti. Mañana sin falta te mando la de la boda de la princesa Isabel; es que no he tenido dinero. Espero que allá en *Méjico* funcione mejor el correo postal, porque ya ves lo que pasó con la revista cuya portada estaba dedicada a Jorge Negrete, nunca la recibiste y por más que la he buscado ya no hay... El ¡Hola! que te enviaré es precioso. Con un príncipe azul como Felipe, hace mucho que me hubiera casado...

Mi madre sigue muy enferma, ya casi no puede salir a la calle. Si a esto le agregas las carencias que padecemos todos los días y le sumas la muerte de mi músico, mi poeta y mi torero preferidos, pues ya te imaginarás que no me encuentro muy animada. Sí, murió el espléndido compositor Manuel de Falla, poco después, Manuel Machado, hermano de Antonio. ¿Te acuerdas, Mina, de la obra de teatro *La Lola se va a los puertos*? Ustedes también han de estar muy tristes con la muerte de Manolete. Y todo por el miura ese, Islero, que le dio una cogida terrible. Yo fui a esa su última corrida en donde, por cierto, también toreó el *mejicano* Carlos Arruza y un joven muy talentoso llamado Luis Miguel Dominguín. No. España ya nunca más volverá a tener un matador como Manolete.

Bueno, Mina, te dejo porque tengo que ir a renovar mi cartilla para poder comprar lo que me corresponde, o sea, un cuarto de litro de aceite, cuatrocientos gramos de garbanzo, un huevo, un cuarto de kilo de arroz, un cuarto de kilo de jamón y un poco de carne de membrillo. Todavía seguimos en pleno racionamiento. Qué suerte tienes tú de poderte comprar lo que quieras en el mercado que está tan cerca de tu casa. Dale un beso a tu madre, saludos a tu padre.

Recibe todo mi cariño.

MONTSE

Lo que nunca leyó Montse en el ¡Hola!, respecto a la visita de Eva Perón, fue la decepción que le había causado a Evita ver el sufrimiento y devastación en los orfanatos españoles. En el reportaje tampoco se mencionaron las dificultades que había tenido la señora Perón con la señora de Franco durante los paseos que dieron juntas por Madrid. La revista jamás se refirió a la discusión, totalmente alejada de las educadas reglas del protocolo diplomático, acerca del itinerario: mientras Carmen Polo quería mostrarle el Madrid histórico de los Austrias y los Borbones, Eva quería ir a los hospitales públicos y a los barrios obreros. Al regresar a su país, Evita Perón contó a los medios su propia versión de esos pequeños desencuentros con la señora Franco:

A la mujer de Franco no le gustaban los obreros y cada vez que podía los tildaba de rojos porque habían participado en la guerra civil. Yo me aguanté un par de veces hasta que no pude más y le dije que su marido no era un gobernante por los votos del pueblo sino por imposición de una victoria. A la gorda no le gustó nada.

Resulta interesante leer, muchos años después de la gira por Europa que hizo Evita Perón, cómo el ¡Hola! comenta su viaje a España en el tomo 2 de la Edición de Colección que se publicó con motivo del cincuenta aniversario de la revista:

> Cuando en 1947 viajó a España invitada por el general Franco, aquello fue un acontecimiento con doble eco en los dos hemisferios. Antes de partir dijo: «Voy representando a mis adorados descamisados, a quienes dejo mi corazón mientras esté fuera.»
>
> Durante diecisiete días llamó a Juan Domingo todas las noches. Nunca habían estado separados tanto tiempo y los dos sentían una gran soledad y un vacío difícil de llenar, pues estaban acostumbrados a ejercer el poder en estrecha colaboración.
>
> En Madrid, una gran multitud escuchó a Franco decir: «Deseo dar a doña Eva Perón una gran prueba de mi admiración concediéndole la Gran Cruz de Isabel la Católica». En el Vaticano fue recibida por el Papa, cubierta con una mantilla de encaje negro y portando como única joya la Gran Cruz que Franco le impuso. Pío XII le regaló un rosario como prueba de agradecimiento por su trabajo con los pobres. Volvió a Argentina como un personaje de fama mundial.

Ahora bien, el otro número de la revista al que hace referencia Montse en su carta a Mina es, efectivamente, el ejemplar en cuya portada aparecía Jorge Negrete vestido de charro. El actor mexicano había estado en Madrid en 1948 para interpretar la película, junto a Carmen Sevilla, *Jalisco canta en Sevilla*. A Mina no le había gustado la película y si había ido a verla era exclusivamente para comentarla con su amiga Montse. Siendo nuestra Guillermina un poquito malinchista, las películas mexicanas no le agradaban tanto como las norteamericanas, las italianas, las argentinas, las españolas o las francesas. De las europeas, su preferida de esta década, sin duda, había sido *El ladrón de bicicletas* de Vittorio de Sica, y de las norteamericanas, *Gilda* con Rita Hayworth. Fue precisamente en 1949 cuando la revista ¡Hola! publicó la boda de Rita Hayworth con el príncipe Aly Khan, hijo del Aga Khan III. En la serie de fotografías que salieron en ese ejemplar, que se vendió como pan caliente, aparece la actriz al volante de su convertible Alfa Romeo, regalo de su flamante marido. En otras fotos de la que fue considerada por la prensa «la boda del siglo» vemos a Rita Hayworth de novia, enfundada en un vestido camisero blanco que le llegaba hasta los tobillos y llevando un sombrero de ala ancha. En otra fotografía, el novio parece abrumado. Seguramente deseaba con toda su alma acostarse con *Gilda*, pero temía despertarse con Margarita Cansino, nombre real de la actriz, y a quien en realidad apenas conocía. El saco del novio se ve un poco largo de las mangas y las amplias entradas del pelo que se aprecian en la foto lo hacen verse mayor. En el ojal izquierdo de su *jacquet* lleva prendida una flor blanca ya un poco marchita. Pero la fotografía más espectacular de todas es la de la mansión en Irlanda, también regalo del novio a la novia. El *manoir* era una copia exacta del Leinster House, en Dublín.

Lástima que Mina nunca tuvo entre sus manos ese ejemplar, porque se hubiera enterado de que los novios se habían conocido en Cannes en una fiesta organizada por la famosa periodista Elsa Maxwell. Lo que Guillermina sí había podido adquirir, cuatro años antes, es el *Life* en el que aparecía una espléndida foto de Rita Hayworth, tomada cuando tenía veintidós años por Bob Landry el 8 de febrero de 1941, aún casada con Orson Welles. Entonces la revista norteamericana festejaba su cincuenta aniversario y la fotografía de Rita fue calificada como «*The best girl picture ever taken.*»

Otra de las actrices predilectas de Mina era Greta Garbo. Le encantaba por bella, por diferente, por misteriosa y, sobre todo, porque no tenía nada que ver con las típicas artistas de Hollywood. «Esas corrientes que una no sabe de dónde vienen y que hasta parecen de plástico», le comentaba a su madre refiriéndose a Jean Harlow. Una de sus tantas revistas de corazón había publicado parte de la vida de la actriz, desde que era niña hasta que se hizo mundialmente famosa.

«¿Ves, Sofía, a esta mujer tan bella que aparece en esta fotografía? Se llama Greta Garbo y es una de las artistas de cine más famosas de Hollywood. Imagínate que empezó su carrera haciendo películas mudas. Cuando era niña todos la llamaban Keta. Eran muy pobres. Ella limpiaba casas, lavaba ropa o trabajaba de asistenta en hogares de familias ricas. Cuando Greta tenía catorce años murió su padre de la gripa española. Fue su propia hija quien lo llevó al hospital. Pero por falta de dinero no pudo internarlo. "Solo el dinero podrá salvarlo", pensó la niña. Su padre apenas podía caminar y ella no podía dejar de pensar que eran pobres, muy pobres, y que la pobreza se llevaría la vida de su padre. A los pocos días su papá murió.

»Fíjate, Sofía, lo que son las cosas de la vida. Porque así como la ves bellísima, Greta Garbo casi no tenía busto, era de caderas anchas, tobillos gruesos, de caminar muy feo y, para colmo, los dientes delanteros estaban demasiado separados entre sí. Además, tenía los pies excesivamente grandes y no hablaba ni una sola palabra de inglés. Por eso, al llegar a Hollywood, los estudios la sometieron a un intenso trabajo de embellecimiento que consistió en una dieta sumamente estricta. Le arreglaron las manos, los pies y la dentadura. La fotografiaron con los integrantes del equipo de *cross* norteamericano junto a un león y en una piscina. A su guardarropa se le tuvieron que hacer muchos cambios. Sus vestidos no tenían la más mínima sofisticación. Le dieron cursos intensivos de inglés, de pronunciación y de buenos modales. Finalmente, y con todas estas transformaciones, Greta pudo convertirse en La Garbo. Su primer papel en el cine mudo fue Eleonora, en la película *The Torrent* (*El torrente*). A mí no me gustó tanto, porque allí todavía no es la Greta Garbo que ahora conocemos.

»En 1929 la Metro Goldwyn Mayer, es decir, los estudios de Hollywood, lanzó el grito de "¡Garbo habla! ¡Garbo habla!" La película que estrenó con muchísimo éxito la voz de la Diva fue *Anna Christie*. En la película *Camille*, donde interpreta a la Dama de las Camelias, sale preciosa; tal vez, un poco fría. Pero a partir de esa película ya demostró su increíble talento dramático al encarnar la tumultuosa vida de una cortesana francesa. Greta Garbo seguía dando buenos resultados económicos. En esa época, la pobre Greta Garbo se pasaba el día entero en los estudios, ensayando y filmando. Regresaba a su casa muy tarde por la noche. Tenía una casa preciosa que había comprado en Santa Mónica. Antes de dormirse continuaba estudiando sus parlamentos para las películas. Ya para los años treinta, Greta Garbo era considerada la mejor actriz, además de la mejor pagada, de Hollywood. Fue siempre tan acosada por los fotógrafos de la prensa, que fue entonces cuando empezó a decir la frase que la hizo tan famosa: "Quiero que me dejen en paz". En una ocasión les dijo a los periodistas: "¿No se cansan de inventarme matrimonios y romances? Es la 759 vez que me entero que me he casado". Es que Greta Garbo tenía una timidez casi, casi enfermiza. Era tan tímida que no podía relacionarse abiertamente con el mundo que la rodeaba. "*I want to be alone*", decía en su película *El gran hotel*. Con el tiempo, esta frase se convertiría en una clave fundamental para entender la verdadera filosofía de la actriz.

»También filmó *La mujer de las dos caras*, que sería la película número treinta y siete y la última. Allí salió en traje de baño. No te olvides, Sofía, que era muy caderona y este defecto la perdía mucho. En la película también sale esquiando sobre nieve, bailando danzas sensuales y seduciendo hombres con un estilo mundano y esto, Sofía, enfureció mucho a la Liga Nacional de la Decencia. La Iglesia condenó la película, argumentando que "ponía en peligro la moral pública". Pobrecita, porque la crítica fue durísima con ella.

»De su vida sentimental no se hablaba. Nada más se dijo que John Gilbert había sido su novio. A mí, él también me encantaba.

»Pues no lo vas a creer, Sofía, que después de esa película, que fue un verdadero fracaso, Greta Garbo desapareció por completo. Es decir, ya nunca más quiso hacer cine. Se despidió de todo mundo. Lo único que quería era estar sola. Sola, sola, sola. Y nada más tenía treinta y seis años. Era 1941. Dicen que vive en un departamento en Nueva York. Que cuando sale, lo hace con unos enormes anteojos negros, se pone un sombrero muy masculino y un abrigo de pelo de camello, para que nadie la reconozca. Pobrecita, porque jamás se casó, no tuvo hijos, no tuvo novios y ahora no quiere tener ni admiradores, ni muchos menos contratos para el cine. A mi manera de ver, está muy alejada de Dios. Yo creo que le falta un poquito de fe. Acercarse más a la Iglesia, eso es lo que debería hacer. Aunque ella creo que es protestante... »

Sofía escuchaba hablar a su tía sin parpadear. Le fascinaban ese tipo de historias, tan bien narradas, con tanto detalle y hasta dramatismo. Esa noche antes de dormirse pensó en la soledad de Greta Garbo y se prometió convertirse, como su tía, en su verdadera fan... para que la pobrecita, no estuviera tan sola.

2

El Yo ideal
(Soy totalmente –del– palacio...)

En las páginas del ¡Hola! los ricos también lloran. Es verdad. Solo que ellos lloran distinto. Un llanto sublime,
semidivinizado, único. Oculto pudorosamente tras sus
lentes oscuros de Armani o de Christian Dior. Las lágrimas de la *jet set* se enjugan en Chelsea, Manhattan y la
Riviera francesa. Como perlas raras. Glamurosas y dra-
máticas. *Les célébrités.* Imposible imaginarlos con bolsas debajo de los ojos, los párpados hinchados, la mirada
perdida, mal aliento o incluso, diarrea. Imposible conce-
bir sus nombres vulgarmente registrados en un directo-
rio telefónico o en las listas del sistema de pago a plazos.
Y todavía más, imaginarlos en el Buró de Crédito. Nada
que los inscriba en una lista que los haga como todo
mundo, *like everybody*. Nada que desfigure, ni cuando
se involucran con las drogas. Nada que llame al extremo,
ni cuando son extremos. Nada que toque el límite de lo
obsceno. Imposible pensar que circulen por la vía pública o se amontonen en los pasillos de un *mall* para comprar algo en rebaja. Imposible pensarlos de carne y hueso

o comunes. ¡No! Los personajes del ¡Hola! son únicos, casi inalcanzables o inaccesibles. Nacidos aparte: sangre de príncipes; vida de reyes, muerte de dioses. Porque son aparte, fascinan; por eso convocan tanta curiosidad, escándalo, admiración y respeto.

En cada página del ¡Hola! están los destinos manifiestos: nacer en cuna, nacer con cucharita de plata, estar en sociedad, pertenecer a la realeza, vivir con lujos y extremos, provocar miradas, exaltar los deseos, las envidias, la codicia, los siete pecados capitales y los apetitos del voyerista que les sigue, les mira, les acaricia en sueños de papel, hoja tras hoja.

Cuando están al borde del precipicio más siniestro, el ¡Hola! les lanza un paracaídas (Chanel), y les ilumina el aterrizaje con discursos heroicos en pie de foto. No puede sucederles nada que a los lectores nos desilusione de más. No habitan el mundo de los límites evidentes, sino el Olimpo mundano; son los elegidos del *Botin Mondain*.

En las páginas del ¡Hola! existe el mundo imaginado, el perfecto, el soñado por millones de lectores que intimidan con ese mundo aparte como si hubieran cenado o vacacionado con cada uno de los protagonistas glamurosos cada semana que presume saber más de la realeza.

Los *paparazzi* intuyen, acosan y exprimen los fracasos y los éxitos de los famosos «en exclusiva». La exclusiva significa que solo esa revista tiene el privilegio de captarlos en sus inmortales segundos, y que solo nosotros —unos cuantos, muy poquitos— tenemos el privilegio de espiarlos. Ceremonias solemnes y pequeñeces cotidianas. Lo privado es público. Lo público es más que público. Todo es fotografiable y transmisible: «Margarita de Dinamarca operada de una hernia [...] según ha informado el portavoz de la Casa (con mayúsculas) Real danesa […] ha recibido el alta y se ha trasladado a su residencia, el palacio de Fredensborg». ¿A quién podría importarle la suerte de la hernia de una señora desconocida que, además, para la mayoría vive del otro lado del mundo? A centenas de miles de lectores. Estamos hablando no de una hernia de la realidad, sino de una hernia Real. De la cual se convalece en Fredensborg.

Sofía lee: «El verano ha comenzado a dar sus frutos en los álbumes reales, los príncipes Guillermo y Máxima de Holanda con sus hijas, las princesas Amalia y Alexia […] han dado el pistolazo de salida a los refrescantes y espontáneos retratos reales de la temporada». «Espontáneos». Qué lindo. Sí, ¡se les ve tan naturales! «Un pequeño bocado de lo que serán las próximas vacaciones estivales para la familia Orange». Ellos sonríen y a una se le parte el alma, quiere más bocados de esos porque ya se siente hambrienta de grandiosidad identificatoria. Tan poderosos y tan sencillos, los Orange. El ¡Hola! tiene medido a la perfección ese vaivén continuo e hipnótico entre la magnificencia y la ñoñería. «Risas, juegos, diversión, ocio, chapuzones en la piscina en el incomparable marco de su residencia Rocco dei Dragoni, en Tavernelle.»

Podrían a Sofía dejarle los cabellos verdes en el salón de belleza, amputarle una oreja, gangrenarle una uña a mitad del *manicure*… Ella continúa leyendo su ¡Hola! Mira alrededor y observa una docena de señoras, también leyendo la revista. Tiene ganas de decirles ¡Hola!, así, como si todas pertenecieran al mismo club. Mira que algunas de ellas hojean ejemplares de meses atrás, pero se encuentran tan interesadas y sumidas en lo que leen, tanto, que se diría que apenas se están enterando del divorcio de Michael Douglas, o que Alain Delon, a sus sesenta y nueve años, solo cree en sus perros, en nadie más. Las mira y se mira leyendo su ejemplar: «Habito Rocco dei Dragoni: La villa que la acaudalada familia Vicini regaló en 1975 a la reina Beatriz para que veranease allí con los suyos». Y «La vida es sueño, y los sueños, sueños son», diría Calderón de la Barca; Sofía lo diría al revés: el sueño es vida, y soñar cuesta 30 pesos mexicanos. Algo también diría Sigmund Freud. *Ese hombre no ha parado de «decir» en el último siglo. Qué monserga.* Para estos *happy few* seguramente se trataba de un médico amargaducho, que ciertamente no frecuentaba los bailes de la nobleza austriaca. ¿Cuál de sus nietos o bisnietas habrán salido fotografiados en el ¡Hola!? ¿Cuántas pacientes de psicoanalistas freudianos leen la revista mientras esperan su turno? A Sofía, por momentos, el juicio de Freud la inquieta muchísimo. Si ella no sabe algo de psicología a estas alturas queda como *madame* Australopitecus en la escuela de los niños y en otros círculos; está muy de moda:

Sobre el yo ideal recae el amor de sí mismo de que en la infancia gozó el yo real. El narcisismo aparece desplazado a este nuevo yo ideal que, como el infantil, se encuentra en posesión de todas las perfecciones valiosas. Aquí, como siempre ocurre en el ámbito de la libido, el hombre (¡Y la mujer!) se ha mostrado incapaz de renunciar a la satisfacción de que gozó una vez. No quiere privarse de la perfección narcisista de su infancia y, si no pudo mantenerla por estorbárselo las admoniciones que recibió en la época de su desarrollo y por el despertar de su juicio propio, procura recobrarla en la nueva forma del ideal del yo. Lo que él proyecta frente a sí como su ideal es el sustituto del narcisismo perdido de su infancia, en la que él fue su propio ideal.

Una amiga psicóloga de Sofía le pasó unos apuntes de Freud. ¿No es de lo más sofisticado? Las felicidades que le provoca el ¡Hola! son un intento de regresar a la perfección narcisista de su infancia… ¿Habrá sido tan feliz? No se acuerda. Su éxtasis por la princesa Carolina de Mónaco es *el sustituto del narcisismo perdido de mi infancia… ¿Y quién será el sustituto narcisista de la perfección infantil de Carolina?*

Hace unos meses, un discípulo de Freud recibía a Sofía en sesiones. Media hora, tres veces por semana, por ochocientos pesos cada vez. Diván incluido y vista panorámica hacia un Tamayo (¿copia?) y una pintura de Juan Soriano, de la primera época. El precio no era delirante comparado con el *shrink* de una amiga de Sofía: dos mil pesos por cuarenta y cinco minutos, el individuo padecía accesos de tos, peor que Marguerite, la Dama de las Camelias (qué *démodé!*), y adornaba las paredes de su consultorio con reproducciones de pinturas. El colmo del mal gusto y la avaricia. El psicoanalista del Soriano insistía en que su inconsciente iba a soltarse súbitamente en el parloteo. Pero su inconsciente andaba ocupado en otro lado, tal vez en las preocupaciones domésticas. Huyó cuando el Palacio de Hierro le reveló una verdad femenina profunda: *Porque un psicoanalista nunca entenderá el poder curativo de un vestido nuevo…* Sofía cambió el diván, por el vestidor.

¿Debe Sofía inquietarse por su adicción al ¡Hola!? ¿O no debe hacerlo? ¿Leer o no leer el ¡Hola!? He ahí su eterno dilema. ¿Confesar o no confesar en público que sí se lee el ¡Hola!? «Yo, nada más cuando voy al salón». «Yo no lo compro, pero quién sabe cómo siempre aparece en mi casa». «Yo sí lo leo, pero cuando voy con la dietista». «Yo lo leo porque lo compra mi mujer». En todo caso, Sofía tiene pleno derecho a mirarse en «los otros», como si fueran espejos que sí tienen lo que ella no. Son como su yo ideal, ¿qué son? Pues, algo así como evasión (¿por qué no evadirse si ya pagó sus impuestos, ya no debe su American Express y ya consiguió *un traitteur* exquisito para su próxima fiesta de cumpleaños?), y disfrute de los fuegos de artificio. Sus virtudes públicas son su vicio privado, lo confiesa pero, ¡fuera máscaras!

Hace muchos años, en la sala de espera de su marido solo había revistas serias, en varios idiomas, incluido el alemán, idioma que él entiende y habla. Un día dejó unos ¡Hola! «por descuido», para hacer un experimento entre un público sobre todo masculino. Las secretarías le juran que han causado furor. Los señores, que en la casa presumen de no soportar «los cotilleos» y las maledicencias, a escondidas se lo llevan al baño y allí se quedan las horas viendo lo felices que son Brad Pitt y Angelina Jolie. Ha sido su contribución al florecimiento de la empresa familiar (entretiene a los clientes) y a la expansión de los lectores de clóset del ¡Hola!

El palacio de veraneo de los Orange: «Un rincón de ensueño, repleto de infinidad de anécdotas y entrañables momentos para los inquilinos reales». Los bebés hacen castillitos de arena, como los que habitan. Son bebés sonrosados, sanitos, rubitos, divinos y muy cachetones, siempre vestidos con ropita de Molly enviada directamente desde Suiza. Una mente torcida podría afirmar, de manera apresurada, que la revista solo se ocupa de familias reales bien occidentales y bien rubias. ¡Error! El ¡Hola! adora la pluralidad cultural: «La princesa Kiko presenta a su hijo Hisahito […] ocupa el tercer puesto en la línea de sucesión al trono nipón […] el nacimiento de Hisahito frenó los proyectos de reforma de la ley Sálica, que despejarían el acceso de la hija del príncipe heredero Naruhito, Aiko, al trono». Un día, Sofía asistió a una conferencia que trataba de la ley Sálica en una reunión de mujeres. «En Japón la ley Sálica establece que solo los hombres ascienden al trono…», dijo y quedó como una reina de tan culta. «¡Pobre Aiko!», a todas les pareció muy injusto que la discriminen.

Por la revista, Sofía recibió también la exótica noticia de que había muerto el rey de Tonga, Polinesia (¿Ven? Él tampoco era occidental), y sus ciudadanos lloraron a mares. Se enteró hoy, leyendo una edición de hace años, pero no importa, igual se conmueve; es como si se hubiera publicado la semana pasada. En el fondo lo sintió muchísimo. «El monarca Taufa'ahau Tupou IV ha fallecido tras cuarenta y un años rigiendo los destinos de sus súbditos». En la imagen se ve a su única hija llorando, la princesa Salote Mafile'o Pilolevu Tuita. «[…] recibe a numerosos tongoleses que se acercan hasta el palacio real». No especifican si Salote puede gobernar en el lugar de su padre. La princesa luce tristísima y muy desarreglada, en una foto más bien chiquita. Le urge que un alma noble (aunque sea plebeya) la rescate.

«Todos sin excepción (los bebés sonrosados y rubitos y bien cachetones de ojos azules, juegan en la arena) ajenos a su extraordinario destino». Qué frase inmensa. Freud persigue a Sofía, que se acordó de un ensayo que había leído: «La novela familiar del neurótico", donde se insinúa que los neurasténicos tienden a inventarse pasados grandiosos de imaginarios ancestros de la nobleza. Este no es el caso aquí. ¿Será Sofía una neurótica? No. Ellos son nobles de verdad y ella se les emparenta porque es muy empática, pero muuuuuuuuuuy. Hay quien se burla de sus espasmos de lectora adicta, aunque sea injusto. ¿Por qué quienes conocen los detalles del asesinato en Sarajevo del archiduque Francisco Fernando y su esposa Sofía pasan por letrados, y si Sofía comenta los avatares matrimoniales de las infantas es una frívola? *Pero sí es historia, dice, solo que se escribe hoy y en la revista ¡Hola!* Concluye el punto: *entre la «cultura», y la trivialidad, solo hay una diferencia de pátina.* ¿O será de la fuente de donde proviene la información?

En el ¡Hola!, los apellidos largos, largos, largos, largos más antiguos y longitudinales de Europa, comparten solidariamente —entre ellos— sus glorias y sus penurias, página a página. Se visten con los mismos modistos, inundan las salas de espera de los mismos psiquiatras, van juntos a las mismas fiestas, mezclan sus escudos de armas, sus coronadas cabezas, sus reales cuerpos…, y no siempre con fines reproductivos ni al servicio de sus aristocráticos linajes. Los tiempos han cambiado. Las imágenes y los comentarios del ¡Hola! Son una prueba sociológica rotunda de la «relajación de las costumbres». El «deber ser» de las «Grandes Casas» de Europa se resquebraja, entre anorexias, infidelidades, bulimias, divorcios, depresiones, amores secretos, y no tanto. Sus graciosas majestades sudan hormonas, con frecuencia hasta clandestinas. En el siglo XIX, la reina Victoria le escribió una carta a su médico quejándose de los obligados y tediosos ayuntamientos con su real marido; les urgía un heredero al trono. Juran que el médico le respondió: «Señora, cierre usted los ojos y piense en Inglaterra». Hoy, tras treinta años de pasiones entre el príncipe Carlos y la Parker-Bowles, ya nadie piensa sumisamente en Inglaterra.

«Señora, no alcanzó, no alcanzó el dinero que me dio para el súper», la voz remota de una Adriana, contrita, frente a los chiles por rellenar y las bolsas desparramadas del súper. «¿Para qué quiere usted el salmón si todavía quedan las hamburguesas de ayer?» Sofía la miró distante desde su palco en la ópera de Montecarlo. Los Hannover presiden una función de gala en beneficio de la Cruz Roja. Ella estuvo y está allí mientras lee su ¡Hola!: *Ataviada con un sensacional modelo exclusivo de Yves Saint Laurent, que resalta su figura grácil y su sensual donaire. La señora X (se hilvanan mis apellidos con varias partículas intermedias) es la actual coqueluche del divo de la moda.* Tiene que ir con la dietista y comprarse unos zapatos en El Palacio, ¿por qué? Porque también ella, como esas princesas, dice «Soy totalmente Palacio…» «¡Ah!», creo que respondió a las tribulaciones domésticas, confrontada una vez más, a su precariedad *terre à terre* en el límite de una delegación de austeridad, de una banqueta llena de baches y de un cielo cubierto por la contaminación.

Pero su «otro yo» brilla en escenarios de ensueño. Asiste. Sí, asiste, a través de las páginas de su ¡Hola!, a una gala de beneficencia. En el palco, cubierto de terciopelos con los colores del principado, se sienta junto a un viril tirano de un país exótico. La fama lo precede. Sus donativos para las más nobles causas son espectacularmente generosos y mantiene en estado de felicidad a sus doscientas treinta y seis esposas…, más concubinas. Le sonríe *charmante et séductrice*. Le comentará al oído que leyó *El otoño del patriarca*, de García Márquez y *La mujer justa*, de Sándor Márai. Tiene con qué entenderlo. El amor podría transformarlo: de déspota rudimentario a demócrata ilustrado. Su noche será larga, muy larga. ¿Qué tan larga? Solo el ¡Hola! lo sabe...

El ¡Hola! es selectivo, pero no discriminatorio. También figuran los supermillonarios, los cantantes famosísimos que nacieron en barrios bajos, los toreros más aguerridos, las *top models* más espectacularmente anoréxicas, los presidentes y sus primeras damas, muchas de ellas nacidas en pequeños pueblos, las estrellas de la cinematografía internacional y hasta las cantantes vernáculas. En resumen, el pueblo que ahora desayuna con *brioches* y mimosas; plebeyos con albercas de oro, como Rico Mc Pato, «El rey de la Fórmula 1 le vendió su mansión al emperador del acero»; muros bañados de oro, el área de la piscina luce incrustaciones de piedras preciosas, como las piedras de los aretes, regalo de quince años que les regalan los padres a sus hijas, pero por centenas. Sus apellidos no representan a las más viejas fortunas de Orleans o de York, pero nadie repara en el detalle de sus billones generacionalmente recientes. Ya ni para casarse. Pertenecen a una aristocracia económica, que se entrena en la adquisición del gobelino y el tapete persa; la heráldica de la lista de Forbes y similares.

Todo es completamente chic y exclusivo, pero nunca excluyente: el ¡Hola! ofrece suscripciones gratuitas en Internet. Todo el mundo puede entrar. Se puede leer en un Café-Internet de Santa María la Rivera o en el *mall* de Santa Fe. Pero no, Sofía no puede creer en tanta democracia. Escuchó que murmuraban que la revista era leída cuidadosamente en el plantón de Reforma, para observar de cerca al adversario... Muchos dicen que vieron la revista debajo de la propaganda del PRD en el campamento de Niza, esquina con Paseo de la Reforma. ¿O habrá sido en el de Florencia o en el de Praga?

Delirante, enfrenta la realidad del ¡Hola!: y se dice «¡Hola Sofía! Acá están la realidad y los sueños despiertos, las ilusiones del porvenir, los juegos de seducción del poder hacer, comprar, tener. Todos envueltos en los sueños de papel, del papel que juega ¡Hola! en tu vida y en tantas otras que nos han cambiado la visión de la realidad, de la realeza, de las princesas y los reyes, de la ostentación y los placeres. En serio, que la vida está en otra parte", como dice Milan Kundera. *Pero en la esquina de cualquier colonia, donde esté un Sanborns o un Vip's seguro encuentro a una mujer con su ¡Hola! y su café —en taza de cerámica blanca—, ensoñando, recreando la intimidad amistosa con cada entrega semanal. Yo misma me siento amiga de más de una de la corte, de la realeza.* Y Sofía supone que millones de mujeres en el mundo del ¡Hola! sienten esta sensación. Mira la portada y de repente siente que se pertenecen, que son amigas semanales, aunque la conversación dure más de un día o una semana. Así se ha enterado de enamoramientos, de ilusiones, de planes de boda, vacaciones, nupcias, de la paradisíaca luna de miel, de las infidelidades, del *shopping*, de los embarazos, que a veces han coincidido con el de alguna amiga... Entonces, extiende la emoción, la materializa entre las páginas de su ¡Hola! y con sus amigas.

Hoy, Sofía tiene más deudas que esperanzas de vida. Humanidad de humanidades. Miseria de miserias. Escucha el ruido de la aspiradora en la sala de su casa. Murmura: «Tuamotu». «Ibiza». «Saint Tropez». Imagina glamurosos tules para visitar el desierto de Fizzan en Libia. Admira a Marisa Berenson y a Isabel Adjani, espectadoras de las cabalgatas tuareg. Son bellísimas las dos. Los festejos de «los hombres azules», patrocinados por el rey de Marruecos. Los duques de Berganza acuden a la cita entre las dunas. El duque, notablemente bigotón, posa en la foto junto «a una mujer morena del desierto». Se le ve ligeramente incómodo, de rodillas debajo de una tienda de etnia nómada. Quizá hacía calor. «Athina Onassis de Miranda vende piso en París». *¿Cuánto costará? ¿Se podrá adquirir con una hipoteca de Mi Casita? ¿De cuánto será el enganche?* Athina se enamoró de un jinete de apellido hispánico y ahora cabalgan juntos en los centros hípicos más cotizados del planeta. Por fin es feliz, la niña más rica y más infeliz del planeta. ¡Cuántas no desean adoptarla en sus momentos de abandono! El gruñido de la aspiradora la arrulla. Recostada en su sillón, como *madame* Recamier en su *chaise longue*. Ella, Sofía, también aspira, pero polvo de estrellas.

A ellos y a nosotros todo nos une y todo nos separa. Nada de lo humano es ajeno. Salta a la vista. Aun Lady Diana fue mortal, aunque en el número 2,770 que le dedicó especialmente el ¡Hola! decía en mayúsculas: «Diana, irrepetible». Y sin embargo, qué curiosidad. Qué dudas respecto a las irrepetibles. Si se cortan un dedo, ¿sangran? ¿Tienen manías? ¿Mezquindades? ¿Tropezones? ¿Caspa? ¿Padecen gastritis? ¿Sufren incontinencia? Parecen eternos. ¿Envejecen? ¡Sí! Nos dicen los redactores del ¡Hola!, solo que tan despacio que casi no se les nota. ¿Dónde están sus arrugas, sus patas de gallo, sus papadas y sus calvicies prematuras? ¿Serán estas también irrepetibles?

En esa mezcla de la minucia y lo sublime reside parte del éxito de la revista ¡Hola! También, en el mensaje. Hasta en las desgracias sórdidas hay un mensaje de esperanza, de *positive thinking*, de superación personal. ¡¡Sí se puede!! ¡¡Sí se puede!! A los famosos les gusta mostrarse; a los lectores del ¡Hola!, que se muestren. Que se muestren, ¿cómo? Les gusta que de repente se resbalen un poquitito, para sentir que podrían ser necesitados. Les haría tanto bien una amistad leal como la de Sofía. Un vino tinto compartido (de las cavas más selectas). Qué pena que no asistan al mismo club.

Los procesos amorosos reflejados en la revista fascinan a Sofía y la desconciertan. La vida sucede rápido, muy rapidito. ¿Demasiado rápido? Tras los golpes bajos de la vida, nadie se arrastra durante años como una lagartija decadente. Intentaremos explicarnos. Las «declaraciones» en este párrafo (y solo estas), corren por cuenta de nuestra imaginación de la autora, pero son fiel secuencia de la velocidad meteórica de los tiempos emocionales de los famosos, según la psicología profunda que nos transmite el ¡Hola!

Primero, imágenes maravillosas: «Nuestra relación es perfecta, somos almas gemelas, nos adoramos», declara la apoteósica pareja mientras posa, semidesnuda, medio bronceada y luciendo dientes perfectos, en la habitación de un hotel paradisiaco y carísimo en Bora Bora. Seis meses de escándalos y violencias después (de los cuales Sofía se entera sobre todo por otras revistas menos pudorosas), el ¡Hola! los entrevista de nuevo: «Hemos enfrentado las pruebas más crueles y nuestro amor fluye caudaloso como el Amazonas, con sus contratiempos extraordinarios y sus honduras mitológicas. Hemos madurado. Ahora deseamos tener una docena de hijos biológicos y una docena de hijos adoptados a través de la organización Bebés sin Fronteras, porque somos bien multirraciales». La mutua masacre continúa. Dos años después, ella posa junto al Taj Mahal con ropa étnica, rodeada de criaturas de todas las edades y los colores (las niñas vestidas de Indira Gandhi y los niños como de Nehru): «Nuestro fracaso me ha convertido en una mujer mucho más fuerte, más madura. Practico yoga y estudio Suahili. Me siento a punto de alcanzar la plenitud. En estos quince días desde nuestra separación y ruptura, realmente me he encontrado a mí misma. Pero a la vez soy otra…»

Así va. *Célébrités* que aman y desaman en un dos por tres. Su amor es desechable. Olímpicamente felices o majestuosamente deprimidos. Vivimos la Era del Híper, dice Gilles Lipovetski; hiperrico, hipersano e hiperazotado. Nunca evidentemente prozaicos (de prozac) ni lamentables (de lamentos). Nunca tan evidentes como nosotros.

Vuelvo a las citas de la realidad: «Un mes después de haber anunciado la ruptura con Chris Robinson, Kate Hudson olvida las penas divirtiéndose en Hawai con su hijo». La «situación sentimental de Kate […] es una incógnita». Kate decidió «alejarse del ojo del huracán» con el fotógrafo a cuestas. ¿Tendrán efectos amnésicos y anestésicos las playas de Hawai? Nunca lo sabré. Pero no debe ser lo mismo una de José Alfredo Jiménez en la plaza Garibaldi, con sobrepeso discreto pero tangible, que presumir de un físico espectacular, entre el sol y las olas surfeantes, comprando bikinis y bronceadores en las tiendas de Honolulú. Se sospecha ya de un nuevo amante en la vida de la hasta ayer inconsolable. Todo, incluido el olvido, es fascinante y vertiginoso.

La cámara se escurre en esas escenas tan familiares, tan íntimas, tan séntidas, dice Sofía así, con el acento mal colocado, para que la intensidad se perciba. Gisele Bundchen, la modelo de Victoria's Secret; la imagino con su *mini bra,* con su tanga como calzoncito: «Ha recuperado la tranquilidad tras recuperar a su querida mascota». Gisele estaba «destrozada como si hubiera perdido a un miembro de su familia». Gisele sufre de ese problemón: es demasiado sensible. Modela ropa interior y quizá eso la condicionó; ahora vive como encueradita… En sus sentimientos, quiero decir. No le importa desnudarse sentimentalmente, todo lo cuenta y lo cuenta a todo mundo: su infancia, sus desamores y sus desencuentros respecto al mundo real. Hace *striptease* mientras habla y habla, y no se da cuenta de lo que cuenta. A ella lo que le gusta es platicar con el lente de las cámaras. La miran, se siente divina y hace el amor con ellas. Los famosos son lo que casi todos quisiéramos ser: elegidos, preferidísimos, mirados y reconocidos. Amados.

Sofía, la lectora del ¡Hola! también es elegida, porque se pasea por sus hogares, recorre las habitaciones de sus residencias, vive sus vidas, las vive íntimamente, vibra con ellas. Se estremece con sus espasmos.

Sofía descubre los tonos de las cortinas de sus recámaras, los tapices, el espesor del edredón y hasta el olor de las sábanas Ralph Lauren. El orden del tostador de pan, los sartenes y las cacerolas en la cocina acomodados muy ordenaditos, así, en fila. ¡Cuánto quisiera Sofía que su pleito con la manicurista esta mañana trascendiera hasta Rajistán! Que una estudiante de español en Cracovia se preocupara por su destino y el de sus

plantas exóticas; que una señora avecindada en la ori-
llita de la Tierra de Fuego suspirara por su última decepción amorosa. Quiere que sepan de ella, de su vida
privada, que cada semana sigan sus pasos. Y que todas
le escribieran cartas tiernísimas de apoyo. La vida puede
ser cruel, respondería ella, pero su desgracia la ha transformado en una mujer nueva. Después de un año enri-
quecedor y cautivante en un psiquiátrico (con pisos de
mármol y candelabros de araña) está lista para entrar en
el momento más pleno y exitoso de su vida. Ahora sí
sabe quién es realmente. Es mucho más importante ser
feliz en el fuero interno que en el externo… *Sí*, se comentó a sí misma entre los corredores del súper de la
Condesa: *Mi plumaje es de esos…*

En el interior de su habitación, Sofía lee y relee el
¡Hola! Es un antídoto meditativo que aprendió en la infancia: ver en el ojo ajeno su realidad, ¡siempre sale be-
neficiada! Se las arregla para aprender de los demás, para
reflexionar en torno a las distancias y las similitudes, de
las realidades y las vivencias. Sabe que no ha nacido en
ninguna de esas mansiones, en ninguna de esas familias
ni alrededor de esas precipitadas carreras de *glamour*,
fama, envidias y demás pecados de las princesas. Pero
hay algo que, poco a poco, descubre que los une, que los
hace cómplices; sentimientos que son comunes, cotidianos, por decirlo de alguna forma. La tristeza, el afecto,
las emociones, los asombros son sentimientos que se ex-
perimentan —con distancia y moderación—, pero, al final, legítimos en ambos escenarios.

A veces siente una vida alterna, paralela, entre la realidad de su ¡Hola! y la realidad de su existencia. Es verdad que esa realización personal que se ha impuesto a
las mujeres es tan fuerte como la celebridad. Todas han

jurado amor, han dedicado vidas enteras a los cuidados de los demás, pero también han buscado la cotidianidad como modo de vivir… Ahí está la realización, en algunas de una forma y en las demás de otra, pero Sofía acaba sintiéndose cómplice con lo que lee. Lee y luego, se interpreta. ¡Lee el ¡Hola! y luego existe! ¡Qué locura! Ha sido una cotidiana lectora del ¡Hola!, con una reflexión filosófica de la vida cotidiana que le hace ver la vida a través de vías alternas pero, a la vez, relajadas.

La cotidianidad relajada de los célebres. «¿Te sientes realizada Chabeli?» «Sí, más que nunca». Pero la que no está realizada, no cabe la menor duda de que va derechito camino de su realización. Paty Manterola nos detalla su filosofía de vida: «Todo lo que hemos hecho y todo lo que vamos a hacer no cuenta, solo lo que estás haciendo en este instante. Si le quitas al hoy la carga emocional del pasado y del futuro, te da una energía y un relax maravilloso». Qué analítica. Qué sabia. ¿Qué querrá decir? «Lo que hemos hecho no cuenta», argumento perfecto para ser usado por el abogado defensor en el juicio contra un *serial killer*. Lo de las «cargas» es padrísimo. Te levantas por la mañana, haces tu *jogging* y de regreso decretas: «No más carga emocional». Funciona al instante y es de lo más sanador. Es *cool*. La verdad es que permite un relax.

No es la descripción de cómo convertirse en zombi, sino de cómo lograr el grado más elevado posible de eficacia en una mujer asertiva. Sofía tiene que reflexionarlo más despacio. Algo se le escapa. «Estoy abierta y lista para recibir el plan perfecto que Dios tiene diseñado para mí. No sé cómo será, pero sé que es hermoso», dice Paty. *Ni para qué reflexiono. El plan para mí seguro que igual ya está hecho y no puede ser más que hermoso.* El destino inmediato de Sofía es dirigirse hacia la sección de salchichonería, ¿cuánto debe comprar de jamón, queso panela y de salchichas de pavo? Pero de oferta, por favor… Después, ¿cómo saberlo? Hasta el infinito y más allá. Basta con andar abierta y receptiva por el mundo. ¡Su-pe-ra-da! ¡Rea-li-za-da! Sofía leyó una cita deliciosa del maledicente Jean Paul Sartre (refiriéndose al director de cine John Huston): «Huye del pensamiento porque entristece». Creía el filósofo existencialista y estrábico que se burlaba de Huston, pero en realidad expresaba una gran verdad. El ¡Hola! la comparte y es un *best seller*.

En el salón, la vecina de asiento se inclina para leer la revista de Sofía. Se la acerca y leen las dos, cubiertas por secadoras de cabellos postmodernas. (¿se acuerdan aquellos cascos de astronauta con los cuales nos torturaban antes?) No hay mayor gusto en la vida que leer el ¡Hola! en compañía, con las amigas, con las hermanas y hasta con la suegra. Se disfruta más. Se puede comentar, entre página y página. Se puede platicar y hasta evocar otros números pasados. Es como si se estuviera hojeando un viejo álbum de familia. Los conocen a todos, saben sus vidas, sus desamores y amores… Los príncipes «se cogen de la mano y se miran a los ojos tiernamente». Como en la novela el *Gatopardo*, de Giuseppe Tomasi, duque de Palma y príncipe de Lampedusa.

Boda aristócrata. Simoneta lucía pantalones, demasiado casual aun para una boda a mediodía. Simoneta exageró. Pero ya ven que George Sand en el siglo XIX escandalizó igual, con el uso compulsivo de pantalones y hasta ahora seguimos recordándola como mujer rebelde e innovadora, que abundó en las causas de la liberación femenina. También ella escribía. En la misma boda donde Simoneta desafió el orden *comme il faut*, «don Felipe llevaba una corbata, a juego con el traje de su mujer»; en esas pequeñas simbiosis se reconocen las pasiones duraderas. «La emoción de la infanta doña Pilar (la madre del desposado), rodeada de todos sus hijos rubios como el trigo a los que ha ido sacando adelante ella sola y a quien solo le queda uno por casar». La novia lloró toda la boda. Doña Pilar también. No sabemos si por ese hijo que le queda por colocar o por los ya colocados.

Carla Royo-Villanova luce un «original broche con forma de escarabajo (amuleto egipcio de la suerte)». En el ¡Hola! Sofía se cultiva sin alardes. La información le penetra sutilmente como en una transfusión sin dolor. Se detiene en la simbología del pueblo egipcio. Los jeroglíficos, la descubierta piedra Rosetta y Champollion, su traductor. Bueno, nada de esto figura, pero es que Sofía es curiosa y seguramente irá a Internet a buscarlo. Ya obtuvo el dato: «amuleto egipcio.»

En un ¡Hola! del pasado 2004 se tropieza con una nota que, esa sí, la deja apesadumbrada: «Carlos y Camilla [...] Treinta años de relación para una historia de amor sin precedentes. Una novela real escrita con las lágrimas de las batallas libradas y los sinsabores. Tres décadas para decir públicamente: Todo superado. Carlos de Inglaterra [...] el hombre que parece dispuesto a morir peleando antes de dejar a un lado a su eterna enamorada». *No se vale.* Acepta que se olviden de casi todo, pero no de ELLA. Le debemos demasiado a Lady Di, estrella fugaz y eterna. Icono mundial. I-rre-pe-ti-ble. Virgen martirizada. Inigualable. «Camilla Parker-Bowles, vestida con un elegante traje de noche de Robinson Valentino, disfrutaba, pletórica, del momento». *Cara de caballo... No creo que esté pletórica más que de remordimientos. Eso le deseo. Además, el vestido no le queda. Siempre da la impresión de que le prestaron el atuendo. No sé, la verdad, yo me pregunto si lo que le prestaron fue el vestido o de plano su cuerpo completo, porque se mueve como si se fuera a tropezar con ella misma. Se ve vieja.* Sofía está segura de que nació con arrugas y con el cutis deshidratado. Qué diferencia con Lady Di.

Los ¡Hola! viejitos le encantan a Sofía, desde que era adolescente. Arantxa Sánchez Vicario después de once días con los niños pobres del Senegal: «He aprendido a ver las cosas y la vida a través de los ojos de los niños». Arantxa es así, de aprendizajes muy rápidos. «Ha abierto su corazón a niños y adultos, ha sabido integrarse a la vida diaria de los diolas» (etnia de la baja Casamance). *Los niños aparecen con ropa preciosa y nueva para la foto*, piensa, *creo que los trajecitos de la imagen se los dejan de regalo.* «En un pequeño poblado de Oussouye, (Arantxa) ayudó a preparar la comida». Ella es hiperfemenina y a pesar de ser famosa, es muy acomedida. En otra revista aparece una foto muy pequeñita del Foro de Cooperación Económica Asia-Pacífico, celebrado en Santiago de Chile; posan Bush y Putin. No son nada glamurosos, sobre todo el segundo, y en la foto no aparecen sus esposas. *Ellas sí que no tienen nada que ver con el ¡Hola!* Quién sabe qué discutieron, pero el foro «fue clausurado con una foto llena de colorido al posar todos los mandatarios de los países asistentes con el tradicional poncho chileno». Con el ¡Hola! se aprende a viajar con la imaginación, se aprende la cultura de otros países, aunque estos sean muy pobres y sus ciudadanos poco sofisticados.

Olivia de Borbón, la hija de Beatriz von Hardenberg y de Francisco de Borbón, duque de Sevilla, participó en el programa de televisión *La granja de los famosos*. El entrevistador parece opinar que no era el lugar más adecuado para una aristócrata. Olivia se enamoró de un compañero de programa: «Alonso Caparrós no me ha roto el corazón [...] Sabía que en el concurso todo era muy bonito, pero que la vida real no es así». ¡Qué muchacha tan centrada y realista! «Quedaron en hablar fuera para [...] revisar sus sentimientos. Los de Alonso lo tuvieron claro muy pronto y le llevaron a regresar al lado de su mujer, la madre de su hija pequeña. Olivia, por su parte, ha sellado su corazón para que no haya fugas en su sentir». Sofía está a punto de romper en llanto. Este fraseo la deja consternada: «Fugas en su sentir»... «Pero no hay rencor ni venganza. Los dos sabían muy bien las reglas del juego de un amor posiblemente condicionado por las circunstancias [...] Desea lo mejor a Alonso, a quien ha abierto de par en par la puerta de la amistad y ha cerrado a cal y canto la de algo más.»

«Un genio que dedicó su vida al servicio de la mujer», explica la nota. De la mujer, en general. ¿El inventor del diafragma o de la píldora anticonceptiva? ¿El creador de la mamografía? ¿Algún hombre de talentos amatorios célebres y multicompartidos? No. Se refiere a Yves Saint Laurent, que posa junto a Catherine Deneuve en su despedida del mundo de la moda. Saint Laurent se jubila y las mujeres se sienten abandonadas, como huérfanas, ante los peligros asesinos de caer en el mal gusto.

La colección del ¡Hola! de Sofía es una gloria. Tamara Falcó, la hija de Isabel Preysler, sí usó el chaleco reflectante obligatorio cuando se quedó tirada en una carretera española sin gasolina. ¿No es interesantísimo? «La princesa Alejandra de Dinamarca y su novio, Martin

Jörgensen, han roto [...] se vio al joven fotógrafo sacando sus pertenencias de la residencia de la princesa [...] se les acabó el amor, al parecer, no por la considerable diferencia de edad entre ambos sino por no poder vivir sus sentimientos abiertamente como cualquier pareja normal». Pobrecitos. «Superar una separación siempre es un duro trance», pero la princesa no se encerró a sollozar sus penas. Se consoló asistiendo al circo, con su ex marido. «Que el príncipe Joaquín y la princesa Alejandra son todo un ejemplo a seguir entre los matrimonios divorciados, lo demuestran en cada aparición». Es verdad que son un ejemplo a imitar. Cumplen con la ley como Tamara. Salvan amplios sectores de la humanidad con su abnegación sin tregua, como Saint Laurent. El divorcio no les impide disfrutar juntos de los trapecistas y del hombre-bala, como a la princesa Alejandra.

Victoria de Suecia y Daniel Westling lucen muy tranquilos por las calles. Como cualquier pareja de jóvenes amantes. La tormenta acecha: «Los reyes Carlos Gustavo y Silvia siguen sin ver con buenos ojos el noviazgo de la princesa». Una princesa y un monitor de gimnasia. *Oh, my God! Oh, mon Dieu!* El camino abierto por Estefanía de Mónaco (las princesas que eligen plebeyos, muy plebeyos) causó estragos en la nobleza. Para casarse con él necesitaría la aprobación del Parlamento. Deserotizante para cualquiera, meter al Parlamento en su cama. Él «no» cuenta con «la formación suficiente para asumir el papel oficial que le estaría reservado con la heredera del trono». Se le vio chupándose los dedos en un banquete selecto. Sofía no sabe, nada más calumnia y especula. «Si la princesa siguiera en sus trece, se le plantearía un difícil problema a la monarquía sueca, que tendría que pensar en el príncipe Carlos Felipe como sucesor si Victoria renunciara al trono por amor». Se discuten complejos problemas de Estado. Esa impresión tiene una. En dos líneas. Qué trastorno ¿Hará ella ese histórico sacrificio?

Un recuadro pequeñito con foto minúscula le salta al ojo: «La escritora austriaca Elfriede Jelinek, premio Nobel de literatura 2004 […] no acudirá a Estocolmo a recoger el premio […] por su fobia social». *Estaría difícil encontrar a alguien menos glamuroso y más atormentado que la Jelinek. Seguro ella no utilizaría en la carretera el chaleco reflectante porque es una rebelde, una contreras, dirían los chavos que apoyan la Comisión Nacional Democrática.* Escribe novelas con personajes paupérrimos, que viven en casas con goteras donde falla la plomería, las alacenas están vacías y las paredes escarapeladas. No, el ¡Hola! nunca iría a retratar su casa. A esos personajes no les gustan sus patrones ricos. A sus patrones ricos, como es de esperarse, tampoco les gustan ellos. Las mujeres en sus novelas sufren como bestias. Creo que son temas como de crítica social. Sofía no se quiere imaginar las fachas en las que se hubiera presentado a la ceremonia solemne frente al rey de Suecia.

«Se acabó la dictadura de la moda, porque todo está permitido. Los diferentes diseños se adaptan al ritmo de vida de cada mujer». Se hunde en una oleada de libertad. En ese cada mujer, encuentra su singularidad. Mi ritmo. Las facturas reales y metafóricas desaparecen de su existencia. *Todo está permitido.* Se acabó la dictadura de la realidad. Quizá Sofía compra mitos. ¿Y luego? Si hasta a los griegos les encantaban y a cada rato se citan. Una vez le preguntaron al actor Pierre Arditi qué era una estrella y él respondió: «Es un extraterrestre. Que posee algo que los otros no tienen y no tendrán jamás». Pero no contaba

Pierre Arditi con el mecanismo de vivir por procuración, cuando *La bulimia identificatoria*[1] nos ataca.

Adivinar sus secretos, leerles el alma, para que Sofía se la apropie. Tienen lo que ella quiere. Tienen lo que ella no tiene. Son casi divinos, pero en el casi se desliza hacia la identificación posible. Se parecen a ella, porque cuando lloran en público le hacen saber que también sufren, que también se sienten desprotegidos y humanos, que hay deseos que no pueden realizar. A ellos igual algo les falta. Por esa pequeña fisura inscrita en el Olimpo, se cuela hasta ellos. Sofía tiene un *rendez-vous* con la historia... Y con el próximo número del ¡Hola!

1. Gérard Miller.

3

Érase una vez una princesa en México

Portada de luto en el ¡Hola!

La portada del ¡Hola! presenta en esta ocasión una imagen devastadora: Ira von Fürstenberg, vestida de luto completo, de pie frente al féretro de su primogénito Christopher von Hohenlohe Langenburg. Los ojos hinchados, el dolor surca la piel de sus mejillas. De su boca entreabierta parece estar a punto de escapar un grito desgarrador, proveniente de lo más profundo de sus entrañas. A su lado, su hijo menor, Hubertus von Hohenlohe Langenburg y la novia de este. Los tres lucen desolados.

El súbito y trágico fallecimiento del hijo mayor de Alfonso von Hohenlohe e Ira von Fürstenberg, acaecido en Tailandia el 10 de agosto de 2006, está envuelto en misterio donde las circunstancias aún están por aclararse.

De hecho, su vida entera no fue nunca considerada muy normal. Kiko, como llamaban todos a Christopher, había nacido en Lausana en 1956, cuando su madre solo tenía dieciséis años y su padre treinta y dos. De niño vivió en México, Liechtsentein, Suiza, Francia, Italia y, desde luego, en Marbella, donde su padre fue el artífice del desarrollo turístico de la Costa del Sol. Cuando fue adulto, eligió vivir en Estados Unidos; primero en Los Ángeles y después en Hawai. No se dedicaba a los negocios familiares. Dicen los que le conocieron que era simpático, amable y amante de la *dolce vita*. En tres ocasiones llegó a anunciar su matrimonio. Primero con una joven griega, después con la hija de un embajador venezolano y, por último, con una princesa saudí; sin embargo, nunca se casó. A pesar de ello, sus soledades las compensaba con extrañas fantasías.

De acuerdo con el reportaje del ¡Hola!, Kiko viajó a Tailandia con la intención de someterse a un tratamiento para adelgazar en una clínica que le había recomendado su madre en aquel país. Para la familia Hohenlohe primero estaba la estética, después la estética y, por último, la estética. Todo parece indicar que la visa del hijo de Ira von Fürstenberg para permanecer en Tailandia expiró antes de que él terminara su tratamiento y se le hizo fácil arreglar el asunto alterando el documento con un bolígrafo. De alguna forma (que no deja de intrigar… Nos preguntamos si las autoridades del aeropuerto no habían recibido órdenes para que fuera detenido por otras razones que se ignoran…), las autoridades policiacas tailandesas se percataron de la falsificación en la fecha de vencimiento del visado y detuvieron y encarcelaron a Kiko.

En cuanto se enteraron del problema, su madre y su hermano menor se trasladaron a Bangkok, capital tailandesa. Para cuando llegaron, Christopher había entrado en coma y había sido movilizado a un hospital, donde fallecía unas horas después.

Aunque se desconocen las causas del deceso de Christopher von Hohenlohe, hay quienes afirman que se trató de una septicemia, provocada por una diabetes que se agudizó debido a las condiciones en que se encontraba dentro de la cárcel. ¡Cuántos rumores no se crearon alrededor de esta muerte! ¿Qué estaba haciendo Kiko en Tailandia? ¿Cómo que había ido para operarse el exceso de peso? Curiosamente en sus más recientes fotografías no se ve para nada como una persona obesa.

Sin más explicaciones, el cuerpo de Christopher von Hohenlohe fue llevado a Marbella. La familia quiso que las exequias se oficiaran ahí, en la iglesia del Rocío de San Pedro de Alcántara (Málaga). Los restos mortales de Kiko recibieron sepultura en el cementerio de San Bartolomé de Marbella, donde se encuentra el panteón familiar en el que están enterrados su padre, el príncipe Alfonso von Hohenlohe, y sus abuelos paternos, el príncipe Max Hohenlohe y Piedita Iturbe, marquesa de Belvis de las Navas.

La vida de la princesa Ira no ha sido tampoco normal, aun cuando, tratándose de la nobleza, nada sea «normal», por lo menos a los ojos de los mortales y asiduos lectores del ¡Hola!

Ira von Fürstenberg nació en Roma el 15 de abril de 1940. Desde muy jovencita dio muestras de una belleza incomparable, por lo que el príncipe Alfonso von Hohenlohe, de origen español, no pudo evitar sentirse fascinado cuando vio frente a él esa dulce niña que apenas contaba con quince años. Dicen que desde que era muy joven era dueña de una sensualidad impresionante, virtud que inquietaba mucho, especialmente a los hombres mucho mayores que ella.

Alfonso, con treinta, ya tenía experiencia en el amor y sobre todo en el mundo de los negocios pues, como él mismo decía, siempre tuvo visión de futuro. Apuesto, galante y cosmopolita, con una vida dividida entre Europa y México, país donde introdujo la marca alemana de automóviles Volkswagen en 1954, no tardó en proponerle matrimonio a la joven Ira. La princesa aceptó enseguida y el 17 de septiembre de 1955 celebraron una fastuosa boda en Venecia, Italia, prolongando la fiesta durante dieciséis días.

Hohenlohe era hijo del príncipe Maximiliano y de la marquesa Piedad Iturbe, cuyo abuelo había hecho fortuna en México, y siempre estuvo acostumbrado a celebrar los acontecimientos de una manera fastuosa; el primero, su bautizo celebrado en el Palacio Real de Madrid donde fungieron como padrinos Alfonso XIII y la reina Victoria Eugenia. No había fiesta de la *jet set* internacional a la que no estuviera invitado. Viajaba constantemente de Mónaco a Roma; o de los alpes suizos a las playas de Acapulco. Sus amistades y parientes llevaban el mismo tren de vida: yates, cocteles, cruceros, deportes de invierno, fiestas de disfraces en Venecia, cacerías por la campiña inglesa… Por ello, no fue extraño lo fastuoso del enlace Hohenlohe-von Fürstenberg.

Luego de la celebración del matrimonio, la pareja llegó a radicar a la Ciudad de México por el rumbo de San Ángel. Un año después, el 8 de noviembre de 1956, nació el primogénito de la pareja, Christopher. Los padres se encontraban en Lausana, Suiza, en el momento del alumbramiento. A pesar de haberse convertido en madre, Ira conservaba una mentalidad infantil. Algunos de sus allegados que fueron a conocer al pequeño a su regreso a tierras mexicanas, aseguran que le ponía más atención a su perrito que al recién nacido. Sin embargo, dos años más tarde, el 2 de febrero de 1959, Ira volvió a ser madre. Su hijo Hubertus nació en el Distrito Federal. Al poco tiempo Ira se cansó de la vida matrimonial y abandonó a su familia en busca de nuevas aventuras, dejándose seducir por el *playboy* brasileño Francisco Pignatari, con quien se casó el 12 de enero de 1961 en Las Vegas, Nevada. *Baby,* como todo el mundo lo llamaba, era también mayor que Ira. En las fotografías de su boda, a *Baby* se le ve el pelo encanecido; en cambio Ira, en esa época, aparece en las fotos como una mujer muy joven, muy bella y como siempre muy sensual.

En una entrevista realizada por *Hello!,* Alfonso von Hohenlohe cuenta la historia de su matrimonio con Ira y de su complicado divorcio:

La verdad es que cuando la conocí creí que tenía más años, porque de hecho representaba más edad. Luego [...] ya era demasiado tarde. La nuestra fue la boda del año. Entonces no había televisión, pero no hubo revista europea que no la diera en portada. Tuvimos una luna de miel muy bonita. Embarcamos en el Liberté, un trasatlántico precioso, y nos fuimos a Nueva York y luego a Hollywood. Al poco de llegar, Ira se convirtió en la reina. Gary Cooper dio una fiesta en nuestro honor y vino todo mundo: Gregory Peck, Frank Sinatra, James Stewart, Liz Taylor [...] Pero el matrimonio no salió bien. Nos fuimos a vivir a la Ciudad de México, porque yo conseguí la licencia exclusiva para introducir la Volkswagen en ese país y la verdad es que me enfrasqué tanto en la puesta en marcha del negocio, que me pasaba el día trabajando [...] En cambio, Ira se aburría como una ostra, quería vivir. Un día volví a casa y ya no estaba. Se había ido con Francisco Pignatari, un *playboy* brasileño muy conocido en aquella época. Fue bastante penoso, porque teníamos dos hijos, Christopher y Hubertus, y tanto ella como yo queríamos quedarnos con los niños. Al final, el matrimonio fue anulado por la Iglesia, porque Ira presentó un documento, escrito antes de la boda, en el que ella le había escrito al Papa (diciendo) que había sido forzada a casarse y no tenía intención de que el nuestro fuera un matrimonio para toda la vida. Lo pasé mal.

Hohenlohe peleó la custodia de sus dos hijos hasta lograr conservarla. Mientras tanto, Ira se da tiempo para ser actriz y relaciones públicas del diseñador Valentino Garavani y, más tarde, convertirse en diseñadora de joyas. Era tan conocida en todos los círculos sociales de las capitales más importantes del mundo, que incluso se fabricó un perfume con su nombre.

La suegra de Ira, Piedad Iturbe, marquesa de Belbis de las Navas, era muy amiga de la tía Guillermina. Habían estudiado juntas en el Sagrado Corazón. Mina, varios grados más abajo, era mucho menor que Piedita pero ello no impidió una buena amistad que perduraría a través de los años. Habían terminado siendo vecinas de la colonia Juárez y se encontraban a menudo en la misa de doce del Sagrado Corazón. Allí, a las puertas del templo y todavía con su respectiva mantilla negra sobre los hombros, platicaban acerca de los últimos matrimonios de la realeza europea que habían visto en el ¡Hola! Fue precisamente Piedita quien le prestó a Mina el ejemplar en donde había aparecido el extensísimo reportaje a todo color de la boda de su hijo Alfonso con Ira. Sin embargo, Mina ya había visto la noticia de la boda de «la novia-niña», como llaman a Ira en la revista *Social*, a la cual también era asidua.

Esa mañana se habían quedado conversando más de la cuenta sobre la boda que se había celebrado en el *palazzo* de Charly Béistegui, un palacio barroco de mediados del siglo XVIII, construido cerca de la desembocadura del Gran Canal. Béistegui lo restauró y lo pobló con las antigüedades que sus padres conservaban en Madrid. El palacio era precioso: la sala del medio tenía, a la entrada, el fresco que le dio celebridad a Giambattista Tiepolo: *El banquete de Cleopatra*.

Carlos, o Charly como todo el mundo lo llamaba, había nacido en Francia, donde sus padres, Juan de Béistegui y Dolores Iturbe, pertenecían al círculo de las familias salidas de México —con sus fortunas— en los años previos a la Revolución. Pasó su niñez entre Madrid y París, y estudió después en Eton y Cambridge. Siendo muy joven, hizo un viaje al Japón donde conoció a la diseñadora Nancy Lancaster. «Parecía un ratón alto, delgado y con una cola muy larga», recordaría ella, «y era desde entonces un hombre muy elegante». Tenía un Rolls-Royce con un chofer al que le daba instrucciones por teléfono desde la cabina de atrás. Él y su familia eran miembros del *smart-set* europeo. Frecuentaba a pintores (Dalí, Bérard) y escritores (Cocteau, Morand), leía mucho y era capaz de recitar poemas enteros sin equivocarse en una sola palabra. Vivía en una mansión de la rue Constantine, cerca de Les Invalides y tenía un apartamento en Champs-Elysées con un gran pabellón diseñado por Le Corbusier. Nunca se casó. «Antes de la guerra era famoso en París porque era un soltero al que le gustaban las mujeres bellas y las casas hermosas», escribió su amiga Susan Mary Alsop, pero durante la guerra, que no le afectó gracias a su jerarquía diplomática, reveló su verdadero talento restaurando un precioso *château* en las afueras de París, llamado Groussay P. Hay que decir que la fortuna de los Béistegui es una de las más antiguas de México, en donde incluso existe una fundación con el nombre de doña Concepción Béistegui y un hospital que también es un monumento a la ilustre antepasado de Carlos. Él está emparentado con los Landa, los Limantour, los Iturbe y con muchas familias de abolengo de la sociedad mexicana. Contrario a lo que ocurrió con muchos mexicanos que regresaron en los años posteriores a la Revolución, Carlos estableció residencia permanente en la ciudad del Gran Canal.

¿De qué más hablaron Mina y Piedita aquella mañana otoñal de 1955 fuera de la iglesia del Sagrado Corazón? Hablaron del cortejo de los niños, pero sobre todo, de la ceremonia religiosa en el templo de San Sebastián, que encierra como un cofre las más valiosas pinturas de Tiziano y del Veronese. Escuchemos a Piedita comentar, con lujo de detalle, todo acerca de la boda de su hijo:«Sí, Mina, acabo de regresar de Europa y todavía no me repongo con el horario de México. Estoy agotada, pero no quise dejar de venir a misa. Bueno, pues la boda de mi hijo Alfonso estuvo espectacular. Como sabes ellos se conocieron en el baile de su prima, Betty Fürstenberg y desde que se vieron se dio un verdadero *coup de foudre*. ¿Sabes que los antepasados de la familia Hohenlohe y los de Ira combatieron al lado de Barbarossa en las Cruzadas y que fueron expulsados al mismo tiempo de sus reinos por Napoleón Bonaparte? Lo que es el destino, ¿verdad? Bueno, pues te decía que la boda estuvo espléndida. Hubo más de cuarenta magníficas recepciones en Roma, Florencia,

Nápoles… Y naturalmente, Venecia, en el soberbio palacio de Charly. Primero fue el civil en el palacio de Brandolini, morada de los príncipes de Fürstenberg. Después vino la boda religiosa en el templo de San Sebastián. El cortejo nupcial iba en elegantes góndolas negras. Sí, negras. Adornadas en azul, blanco y rojo, que son los colores de la casa de los Fürstenberg. ¿Que quiénes fueron los padrinos? Los de Ira fueron el conde Brandolini d'Adda y Giovanni Agnelli y, por parte de mi hijo, el príncipe Clary Andringen y Constantino de Hohenlohe. Sí, sí, exactamente como dices, Mina, él es cuñado del príncipe consorte Felipe de Inglaterra. Bueno, pues el vestido de novia de Ira era precioso. Se veía como lo que es, ¡una princesa! Fue diseñado especialmente para ella por Jacques Griffe. Era todo en tul blanco. ¿Qué te puedo decir? ¡Pre-cio-so! Fíjate Mina, que del lazo de la cintura se desprendían las grandes caudas que llevaron sus pequeños sobrinos. Clara Agnelli, la madre de Ira es encantadora. Es hija de Eduardo Agnelli y de *donna* Virginia Bourbon del Monte de San Faustino. El padre de Ira, como sabes, es el príncipe Tassilo von Fürstenberg. En la cabeza, Ira llevaba una diadema de brillantes que perteneció a Josefina, la esposa de Napoleón I. Se veía tan bonita… Te repito, parecía una princesa. Bueno, es una princesa, ¿verdad? Fíjate Mina, que la tía de Ira es la condesa de Cappelo y llevaba la diadema que había pertenecido a la emperatriz María Luisa. ¿Qué más te puedo decir de la boda, mi querida Mina? Que estuvo como de cuento de hadas. Ya te mostraré algunas fotografías para que se las lleves a tu madre. Por cierto, ¿cómo está? La saludas mucho, por favor. Bueno, ya me voy corriendo, porque voy a llegar tarde a la comida de Tana Corcuera. ¿Tú no vas a ir? ¡Ay, lástima! Bueno, nos vemos pronto. *Au revoir*», dijo Piedita con sus labios en forma de corazón pintados en un *rouge* muy intenso y haciendo una señal de adiós con su mano enguantada.

Estaba Mina tan impresionada con todo lo que le había dicho Piedita, que no se movió de su lugar hasta varios minutos después. Había tenido información de primera mano, nada menos que de la boda del siglo. «Mamá, mamá, despiértate. ¿A quién crees que me encontré a la salida del Sagrado Corazón? A Piedita. ¿Cómo que cuál Piedita? Piedita Iturbe, la que estuvo conmigo en el Sagrado Corazón. La que se casó con el príncipe Max Hohenlohe. No, mamá, no lo leí en el ¡Hola!… Te estoy diciendo que me la encontré a la salida de la misa. ¿Te acuerdas que te leí todo lo que salió de la boda de su hijo en el *Social*? Bueno, pues ahora su madre me contó muchos detalles. No sabes lo amable que estuvo conmigo, Piedita. "Mina, por aquí… Mina, por allá…" Además, hasta se despidió de mí con dos besos, a la francesa. ¡Ay, mamá! A Piedita se le veía un cutis precioso. Acaba de llegar de Europa, después de más de dos meses. Me contó que se hospedó en su suite de siempre del hotel Ritz. Llevaba un traje sastre negro con botones dorados, ¡precioso! Y una blusa blanca de seda con botoncitos de concha nácar. ¡Ay, qué bonito es lo bonito, mamá! ¡Qué bonita es la gente con clase! Pero lo que más me impresionó de toda la *toilette* de Piedita fue su collar de perlas. Eran unas perlas, no te exagero, como limones, redonditas, redonditas… No, no te estoy ofreciendo agua de limón, mamá, te estoy describiendo el collar de perlas de Piedita, que eran tan grandes como li-mo-nes. ¿Cómo que cuál Piedita? ¡Ay, mamá! Yo creo que estás muy cansada. Pobrecita, es que te desperté, ¿verdad? Bueno, mejor ya me voy a hacer la comida, porque va a llegar mi papá y si no está lista se va a poner hecho un energúmeno. Ya ves cómo es… Mejor te dejo dormir. Y luego vengo a darte de comer. ¿De acuerdo, mamá? ¿Quieres un poquito de bicarbonato, no quieres un té de hojas de naranjo o unos gajos de limón real? Bueno, entonces hasta al ratito.»

Si Mina estaba tan al corriente de la familia de Piedita era porque, semana a semana, compraba su revista *Social*. Para tener una mejor idea de esta publicación mexicana, escuchemos cómo la describía la fundadora, la señora Borja Bolado, y juzgue por usted mismo si no tiene muchas similitudes con el fenómeno editorial de la revista española:

Antes de la revista *Social*, única en su género y cuya portada plateada era inconfundible, es decir, antes de 1935, la gente en México no se vestía para las fiestas, ni las fiestas se reseñaban en los periódicos. Hoy, no puede usted comerse un sándwich untado de jamón del diablo, o salir con sus amigas a las horas matinales para andar en bicicleta en el parque San Martín, sin que surjan cuatro fotógrafos y cuatro reporteros de sociales a registrar el acontecimiento y a darle escandalosa publicidad. Nosotros tenemos la culpa. Mire usted lo que hemos desencadenado. Al principio, teníamos que hablarles por teléfono a los amigos: «Oye, fulana, sabemos que vas a tener una fiesta, ¿quieres permitir que vaya un fotógrafo a retratarla y darnos la lista de invitados?» Las familias no querían, se rehusaban, se resistían. Hoy, ya ve usted. Todo el mundo escribe de todo lo que hacen las personas de sociedad. Hubiera usted visto en la ópera la otra noche. No se podía ni caminar por los pasillos; televisión, radio, cronistas y fotógrafos. Creo que había más que gente y todos vestidos de gala. Y de toda esta plaga, de esta calamidad, yo le digo a Pancho, mi marido, que nosotros tenemos la culpa.

Lo que seguramente no ignoraba la señora Borja Bolado era que su revista mensual se había convertido en la ilusión de miles de lectoras mexicanas. Gracias a sus páginas muchas de ellas se sabían de memoria el árbol genealógico de todos los duques, condes, marqueses, príncipes y reyes europeos. Sabían en qué fecha se habían casado lord y lady Willoughby y cuántas carrozas tenían. Aunque no asistieran a todas las fiestas, comidas, bautizos y primera comuniones de las familias que conformaban los conocidísimos «Trescientos y algunos más…», por el solo hecho de estar al corriente de sus acontecimientos sociales tenían, como ahora sucede con las lectoras del ¡Hola!, la impresión de formar parte de su familia al mismo tiempo de que se hacían la ilusión de pertenecer a un mundo sofisticado y sumamente exclusivo. Descubrir las fotografías, ya fuera de los aristócratas y de sus palacios o de las residencias de la alta burguesía mexicana, de los clubes deportivos, de los perros y de los salones y *boîtes* donde solían asistir los Ortiz de la Huerta, los Rincón Gallardo, los Cortina, los Corcuera, los Limantour, los Braniff o los Sánchez Navarro, a muchas de ellas les daba sentido a la vida. Por ejemplo, el día de la coronación del rey Jorge VI, del cual *le tout* México se había enterado por *Social*, muchas de estas lectoras habían ofrecido la Comunión por la reina madre. De uno de sus reportajes ilustrados, habían recortado el retrato de la familia del duque de Kent, hermano del rey de Inglaterra, acompañados por sus hijos, el príncipe Eduardo y la princesa Alejandra, y lo habían colocado en el interior de un marquito de plata que, tal vez, habían comprado en Taxco. Gracias a *Social*, se habían enterado del divorcio de Elena de Grecia y el rey Carol II de Rumania. Cuando en sus páginas empezaron a publicarse fotografías del rey Carol y de su amante, *madame* Lupescu, paseándose por todos los cabarets de México, Mina y su madre la observaban, con la ayuda de una lupa, durante horas y horas. Este ejercicio, como siempre, les permitía apropiarse de las vidas de estos personajes para así olvidar el tedio de las suyas...

A las niñas-bien mexicanas de los cincuenta no les había importado no haber recibido invitación para la boda de Ira de Fürstenberg. Estaban tan felices viendo sus fotos, tanto en el ¡Hola! como en los diarios mexicanos, que era como si hubieran estado allí presentes. Cada vez que Ira estaba por venir a México, era tal el alboroto en los círculos de la alta sociedad mexicana que no había reunión, cena o comida en la que no se comentara que la recién casada princesa Ira iba a venir con su flamante esposo, el príncipe Alfonso de Hohenlohe. Sin embargo, la princesa no les correspondía con la misma moneda. Al contrario. Desempolvemos la frase con que una vez fulminó a las mexicanas: «¡No saben hablar más que de criadas y de hijos!» Sin duda su expresión era una forma para expresar que ya estaba harta de vivir en México. Muchas mamás de estas niñas-bien, que no tenían ni la menor idea de los antecedentes familiares históricos de la novia y que aún no se habían convertido en adictas al ¡Hola!, se habían extasiado, como Guillermina, con el reportaje aparecido en las páginas de la revista *Social*.

Pues bien, la revista mexicana número 233 de diciembre de 1955 abría precisamente con una espléndida fotografía de la princesa Virginia Ira von Fürstenberg vestida toda de blanco:

Por señalada cortesía de los príncipes de Hohenlohe, que tanto agradece *Social*, ofrecemos varios aspectos de los interesantes momentos de su boda, el acontecimiento social más relevante de muchos años. «La novia-niña», como se le ha llamado, nos parece un gran cisne blanco, que bogara por los románticos canales de Venecia esperando que el príncipe de sus sueños viniera a deshechizarla, como en los cuentos de hadas, así fue este maravilloso matrimonio…

Parece como si el destino de Ira estuviera definido por la vena italiana de su real sangre.

En 1996, el patriarca Giovanni, Gianni, Agnelli, conocido como *l´Avvocato* (el Abogado) nieto del fundador de la Fiat y hermano de Clara, la madre de Ira, dijo que dejaría la presidencia de la empresa en el año 2000. Su sucesor sería su sobrino predilecto menor. En 1999, un cáncer fulminante acabó con la vida de Giovannino, de apenas treinta y tres años. Entonces, el patriarca consideró que Edoardo, su primogénito, sería el nuevo elegido. Nuevamente la tragedia se apoderó del clan. Mientras que en noviembre de 2000 *l´Avvocato* preparaba el camino para su hijo, el cuerpo de este fue encontrado sin vida en el lecho de un río, bajo un puente de la autopista Turín-Savona.

Gianni retomó las riendas de la compañía. Tras su muerte el 24 de enero de 2003 su nieto, John P. Elkann, un joven prominente empresario de veintiocho años, se hizo cargo del negocio familiar.

A esta serie de hechos se suma la muerte de Kiko. Parece confirmarse la hipótesis de Pierangelo Sapegno, redactor del diario *La Stampa*, quien afirma que «La historia de la dinastía Agnelli está fuera de los ámbitos tradicionales. En esta familia no se vive ni se muere normalmente. Todo parece marcado por una fuerza incontrolable.»

Tal vez sea esa fuerza incontrolable la que ha llevado a Ira a vivir experiencias como la que tuvo en el año 2005, cuando fue procesada por no haber pagado la cuenta del hotel en que se hospedaba. La noticia de la agencia EFE recorrió el mundo:

La princesa Ira de Fürstenberg, figura de la *jet set* internacional y primera esposa de Alfonso de Hohenlohe ha comparecido hoy ante un tribunal francés por una deuda con un hotel de ciento veintidós mil euros (ciento cincuenta mil dólares.)

Ira de Fürstenberg no se presentó ante el juez. Fueron sus abogados quienes escucharon las acusaciones de los letrados del hotel Royal Monceau, uno de los establecimientos hoteleros más elitistas de París.

Ira ha sido acusada de haberse ido sin pagar la cuenta del hotel. Como consecuencia de ello se ordenó el embargo de los muebles de su residencia parisina. La princesa, previsora, había hecho desaparecer sus pertenencias más valiosas.

Solo pudieron requisarse algunas maletas Louis Vuitton, que resultaron ser falsas, setenta pares de zapatos usados y numerosos bolsos. La valoración total de los bienes embargados alcanza los mil novecientos euros, con maletas falsas incluidas.

Algo semejante había ocurrido con su hijo Kiko. Cuentan que un día fue a Tiffany's a comprar un reloj y entre los muchos que le mostró la empleada, tomó el más caro, se acercó al gran ventanal, que da justo a la esquina de la Quinta Avenida con la 57, con el pretexto de ver mejor la fecha en el calendario, cuando de pronto él y el reloj desaparecieron. Cuentan las malas lenguas también que por este hecho Kiko no pudo entrar a los Estados Unidos por algún tiempo. Amante como era de las buenas cosas, probablemente Kiko se enamoró de ese reloj y como la familia, tanto por parte de su padre como de su madre, ya no tenía dinero pues le resultó muy fácil «llevárselo» como recuerdo de su viaje a Nueva York.

Lo más probable es que no resulte nada fácil para Ira, ni tampoco para sus hijos, mantener el tren de vida al que durante mucho tiempo estuvieron acostumbrados. ¿Cuántos cuadros de Rembrandt o de Goya habrán tenido que vender para seguir consintiéndose como siempre lo han hecho? ¿De cuántos castillos o residencias o departamentos en Saint Moritz se habrán deshecho para conservar su estándar de vida? Un estilo de vida muy dispendioso. Siempre, siempre viajando, en aviones particulares, por todo el mundo. Siempre, siempre, invitados por multimillonarios como los Onassis, los Niarchos, los Agnelli, los Guiness, los Heineken y por todos los príncipes y princesas europeos. En las últimas décadas, Ira y Alfonso eran los eternos asiduos del Corviglia Club, del *grill* del Palace de Saint Moritz; del *grill* del Chesa Veglia, de la terraza del hotel de París en Montecarlo, de la terraza del Gritti de Venecia… ¿Y qué podemos decir de los hoteles en los que se solían hospedar? En París, el Ritz en invierno y el Plaza Athenèe, en verano; en Roma, el Hasler; en Londres, el Claridge's y, en Lausana, el Beau Rivage. ¿Con qué dinero habrán pagado todas estas cuentas de su respectivo hospedaje? ¿Cuántas tarjetas de crédito habrán necesitado para pagar tantas y tantas facturas?

No, no nos queremos imaginar el guardarropa de Ira, seguramente atiborrado de vestidos largos, trajes sastre, pantalones, blusas de seda, sacos de gamuza, faldas de todo tipo, gabardinas, pareos; sin olvidar la ropa para esquiar, para jugar golf, para cazar y para velear. Y qué decir de sus abrigos de piel de visón, sus estolas, sus chamarritas, sus capas y probablemente, hasta sus bufandas, quizá en chinchilla. ¿Cuántos pares de zapatos tendrá Ira? ¿Cuántas mascadas Hermès? ¿Cuántas bolsas Chanel, falsas o verdaderas? Y, ¿cuántos suéteres, *pashminas*, sacos y pantalones de *cashmere*, habrá en su clóset? Pero seguramente en donde se concentra la mayor parte de la poca fortuna que tal vez aún le queda a Ira es en las joyas de familia. ¿Cómo deshacerse de ellas, si todas sus amigas, primas princesas alemanas, francesas, belgas y polacas llevan siempre las joyas de su respectivo reinado? ¿Privarse de estos accesorios? ¡Imposible! Es preferible morir. Jamás perder la imagen de princesa. Es preferible hacerse de magníficas copias como las que hacen ahora los artesanos franceses, de collares, aretes y pulseras, pero jamás presentarse sin ellas frente a los demás príncipes o princesas. ¿Cómo podría prescindir de sus joyas si Ira, aunque ya sin mucha fortuna, continúa siendo princesa? Por otro lado, hay que imaginar todas las joyas que le deben de haber regalado sus enamorados, como el príncipe Rainiero y hasta uno que otro mexicano multimillonario. No hay que olvidar que Ira siempre ha sido inspiradora de grandes pasiones… Ya en los años setenta y ochenta se contaba en México que Ira tenía enamorados de todas las profesiones, pero sobre todo, empresarios y banqueros millonarios de cierta edad. ¿Cómo la han de haber consentido, chiqueado y hasta acosado con tantos regalos y atenciones? Porque a los mexicanos les llama mucho la atención todo aquello que tenga que ver con la aristocracia y si, por añadidura, las princesas son bonitas y sensuales, entonces para ellos no hay límites. Todo se vale. Verlas a escondidas, prestarles el avión, facilitarles una casa en la playa o bien pasearlas por todas las pirámides de la República, les resultaba un verdadero reto. Porque no es lo mismo tener un *affaire* con una princesa europea que con... una secretaria plebeya...

Respecto a sus aventuras amorosas, estos galanes mexicanos también quieren ser totalmente ¡¡¡Palacio!!!

¡Qué lejos y nostálgica nos parece ahora, aquella conversación que una mañana de otoño de 1955 sostuvieron Piedita y Mina a propósito de la niña-novia que un día se convirtió en la princesa Hohenlohe!

4

La historia del ¡Hola!

El último bastión franquista

Quizá la Guerra Civil española fue la última batalla a favor de la dignidad. La nobleza de la causa fue aplastada por el miedo; ganó el franquismo y en el resto de Europa los nazis venían pisando los talones. En 1939, Francisco Franco se proclamó Caudillo de España «por la gracia de Dios». En los primeros años, el régimen franquista llevó a cabo una fuerte represión contra sus adversarios, dio soporte a Hitler y a Mussolini y ejerció una política económica autárquica que frenó el desarrollo del país.

En este contexto, Antonio Sánchez Gómez, malagueño, creó en Barcelona el semanario ¡Hola! El primer número salió a la venta el 2 de septiembre de 1944. El propósito de esta publicación (que emulaba *The Daily Mirror*, nacido en 1903, y *The National Enquirer*, de 1926) era atrapar al público femenino y llevar a todos los hogares noticias ligeras, más para distraer que para crear complicaciones. El contenido, sin peso ni densidad, debía ir de la mano con la actualidad pero solo de lo que su fundador llamaría «la espuma de la vida», muy ad hoc tanto con el régimen como con la sociedad más conservadora.

Mientras en España surgía el proyecto de ¡Hola!, en El Salvador fracasaba el golpe de Estado contra Maximiliano Hernández Martínez, que llevaba 14 años en el poder; las fuerzas aliadas desembarcaban en Normandía; Islandia se independizaba de Dinamarca; Claus von Stauffenberg, junto con otros militares alemanes, atentaba contra Adolfo Hitler y fracasaba; en Holanda se creaba el primer riñón artificial y nacían personalidades como Jimmy Page, Francoise Ardí, Diana Ross, George Lucas y Roger Waters, que cambiarían el mundo del entretenimiento; el Comité Internacional de la Cruz Roja ganaba el Premio Nobel de la Paz y, apenas una semana antes de la aparición de ese primer número, el 24 de agosto, París era liberado en el llamado Día D.

Así, en medio de ese huracán de acontecimientos históricos, la revista ¡Hola! venía a ser un descanso, un remanso de alegría y felicidad, una evasión. En España no existía competencia para el semanario. Lo único que llegaba a los quioscos era la prensa oficialista (el periódico *ABC*) y algunas noticias sesgadas de lo que pasaba en el mundo. El franquismo había logrado en pocos años formar una burbuja, sustentada en el fascismo, en la unidad nacional española, en el catolicismo y el anticomunismo. Ya para 1944, la euforia fascista había aminorado, debido a los acontecimientos políticos internacionales y a la derrota de los países del Eje en la Segunda Guerra Mundial, por lo que el franquismo se vio obligado a buscar un nuevo tipo de alianzas internacionales, así como a disminuir el papel de la Falange.

A pesar de que no disponía de un capital sustancioso,

Antonio Sánchez Gómez confiaba en su idea de hacer una publicación en la que predominara el material gráfico, las imágenes, sobre el texto. En este sentido fue un visionario que supo entender que el mundo de la imagen dominaría no solo la prensa. Este protagonismo de lo visual, poco usual en ese entonces en las publicaciones periódicas, marcó la diferencia y atrajo la atención del público.

El primer número tuvo un tiraje de catorce mil ejemplares y un precio de dos pesetas. La portada era una ilustración en colores sepia y azul de una mujer, una palmera y un velero. El autor del gráfico fue Emilio Ferrer. En la parte superior izquierda estaba el logotipo de ¡Hola! con un globo terráqueo dentro de la «O». El papel y la tinta no eran de buena calidad y el contenido, bastante desorganizado, hacía referencia más que a temas a personajes de la alta burguesía quienes, si bien no conformaban la mayoría de la población, sí eran el modelo a seguir y los que mejor cumplían con el ideal franquista. Pero la revista tenía un toque singular: presentaba crónicas de eventos sociales, reconocibles por todos pero protagonizados por unos pocos, y que se desarrollaban en un mundo glamuroso. Además, ¡Hola! incluía pasatiempos, crucigramas, chistes, recetas de cocina y entrevistas con artistas de cine, así como una editorial en la que, sin ser obvio ni directo, se manejaba una visión de la vida conservadora y muy tradicionalista. Desde su primer número estuvieron presentes dos de los rasgos más característicos de este semanario: el tono amable para con los personajes de que se trataba y la opinión neutra acerca de ellos. Sin duda, ¡Hola! buscaba mostrar el lado amable de la vida, el lado bonito, el lado color de rosa, con la familia como eje y sustento de la estructura social. Eran esos los aspectos que regían la línea editorial de la revista.

La redacción del semanario se instaló en la casa de la familia Sánchez Gómez. Antonio, para sustentar este proyecto, trabajaba también en un periódico y su mujer se incorporó a la iniciativa de inmediato, dándole ese toque femenino que necesitaba la revista: la moda y la cocina. En conjunto, entendieron que la curiosidad, la aspiración y el ideal dominan a las clases medias, y que la clave estaba en acercarles ese mundo idealizado y rosa a través de un medio que, por un momento, hiciera sentir que se es un igual a aquel individuo exitoso, poderoso, rico o de abolengo que le presenta la publicación. Un sueño que se cumple durante el tiempo que toma hojear la revista. Entonces, buscaron esos puentes de conexión entre ese mundo lejano y de fantasía y la vida normal de la mayoría: sus casas, las fiestas, su forma de vestir, las imágenes familiares, su aspecto, su comida… Desde esta perspectiva, ¡Hola! no solo acerca ese mundo inalcanzable a todo el que quiera asomarse a él, sino que es una guía para reproducirlo en casa. ¡Hola! es aspiracional. Por ello, desde el inicio y casi automáticamente, surgieron las reglas que aún rigen a la publicación. Entre ellas, sumamente simples, destaca la principal que ha sido siempre la supremacía de lo positivo sobre lo negativo.

En resumen, lo que el semanario ha reflejado desde su origen es salud, dinero y amor: la utopía de la felicidad. Varias décadas después, a este despliegue de felicidad se sumó la posibilidad de mostrar la tragedia, un toque que fortaleció Mercedes, la esposa de Antonio, pero siempre vista desde las buenas costumbres.

En aquel entonces, aunque Franco se hacía cargo de la educación del príncipe Juan Carlos, la nobleza española no tenía un papel tan relevante como lo tenía Hollywood, cuyos rostros impactaban mundialmente, debido a que el cine se mostraba como un primer gran medio globalizador, capaz de romper barreras geográficas y sociales.

Así, las portadas de ¡Hola! de la época fueron dominadas por las actrices en boga y, por motivos económicos, de la ilustración se pasó a la fotografía, aprovechando las imágenes que las distribuidoras de cine enviaban gratuitamente. En el número 6 de la revista (7 de octubre de 1944), apareció la primera fotografía en portada; era la actriz Ginny Simms. A partir del número 25, la foto fue una norma. El cambio fue todo un éxito, y los llevó a aumentar el tiraje en un setecientos por ciento. Para la década de 1950, se vendían doscientos mil ejemplares semanales. El primer gran éxito de ventas fue el número especial publicado en 1952 sobre el Congreso Eucarístico Internacional. De esta manera se aseguró el futuro de la empresa.

Entre las actrices y actores que tuvieron más portadas en la primera década de vida de la revista se encuentran Liz Taylor, Ava Gardner, Rita Hayworth, Virginia Mayo, Lana Turner, Esther Williams, Robert Taylor, Mickey Rooney y Clark Gable. A pesar de esta tendencia, en las páginas interiores la crónica social de las clases altas españolas siempre estuvo presente. Para finales de la década de 1950, ¡Hola! se había consolidado como empresa, y para los años sesenta vendían ya trescientos mil ejemplares al mes.

Desde siempre, Antonio Sánchez Gómez fue consciente de que nada podía reflejar mejor la «espuma de la vida» que la realeza, sobre todo las bodas. Así que aprovechó la boda de la española Fabiola de Mora y Aragón con el rey Balduino de Bélgica, en 1959, para arraigar su propuesta editorial. A esta le siguieron el enlace matrimonial del Sha de Persia con su tercera mujer, Farah Diba, y la boda de la princesa Sofía de Grecia y el príncipe Juan Carlos de Asturias, en 1962.

Por otra parte, el mundo exquisito de la farándula empezaba a coquetear con la nobleza, y esa situación resultaba idónea para los propósitos del semanario. Este híbrido *Royal* y *Glam* fue un éxito: los romances de Soraya y el Sha de Persia o los de Rita Hayworth con Aly Khan, ya marcaban los lineamientos de lo que englobaría esta publicación.

Para suerte de los Sánchez-Junco, el romance entre el príncipe Rainiero y la actriz hollywoodense Grace Kelly culminó en boda, convirtiéndose los Grimaldi en esa nueva dinastía, tan llamativa para el público, que unía a la aristocracia con el *glamour* del cine. Así, durante la década de 1954 a 1964, las casas reales se apoderaron de las portadas del ¡Hola! Grace de Mónaco tuvo veintiocho, la reina Fabiola catorce y Farah Diba trece.

Durante los sesenta, el desarrollo económico y la situación internacional generaron un aumento en el nivel de vida en España, lo que provocó en el régimen el surgimiento de una generación de políticos, llamados tecnócratas, que se formó en torno al Opus Dei. La visión conservadora y moralista continuó y esta, a su vez, se reflejó en los medios de comunicación. Así como, quizá sin querer, artistas como Rocío Durcal, Joselito y Pili y Mili se convirtieron en portavoces del modelo social franquista, la revista ¡Hola! también. Su fundador nunca ocultó su simpatía por el régimen y se sumó a esta propuesta ideológica, prohibiendo que se hablara en su publicación de Fidel Castro, de miembros del Partido Comunista y de asuntos como el divorcio, que iban contra las buenas costumbres. Sin embargo, el mundo seguía girando y, pese a los intentos de los conservadores por mantenerse a salvo de la izquierda, en España nadie podía parar el proceso democrático que se gestaba. Surgieron entonces nuevos políticos, quienes también eran figuras atractivas, vigentes y presentes en la sociedad, y que poco a poco se sumaron a las portadas del ¡Hola!, ocupándolas durante un veinte por ciento del decenio que va de 1964 a 1974. Veinte años después, su presencia alcanzaría un cincuenta y un por ciento.

De este modo, la política empezó a integrarse en la «espuma de la vida» a través de las bodas. En 1972, la nieta de Franco, María del Carmen Martínez-Bordiu, se casaba con Alfonso de Borbón Dampierre, duque de Cádiz. El tiraje de ese número fue de un millón de ejemplares, más un cuadernillo con los detalles «lindos» del evento.

Durante estas primeras décadas de existencia, la empresa seguía llevando a cabo su quehacer editorial con una estructura casera. La mancuerna de Mercedes y Antonio se veía fortalecida con la ayuda de familiares y colaboradores, además se sumó al equipo un personaje que sería fundamental para la publicación: Jaime Peñafiel, un cronista que podía reseñar los eventos sin ser un intruso. El reportero pronto se convirtió en el álter ego de la revista. Entrevistaba a todos esos nobles personajes y salía en las fotos con ellos; su presencia le daba un toque de exclusividad a los reportajes que remataba el éxito de la revista. Entre sus entrevistados destacaron el Sha de Irán, el rey Hussein y la reina Noor de Jordania, así como Farah Diba y la princesa Margarita.

En 1975 murió Franco. Por decisión suya fue sustituido por el rey Juan Carlos I de España. La transición hacia un sistema político basado en una democracia parlamentaria fue relativamente suave, pese a las continuas amenazas de revueltas militares y a la fuerte movilización de las masas trabajadoras y estudiantiles. La revista ¡Hola! lamentó el deceso de Franco y, siguiendo su propia regla de no emitir juicios ni opiniones abiertas, le dio una portada que decía: «Luto nacional: el caudillo ha muerto», con un subtítulo que rezaba: «Doña Carmen Franco, ejemplo de fidelidad y amor vinculado al servicio de España». También se publicó un número especial. Para los antifranquistas el ¡Hola! era, simplemente, la cronología de las clases burguesas y reales españolas.

Franco, con su visión católica, derechista, conservadora y aspiracional (el hecho de que el rey Juan Carlos lo sucediera en el poder así lo demuestra), era exactamente el prototipo del lector del ¡Hola! Y si él se impuso durante casi cuarenta años, era evidente que el éxito de la revista estaba garantizado, ya que solo repetía un modelo complaciente para un grupo social basado en lo aspiracional.

Si tenemos en cuenta que el franquismo controló todo durante casi cuarenta años, sobre todo la educación, y que a la muerte de Franco sucedió una transición gradual hacia la democracia que incluyó la amnistía general a los integrantes o colaboradores del régimen, es imposible pensar que el franquismo desapareciera con la muerte del caudillo. Evidentemente, como hecho social y como forma de vida, aun sin percatarse de ello, el franquismo sociológico ha perdurado en España. Ejemplo de ello es la revista ¡Hola!, que no ha modificado ni su línea editorial ni sus reglas ni sus fórmulas y mucho menos su ideología y sus valores. Lo que sí ha hecho es adaptarse al mercado. Porque está demostrado que a partir de la década de los ochenta, con la llegada del neoliberalismo, la única ideología vigente es el mercado.

España se liberó y se subió la falda. En la revista

¡Hola!, por fin las mujeres también empezaron a lucir las rodillas y a mostrar escotes un poco más atrevidos, sin nunca (hasta la fecha) atentar contra las buenas costumbres, desde luego. Tiempo atrás los políticos ya habían entrado al ¡Hola!, pero con Franco muerto, los comunistas reaparecían y don Antonio no los quería en su revista. Tal fue el caso de Adolfo Suárez, quien a pesar de la renuencia de Sánchez Gómez —«Él trajo a los comunistas a España», decía—, terminó por aparecer en más de una portada mostrando «su espuma de la vida». Paradójicamente, con el tiempo el presidente Suárez y Sánchez Gómez se hicieron muy amigos y el político se convirtió en el segundo español con más portadas en la primera década tras la muerte de Franco, solo superado por Julio Iglesias. Sin duda, la política aumentaba las posibilidades de buenas portadas y de contenidos. A través de los viajes del rey Juan Carlos, los políticos del mundo llegaron a las páginas del ¡Hola! Muchos dictadores, solo por decisión de la familia Sánchez Junco, nunca aparecieron en la revista (Fidel Castro, Pinochet o los miembros del Partido Comunista español). Felipe González solo apareció en el ¡Hola! cuando ya fue presidente; a partir de entonces apareció doce veces en la portada mostrando también su propia «espuma de la vida.»

En 1984 murió Antonio Sánchez Gómez. Su hijo, Eduardo Sánchez Junco, tomó la batuta de lo que hasta hoy es una empresa familiar. Realizó una serie de ajustes, necesarios para modernizar la publicación (globalización, mediatización, consumismo, etcétera), sin romper las reglas de oro del buen gusto editorial. Una de esas primeras adaptaciones fue la exclusión de Jaime Peñafiel, ahora que resultaba *démodé*. Los tiempos habían cambiado al igual que el concepto de exclusividad.

Además, había que continuar y explotar ese concepto que sí impulsó el ¡Hola!: la compra de información. Esa idea, llevada a cabo primero por don Antonio, fue refinada por su hijo.

En 1977 se le pagó a la cantante Massiel por fotografiar a su hijo recién nacido, en Londres. Después vendría la compra en exclusiva del reportaje sobre su boda con el cantante Pablo Lezcano, en México, con el escritor García Márquez como testigo. La compra de información reforzaba el concepto de exclusividad que había sido dado a través de la pluma y presencia de Jaime Peñafiel. Pero pronto, este negocio fue entendido por la otra parte: los protagonistas de las historias, quienes se percataron de la ganancia que podían obtener. Así, la compra-venta de información dio un giro. Como cuando Jimmy Jiménez Arnau, prometido de Merry Martínez Bordiu, otra nieta de Franco, llegó a la redacción del ¡Hola! para negociar la venta exclusiva de su boda. De esta manera, se inició el mercado de la intimidad. No solo se vendieron nacimientos (no del niño Jesús, sino de bebés tipo Gerber) y bodas, sino muertes: Isabel Pantoja cobró doscientos mil dólares por la primera entrevista después de la muerte de su esposo, Francisco Rivera, Paquirri.

Con estos antecedentes, el heredero Eduardo Sánchez Junco primero se encargó de consolidar la administración y asumir que, si bien la revista era una empresa familiar, era un negocio más que rentable. Así que, sin cambiar las líneas de la revista, profesionalizó el *staff* y se abrió en el semanario con naturalidad un elemento que, hasta la muerte de su padre, había sido tabú: el divorcio. También comenzó entonces la explotación de otras variantes en los reportajes, como las visitas a las casas de los famosos y las pseudomemorias, ambas inauguradas por la ex mujer de Julio Iglesias, Isabel Preysler, cuya separación fue de las primeras en aparecer en el ¡Hola! Desde hacía muchos años, aparecer en ¡Hola! era sinónimo de estatus y poder. Por ello, Isabel Preysler retó a Iglesias: «Yo saldré en más portadas que tú». Fue así como comenzó la guerra de las portadas entre las celebridades. Isabel Preysler no solo consiguió el mayor número de portadas, sino que inauguró estrategias en la revista y llegó a ser parte del *staff*, convirtiéndose en su periodista estrella. Qué mejor que una mujer de sociedad para hacer un *tête à tête* con sus similares o con las estrellas de cine y de la nobleza mundial.

Con la administración de Eduardo, las ventas superaron el medio millón de ejemplares. Su madre continuó asesorando y «dando línea» a la revista. Por si fuera poco, se exportó la marca. ¡Hola! se consideraba la revista más vendida en su género: casi seiscientos mil ejemplares en España, otros seiscientos mil en Inglaterra y doscientos mil en Francia.

Hoy, la fórmula continúa, solo que con algunas adecuaciones para los mercados locales. La realeza del mundo es la que se merece estar entre sus páginas. Solo ellos. En estos sesenta y dos años, la revista ¡Hola! ha sido el cronista de «la espuma de la vida» del mundo…

La atracción de la nobleza

La nobleza (la palabra latina *nobilis* se deriva del verbo *noseo* y del adjetivo *notus*, que significan «conocer» y «conocido», distinguido por los hechos o virtudes entre los demás hombres) era una de las clases medievales, junto a la realeza, la iglesia y el pueblo llano. Desde siempre, estos personajes han sido protegidos y mitificados. Se han convertido en deidades para que el común de la gente, el pueblo, los admire y oculten a través de la vida de los otros y de su felicidad la miseria propia. Siempre fue una forma de manipular a los oprimidos. Aunque a la nobleza también pertenecen personas que han realizado actos nobles, que han servido a la patria (por eso Paul McCartney y Sean Connery han sido nombrados Sir), o se han distinguido por sus talentos, servicios y obras. Por tanto, se pueden distinguir dos tipos de nobleza: la de sangre (linaje) y la de privilegio (recompensa). La distinción entre nobles y plebeyos está establecida desde la antigüedad en casi todas las naciones civilizadas.

Y si bien los nobles han sido históricamente privilegiados de forma tan natural, lo cual es injusto, su presencia y la atracción que generan no han cedido, ya que son la materialización de los cuentos de hadas. Y esta concreción de valores, como la belleza, la bondad, la riqueza y la felicidad, dan un respiro a la vida. Ellos son nobles y se merecen lo mejor. Los nobles de nuestras revistas son los conocidos, más que los distinguidos. Son los nobles de linaje y no los de privilegio. La nobleza de Séneca (almas justas y adornadas por la sabiduría y virtud) no está en las revistas; están los que se han distinguido en el mercado, sin importar sus actos.

El entendimiento de la nobleza actualmente se adapta a cada país y básicamente se centra en las clases políticas, en la farándula, el entretenimiento y en la alta burguesía, que conviven y protagonizan la prensa rosa, también llamada del corazón o de celebridades. Su gran auge se debe a la simplificación del discurso y a la ruptura de las fronteras entre lo público y lo privado. Los medios de comunicación han modificado las costumbres, así como el criterio de la verdad (algo repetido cien veces, aunque no sea verdad, se convierte en verdad, porque tiene la certificación de que es visto por millones de personas, sin importar que pueda ser un montaje). La simulación es una de las condiciones. La manipulación de la perspectiva de cualquier evento es la que da la línea, aun sin que el medio emita opinión alguna, como en el caso de la revista ¡Hola!, pues lo que ha hecho de una manera eficaz es haber trasformado la noticia. El personaje delega a un segundo plano el hecho. La noticia se transforma en una puesta en escena en la que el personaje se convierte en un actor de teatro. Sin importar lo que sea, se convierte en lo que la publicación desee; en el caso del ¡Hola!, en nobles. En este sentido, ¡Hola! se ha convertido en la certificación de la nobleza contemporánea: quien sale en la portada o es entrevistado pertenece ya a la realeza.

La fórmula editorial de una decana del papel couché

La directriz del modelo editorial del ¡Hola! es muy simple: el buen gusto y la decencia. No hay razón para hacer lo contrario. Aunque generalmente lo que vende es el escándalo, lo burdo y lo feo, en este caso es al revés. Es este buen gusto lo que ha propiciado su éxito ya que, tanto quien lo lee como quien lo protagoniza están certificados. Su fundador, Antonio Sánchez Gómez, y su esposa, Mercedes Junco, establecieron una premisa: «la nobleza obliga» y esta determina todo el rigor de su línea editorial.

¡Hola! es diferente; tanto, que es una revista en la que la portada jamás ha sido lo más importante, porque no es eso lo que vende. Lo que vende es el concepto que encierra. El buen gusto viene reflejado en todo: en el papel couché, en el tamaño de las fotos, en los pies breves, en la redacción purista y sin faltas de ortografía (aunque a veces sus reportajes tengan imperdonables errores de sintaxis), en la promoción de las buenas costumbres y, sobre todo, en las imágenes y en la actualidad de sus notas. No hay (ni nunca ha habido) una planificación anticipada de muchos de los contenidos. Aun cuando hay una parte en la que cabe información atemporal y diversas secciones fijas como cocina, belleza, moda y entretenimiento, cada número se arma «en caliente». Sus fuentes son las agencias de información, ellos mismos y las celebridades que venden su propia información e imágenes. Sin importar de dónde llegue, la nota tiene que ceñirse a las siguientes pautas:

1. No se publican fotos de mujeres *topless,* ni de gente desnuda en general. En 1994, unos *paparazzi* le ofrecieron al ¡Hola! unas imágenes de la princesa Diana en *topless*. Eduardo Sánchez Junco las compró y nunca las publicó. He ahí un acto de elegancia.
2. El artículo debe tener una historia gráfica interesante.
3. Las fotos y el material deben ser veraces y actuales.
4. Los textos deben estar bien escritos, no emitir ningún juicio ni criticar nunca a los personajes de quienes se trate.
5. Las personas siempre antes que las cosas o los temas.
6. Eduardo Sánchez Junco supervisa el contenido de la revista personalmente.

Estas pautas han sostenido la calidad de los contenidos, ya sea siguiendo la tradición de los géneros periodísticos o sus variantes al estilo ¡Hola!, como las entrevistas de famosos a famosos, las memorias en primera persona, las exclusivas y las historias que venden los mismos protagonistas a la revista.

Debido a que desde su inicio la revista fue pensada para toda la familia, haciendo hincapié en la mujer, se trazaron estrategias alrededor de los deseos y curiosidades de dicho público:

1. La intención es ofrecer modelos para copiar. Interesa mostrar entonces cómo es el hogar de las personalidades de abolengo, cómo viven y dónde, cómo son sus casas y dormitorios, sus piscinas y jardines.
2. Otro de los objetivos es presentar personalidades modelo; historias de éxito que sean un ejemplo a seguir. Así, la revista reseña cuál es el estilo de vida de estos personajes, qué hacen, qué ropa usan, qué lugares frecuentan, cómo son sus autos, si estudian o trabajan y cuáles son sus debilidades y aficiones.
3. Se busca que la revista sea un espejo donde mirarse, una forma de auto-ayuda, se puede decir. Se habla entonces de qué aspecto tienen los famosos y la realeza, si hacen dieta o ejercicio, si practican algún deporte, si se han hecho cirugías plásticas y qué hacen para mantenerse en forma.
4. La revista tiene también la intención de demostrar que se puede mejorar y crecer. Se reseña cómo las luminarias, los empresarios y, en general, los famosos, llegaron a triunfar. ¿Habrá sido por pura suerte, por casualidad? ¿Vinieron desde abajo, heredaron el negocio, trabajaron mucho para llegar?

Para la selección de las imágenes se siguen tres pautas: priorizar a la gente por encima de la situación; el personaje debe tener contacto visual con el lector y se prefiere mostrar de cuerpo entero, más que en primer plano, para que se vea lo máximo posible su entorno. La revista publica tantas exclusivas que no se sienten obligados a escoger la foto más bella, sino la de más actualidad en las agencias.

Esta revista, que si bien no es la primera en su género sí es la que provocó e inspiró el *boom* mundial de la prensa rosa de abolengo, ha sido copiada (nunca superada) por muchas otras publicaciones, como *Paris Match* (la segunda revista rosa en fundarse, 1949), *Caras*, *Contigo*, de Brasil, *People*, *OK!* y *Us*, por mencionar algunas.

«La espuma de la vida» era rosa, tradicional y conservadora. Para adaptarse a la España liberal, la espuma de la nobleza, tan anhelada por todos, incluyó la tragedia, el dolor y la muerte, creando un periodismo del corazón que, si bien coquetea con el amarillismo, no se traduce en sensacionalismo. La familia Sánchez Junco ha defendido que su revista no emite opinión ni juicios de valor, que solo informa. Lo que olvidan es que la misma línea editorial, la selección de contenido, la jerarquización de las historias, la preponderancia de la imagen, la elección de qué tipo de imágenes, la aceptación de comprar exclusivas, la selección de sus entrevistados, sus portadas, los eventos…, en fin, todo ello lleva implícita una opinión. Esta línea editorial es la que define sus valores, que no solo son positivos en el estricto sentido de la moral, sino de la ideología. Por ejemplo, Vicente Fox, presidente de México por el PAN, partido de derecha, sí apareció en sus visitas de estado, ningún otro. Durante el gobierno de José María Aznar, también de derecha, su presencia y la de su familia en la revista fue constante, no solo en sus visitas de Estado o eventos, sino en entrevistas y reportajes centrados en su persona. En cambio, José Luis Rodríguez Zapatero, del PSOE, partido socialista español, ha aparecido únicamente en eventos de otros; nunca le han hecho una entrevista…

El amor y el desamor también venden. En este sentido, el ¡Hola! es una telenovela sinfín y cada edición una entrega más de la historia rosa. No pierde detalle, cuida no especular ni publicar un chisme. La decencia, dignidad y reputación de los protagonistas son el capital de la revista y nunca contribuirá a mancharlo; en este sentido es claro que mantiene cierta imparcialidad, no ser obvios al descalificar a unos y aprobar a otros. El ¡Hola! es confidente de sus personajes y los cuida. En ocasiones, también busca mostrarlos frágiles para crear más empatía con el lector (como la portada de Diana de Gales: «Diana no pudo más», con una imagen de ella llorando), y se narra la sucesión de hechos para que el lector, aun cuando sea tocado por la emotividad, saque conclusiones de quién es el bueno.

En determinado momento «la espuma de la vida» de don Antonio tuvo que perder la inocencia y se enfrentó a una realidad que ni siquiera el *glamour* o la sangre real podían negar. Así que naturalmente entraron en sus páginas «la espuma de la muerte» y del dolor. Como aquel que reflejaron en el número 2,899 del 2 de marzo de 2000, en el que podemos ver a cada una de las mujeres de Roger Vadim el día de su entierro en Saint Tropez: Brigitte Bardot, Annette Stroyberg, Catherine Deneuve, Jane Fonda, Catherine Schneider y Marie-Christine Barruault. Las fotografías son espléndidas. Expresan con delicadeza y respeto la tristeza, la nostalgia y el profundo amor que le manifestaba a Vadim cada una de sus viudas. El reportaje se refiere a cada una de ellas con elegancia, ni una palabra de más ni de menos. Según su trayectoria y su personalidad, las trata como si cada una fuera su única viuda. No imaginamos a ninguna de ellas molesta con la publicación. Imposible.

Así, el ¡Hola! ha hecho crónica de fallecimientos, enfermedades, separaciones, nuevas relaciones, traiciones, aunque dándole la vuelta para que no aparezcan los aspectos más negativos. En lugar de hablar de traición, por ejemplo, se habla de nuevas relaciones, como queriendo subrayar hasta el buen gusto en la tragedia. Nunca se dijo que Estefanía de Mónaco fuera una «golfa»; se presentaba a «uno más de sus novios», aunque este hubiera sido su guardaespaldas o el camarero de un hotel de lujo de la Costa Azul. Y aun mejor, las pseudomemorias sirvieron para que el propio protagonista contara esa parte oscura, que fuera él quien hiciera el juicio, él quien calificara, no la revista.

Por otro lado, y en contradicción con las buenas formas, los protagonistas, todos nobles, reales, de buenos modales y muy dignos, se convirtieron en mercenarios, optando por vender sus vidas, pero de una manera «linda». Presentan sus casas, habitación por habitación; su guardarropa, prenda por prenda; comparten la muerte de un ser querido desde la intimidad de su mansión; presentan a su bebé con el orgullo de su pertenencia a las buenas familias… Poco a poco, los eventos retratados transformaron la sofisticación y aristocracia de las familias de abolengo españolas y europeas, sucumbiendo ante la seducción del espectáculo. Y como lo importante son las personas y no los temas, pueden salir incluso notas sobre *reality shows*, siempre y cuando se trate de un duque, un torero o una personalidad ¡Hola! Ahora que, si el protagonista careciera de ese toque chic, pero su fama fuera la suficiente para ser un personaje de actualidad (artistas, cantantes, políticos, que no tienen apellido), el ¡Hola! los transforma y les busca su «espuma de la vida.»

El sentido aspiracional y el lujo

La fórmula ha sabido equilibrar el aspecto aspiracional en sus contenidos. Sus lectores ansían ser como los protagonistas de la revista, pero nunca se han sentido fuera de su mundo. Ellos, por leerla, son parte de esa nobleza. Además, el semanario ha sabido jugar muy bien con las formas de acceso a la privacidad de los personajes; nunca desde la intromisión ni el espionaje, sino desde adentro. Ellos mismos abren las puertas de sus residencias y de su corazón; no son perseguidos, aunque los lectores sepamos que sí lo son. Las fotos de *paparazzi* de las vacaciones del príncipe Guillermo de Inglaterra, por ejemplo, no son presentadas como si lo hubieran espiado o sorprendido. Se presentan como testimonio de lo bien que se divierten y de qué alegres se ven. Ese *twist* constituye el *glamour* del ¡Hola!

Este sentido aspiracional convierte la lectura en una adquisición casi inmediata de pedigrí para el lector. Y ahí, en ese pedigrí virtual, está la clave: el lujo como una forma de vida aunque no se tenga, aunque se busque más. La idea del lujo es lo que rodea la imagen de la revista y esa sensación que nos da, sin importar la clase social a la que pertenezcamos, es la que nos tiene, más que seducidos, atrapados.

Hoy la riqueza y la exhibición del lujo implican estatus. Un estatus que durante los últimos treinta años se ha ido refinando. Con la «mundialización» y la caída del bloque socialista, el capitalismo como rey impone sus gustos y la necesidad de consumir, de comprar, de mostrar y exhibir. La austeridad ya no tiene cabida. La competencia y la diversidad de opciones rigen la oferta y la demanda, y estimulan un libre mercado en el que el dispendio es lo aceptable.

Frente a países que se mueren de hambre existen, más que naciones, grupos sociales en todo el mundo (sobre todo en países pobres) que viven el lujo y el dispendio de manera exagerada. Existe además otro grupo social, que aunque no tenga los recursos decide gastar en lujos solo para aspirar, para simular que pertenece a esa élite. Estos grupos son los lectores del ¡Hola!,

El lujo, con todo lo que implica, aristocracia, *glamour*, exclusividad, belleza, realeza, dinero, fama…, se ha convertido en una forma de vida que es imitada por todos. De ahí la proliferación de los productos *fake*, imitaciones excelentes, buenas, malas y regulares que se convierten en una forma de relacionarse, en un código entre las distintas clases sociales. Así, los productos de lujo han bajado a la calle, pero a diferencia de ellos el ¡Hola! siempre ha estado en la calle, al alcance de la mayoría. En su mercadotecnia, su distribución, pero sobre todo en la creación de una marca, radica su éxito. Una marca apoyada en figuras públicas y avalada por otras marcas comerciales, propias del *fashion system* y que parecen establecer las pautas y las formas de conducta del mundo en todas sus áreas y rubros.

Curiosamente, el mercado actual mezcla lo barato y lo excesivamente caro; esta unión de polaridades es lo que lo hace accesible. La frontera entre conceptos opuestos es lo que nos parece real: los Reyes son discretos (dicen que mantienen su intimidad en privado) y, al mismo tiempo, saben que ser exhibidos es parte no solo de su trabajo, sino de su alcurnia. Por otra parte, nos gusta ver cómo esas personas que derrochan se preocupan por lo indispensable; cómo van a fiestas lujosísisimas y también tienen actividades cotidianas simples. Este «lujo de la simplicidad», como lo llama Balzac, es lo que más nos atrae. Ellos son exactamente como nosotros. Sus acciones y gustos, su conocimiento de marcas, la cercanía de ambos universos que tendría que implicar un conocimiento recíproco (aunque solo sea de las clases más bajas hacia las altas), da como resultado un lujo emocional. No importa que no poseamos esos productos, los conocemos y al verlos en otros es como tenerlos. Es al fin y al cabo, una sublimación de eventos. Entonces, el lector empieza a desprenderse de sí y a vivir a través del otro.

La revista ¡Hola! confirma lo que Edmund Burke, filósofo irlandés del siglo XVIII, vaticinó: la prensa es el cuarto poder. Y ha privilegiado una forma de ser, continuando por una parte las jerarquías sociales y, paradójicamente, rompiendo las barreras para beneficiar a la única que rige hoy día: el dinero. Sin duda, a la llegada de la aldea global de Marshal McLuhan, el poder de los *mass media* se ha incrementado. Pero no solo eso, sino que la relación emisor-receptor se ha convertido en una codependencia… Cada uno necesita del otro. La revista ¡Hola! es un precursor de ese *Big Brother*, que después nos hizo reflexionar sobre la novela *1984*, de George Orwell, y hoy es el pan de cada día.

Con el ¡Hola! el lujo se impone con un nuevo orden de la vida social, del privilegio y los sentimientos, porque si bien el orden lógico de las mercancías propone una ley de oferta y demanda exclusiva en el lujo, la nueva forma de presentación del lujo ya no atañe únicamente a los objetos y su valor, sino al vínculo personal, social y emocional. Con esta publicación se reorganiza el valor social de la clase, del consumo y la ostentación. Es la nueva era del lujo, donde el deseo, el consumo y las leyes del mercado cambian. Hay una metamorfosis que echa sus raíces en los vínculos sentimentales que se tiene con los objetos, con las aspiraciones y las motivaciones. El lujo se presenta cargado de emociones, que los lectores traducen en lazos de interdependencia. En el ¡Hola!, ese lujo emocional democratiza los afectos y sus efectos, en el momento en que nos muestra las caras felices y los sucesos trágicos con un lujo de detalles y un manto de ostentación que hacen que se transforme en un mundo ideal; un sueño encarnado en la mágica suerte del abolengo, la herencia y la fortuna. Monarcas, príncipes, magnates industriales y financieros, *top-models*, artistas y deportistas, toman forma y exclusividad en la revista ¡Hola!, a través de la tradición de los gastos ostentosos.

Para llevar al lector este lujo al alcance de todos, para darle el sentimiento aspiracional del que hemos hablado, el ¡Hola! ha propiciado ciertos reportajes que nos otorgan esta cercanía con las celebridades expuestas. Por ello han funcionado tan bien los reportajes del tipo «En la casa de...» El primero de estos fue el de la casa de Isabel Preysler y Miguel Boyer. Habitación por habitación, treinta y dos páginas a color, 935,164 ejemplares vendidos. Lo que se explota es el interés humano, esa parte que es común con los lectores, pero chic. Las imágenes siempre deberán ser bonitas y sobre aspectos tan cotidianos que hagan que el lector se pueda sentir como un igual, aunque no lo sea (a los dos les puede gustar el té). El protagonista es quien decide cómo y qué presentar de su intimidad.

Otra gran estrategia han sido los especiales de las bodas, los cuales se presentan desde los preparativos, como si se tratara de la de un familiar. Las bodas que han marcado récord son, evidentemente, las de las dos infantas, la de Eugenia Martínez de Irujo con el torero Francisco Rivera Ordóñez, sin olvidar la del Príncipe Felipe con doña Letizia.

El juego voyerista de la prensa rosa

La revista ¡Hola! fue pensada para mujeres. Sin embargo, es una publicación leída por toda la familia debido a que sus contenidos son historias de éxito, escenas de ricos y famosos que muestran su lado humano, parte de una cotidianidad en la cual el lector se puede sentir reflejado.

Generalmente, los personajes de la puesta en escena de la información son tres: los malos, los buenos (los triunfadores) y las víctimas. Ante esta situación, la prensa del corazón ha optado por contrarrestar el infierno de la prensa callejera o de denuncia, como algunos le han llamado, porque habla de la realidad. ¡Oh, paradoja! Lo hace acercándose solo a los buenos, o hace héroes y muestra sus partes bellas; el lado oscuro, jamás. Para la prensa rosa, lo único que importa es la parte heroica de sus protagonistas.

La prensa rosa ha erosionado los espacios personales, confundiendo al espectador y al actor, los cuales ya no distinguen entre lo público y lo privado. El uno abre su privacidad sin recato y el otro entra sin pudor, banalizando así las relaciones y propiciando el consumo. Todo pierde su valor al ser consumible; todo pierde su exclusividad, aunque se venda como tal.

La relación entre el protagonista y el lector se ha transformado en la de exhibicionista y *voyeur*. Los dos se necesitan y, para los sistemas de poder, este consumo fácil disminuye la crítica y la reflexión, y con ello la posibilidad de crear sociedades más justas y democráticas. La prensa rosa se ha convertido en el mejor aliado de la antidemocracia y de la perpetuación de las oligarquías económicas dominantes del mundo. Entretener con la «espuma de la vida», jugar con la exclusividad, con la pertenencia y la oportunidad de codearse con la realeza, nos distrae de lo importante, nos evade de nuestra realidad. La prensa rosa se ha olvidado de una de las reglas del periodismo: lo importante siempre tiene que prevalecer sobre lo interesante. Y sin embargo, esta misma banalización se ha convertido en una terapia, en un descanso frente a la difícil y cruda realidad, un factor decisivo para su éxito.

Desde el punto de vista de la psicología, la adicción a las celebridades es ya un ritual que se mueve entre exhibicionista y el *voyeur*. El que se muestra ya no puede vivir sin ser visto y el que observa oculta lo propio con lo ajeno. Es una proyección de fantasía: a través del otro cumple sus sueños, y si este otro es feliz eso le basta. Esta sensación provoca que disminuya la reflexión y la autocrítica. Es una huída. La sociedad actual es tan pasiva que da pie a esta necesidad. La vida es un espectáculo, en el cual el voyerismo —juego entre el que se exhibe y el que contempla— es uno de los ejes. Las personas reciben una cantidad enorme de estímulos mediáticos que las desbordan; pero ellos no participan, solo observan, solo espían; son, aun sin saberlo, voyeristas. No hay nada que entender y todo por ver.

Lo que hacen este tipo de revistas es crear un estándar humano que no se cuestione, que no se pregunte… El voyerismo, finalmente, es una vía para huir del malestar, del desamparo que desaparece bajo el cobijo en la fantasía colectiva del espectáculo.

A la conquista del mundo

Más de uno ha intentado copiar la fórmula del ¡Hola!
Pero nunca podrá imitarse al ciento por ciento, porque
la revista creó su propio mito y esa marca es la que ha
hecho que sus variantes sean tan exitosas, como la inglesa *Hello!*, lanzada en 1988 (y ahora también en Canadá).
La expansión es el reto, si ha funcionado la versión inglesa es porque en Inglaterra tienen una familia real que
la sustenta. En Francia duró muy poco, quizá debido a
que no existe ese sentimiento aspiracional ingenuo, del
tipo de cuento de hadas, sino que la visión es más intelectual y democrática.

Esta conquista ha tenido algunos tropiezos, como el
de la versión inglesa, cuando en el año 2003 Michael Douglas y Catherine Zeta Jones reclamaron una indemniza-
ción de tres millones de euros a Eduardo Sánchez Junco,
propietario del ¡Hola! y la versión británica *Hello!*, en
un pleito por invasión de la privacidad que comenzó en
Londres. La nota es de Lourdes Gámez, corresponsal
en Londres del periódico español *El País*: «La querella
está motivada por la publicación en *Hello!* de fotografías
no autorizadas de la boda de la famosa pareja, en Nueva York, en noviembre de 2000». Entonces, su abogado,
Michael Tugendhat, alegó durante la jornada inicial que
Sánchez Junco contrató a cuatro *paparazzi* para que sa-
caran fotografías furtivas del acontecimiento tan anunciado, una vez que el empresario español había perdido el
contrato de exclusividad a favor de su rival mediático.

La revista rival se llama *OK!* (recientemente lanzada en
México con contenidos muy semejantes a los de ¡Hola!)
y se le había autorizado cubrir la boda de los Douglas tras
el desembolso de un millón y medio de euros.

La aparición de fotografías «de muy pobre calidad» en *Hello!* afectó mentalmente al matrimonio Douglas, les hizo perder ingresos financieros y dañó sus respectivas carreras profesionaes, según sus abogados. «No se trata de dinero, sino de agravio a sus sentimientos, intrusión y otras cuestiones de índole personal», expuso Tugendhat. Después del juicio y de apelar la primera sentencia, la justicia británica eximió a *Hello!*

También hay que decir que *Hello!*, al igual que el ¡Hola! se ha exportado a países que, por su historia, han compartido visiones del mundo similares. El colonialismo se ha perpetuado, al igual que sus formas de relación. *Hello!* se distribuye en Escocia, Australia, Canadá, en los Emiratos Árabes, Arabia Saudí y Jordania.

La versión francesa *Oh La la!* se imprimió por vez primera en 1998 y dejó de circular en 2004, año en el que también se suspendió su venta en Cuba[2], por ser considerada banal y propiciadora del consumismo. La restricción se expandió a Rusia y Turquía.

Actualmente, la versión española se distribuye en noventa y dos países y tiene distribuidoras regionales en España, Argentina, México, Miami, Puerto Rico y Brasil; en algunos de ellos se añade información local a la edición.

México y el ¡Hola!: Una relación casi familiar

El éxito de la publicación en México se debe básicamente a que nunca se ha roto la relación con la «Madre Patria». Los criollos mexicanos aún piensan en emular las modas e historias del Viejo Continente, tal como sucedía en el

---

2. Ver capítulo ¡Adiós! al ¡Hola! en Cuba.

virreinato. La llegada del ¡Hola! al puesto de periódicos es como la llegada de las noticias del reino español. Se esperan con la misma ansiedad, con el mismo sentido aspiracional y de sometimiento. Por otra parte, leerla certifica, es decir, da un grado de abolengo que diferencia al lector del resto de la gente. Se lee el ¡Hola! porque se es esnob, por pretensión, por jugar con la ilusión de que se pertenece y que uno es como ellos, aunque sea mientras se hojea la revista, ¿o por frivolidad? Se lee el ¡Hola! para imitar, por ejemplo, la decoración de los árboles de Navidad de los famosos, la forma en que reciben en su casa, los objetos de decoración, para comparar y para terminar teniendo el *look* ¡Hola!

Amplia porción de sus lectores son mujeres adultas y de la tercera edad, que sueñan con historias de la Cenicienta, con sus modificaciones contemporáneas, claro, como la boda de Letizia y el príncipe Felipe II. Otro gran sector de su público está compuesto por adolescentes, niñas-fresas que ven en estas historias gráficas los mejores relatos rosas.

La revista ¡Hola! ha sido un éxito de ventas en México debido a que la clase media mexicana es profundamente aspiracional y nunca tendrá suficiente. El vecino siempre tendrá el mejor coche, la mejor casa, la mujer más guapa. Y entre la envidia y el deseo machista (que también se contagia a la mujer) de deslumbrar, poseer y ser poderoso, la revista ¡Hola! abre una perfecta ventana a lo que deberían ser ellos mismos: gente con clase, exitosos, glamurosos. Aunque tendrán siempre la falta de una cuna aristocrática, en México se cree que esta puede suplirse rápidamente por una cuenta bancaria abultada, una camioneta Hummer y por organizar fiestas ostentosas a las que se invita a los encargados de sociales de diversos medios para aparecer en ellos como el nuevo aristócrata de la muy aspiracional clase medio-rica de México. Al hablar de la envidia no podemos dejar de evocar a Alberoni:

> La envidia habla de nuestra frivolidad, de nuestro esnobismo, de las fantasías infantiles que albergamos en nosotros, que cultivamos mientras nos damos aires de personas adultas. Habla de las mentiras que nos decimos para consolarnos y de las que les decimos a los demás para hacer buena figura. De las maniobras que realizamos para conseguir cómplices. Habla de nuestros enemigos y de aquellos a quienes nos esforzamos por dañar, aunque no nos hayan hecho nada. La envidia está en la raíz de muchas de nuestras enemistades y vuelve ambiguas muchas de nuestras amistades. Es la zona oscura en la cual nuestra perversidad logra abrirse camino y corromper los pensamientos más puros.[3]

La democratización del lujo (en Europa, todos sus habitantes han adquirido por lo menos un artículo de una marca de lujo), en países como México se convierte en un *must*, una obligación extrema. Nuestra calidad de país marginal nos hace ser aspiracionales. Nuestra cercanía con Estados Unidos, la potencia mundial, y la aceptación de que somos un país rico, que en teoría debería ser un país de centro (antes que de primer mundo) que no somos, provoca inseguridad y también humillación. Ambas se pueden ocultar, más o menos, con la simula-

3. Francesco Alberoni, *Los envidiosos*, Gedisa, México, 1991.

ción: copiar al otro en defensa propia. Un mecanismo de defensa para no ser menos, para pertenecer, para ser aceptado.

En general, en América Latina aún cargamos los traumas criollos y mestizos, por lo que las clases medias dedican mucho tiempo a demostrarse así mismos que son castizas, criollas, y que se tiene muy poca sangre indígena y mucha educación. El clasismo es una de las mayores motivaciones para leer el ¡Hola!

La revista ¡Hola! es como el diseño de Philippe Starck: tiene la dosis suficiente de *glamour*, de abolengo y de clase a un precio al alcance de todos. En los últimos veinte años las marcas de lujo han aumentado, al igual que la publicidad y el bombardeo de imágenes. La masificación de lo chic, la tendencia al nivel de nuestro bolsillo, es un gancho para comprar la revista. Y en México esta relación consumista avala. De ahí su éxito: el lector encuentra el acceso ilimitado a ese mundo de abolengo; las marcas anunciantes saben que las páginas funcionan como un escaparate; los editores son conscientes de que la unión de personalidades y esas grandes marcas es lo que el lector desea ver. Y este es el negocio.

Un negocio que funciona tan bien que le abrió brecha a otras revistas rosas que realmente no representan una competencia para el ¡Hola! pues, a pesar de que sus fórmulas editoriales son parecidas, su mercado y sus figuras se centran en personalidades de la *jet set* mexicana, donde no hay ningún tipo de aristocracia. No llegamos ni a condes ni condesas… La revista *Caras* quiere jugar con la idea de que sus personajes son de la nobleza, en un país en el que no hay monarquía pero en donde encanta la idea de los Reyes; *Quién*, enfocada en crear una *jet set* mexicana en la que no importa tanto la idea de princesas sino de sofistificación y *glamour*, y que es un poco amarillista y sensacionalista, cosa impensable en el ¡Hola!; o *Actual*, que busca esa élite elegante e intelectual. En estas revistas mexicanas, (incluyendo el suplemento del periódico *Reforma*, *Club Social*), más que la tradición, la fama o el abolengo, lo que importa es el dinero, bien o mal habido. No importa si los fotografiados son ricos, porque entonces su cámara hace clic.

Información relevante del ¡Hola!

- Entre las ediciones para España e Inglaterra se tiran casi un millón y medio de ejemplares semanales de ¡Hola! y *Hello!*

- En México, las revistas *Caras*, *Actual* y *Quién*, según sus editores, superan el tiraje de los cien mil ejemplares. Este mercado creció en 2003 en un 3.5 por ciento y ocupó el quinto lugar en ingresos publicitarios.

- Personajes con el mayor número de portadas, durante los sesenta y dos años de ¡Hola!
  1. La familia real española – 156.
  2. Carolina de Mónaco – 101.
  3. Princesa Diana – 61.
  4. Julio Iglesias – 49.

- Personajes Vetados:
  1. Fidel Castro.
  2. Pinochet.
  3. Miembros del Partido Comunista español.

- Titulares más vendidos
  1. Boda de los Grimaldi, 1956.
  2. Boda de Fabiola de Mora y Aragón con el rey Balduino de Bélgica.
  3. Franco ha muerto, 1975.
  4. Cincuenta aniversario de la revista ¡Hola! 1994.
  5. Divorcio de Diana de Gales y el príncipe Carlos de Inglaterra.
  6. Boda de la infanta Cristina, 1997.
  7. Boda de la infanta Elena, 1995.
  8. Boda Martínez Irujo y Ordóñez, 1998.
  9. Boda del príncipe Felipe y Letizia Ortiz (se aumentó un veinte por ciento el tiraje y se vendió una publicación de 366 páginas. El tiraje fue de 2' 103, 800 ejemplares), 2005.

- Los personajes más publicados:
  1. Diana de Gales.
  2. Carolina de Mónaco.
  3. Isabel Preysler.

5

Los amores de Mina

Si algo le intrigaba a Sofía cuando era adolescente era saber si Mina tenía o no novio. Un día se armó de valor y mientras hojeaba una revista de un número atrasado del ¡Hola!, se lo preguntó: «¡Ay, niña! Pero qué cosas se te ocurren...», le dijo tajante su tía antes de desaparecer de su recámara. Sofía no insistió más y continuó hojeando su revista como si nada hubiera pasado.

¡Híjole! Creo que metí la pata... Después de lo que le pregunté, ya no va a querer prestarme sus revistas... A lo mejor mi tía nunca ha tenido un novio... ¡Ay, pobrecita...! ¿Será por eso que cada vez que en una película se dan un beso en la boca, me entierra sus uñas todas limaditas en mi brazo al mismo tiempo que baja la mirada? ¿La habrán besado alguna vez en la boca? Híjole, eso sí que no se lo preguntaría jamás... Se pondría histérica... Y hasta sería capaz de echarme por la ventana. El otro día que fuimos a ver Casablanca, *justo en el momento en que Humphrey Bogart e Ingrid Bergman se dan un beso en la boca, me dio un «pellizco de monjita» que casi me desmayo. Siempre es lo mismo... Beso que se dan en el cine,*

pellizco que recibo en el brazo. Se pone tan nerviosa con los besos... Con la película que me dejó el brazo todo moreteado, me acuerdo perfectamente, fue con la de Aquí a la eternidad con Burt Lancaster y Debora Kerr. Cuando los dos estaban en la playa en traje baño, las olas los arrastraban sin que sus bocas pudieran separarse. Mi tía Guillermina me enterró las uñas hasta el hueso. Me acuerdo que hasta grité. «¡Cállate, niña!» «¡Ay, tía! Es que esta vez sí me dolió mucho». «No seas exagerada. Ya no te vuelvo a traer al cine». Juro que la próxima vez me voy a sentar tres asientos más lejos que ella, así ya no podrá pellizcarme. O bien, mejor vamos a ver películas tipo Marcelino pan y vino o las españolas de Marisol, con esas nunca me pellizca. La verdad es que si la acompaño al cine es porque la pobrecita no tiene con quien ir. Si tuviera un novio pues sería distinto. Porque, en el momento en que se besaran en la película, ella podría aprovechar para besarlo también. Pero, ¿qué tipo de novio necesitaría una persona como mi tía, con el carácter tan rarito que tiene? Tendría que ser uno como los que salen en sus revistas: guapo, como Cary Grant; aristócrata, como el marido de la reina Isabel; rico, como Aga Kahn; intelectual, como no sé quién, y simpático como Dany Kaye. ¡Ay! Espero en Dios que yo sí me case y que mi marido me de diez docenas de besos todas las noches. No quiero quedarme soltera. No quiero cuando sea grande, pellizcar a mis sobrinas cada vez que se besen en las películas. San Antonio, encuéntrale, por favor, un novio a mi tía. Le urge, pobrecita..., porque en el fondo ¡es tan tierna...!

No, desafortunadamente, la tía Guillermina no tenía novio, pero no por ello estaba cerrada al amor. Al contrario, Mina era una mujer romántica y si no podía vibrar con su propia historia de amor, por lo menos lo hacía con las de sus parejas consentidas del cine, cuyos romances conocía de memoria gracias a las revistas del corazón.

Dolores y Orson

Mina conocía a Dolores del Río desde que se llamaba Lolita Asúnsolo, porque habían ido al mismo colegio de monjas. Aunque no compartían el mismo salón, por ser de diferentes edades, Mina solía verla ya fuera en el patio del recreo o bien, a la salida de clases.

Cuando Mina se enteró de que Dolores del Río estaba enamorada de Orson Welles, no había día en que no buscara noticias de esta tan seductora pareja.

Con qué curiosidad, y hasta cierto morbo, se había enterado de que la primera vez que la pareja se encontró había sido en un banquete gigantesco ofrecido por Jack Warner, en Hollywood. En esa ocasión muchos de los invitados habían sido huéspedes del rancho de Darryl Zanuck. De ahí que, durante el banquete, Orson Welles le recordara a Lolita que incluso habían nadado juntos. De esta forma Welles narra cómo empezó a enamorarse de la actriz mexicana:

Me acuerdo que nadaba como una perfecta sirena. Lo que ella ignoraba es que cuando yo tenía once años ya me había enamorado de ella. A esa edad la descubrí en una película muda que se había filmado en alguna parte de los mares de Sudamérica. Fue allí cuando la vi nadar, se le dibujaban unos pechos y una cintura como para volver loco a cualquiera [...] A partir de ese día, mi vida cambió. Cómo me obsesionaron estas escenas durante años. Por eso, cuando la vi frente a mí en carne y hueso nadando tal y como lo había hecho en aquel filme, no lo podía creer. Muy poco tiempo después de ese encuentro descubrí una de sus obsesiones: ¡La corsetería (fina)! Lolita tenía una colección impresionante. Toda era cosida a mano. Cada pieza parecía única, erótica e ¡indescriptible! A partir de ese momento [...] empecé a comprarle todo tipo de corsetería.

Otra de las cosas que también me excitaba enormemente de ella era su mirada de miope. Sus ojos eran negros, muy negros. En esa época ambos estábamos casados y los dos ya éramos artistas muy conocidos, entonces decidimos vernos clandestinamente en los lugares más secretos y recónditos de Hollywood.

Por esta razón, nos valíamos de todo tipo de artimañas para encontrarnos [...] En una ocasión fuimos juntos a Nueva York. Para evitar que la prensa descubriera nuestro idilio, Dolores reservó su cuarto de hotel con otro nombre. Eran los tiempos en que ya estaba tramitando su divorcio. Ella era mayor que yo, por lo tanto mentía sobre su edad. Bueno, pues finalmente los dos nos instalamos en suites separadas en el hotel Ambassador en Park Avenue [...] Después de un tiempo, la prensa publicó que a partir del momento en que estuviera resuelto el divorcio de Dolores, me casaría con ella [...]

Si su relación se iba consolidando con el tiempo era gracias a Dolores. Cada vez que Welles tenía necesidad de ella, siempre estaba allí para atenderlo. Sin embargo, al cabo de un tiempo comenzaron los problemas. Mientras que Dolores se encontraba sumamente nerviosa por la tardanza de su divorcio, él empezaba a tramitar un viaje a Brasil. Para colmo, el abogado de Dolores olvidó registrar un documento muy importante y el proceso del divorcio tuvo que interrumpirse, lo cual le permitió a Welles desaparecer sin necesidad de una ruptura.

El 29 de julio de 1942 me fui a Río. Antes de regresar a los Estados Unidos decidí hacer un viaje por América Latina. Después de haber visitado Bolivia, fui a México donde me encontraría con Dolores. Desde nuestra ruptura, era nuestra primera confrontación. El poco resentimiento había terminado por disiparse. Para mi llegada, Dolores había organizado un pequeño coctel en el hotel Reforma. Era una forma de celebrar nuestra reconciliación.

Por esos días, Orson Welles ya estaba saliendo con Rita Hayworth. Sin embargo, jamás se lo dijo a Dolores. No obstante, ella le preguntó en un rinconcito del salón del hotel Reforma: «¿Todavía me quieres?» A lo cual el actor contestó que sí con la cabeza, cuando en realidad su corazón decía intensamente que no. No. No se lo pudo confesar. «Hubiera sido muy cruel», dijo muchos años después.

Después de haber estado en México, Dolores y yo nos volvimos a ver en Nueva York, en el hotel Sherry Netherland […] Yo estaba feliz de volverla a ver […] Cuando llegué estaba tan nervioso que al besarle la mano, tropecé […] No estaba enojada, ni molesta. Recuerdo que estaba bellísima, con unos hilos de perlas muy largos alrededor de su cuello. Esa noche sus ojos brillaban más que nunca. Toda la suite olía a la fragancia que Dolores del Río solía usar […] Después de haber brindado por nuestro reencuentro, nos sentamos a la mesa y empezamos a cenar. A pesar de que me encontraba tan feliz, me sentí un poco nervioso ya que esa noche había decidido hablar con ella de una forma más sincera. A la hora del café empecé entonces a explicarle que desafortunadamente mis sentimientos respecto a ella habían cambiado, pero que, sin embargo, la quería mucho. Siendo Dolores una mujer inteligente y muy intuitiva, no tardó mucho tiempo en entender que lo mejor era que ya diéramos por terminada la relación […] Nos despedimos como si ya fuéramos viejos amigos.

Lo anterior fue la versión de ruptura de Orson Welles. Habría entonces que escuchar la de Dolores del Río:

Después de haberle reclamado su incomprensible retraso, por más que trataba de calmarme, me sentía irritada, pero sobre todo rechazada. No nos sentamos a la mesa […] Él ya estaba sumamente nervioso y tenso. Lo único que quería era desaparecer. «Pues ya que hablas de eso. Quiero decirte algo. Es cierto, hay otra mujer. Desde hace mucho te lo quería decir, pero como eres tan susceptible e insegura, no me atreví. Entonces dejé pasar el tiempo. Pero ahora ya es demasiado tarde. Me temo que ahora sí tendremos que terminar para siempre», me dijo cortante y con una actitud de absoluto desapego. «¿Te vas a casar con ella? Dímelo, por favor. Yo ya conseguí mi divorcio. Ya soy libre. Ya nos podemos casar. Por favor, no me abandones. Dime, ¿te vas a casar con ella?», le preguntaba afligidísima. Pero él no contestaba. Se limitaba a decir: «Son chismes. Puros chismes. ¿Ves cómo eres celosa? Siempre con tus celos e inseguridades [...] Bueno, pues ya no hay nada que decir. Te digo adiós. Estoy seguro de que muy pronto encontrarás a alguien que te quiera», apuntó él tomando su abrigo y su sombrero, se dio la media vuelta y con un portazo salió de la maravillosa suite [...] Una semana después, leí en los periódicos: «Sin duda Orson Welles y Rita Hayworth son una de las parejas más enamoradas de Hollywood. Esto lo pudimos comprobar el día de su matrimonio. Ella lucía, aparte de bellísima, feliz, y él se veía el hombre más satisfecho de la Tierra.»

Después de muchos, muchos años, cuando Dolores recordaba sus amores, siempre confesaba con los ojos llenos de melancolía: «Como Orson Welles, ¡nadie!»

Liz y Richard

Otra de las parejas que hacía soñar a Mina mucho era la que formaban Richard Burton y Elizabeth Taylor. Además de encontrarlo a él «muy interesante», como decía, admiraba el hecho de que Burton fuera inglés y un extraordinario intérprete de obras de Shakespeare. En cambio, de la actriz norteamericana Guillermina tenía una opinión muy pobre. Encima de que no le gustaba su actuación, la encontraba demasiado ligera de cascos. «¿Verdad mamá que Elizabeth Taylor no tiene cuello y es muy bustona? Tampoco es muy alta y no me gusta cómo se viste. Para mí, es la típica gringa excéntrica y muy loca. ¿Verdad, mamá, que no tiene valores? ¿Te acuerdas cuando terminó con el matrimonio de Debbie Reynolds y Eddie Fisher...? Era un matrimonio tan bonito, con sus hijos tan bonitos y su casa tan bonita.

Yo todavía no se lo perdono, mamá. Eso sí, tiene muy bonitos ojos, pero nada más…»

Cuando Mina se enteró de que la actriz se había relacionado sentimentalmente con Burton, su opinión se hizo un poquito más favorable. A partir de la noticia, siguió por el ¡Hola! la historia de su amor, paso a paso.

Richard Burton acababa de triunfar en Broadway con *Camelot*, cuando le ofrecieron el rol estelar de Marco Antonio en el rodaje de la superproducción *Cleopatra*, al lado de una de las mujeres más hermosas y famosas de la pantalla, Elizabeth Taylor. Después de un inicio catastrófico en Inglaterra en 1962, el director Joseph Mankiewicz reemplazó al también director Rouben Mamoulian para dirigir en Roma esa película que casi arruinó a los estudios Fox.

Burton había sido llamado en el último momento. Cuando le presentaron a la famosa protagonista, dijo: «¿Así que usted es la famosa Elizabeth Taylor? Nunca me imaginé que fuera tan chaparra y tan gorda». A lo que Liz le contestó: «En cambio, yo siempre supuse que un minero galés como usted sería tan ordinario.»

En efecto, Burton, nacido en 1925, era hijo de un minero galés, el penúltimo de trece hijos, que escapó de su humilde entorno al ganar una beca para la Universidad de Oxford. Contrariamente a Elizabeth, que había crecido en el lujo y había sido una conocida estrella internacional desde los diez años, con un Oscar en su haber, él no había alcanzado el estrellato. A pesar de que había sido un gran actor de teatro y que fue lanzado en Hollywood con la primera película en Cinemascope, *El manto sagrado*, Burton estaba en el declive de su carrera. Para actuar como Marco Antonio recibiría un sueldo muy inferior al de Liz.

A sus ojos, Liz era la típica estrella: hermosa, superficial, tonta y frívola. Mientras que él tenía fama de seductor por sus múltiples infidelidades y permanecía casado con Sybil Williams. Liz estaba casada con Eddie Fisher y tenía la reputación de «rompematrimonios.»

La primera vez que Burton se presentó en el foro, Liz-Cleopatra estaba filmando una escena desnuda. El espectáculo dejó al actor sin aliento. Elizabeth ofrecía belleza, fama, lujo, dinero, placer y amor. Desde las primeras escenas juntos, los testigos sintieron electricidad entre ambos. Liz y Richard se besaban con tanta pasión y duraban tanto sus besos que el director enronquecía gritando: «¡Corten!»

A veces Burton llegaba borracho al set. A ella, al principio, le caía en gracia su desfachatez. Después, maternalmente tuvo que convencerlo de que no tomara tanto. Aun cuando ella no tenía que aparecer en las escenas donde trabajaba Burton, siempre estaba presente para aprovechar los momentos en que, entre dos tomas, se preparaban las luces para irse a su camerino y hacer el amor.

Lo que ellos creían una relación clandestina pronto se supo, para gusto de la prensa. «He tenido aventuras amorosas», se quejaba Burton, «pero, ¿cómo iba a saber que esta mujer era así de famosa? Desplaza de la primera plana al propio Kruschef.»

Sybil Burton estaba acostumbrada a las andanzas de su esposo. Los amigos de ambos aseguraban que Dick se olvidaría de la Taylor en cuanto terminara la filmación. Por su lado, Eddie Fisher viajó a Roma para acallar lo que él suponía eran rumores. Pronto se dio cuenta de que, en efecto, había una relación amorosa entre su esposa y el actor galés y que cualquier intento para evitar una ruptura resultaría inútil.

A Liz no le importaba lo que el mundo pensara; la terrible estrella estaba decidida a divorciarse y casarse con su amante. Él se resistía a dejar a su esposa. Comenzó entonces un combate que duraría dos años. Burton bebía cada vez más, dividido entre su esposa y su amante. Se sentía sumamente culpable hacia la que había sido su compañera durante doce años. «La lujuria en acción es el abandono del alma en un desierto de vergüenza», recordaba el actor el soneto de Shakespeare. Pero aun sabiendo que era una locura, se decidió por Liz: «Cuando ella te mira, tu sangre hierve». No era posible contenerse. Bebía para calmar ese furor interior.

Finalmente se pronunció el doble divorcio y los amantes se casaron en marzo de 1964 en Montreal. A pesar de todas las críticas negativas, una especie de delirio frenético por parte de una multitud, ya fuera de admiradores o de acusadores, los perseguía siempre donde fueran.

Para los productores de cine, la atención y publicidad gratuita que recibían los Burton eran motivo de grandes especulaciones para beneficiarse económicamente. Las proposiciones de contratos fabulosos le llovieron a la pareja. Ellos declaraban cínicamente que solo trabajaban por dinero, el cual gastaban con la mayor ostentación. Algunas de las películas que filmaron juntos fueron muy exitosas, particularmente ¿*Quién le teme a Virginia Woolf?*, por la que Taylor ganó el Oscar. No salían de los hoteles de lujo, en donde reservaban también las habitaciones superiores e inferiores para que los demás huéspedes no oyeran sus agarrones, gritos y sombrerazos. «Tenemos peleas terribles», declaró la actriz a la *United Press Internacional*: «A veces chocamos en público y oímos que murmuran: "Ese matrimonio no durará". Pero sabemos a qué atenernos. Cuando nos acurrucamos en la cama, todo eso se olvida.»

Daban fiestas de una extravagancia y fastuosidad dignas de Las mil y una noches. Él, hijo de un minero galés, tuvo la íntima satisfacción de vengar a todos esos mineros anónimos al lograr que uno de los brillantes más famosos del mundo llevara su nombre: el Taylor-Burton. Una piedra de sesenta y nueve quilates en forma de pera, extraída de las minas Premier en 1966. Cartier la había comprado y se la vendió a Richard, quien se la regaló a Elizabeth. Ella, a su vez, le regaló un Van Gogh. Exponían su pasión amorosa como lo hacían con su dinero. No tenían el menor recato. Se convirtieron en una de las parejas más ricas del mundo. Su obsesión era hacer dinero: «Lo único que me interesa es ser más rico que Elizabeth». Necesitaba, entonces, ganar tanto como ella en cada película. «¿Y su arte?», le preguntaban. «A la mierda con el arte, quiero ser rico, rico, rico.»

El circo publicitario alrededor de su ruidoso matrimonio, sus peleas y reconciliaciones, siempre publicadas en la prensa, empezaron a desgastar la habilidad del público que acabó aburriéndose con ellos. Ambos se hundieron en un alcoholismo severo. Elizabeth engordó, él se pasaba el día borracho y empezó a consumir cocaína. La pasión física que casi los había consumido había desaparecido. En 1972 su matrimonio estaba destinado al fracaso. Anunciaron su separación en 1973. Burton declaró a la prensa: «No es posible estar frotando un par de palos de dinamita sin esperar que no vayan a volar». Al año siguiente se divorciaron.

Sin embargo, Liz y Dick no podían vivir juntos, pero tampoco separados. Se volvieron a casar en octubre de 1975, pero esta nueva unión se deterioró rápidamente por su afición a la bebida. Después de cuatro meses volvieron a divorciarse, en agosto de 1976. Cada uno se casó por su lado. Cuando Burton se divorció de su tercera esposa, la Taylor abandonó a su marido y se sometió a un régimen de adelgazamiento para volver con él. En 1982, se presentaron juntos como estelares en una obra de teatro en Broadway, *Private Lives*, de Noel Coward. A pesar de las críticas poco halagadoras, la sala se llenaba cada noche.

Solo la enfermedad y la muerte pudieron, finalmente, deshacer para siempre a esta pareja inestable y comediante de amantes malditos. Cuando Liz recibió la noticia de la muerte de Dick, en Ginebra, provocada por una hemorragia cerebral, cayó desmayada. Su prometido de ese momento, Víctor González Luna, abogado mexicano, al ver la reacción y la histeria de Liz rompió su compromiso con ella. (Lo cual decepcionó enormemente tanto a Mina como a Sofía.)

Richard Burton había predicho, en su diario íntimo, el final de su tempestuosa relación con Liz: «El resultado será que yo moriré a causa de la bebida mientras que ella continuará alegremente en su medio mundo». Y así fue.

Ingrid y Roberto

Uno de los reportajes de la revista ¡Hola!, con una espléndida serie de fotografías en blanco y negro, que más había disfrutado Mina en la década de los cincuenta, sin duda, había sido la historia del romance entre la actriz sueca Ingrid Bergman y Roberto Rossellini. Después de que se enterara que se habían conocido porque Ingrid Bergman, que para entonces ya era muy conocida, le había escrito una carta a Rossellini y que el director de cine le había enviado como respuesta un telegrama en el que le expresaba su gran emoción e ilusión de poder rodar una película con ella, Mina se enamoró de la pareja. Incluso recortó la carta de Ingrid y el telegrama de Rossellini y los guardó entre las hojas de su gordo misal en medio de varias estampitas:

Estimado señor:

Vi sus películas *Roma, ciudad abierta* y *Paisà*, que me gustaron muchísimo. Si necesita a una actriz sueca que habla muy bien inglés, que no ha olvidado su alemán, que no es muy comprensible en francés y que en italiano solo sabe decir *ti amo* estoy lista para ir a hacer una película con usted.

INGRID BERGMAN

Estimada señora:

Fue para mí una gran emoción recibir su carta, que el azar quiso que me llegara el día de mi cumpleaños y fue el mejor regalo. Créame, que soñaba filmar una película con usted y a partir de este momento voy a hacer todo lo posible. Le escribiré una carta para comunicarle mis ideas. Con mi admiración, reciba usted la expresión de mi gratitud y de mis mejores sentimientos.

ROBERTO ROSSELLINI

Con este intercambio epistolar comenzaba uno de los romances más populares y controvertidos del mundo fílmico, que escandalizaría al público de finales de los cuarenta. Tanto Ingrid como Roberto estaban en la cima de su carrera. Ella era una estrella famosa adorada por sus fans; y él, un célebre director de cine italiano. En 1939, Ingrid Bergman, digna, graciosa, sin pretensiones y espiritual, representaba todo aquello que Estados Unidos necesitaba. A pesar de que era casada y tenía una hija, la consideraban inocente y virginal.

Ingrid Bergman nació en Estocolmo el 29 de agosto de 1915. Desde muy joven estudió en el Teatro Real de Estocolmo. En 1934 debutó en el cine y dos años después se convirtió en una de las actrices más famosas de Suecia. Se dio a conocer en Estados Unidos con la película *Intermezzo*, filmada en Estocolmo y presentada en Nueva York. Durante seis años, Ingrid trabajó con los mejores directores de esa época; la MGM la contrató y filmó varias películas que tuvieron gran aceptación. Pero sin duda con la que más se dio a conocer fue con *Casablanca*, al lado de Humphrey Bogart. El mismo Ernest Hemingway aprobó a Ingrid para que actuara como la protagonista femenina de la versión fílmica de su novela *¿Por quién doblan las campanas?*, papel con el que fue nominada al Oscar.

De todo Hollywood, fue la única actriz que filmó tres películas con Hitchcock: *Recuerda*, con Gregory Peck; *Encadenados*, con Cary Grant, y *Atormentada*, con Joseph Cotten. Interpretó a una monja, madre superiora de un convento, junto a Bing Crosby, en *Las campanas de Santa María* (una de las favoritas de Mina), en *Arco de triunfo* tuvo el papel de prostituta (afortunadamente, esta nunca la vio Mina). Después, Ingrid interpretó un rol más santo, ¡Juana de Arco! Luego siguió una larga lista de filmaciones con papeles de virtuosa o de perversa, que fueron también éxitos de taquilla. Sin embargo, Ingrid no se sentía plenamente satisfecha. Le pesaban los convencionalismos impuestos por Hollywood. La relación con su marido, el doctor Lindstrom, se veía cada vez más afectada por las exigencias de su carrera, la fama y su popularidad. El doctor le reclamaba las pocas horas que pasaba con la pequeña Pia, hija de ambos, y él no compartía plenamente las actividades de la estrella. Cuando, en 1948, Ingrid asistió a la exhibición de *Roma, ciudad abierta*, filmada tres años atrás por Roberto Rossellini, salió profundamente impactada por el realismo y la sencillez de la película que presentaba el sufrimiento de un pueblo humillado. Una visión totalmente opuesta a la de los productores de Hollywood. Igualmente emocionada al ver *Paisà*, del mismo Rossellini, se dio cuenta de que había otras opciones.

Roberto Rossellini nació en 1906. Su padre había construido el primer *cinema* en Roma. A la muerte de este, Roberto desempeñó todo tipo de trabajos relacionados con la creación de películas, obteniendo experiencia en todos los terrenos de la cinematografía. Pronto logró hacer su primer documental y trabajar con directores de los primeros éxitos del cine italiano. Se dice que su estrecha amistad con el hijo de *Il Duce*, Vittorio Mussolini, responsable de cinematografía, le ayudó a colocarse antes que otros aprendices. Tuvo amistad con Fellini y juntos participaron en varios proyectos. Cuando terminó el régimen fascista en 1943, dos meses antes de la liberación de Roma, Rossellini empezó la película que lo hizo famoso: *Roma, ciudad abierta*.

El primer encuentro entre los dos tuvo lugar en París, cuatro meses después del intercambio epistolar en el lujoso hotel George V. Ese día, la actriz se puso su abrigo de visón y una boina de terciopelo café, color que enmarcaba sus ojos verdes, cuya mirada triste y melancólica fue lo primero que llamó la atención de Roberto. ¿Cómo lo encontró Ingrid? Algo tímido y diferente a los realizadores y ejecutivos estadounidenses con los que solía tratar. No era un hombre guapo, pero sí muy atractivo, por su mirada inteligente, por su elegancia europea y por un *charme* muy particular. Antes de la entrevista, Rossellini se había informado sobre Bergman. «Te apuesto que podría tener a Bergman en la cama en menos de dos semanas», le dijo muy ufano a un amigo. Pero no fue así, porque él se imaginaba encontrar a una mujer frívola, artificial y caprichosa. Al verla, no solo le impresionó su belleza, distinción y elegancia, sino la expresión suave, tranquila, admirativa de sus ojos y su sonrisa. «Tiene demasiada clase para acabar tan rápido en mi cama», pensó al recordar la apuesta que había hecho. Pasaron las horas en el bar del George V, discutiendo los términos y las condiciones de la filmación. Se trataba de *Stromboli* que, paradójicamente, trataba del infierno sufrido por una pareja. Pertenecían a mundos diferentes, pero esa misma diferencia contribuía a que sintieran una intimidad especial entre ellos. Al despedirse, Rossellini le estrechó la mano y le dijo que era encantadora. Ingrid estaba acostumbrada a los elogios, pero la intensidad de su mirada la estremeció. Al día siguiente recibió un enorme ramo de rosas rojas con una tarjeta que decía: «¿Qué culpa tengo yo de que sea usted tan encantadora? Ahora nos toca a nosotros comenzar… Lunch a la 1:00 pm?» Antes de regresar a California, Ingrid sabía que otro hombre y otro cine cambiarían su vida al mismo tiempo. Rossellini había ganado la apuesta.

Se encontraron de nuevo en Estados Unidos. Roberto había ido a recoger el premio a la mejor película extranjera, que la crítica le había otorgado. En las celebraciones se veía acompañado por Ingrid. Pronto empezaron los rumores. Dos meses más tarde, la actriz alcanzó a Roberto en Italia para dirigirse a la isla de Stromboli. La filmación comenzó en abril y terminó a finales de agosto. El idilio ya era conocido por todos.

Se habían enamorado con loca pasión.

Esta pareja no tenía libertad, al contrario, sentía que todo el mundo los acosaba. Los *paparazzi* invadieron la isla para fotografiar a los enamorados, a los que seguían por todas partes. El escándalo fue mayor porque ambos eran casados. ¡Se trataba de un doble adulterio! La prensa la trató como la peor pecadora del mundo. La condenaban desde el púlpito de las iglesias. Las revistas la representaban como una Mesalina sin escrúpulos. Cuando se supo que estaba embarazada, sin que hubiera obtenido el divorcio, las críticas se agudizaron de tal forma que hasta en el Senado se declaró que de las cenizas de Ingrid Bergman podría nacer un nuevo Hollywood. Se necesitó toda la astucia de los abogados para poder regularizar la situación jurídica confusa que se presentó, con el fin de proteger a los tres niños que nacieron de la unión entre Ingrid y Roberto; se presentaba el problema de saber si la infidelidad conyugal era justificable ante los tribunales. Ingrid obtuvo el divorcio de Lindstrom y se casó con Roberto.

Las consecuencias de esta historia de amor se hicieron sentir sobre todo en Estados Unidos. La popularidad de Ingrid descendió a los niveles más bajos. Sus películas dejaron de exhibirse y el público no se interesaba por las que filmaron juntos: *Europa 51*, un episodio de *Nosotras las mujeres* y *Te querré siempre*, en 1953; *Juana de Arco en la hoguera*, el año siguiente, y *El miedo*, en 1955. Por último, *Anastasia*, que le valió un Oscar. Fue a Hollywood para recoger su estatuilla. Hollywood la perdonaba. Unos meses después, Ingrid y Roberto se separaron.

Isabella Rossellini, la hija de ambos, le recordaba a Mina este romance cada vez que miraba las páginas de publicidad del ¡Hola! El rostro de Isabella fue durante muchos años la imagen de la marca de cosméticos Lancôme.

Ava y Frank

Cuando Mina leyó que Ava Gardner se había casado con Frank Sinatra, compró docenas de revistas de corazón para conocer más acerca de sus respectivas vidas.

«Nos encontramos muy interesados en entrevistarnos con *Miss* Gardner. La esperamos el 23 de agosto a las 10:00 am, en la oficina del señor Louis B. Mayer», decía el telegrama que había recibido Ava Gardner como respuesta a una carta que había enviado su primo con varias fotografías de ella.

¿Quién era entonces Ava? Una simple estudiante bonitilla cuya única ambición era convertirse en secretaria ejecutiva. Quince años después de esa cita en la Metro, se había convertido en una de las mujeres más bellas de Hollywood. Bajo el signo de Capricornio nació la pequeña Ava, en Grabtown, en el norte de Carolina, un 24 de diciembre de 1922. Ava Gardner era la séptima hija de Jonas Gardner y la escocesa Mary Elizabeth.

De 1941 a 1946, Ava Gardner filmó diecisiete películas con papeles menores. En esa época Ava ganaba cien dólares a la semana y ya empezaba a tener pretendientes. En esta misma época, Ava Gardner conoció a *mister* paranoia, es decir, a Howard Hughes, el millonario extravagante dueño de la compañía de aviación TWA. Sin embargo, parece que juega con él, que no lo toma muy en serio. Lo provoca, lo seduce y luego desaparece. Howard no entiende y continúa enviándole regalos, flores, perfumes y zapatos de tacón alto.

Tiempo después, Ava conoce a Artie Shaw, el espléndido director de orquesta, virtuoso del clarinete y el primer artista blanco en contratar a cantantes negros. Con él, Ava se aficiona al *jazz* y prueba sus primeros cigarros de mariguana. Artie Shaw y Ava se casan. Artie es un intelectual y quiere que Ava aprenda, que se instruya. Un año y una semana después, se divorcia de Artie. Y a pesar de que Ava entonces nada más tenía veintitrés años, su mirada tiene a veces la tristeza de una mujer mayor.

Siempre en busca del amor, Ava se relaciona con otro Howard, nada más que este se apellida Duff y es actor de la Metro. Juntos descubren los burdeles de San Francisco. Un día decide posar desnuda para el escultor Joseph Nicolosi, pero en los estudios de la Metro se ponen furiosos. Y después empieza una aventura con Robert Taylor, entonces esposo de Barbara Stanwyck.

Como en Hollywood no hay hombre que realmente llene el inmenso e insaciable corazón de Ava, opta por volar hasta Italia. Allí conoce a Frank Sinatra, la Voz, como es conocido. Él está casado, es católico y tiene tres hijos. Estalla el escándalo. La señora Sinatra sufre; los niños están cada vez más abandonados por su padre y los rumores de la relación extramarital crecen. Frank sufre. Ava empieza a beber. La señora Sinatra llora. El mánager de Frank se mortifica por los contratos. Y, en el Copacabana de Nueva York, Sinatra ya no aguanta más; extraña demasiado a Ava. Añora sus besos, su cuerpo de sirena, sus ojos que miran y parece que invitan a hacer el amor… No, ya no puede más, y se da un tiro. Sí, literalmente se pega un balazo, pero no en el corazón ni en los sesos. Se lo da a una almohada que aprieta con toda su alma. Y como no resulta este suicidio, semanas después abre el gas de la estufa. En ese instante llega su mánager y lo salva. Mientras tanto, Ava está en el puerto catalán de Tossa de Mar filmando

Pandora. Frank Sinatra va a buscarla. Finalmente se casan el 7 de noviembre de 1951.

Meses después, Ava filma *Mogambo* con Clark Gable y Grace Kelly, en plena sabana africana. Ava interpreta el papel de una mujer alcohólica. Nunca había sentido que se entregara tanto a un papel. Le salía demasiado natural.

Cuando regresa a Estados Unidos, debe enfrentar las infidelidades de Frank Sinatra. Son tales los resentimientos y celos por parte del cantante, que por las noches la llama por teléfono y le pregunta: «¿Quién crees que está aquí en mi cama, a mi lado?» El divorcio se pronunció el 29 de octubre de 1953. En sus memorias cuenta Ava Gardner un episodio que, según dice, fue la gota que derramó el vaso repleto de lágrimas, frases hirientes y resentimientos:

Frank había programado conciertos por Europa [...] Empezamos en Nápoles, Italia. El teatro estaba repleto de gente muy alborotadora [...] Frank salió al escenario a cantar su primera canción. El aplauso fue estrepitoso, pero no muy educado. Luego, más o menos a mitad de la canción [...] un foco me señaló entre el público mientras Frank seguía cantando. Eso formaba parte de la dirección de escena, pero nadie nos había avisado. Inmediatamente el público se puso de pie y todos empezaron a gritar enloquecidos «¡Ava! ¡Ava! ¡Ava!» Era a mí a quien querían, no a Frank. No creo que Frank haya sufrido nunca tanta humillación pública.

Nunca había estado tan bella Ava Gardner como en 1954. Incluso Cole Porter le compuso una canción. Es por estos años cuando Ava se encontraba filmando la película que la hizo famosa por todo el mundo: *La condesa descalza*, con el director Joseph Mankiewicz y el actor Humprey Bogart.

En España conoce a Luis Miguel Dominguín. Se enamoran, salen, bailan flamenco, beben vino de la bota, pero al mismo tiempo Dominguín empieza a formalizar su relación con Lucía Bosé. Ava es feliz en España y se queda. Conoce a un hombre que le cambia el concepto de la vida: Ernest Hemingway y Ava filma algunas de las adaptaciones de sus obras.

Ava empieza a beber más intensamente. «Era más bella que todas sus rivales, más amoral, más desenvuelta y desinhibida. Pero también, entre todas, era la que estaba más sola», dijo de Ava Gardner la escritora francesa Francoise Sagan. Entonces Ava nada más tenía treinta y cinco años.

A fines de 1960 se instala en Londres. Todavía en aquel entonces no se había curado de sí misma; de su imagen, de su soledad y de una vejez prematura que parecía amenazarla día a día.

Katherine y Spencer

La historia de amor que más conmovía a Mina era la de Katherine Hepburn y Spencer Tracy. A pesar de que el actor estaba casado y nunca se divorció de su mujer, Guillermina respetaba a la pareja tal y como si se hubiera tratado del matrimonio más correcto de su época. «Yo sí me casaría con un hombre como Spencer Tracy. Ese sí que es un señor», solía decirle a su madre. En una de sus revistas leyó un avance de la autobiografía de Katherine Hepburn, que se publicaría muchos, muchos años después. El capítulo que leyó Mina, se titulaba «Ahora voy a hablar de Spencer.»

Me parece que descubrí lo que realmente significa la
expresión «te amo». Quiere decir que te pongo a ti
y tus intereses y comodidad por encima de mis intereses y comodidad, porque te amo [...] Yo amaba a
Spencer Tracy. Para mí lo primero era él, sus intereses y sus demandas. Mis sentimientos hacia Spencer
eran únicos. Hubiera hecho cualquier cosa por él.
¿Cómo describir mis sentimientos? Entre nosotros,
la puerta siempre estaba abierta. No había reservas
de ningún tipo. A él no le gustaba esto o aquello. Yo
lo modificaba. Tal vez se trataba de cualidades que
yo valoraba. No importaba; las modificaba. [...] Vivíamos la vida que él deseaba. Esto me proporcionaba un gran placer. ¿Qué era lo que me fascinaba de
Spencer? Bueno, no es difícil contestar a esto. Tenía
el más estupendo sentido del humor. Era divertido,
irlandés hasta las uñas. Reía y generaba risa. Tenía
una manera graciosa de mirar las cosas [...] Era un
gran actor. Sencillo. Simplemente, podía hacerlo.
Nunca se excedía. Era la perfección. No había complicación con él. Su actuación era espontánea. Podía
hacernos reír o llorar [...] Sabía escuchar.
    Hay una enorme diferencia entre el amor y la
atracción. Por lo general, usamos la palabra amor
cuando queremos hablar de atracción. Creo que son
muy pocas las personas que realmente aman. Creo
que la atracción es una relación mucho más cómoda.
Se basa en los sentidos. El punto débil: eso es el amor.
La gente me ha preguntado qué tenía Spencer para
que yo haya permanecido a su lado casi treinta años.

Por alguna razón me resulta imposible contestar. Honestamente, no lo sé. Solo puedo decir que jamás hubiera podido dejarlo. Está allí […] y yo le pertenecía. Quería que fuera feliz, que se sintiera seguro, cómodo. Me gustaba atenderle y escucharlo, hablarle […] trabajar para él. Trataba de no molestarlo. Luché por modificar todas aquellas cosas que sabía no le gustaban. Me parecía que algunas de mis más apreciadas cualidades le resultaban irritantes. Las eliminé, las reprimí tanto como pude. No tengo ni idea de lo que sentía Spencer por mí. Solo puedo decir que creo que si no le hubiese gustado, no se hubiera quedado conmigo. Tan sencillo como esto. Él no hablaba del tema y yo tampoco. Simplemente pasamos veintisiete años juntos en la felicidad total. Eso se llama amor.

Katherine Hepburn jamás le pidió nada a Spencer Tracy; ni siquiera se atrevió a sugerirle que se divorciara de su mujer. Durante más de veinte años, Katherine estuvo enamorada de un hombre casado, al cual respetó y amó hasta el día de su muerte.

Marilyn y Arthur

«Yo no sé qué tanto le ven a Marilyn Monroe, me parece brutísima», solía comentar Mina con su madre a propósito del símbolo sexual más poderoso del siglo XX; la mujer que representó para millones de espectadores la personificación del *glamour* de Hollywood. El día que Guillermina se enteró de que la «brutísima» se casaba nada menos que con el escritor y dramaturgo Arthur Miller, entonces sí se propuso saber todo acerca de esta pareja ¿Cómo nació el mito de Marilyn Monroe? Hija ilegítima de una madre con problemas mentales, Marilyn fue violada cuando era una adolescente. Casada a los dieciséis años, Norma Jean Baker no parecía ir a ninguna parte. En 1944 trabajaba en una fábrica, cuando fue fotografiada por un periodista que realizaba un artículo sobre la contribución femenina a la economía durante la guerra. El fotógrafo pidió su autorización para tomarle más fotos y así fue como inició su carrera de modelo. Apareció en la portada de treinta y tres de las más famosas revistas de la época. Pronto se hizo notar por Hollywood y firmó un contrato con la 20th Century Fox. Cambió su nombre por el de Marilyn Monroe, tomando el apellido de su madre y el nombre de la conocida actriz Marilyn Miller. Después de dos matrimonios fracasados, Marilyn quiso prepararse para la actuación de calidad: «Me gustaría hacer el papel de Grushenka en *Los hermanos Karamazov*», para dejar la imagen de la rubia vacía, tonta e ignorante, bomba sexual que se ponía solo Chanel N°5 para dormir. En 1956, comenzó a estudiar actuación con Lee Strasberg, director del Actor's Studio de Nueva York, abriéndose un horizonte en el mundo del teatro. Cuando estaba en su proceso de desarrollo intelectual, apareció Arthur Miller, prestigiado dramaturgo que había sido lanzado a la fama con *Muerte de un viajero,* en 1949. Habían tenido ya en 1950 un breve encuentro: «Yo estaba en Hollywood, recordaba Miller, para ver una película en los estudios Fox y ahí estaba esa chica llorando en un rincón, vestida muy bonita, esperando para hacer un papel muy pequeño al lado de Monty Wolley. Era tan llamativa y estaba tan triste que el contraste me impresionó mucho. Después me enteré de que su amante, Johnny Hyde, había muerto. Cuatro años después empezamos a salir y de vez en cuando nos escribíamos.»

Nadie sospechó que la relación entre el autor y la estrella culminaría en matrimonio.

Pronto, Marilyn comenzó a llamarlo «papá», «papi» o «pa», en su afán de verlo como su protector. Pocos meses después de que empezaran a frecuentarse, Marilyn estaba en Londres filmando con Sir Lawrence Olivier y se enteró por radio que Arthur había anunciado su boda con ella. Cuando le preguntaron por qué solicitaba un pasaporte para Inglaterra, él respondió: «Para estar con la mujer que se convertirá en mi esposa». Miller era víctima de la cacería de brujas emprendida por el senador McCarthy. Con el fin de no delatar a sus compañeros de su pasado comunista, se acogió al silencio, para lo que adujo la protección constitucional. A pesar de todas las opiniones contrarias, las recomendaciones y las amenazas de la Fox, Marilyn se trasladó de inmediato a Washington para declarar públicamente su apoyo y confianza en su futuro esposo. Como resultado de este periodo escribió *Las brujas de Salem*, una de las mejores obras de Miller.

Finalmente firmaron las actas de matrimonio en Nueva York el 29 de junio de 1956; dos días después se unieron mediante el rito judío, respetando la religión del novio. Parecía que Marilyn comenzaba una nueva vida.

Marilyn poseía una habilidad increíble para transformarse en el papel que le tocara hacer. Recién casada se adecuó a la imagen que su esposo tenía de ella: la de víctima, inocente y bella en un mundo de lobos, a la que había que proteger, guiar y enseñar. «Me convertí prácticamente en alumna suya en la vida y en la literatura», diría la Monroe. Además, tomó su papel de esposa convencional muy en serio. «Nos llevamos muy bien. Es la primera vez que estoy realmente enamorada. Arthur es un hombre serio pero con un sentido del humor maravilloso. Reímos y bromeamos mucho. Estoy loca por él», le dijo a la prensa. Miller también declaró estar fascinado por su esposa, un ser que era «como un torbellino de luz, lleno de contradicciones y de un misterio tentador; con una rudeza callejera a veces, y otras, elevada por una sensibilidad lírica y poética, que muy pocos conservan tras la adolescencia». Esa era la imagen que querían dar, pero sus relaciones privadas no eran así.

Arthur resultó un pigmalión fracasado. Diestro y capaz, se sintió impotente al enfrentar los problemas psicológicos de Marilyn. Esperaba con paciencia y resignado cuando ella pasaba por una de sus crisis de inseguridad y sus exigencias emocionales. «Cuando surgía el monstruo que llevo dentro, Arthur no podía creerlo y lo decepcionaba», confesó la actriz. «Aliviar su dolor estaba más allá de lo que yo podía hacer o cualquier otro ser humano. Ella misma no encontraba palabras para explicar la complejidad de sus sentimientos. A cada tentativa de explicación, oponía un asombro risueño absolutamente impenetrable. Era una persona depresiva que quería hacer creer a todo el mundo que era feliz». Sabía que ella trataba de disimular para sufrir menos. Los maltratos de su infancia le habían dejado huellas muy profundas que, con el tiempo, empeoraban.

Miller decidió escribir un guión especialmente para Marilyn. «Lo único que logré con el matrimonio, desde el punto de vista de mi trabajo, fue la película *Vidas rebeldes* [...] Fue caótico [...] porque ella estaba muy enferma casi todo el tiempo, así como lo estuvo la mayor parte de su vida», dijo a Mel Gussov, crítico de teatro de *The New York Times*, años más tarde.

«¿Estaba enferma cuando se casó con ella?», preguntó Gussov. «Más de lo que yo creía. La amaba y pensaba que era la persona más maravillosa. No podía imaginarme la vida sin ella. Si no hubiera sentido eso, no me habría casado. Sencillamente no podía funcionar, como tantas cosas no funcionan.»

Arthur necesitaba silencio y tenía que encerrarse en su despacho para trabajar. Marilyn exigía su presencia en todo momento, quería toda su atención. Perdió la paciencia con ella.

Mientras Miller se encontraba en Nueva York por su trabajo, Marilyn filmaba *Let's make love* con Yves Montand, con quien tuvo un breve romance. Según Biagi, «los impúdicos confidentes de la Monroe, dicen que a pesar de todo muy pocas veces conoció el placer». Las cosas empeoraron cuando Marilyn perdió al hijo que esperaba. Se consideró tan inútil y tan poca cosa que no tuvo más remedio que recurrir a las drogas y al alcohol. Después de cuatro años, los Miller se separaron en 1961.

El 4 de agosto de 1962, a los treinta y seis años, Marilyn fue encontrada desnuda bajo la sábana, la cabeza despeinada, apoyada en la almohada con el auricular del teléfono descolgado al lado de la cama. Dicen que había tratado de comunicarse, desesperadamente, con Robert Kennedy. «Yo no sabía nada de su vida en ese entonces», declararía Miller, «pero como todo el mundo sabe, ella tenía tendencia al suicidio. No puedo decir que me sorprendiera. Fue horrible. Yo estaba horrorizado, pero al mismo tiempo, sabía que ella jugó a la ruleta rusa toda su vida.»

Dicen que un episodio que confundió al escritor tuvo lugar una vez que se encontraba firmando libros en una librería. «Voy a dar una vuelta por allí», dijo Marilyn. La actriz empezó a pasearse por entre los anaqueles repletos de libros. «De pronto me di cuenta de que un hombre la seguía», recordaría Miller años después. «Desde donde me encontraba, me percaté que a pesar de la insistencia de aquel hombre, Marilyn no se daba cuenta de su presencia. Ella continuaba curioseando entre los libreros. De pronto, vi que el señor se ocultó detrás de una columna y empezó a masturbarse en tanto observaba a mi mujer. La escena era patética. Ella jamás se enteró de que a tan solo unos metros se encontraba un hombre mirándola con pasión, mientras se masturbaba. En ese momento comprendí, no sin dolor, que la mujer que había elegido como esposa podía provocar las fantasías más sórdidas que ni un escritor es capaz de imaginarse.»

6

La reina y el rey

Por alguna razón que no lograba explicarse, Sofía pensaba que las reinas de verdad, a pesar de estar siempre rodeadas de tanta gente, en el fondo se sentían profundamente solas; solas como cualquier plebeya. Las imaginaba como si hubieran estado envueltas en papel celofán que les impedía moverse con toda libertad. Las imaginaba hartas y fastidiadas por tanto protocolo, por tantos actos y viajes oficiales. Imaginaba que a toda costa tenían que sonreír; hacer conversación y lucir sumamente relajadas, como si se encontraran permanentemente de vacaciones.

¡Pobres reinas!, que no pueden gritar a los cuatro vientos: ¡Next! ¿Cuánta vida privada se les permite tener? ¿Hasta dónde pueden ser ellas mismas sin que rompan las reglas del juego? ¿Qué sienten al llevar constantemente una coronota pesadísima sobre la cabeza, cuando en realidad lo que quisieran portar, tal vez, sea una de papel que no les pesara nadita?, pensaba Sofía cada vez que las descubría en el interior de las páginas de la revista ¡Hola!

A pesar de todo lo anterior, Sofía también imaginaba que sus vidas estaban llenas de episodios y encuentros interesantísimos; de pasados llenos de anécdotas riquísimas que tenían que ver con la historia de las familias reales de todo el mundo.

En efecto, esto era precisamente lo que Sofía corroboró gracias al espléndido libro de la periodista española Pilar Urbano, titulado *La Reina*. El único objetivo de una entrevista tan larga a la reina Sofía de España era «que los españoles me conozcan», le dijo la reina a su entrevistadora. En el libro, Sofía descubrió los recuerdos de infancia de la reina, su «tocaya», como le gustaba llamarla, el exilio familiar y, naturalmente, su vida al lado del rey Juan Carlos.

A Sofía le gustó descubrir cuatro aspectos de la personalidad de la reina: la princesa endurecida en el exilio, la mujer discreta que sufría en silencio, la guardiana de la corona y la gran profesional del manejo de la casa real española.

Hay que decir que de la reina ya sabía que siempre había tenido el arte de hallar el punto de equilibrio en el que las singularidades se transforman en virtudes. Sabía que era una mujer sumamente discreta e incluso mucho más culta que el rey. Pero lo que más admiraba de ella era su entrega total respecto a la educación de sus hijos y sus relaciones, con el fin de que no ocurriera lo que a la familia real británica. «La reina siempre ha sabido ocupar su sitio en la escena como actriz de reparto. Le apasiona la cultura y aprender de todo en relación a los que la rodean y la visitan. Vivamente da declaraciones, tal vez siguiendo la máxima del cardenal Richelieu de que "hay que escuchar mucho y hablar poco para gobernar bien"», le había dicho su amigo español, José Luis de Villalonga.

La primera persona que le había hablado acerca de la reina de España a Sofía había sido su tía Guillermina.

Fue ella la que le contó que la reina era la hija mayor de Pablo y Federica, reyes de Grecia. Y que además, estaba emparentada de modo directo, por consanguinidad, con los jefes de las casas reales de Bélgica, Bulgaria, Inglaterra, Rumania, Yugoslavia, Rusia, España, Luxemburgo, Suecia, Alemania, Dinamarca, Noruega y Holanda.

Mientras Sofía estaba sumida en la lectura del libro de Pilar Urbano, parecía que a lo lejos escuchaba la voz de su tocaya. Era tanta la identificación con la protagonista, que por momentos parecía que era la misma reina la que le estaba contando su vida:

> Cuando nació mi hermano Tino, Constantino, dispararon ciento una (salvas). Yo no las conté, porque tenía menos de dos años, pero era la costumbre cuando nacía un varón. No sé por qué las disparaban desde el montículo de Lycabettos. Allí no hay ningún destacamento militar. Solo un monasterio.
>
> Y de mi propio nacimiento, ¿qué puedo decir...? Tengo que creerme lo que he oído en casa: que se me ocurrió nacer, ¡uffff!, ¡el Día de Muertos! Y que mi madre quería que me llamase Olga, en recuerdo de mi bisabuela Olga de Rusia, la mujer de Jorge I, el fundador de la dinastía griega. Pero la gente, la gente de la calle, en cuanto oyó las salvas acudió a la casa de Psychico gritando: «¡Sofíiiaaaa, Sofíiiaaaa, Sofíiiiaaa!», porque en Grecia la costumbre es poner el nombre de los abuelos. No repetir el de los padres, ni irse hasta los bisabuelos. Y con Sofía me quedé.

Conforme Sofía avanzaba en la lectura, se percató de que su tocaya era una reina intuida y admirada a distancia, pero prácticamente desconocida, y que muy pocos sabían qué pensaba, qué sentía y qué opinaba. «Muy pocos conocen a qué suena su risa, el color de su piel, su sentido del humor, la textura de su carácter, si es una mujer hosca o afable, si mediterránea o germánica», leyó conmovida.

«Fíjate, tía, que mientras leía el libro de esta periodista española, que está buenísimo, luego te lo presto, me empezó a dar pena la reina. A lo mejor para muchos españoles, efectivamente, resulta un verdadero enigma. Pero yo creo que se debe a sus orígenes. Híjole, es que sus apellidos son tan complicados y tan numerosos. Nada más, por el costado paterno Sofía es familiar de Jorge Scheleswig Holstein Sondenburg Glucksburg Hessen Kassel, príncipe de Dinamarca y primer rey de los helenos. También por la esposa de Jorge está relacionada, ya que es Olga Constantinowna Hostein Gottorp Romanow, gran princesa de Rusia, sobrina del zar Alejandro II. Están igualmente Federico III, de Hohenzollern, rey de Prusia y emperador de Alemania, y su esposa la princesa de la Gran Victoria de Sajonia Coburgo Gotha, hija de la reina Victoria de Inglaterra. Por el costado materno, Ernesto Augusto II de Bruswich, duque de Braunschweig, y de Luneburg, duque de Cumberland y de Tiviotdale, príncipe heredero de Hannover, y su esposa Thyra de Scheswing Holstein Sondeburg Glucksburg, princesa de Dinamarca. Guillermo II, emperador de Alemania, y su esposa Augusta Victoria de Scheswig Hostein… Por eso, tía, su marido siempre bromea diciéndole cosas como: "Tú eres una Schweppsss…Jofojofjofjofff…Glucglucgluc…Yo, en cambio, un Borbón y Borbón y Borbón y mil leches". ¡Qué chistosos son los insultos entre la realeza! Tal vez en la intimidad Sofía le reproche a su rey algo como: "¡Ay!, mira, mejor tú cállate. No te olvides que soy tataranieta de la reina Victoria de Inglaterra y nieta del Káiser". A lo que quizás el rey le contesta: "Ay, pues yo también soy tataranieto de la reina Victoria. Es tatarabuela de todo el mundo. Te recuerdo que la casa de Borbón es la más ilustre y antigua de Europa; que tengo diecisiete antepasados que fueron reyes de España, sin contar a los luises de Francia". "Pues yo desde Christian III de Dinamarca, que nació en 1503 y que murió en 1559, también tengo diecisiete testas coronadas". "¿Sabes qué? Tus parientes me tienen sin cuidado. Créeme que no me impresionan. Yo estoy directamente emparentado con Hugo Capeto, que en el año 987 ocupó el trono de Francia. Hasta de los Reyes Católicos soy pariente.»

Hasta el día de mi bautizo pasó bastante tiempo. En Grecia no se hace inmediatamente: el bebé tiene que ser un poquito grandecito. Mi madrina fue la reina Elena, princesa de Montenegro y reina de Italia por su matrimonio con Víctor Manuel III. Y el padrino, mi tío el rey Jorge II. Allí la costumbre es que haya varios padrinos y madrinas, yo no recuerdo quiénes eran los otros. Me pusieron una hilera de nombres: Sofía Margarita Victoria Federica. Nosotros aquí con nuestros hijos hicimos lo mismo, solo que al final les poníamos «y de la Santísima Trinidad y de Todos los Santos». ¡Así quedábamos bien con todos!

Durante la guerra, en junio de 1941, el gobierno del rey Faruk «invita» a mi padre, en fin a toda mi familia, a abandonar el país. El gobierno griego en el exilio puso su sede en El Cairo. Supongo que por estar más cerca de Creta y mejor comunicados con Londres. Además, desde allí se movían a todos los sitios donde hubiera colonia de griegos, para conseguir ayuda, dinero, voluntariado… Mi padre estaba algunas veces en Londres, con el rey, y otras en El Cairo, con el gobierno. Viajaba sin parar de un lugar a otro. Mi madre iba a verle siempre que podía, siempre que le prestaban un medio de transporte. Y luego volvía con nosotros. La pobre se cruzó África de arriba abajo no sé cuántas veces en aviones de guerra. A mi padre le veíamos poco, pero mi madre nos hablaba de él, nos enseñaba fotos, nos leía sus cartas… Se querían mucho, estaban muy enamorados, muy unidos… Para mí, aquellos cinco años de exilio fueron años de felicidad. Años de vida familiar. Años de juegos. Años de libertad. Años sin protocolos: pudiendo hacer lo que hacían los otros niños que íbamos conociendo.

Vivimos en veintidós lugares diferentes, lo que hacía que mantuviera viva la esperanza de volver a Grecia. El exilio es muy malo porque desarraiga a las personas, las saca de su casa, las aleja de su suelo, las hace vivir de nostalgias y disgrega también a las familias. Pero mucho peor es la guerra. El resultado de la guerra en Grecia fue terrible: sobre una población de ocho millones, hubo más de cuatrocientos mil muertos. Y la guerrilla seguía aterrorizando y matando. No había familia que no tuviera alguna víctima. Además de las bajas de la guerra, los niños más pobres habían padecido hambre, a millares. En los pueblos, las mujeres iban de negro por el luto. Casi todo estaba destruido. El país, arruinado. La gente, extenuada, hambrienta, envejecida, triste. No había ropas ni alimentos ni medicinas. No había casi nada. Entonces, mis padres me llevaban a los pueblos para que fuese conociendo de cerca el dolor y la pobreza.

Que yo recuerde ese es mi miedo más antiguo: las sirenas nocturnas que sonaban antes de los bombardeos. Mi primer contacto con la muerte fue durante la primavera de 1944, cuando en una casa vecina se encontró a un hombre muerto en su cama. De niña me gustaba dibujar y jugar con Ferial, Fawzia y Fadia, hijas de la reina Faridah. Entonces mi verdadero amor era Sheila MacNair, a quien llamaba Nursie. Yo la quería con locura. La adoraba. ¡Y la sigo adorando! Era mucho más que una institutriz, mucho más que una niñera: pasó todos los peligros y las incomodidades que le tocó pasar a mi familia, sin tener por qué, solo por cariño. Durante el exilio no sé qué hubiese sido de mí sin Sheila… En África y después en Grecia, ella ha sido mi segunda madre.

Desde pequeña tomé conciencia de que pertenecía a la familia real. Ya en Egipto, al ir a la catedral ortodoxa para los oficios religiosos de la Pascua, nos situaban en un lugar preferente y destacado. Pero, sobre todo, fue al final del exilio, en 1946, cuando los griegos votaron la restauración de la monarquía: el gobierno de Atenas envió un destructor a recogernos; los británicos nos ofrecieron tres aviones militares; la Armada egipcia disparó las salvas de ordenanza cuando zarpábamos del puerto de Alejandría… Yo ya tenía ocho años y me daba cuenta de que mi padre era alguien especial: el *diadokos*, el heredero de la corona de Grecia.

«Fíjate, tía, que la reina Sofía de niña no era buena estudiante, siempre fue muy mala en redacción, en matemáticas y, por añadidura, tenía una sintaxis pésima. Sin embargo, en ortografía era la mejor de su clase. A veces copiaba en clases y en los exámenes casi siempre llevaba acordeones ¿Habrán sido como acordeones reales? No es por nada pero yo también hacía lo mismo, aunque con ¡acordeones plebeyos!»

¿Que si me siento más germánica, o más danesa, o más inglesa, o más griega, o más española?, me siento ciento por ciento griega. Y, a la vez, ciento por ciento española...

Quizá porque me siento ciento por ciento mediterránea. ¡Ciento por ciento! Y cada día más... Me gustan el aceite de oliva, las lechugas, el sol... ¡Me encanta el sol! Soy mujer de verano: de mayo a octubre revivo. Y porque tengo la cara ancha, de prusiana-rusa, que si no iría como va mi hermana Irene: con el pelo estirado y un moño aquí atrás.

«¡Ay, tía! Tengo la impresión de que la reina Sofía no se llevaba muy bien con su madre, la reina Federica. Tengo entendido que esta era terriblemente autoritaria, geniuda, ávida y que aquello de ser la reina de Grecia se lo tomaba demasiado a pecho. Sin embargo, a quien adoraba Sofía era a su padre, el rey Pablo. Con él se identificaba plenamente. Tenía los mismos intereses y se comunicaban hasta con el pensamiento. Podríamos decir que era una pequeña Electra. Seguramente esto provocaba los celos de doña Federica; de ahí que suponga que no se habría entendido muy bien con Sofía y que habría hecho grandes diferencias con Irene, su segunda hija. Esto, naturalmente, nunca se lo dice la reina a Pilar Urbano, su entrevistadora, pero sin que lo mencione se percibe entre líneas. Era terrible doña Federica. Nada más hay que oír al rey Juan Carlos describiendo, sin pelos en la lengua, una que otra bronca que tuvo con ella a causa de sus constantes intromisiones. Por ejemplo, cuando le urgía que pidiera su mano para que se casaran lo antes posible»:

¿Cómo estuvo realmente el cambio de fecha de mi matrimonio? No tenía importancia pero ella se subió a la parra y empezó a decirle al rey: «Pero tú, ¿qué te has creído? Tú no eres más que un chico, un chico de nada, que se casa con la hija de unos reyes» […] «¡Un momento! —le dijo el rey—, no se trata de andar aquí sacando los padres y los abuelos a relucir. Pero si te pones así tendré que recordarte, querida tía Freddy, que aunque mis padres no estén reinando, soy nieto de reyes y con bastantes expectativas de llegar a ser el rey de España […] Soy el príncipe de Asturias […] Además, políticamente mi vida está orientada a la causa monárquica en España y debo moverme ahora con este sistema político. Sé lo que tengo que hacer.»

«Imagínate tía, cómo se quedó la reina Federica después de que escuchara a su futuro yerno. Ha de haber dicho algo así como: "No, pues sí". Algo me dice que cuando finalmente se casaron Juan Carlos y Sofía y llegaron a ser reyes de España, a doña Federica le dió bastante envidia. ¿Cómo será la envidia entre dos reinas que, por añadidura, resultan ser madre e hija? ¿Se presumirán entre ellas sus joyas? "Pues mamá, mi corona tiene 225 rubíes y 118 brillantes". Y la mamá: "¿Nada más? ¡Ay, pobre! La mía tiene 329 diamantes y 875 perlas".

»Tía Guillermina, cuando la reina Sofía era adolescente fue internada en la Scholobschule Salem, junto al lago Contanza, en el estado Alemán de Baden-Wurtenberg, y de esa estancia comenta: "Allí sí que no había diferencias sociales: era una verdadera democracia, en la que todos recibían el mismo trato. Lo importante era el esfuerzo personal". Y vaya que se requería un enormísimo esfuerzo personal. Las niñas eran levantadas al alba, y eso que no tenían el Horario de Verano, se bañaban con agua helada, hacían su cama, desayunaban avena con agua, después salían a caminar sin importar si hacía veinte grados bajo cero, estudiaban todo el día y, encima de todo, debían de llevar un diario en donde apuntaran todos los sacrificios del día.

»No es que sea chismosa, tía, pero en el internado mi tocaya seguía sacando muy malas calificaciones. Sin embargo, cuenta que no le daba miedo perder. Pero tampoco le gustaba ganarle a los otros. "Prefiero luchar conmigo y ganar mis propias batallas. Y el trabajo en equipo". Sin duda Sofía era una *teenager* muy ingenua, candorosa y que tenía muchas dificultades para decidir por ella misma. Pero sobre todo, era extremadamente tímida, por eso dice haber padecido mucho el internado. Al grado que decidió salirse, aunque llevara pocos años.»

Cuando estaba internada, me integré en el coro. Cantaba de contralto. No me perdía un ensayo. ¡Cómo recuerdo los oratorios de Haendel y de Bach, los Réquiems de Mozart y de Haydn, el *Gloria* de Vivaldi y la *Misa Solemnis* de Beethoven! Llegué a aprenderme de memoria el *Réquiem* de Mozart. Y también hice teatro. Representamos dos obras de Shakespeare: *Macbeth* y *Julio César*.

A los veinte años, me habría sido muy difícil adaptarme de nuevo a la vida de hija del rey y de infanta. Tomé la decisión sintiéndome libre, libre, libre. Pero esa misma libertad me llevaba al sentido del deber y resolví volver a mi tierra, con los míos.

Y así fue. Desde 1956 hasta 1958 estudié en Mitera, en una Escuela de Enfermería y Psicología Infantil. Me encantaba la música, en esa época tomé clases de piano, con mi hermana; las clases las impartía Gina Bachauer.

«¿Qué crees, tía? Que en 1960, por fin Sofía conoce a su príncipe azul, literalmente hablando, a Juan Carlos de Borbón. A pesar de que Sofía no hablaba español, ni el duque de Gerona, título de entonces de Juan Carlos, hablaba griego, el flechazo se dio en inglés. En ese tiempo Sofía era como dicen en Madrid: "¡Un bombón!" Tenía los ojos azules. Estremecidamente azules. Ojos garzos, de un azul traspasado de muchos azules. Azul Prusia. Azul Sajonia. Azul cobalto. Azul turquesa. Azul zafiro. Azul misterio, jónico y oscuro, como el mar de Cofre. Serenísimo azul de Salónica. Azul celaje gris. Azul celeste. Azul alado y plata. Azul bravío. Azul Picasso. Lapislázuli, añil y malaquita. Azul lo que tú quieras, tía. Todo menos «azul cobarde», como dice Pilar Urbano. Seguramente fueron todos esos azules de los que se enamoró el rey.»

¿Que si las familias lo veían como buena boda o como un matrimonio de conveniencia? ¡Ni hablar! Yo no hubiese aceptado un noviazgo impuesto, ni una boda de conveniencia. Nos casamos por amor. Solo por amor. Yo estaba muy enamorada. ¡Feliz! Y eso que aquel verano, navegando juntos, discutimos fuerte. Cuando le salía el genio, era muy mandón: yo no podía equivocarme; tenía que hacer con el cabo, o con el timón el movimiento preciso, exacto, tal como él lo había pensado, y justo en ese instante, ni un segundo después. Ah, y si me equivocaba, se enfurecía y me gritaba como a un marinero.

«En otras palabras, tía, y con todo respeto hacia el rey Juan Carlos de Borbón, era un buen macho español. Después de muchísimas dificultades para llevar a cabo el matrimonio —no hay que olvidar que Sofía es de religión ortodoxa y Juan Carlos es católico apostólico—, además de las que tuvieron para poner a las dos familias de acuerdo, finalmente se casaron el 14 de mayo de 1962. ¿Te acuerdas que tú tienes ese ejemplar del ¡Hola! y que un día me lo enseñaste? Todavía me acuerdo de la crónica»:

[...] la comitiva se dirigió hacia la Catedral católica de San Dionisio, en Atenas. A las nueve de la mañana se inició el cortejo nupcial con la salida de los invitados reales, seguidos por las ocho damas de honor. Cinco minutos después salieron hacia el templo tres carrozas. En la primera viajaban la reina Federica y el conde de Barcelona, en la segunda lo hacían la condesa de Barcelona y su hijo, el príncipe Juan Carlos, y en la tercera y última, tirada por ocho caballos blancos, iba la princesa Sofía acompañada de su padre el Rey Pablo. El traje de la novia, realizado por Jean Desses, era un explosión de tul, lamé y encajes, con una cola de seis metros. Los zapatos, de Vivier, estaban forrados del mismo encaje y el tacón tenía una altura de siete centímetros. El peinado, realizado por Elizabeth Arden, se remató con una espectacular tiara de brillantes.

La ceremonia por el rito ortodoxo, que se celebró una hora más tarde, fue autorizada por Juan XXIII y a esta le siguió la ceremonia civil ante el alcalde de Atenas. Tras el banquete, celebrado en los jardines del palacio real, los novios iniciaron un viaje alrededor del mundo, instalándose a su vuelta en el palacio de la Zarzuela, en Madrid. Los invitados a la boda fueron obsequiados por los novios con una pequeña cajita de plata. Este pastillero tenía grabados en su tapa los escudos de los príncipes.

«¡Ay, tía! Como en los cuentos de hadas: una verdadera princesa y un auténtico príncipe, enamoradísimos, se casaron… ¿Sabes que el rey dice que se enamoró desde el primer día de mi tocaya? "Me enamoré enseguida de Sofía. Creo que la quiero desde el día en que la conocí. La princesa Sofía es una de las pocas jóvenes que pueden ser capaces de llevar una corona con perfecta dignidad". Y la reina Victoria Eugenia de Battenberg, abuela del rey Juan Carlos, dijo: "Sofía será una perfecta reina de España". Y, en efecto, Sofía de Grecia ha cumplido, de una manera excelsa, todos esos pronósticos.»

Bueno, pues finalmente me embarqué en una aventura, en una vida incierta. Pero era fascinante… ¡Un desafío fantástico! A la vuelta del viaje de novios, nosotros queríamos instalarnos en España. Don Juan le decía a Juanito: «¿Pero qué tienes que hacer allí? ¿De qué forma vas a vivir? Lo normal es que estés aquí conmigo» Y el príncipe contestaba: «Franco y yo hemos acordado que yo residiría en España. Esta puerta está abierta, papá. ¿Por qué cerrarla? El haberme casado no es razón. Si queremos monarquía para el futuro, es preferible que yo esté allí». Era una lucha moral y política, pero siempre cordial. Había algo sobreentendido; uno de los dos tenía que reinar, y convenía intentar los dos caminos posibles. La situación era incómoda, era tensa por la incógnita, porque Franco no decía nada. Pasaba el tiempo y no decía nada. Y dependían de Franco, tanto el padre como el hijo.

«Y fíjate, tía, que los príncipes seguían muy indecisos sobre el lugar donde vivir para los recién casados. ¿En España, en Grecia o en Portugal? Entonces ambos no tenían el menor estatus. No sabían quiénes eran. Oficialmente no tenían puesto, no sabían cuál era su rango. Por lo tanto, no podían exigir ningún derecho. Tenían que adivinar, con sentido común y con instinto político, qué les tocaba hacer. Y Franco seguía sin decir esta boca es mía. Sin embargo, dependían de él, de alguna manera eran sus huéspedes, sus príncipes… Materialmente dependían del Patrimonio Nacional. En esos años, es decir, de 1963 a 1969, no eran nadie, aunque vivieran en la Zarzuela. En esa época, tía, muchos españoles pensaban que estaban padeciendo un humillante sometimiento, que estaban debajo de la bota de Franco. Pero es importante hacer hincapié en que Franco no mandaba sobre el príncipe, ni tampoco, como dice la reina, trataba de ponerle trampas.

»Sofía estaba enterada y era consciente de que sus posibilidades de acceder al trono dependían del deseo y la buena voluntad de Franco. Cuando la princesa lo conoció produjo la mejor de las impresiones. Franco la encontró inteligente, culta y agradable. Quedó embelesado por su belleza, entre maliciosa y aniñada. Le gustó su religiosidad y la manera en que ya casi dominaba el español.»

Franco no era brusco, ni hosco. Sí era un hombre muy metido dentro de sí, solitario, silencioso, con poca expresividad, más bien tímido. En un viaje oficial, iban Franco y el príncipe en el mismo coche. Por lo que fuera, mi marido había dormido poco, y como Franco no era un hombre conversador, al cabo de un rato Juanito se durmió en el hombro. Pero él no lo despertó. Lo dejó que durmiese ahí encima. Al llegar, dijo: «Alteza, hemos llegado». Sin inmutarse. Era evidente que Franco sabía perfectamente qué quería hacer con su Alteza. Era evidente que tenía su plan perfectamente bien trazado y que ya sabía qué pieza mover en el tablero del ajedrez. El príncipe Juan Carlos era una pieza ideal para salir triunfador. En esas relaciones con los Franco lo embarazoso era el tema de fondo: ¿quién reinaba, el padre o el hijo? Y, si reinaba mi marido, ¿eso iba a ser antes de morir Franco? ¿O había que esperar a que Franco muriese? Era espinoso, porque les afectaba a ellos, a todos ellos, como familia del hombre que tenía el poder. No entrábamos en conversaciones de hondura. Siempre nos manteníamos flotando en la superficie. El trato con la familia Franco era un poquito banal.

En efecto, los príncipes no podían más que seguir flotando. No sabían lo que pensaba hacer Franco, ni cómo ni cuándo lo haría. Sin embargo, sí sabían que don Juan se encontraba sumamente tenso con la situación. Llegó a tal punto que terminó desconfiando tanto de su hijo como de Franco. Para colmo, sus consejeros no dejaban de calentarle la cabeza contra aquel muchacho que aparentemente tenía su juego bien escondido.

«Mira, tía, prácticamente todo el capítulo séptimo está dedicado a los conflictos políticos que surgieron antes de que Franco designara a su "sucesor a título de rey". El relato es magnífico. Los testimonios de la reina son vivaces, lúcidos y aparentemente sinceros. A través de ellos nos enteramos del asesinato del almirante Luis Carrero Blanco, el 20 de diciembre de 1973, ejecutado por ETA, y del golpe de Estado del 23-F. Cuando llegas a las últimas páginas del libro aparece la versión del rey. En ellas, la periodista española describe los esporádicos y dolorosos encuentros con su padre. Por ejemplo, en diciembre de 1969 se dio un encuentro familiar en Lausana, después de la muerte de la abuela de Juan Carlos. Para entonces, Franco ya lo había designado y, desde mucho tiempo atrás, le debía varias explicaciones a su padre. ¡Imagínate al padre y al hijo, ambos luchando por lo mismo: la corona de España! Juan Carlos le dijo a su padre mientras tomaban café en la Plaza de Saint-Francois: "Mira, papá, desde que tenía ocho años yo he sido un mandado (mandilón apuntamos nosotros en perfecto español). Un mandilón tuyo. Solo he hecho lo que tú has querido. Tú quisiste que fuera a estudiar a España. Y estudié en España. Luego, porque te enfadaste con Franco, quisiste que me retirara de España. Y me retiré de España. Reanudasteis las relaciones. Y yo volví otra vez… Entre Franco y tú organizasteis el plan de mi vida como quisisteis. A mí no se me preguntaba, ¿quieres?, ¿no quieres? Se me daba ya decidido. Y yo, a obedecer. No he hecho otra cosa que obedecerte". Y obedeciendo y obedeciendo, mandilón o no mandilón, finalmente le pusieron la corona a Juan Carlos y se convirtió en el rey de España. Tanto a la primera jura, que ocurrió el 23 de julio de 1969, como sucesor a título de rey ante las Cortes, como a la segunda, ya como rey, y que fue el 22 de noviembre de 1975. No se presentó ningún miembro de los Borbón. Don Juan seguía furioso y lo había prohibido. De este modo se pasaba de una dictadura a una democracia, reformando las leyes que había, sin revolución, pero sobre todo sin ruptura y sin que se haya derramado una gota de sangre. No hay duda, tía, la monarquía se encuentra por encima de cualquier ideología. Después de no hablarse con su padre a lo largo de seis meses, por fin deciden reconciliarse. Uno de los factores que sin lugar a dudas contribuyeron a esa transición de la monarquía a la democracia fue Adolfo Suárez. Gracias a su inteligencia y su gran sentido político, España pudo enfrentarse a ese gran cambio. Sin embargo, me pregunto si los españoles no han sido un poquito injustos con él.

»Por último, tía, te diré que doña Sofía es vegetariana, melómana y magnífica compañera de su marido. No es rencorosa, prefiere hacer *shopping* que ocuparse de su casa, tiene sentido del humor y cuenta con una enorme fe, así como tú.»

El rey demócrata

Durante 1993 se publicó *El Rey, Conversaciones con don Juan Carlos de España*, escrito por José Luis de Vilallonga. El libro vendió en menos de cinco meses setecientos mil ejemplares (setenta mil el primer día en toda España). Con un muy agradable estilo narrativo, entre periodístico y coloquial, nos enteramos del primer encuentro de Juan Carlos con Franco, cuando tenía once años; de sus pláticas con su padre el conde de Barcelona; de sus soledades, sus silencios obligados y muy recomendados por el padre; de la influencia que recibió del general; de sus relaciones con el ejército y con Adolfo Suárez, entre otros muchos temas. A través de sus respuestas descubrimos a un hombre de carne y hueso. Llama la atención la melancolía con la que se refiere a las soledades por las que ha tenido que pasar para asumir un destino completamente providencial, como diría el propio Vilallonga. Así mismo, nos habla del dolor de su padre y de cómo le enseñó a amar a una España violenta y contradictoria. Conforme uno avanza en la lectura también se advierte la voz firme y clara de un rey moderno (no interviene en los asuntos políticos, no interviene en política exterior), que sí cree en la democracia y en la unión de todos los españoles. «La monarquía se encuentra por encima de cualquier ideología», le dice el rey a Vilallonga. Con relación a esto, el autor insiste en señalar que «el rey ha hecho una cosa que todavía los españoles no se lo creen. Hemos pasado de una dictadura militar a una democracia sin que pase nada. Ni una gota de sangre. ¡Nada!»

Vale la pena comentar que el autor del libro es un distinguido miembro de la nobleza española, es uno de los trescientos tres Grandes de España. Villalonga explica qué significa el peculiar título de Grande de España:

Es un título nobiliario. Hay títulos españoles, que tienen lo que se llama la Grandeza de España y otros que no la tienen [...] Tenemos unos privilegios tremendos. Nos permiten entrar en una iglesia a caballo. Nos permiten no quitarnos la boina delante del rey. Nos permiten pedir que nos toquen la Marcha Real una vez en la vida al llegar a una estación de tren. También tenemos muchas obligaciones, como, por ejemplo, cuando me adherí al Partido Socialista, después del golpe de Estado del 23-F, le pedí permiso por escrito al rey. Los Grandes de España siempre hemos comunicado al rey nuestras decisiones importantes. Es una vieja tradición que hunde sus raíces en la cortesía que debemos a nuestro señor natural.

La vida de José Luis de Vilallonga es tan variada y sorprendente como puede ser un calidoscopio. Además de ser miembro desde 1985 del PSOE, Vilallonga ha publicado veintidós libros, originalmente escritos en francés como: *Las Ramblas terminan en el mar*, *Solo*, *Fiesta*, *El hombre de sangre*, *Furia*, *La caída* y *Allegro bárbaro*. Después de *El Rey*, publicó *El gentil hombre europeo*, parte de una trilogía que trata de una familia aristocrática de Barcelona, antes, durante y después de la Guerra Civil española. También ha escrito tres obras de teatro. Cuenta además con una larguísima trayectoria periodística (*Interviú*, *El Periódico*, *El País*, *Panorama*, *Vogue* y *La Vanguardia*). De su libro de entrevistas titulado *Gold-Gotha*, se han vendido dos millones de ejemplares. Además de todo esto, José Luis de Vilallonga ha intervenido en setenta y siete películas bajo la dirección de, entre otros, Federico Fellini, Louis Malle y Blake Edwards.

7

La nostalgia en el ¡Hola!

¿Bueno? ¿Tía? Habla Sofía. Siéntate porque te voy a dar una noticia que te va a hacer irte de espaldas. Fíjate que ya me había enterado por el radio, pero pensé que se trataba de un rumor más. ¡Ay tía!, pero cuando vi la foto de los dos en el ¡Hola! no lo podía creer, sinceramente, no lo podía creer: «Liz Taylor se casará con el abogado tapatío Víctor González Luna, a fines de año de 1983». ¿Puedes creer que me dio tanto gusto, que hasta la recorté? ¿Verdad que desde el nacimiento del segundo pandita no habíamos tenido noticias tan agradables en nuestro país? Sin exagerarte, pienso que últimamente se necesita ser bastante masoquista para leer los periódicos. Ahora sí, «ya la hicimos», como dicen los chavos, con esta boda. ¿Te das cuenta de que con este acontecimiento el nombre de México estará en boca de todo el mundo? ¡De verdad, es in-cre-í-ble! No me sorprendería que en el extranjero se vayan a poner de moda los maridos mexicanos… Dios quiera que sea este enlace un hermoso ejemplo para nuestros indocumentados, a ver si de esta forma se nos compone la raza, ¿no crees? ¿Sabías que los González Luna pertenecen a una muy conocida y magnífica familia panista de Guadalajara? O sea, que con este matrimonio se podría decir que el PAN se anota un triunfo. ¡Qué cosas tiene la vida! Una superestrella, mundialmente conocida, casándose con un abogado tapatío. Ya ves cómo son los de Guadalajara, tía, que cuando no consiguen algo lo arrebatan. ¿Tú no crees que ella desea quizá cambiar el estrellato por el anonimato? Porque allá en Guadalajara se llamará Isabel T. de González Luna... Qué curiosos son los artistas, ¿verdad? Vas a ver, tía, como al cabo de algún tiempo todo el mundo acabará llamándola Chabelita. Así somos de informales en México. Lo familiar se nos da mucho, sobre todo en provincia. No hay duda de que el destino existe. Quién iba a decir que mientras este muchacho tapatío hacía su carrera de jurisprudencia, Chabelita hacía la suya cinematográficamente. A ver, ¿quién? ¿Cuándo se imaginaron los González Luna que uno de sus hijos acabaría casándose con una actriz siete veces divorciada? A ver, ¿cuándo? ¿Tú crees, tía, que hasta tuvieron que pedirle permiso al Papa? Pero, en fin, así es la vida, ¿verdad? Bien dice aquel dicho: «Matrimonio y mortaja del cielo bajan». Pero mira, tía, será muy el octavo marido, pero eso sí, el primero mexicano, ¿no crees? Lo que es muy importante es rogarle a Dios que no se divorcien, tía, que no se les vaya a ocurrir semejante tontería, porque sería de lo más nefasto para la sociedad tapatía. Además, claro, de que es pecado. Deseo de todo corazón que este matrimonio con Víctor resulte el más victorioso de todos. No se me vaya a estrellar este muchacho, por casarse con una estrella. ¿Qué me dices del anillo que le regaló? También salió la fotografía en el reportaje del ¡Hola! Es un diamante de 16.5 kilates. Por cierto, ¿cómo cuantos kilates crees que pesa Chabelita? Reconozco que de cara sí es guapísima, pero tengo la impresión de que está un poquito pasadita de peso, ¿no crees? Esperemos que no engorde más con el pozole y las tostadas. ¿Verdad, tía, que la comida mexicana es muy engordadora? Aquí en la foto, él se ve alto como gente decente, y ella, hasta eso, se ve como muy dulce.Parece buena persona. ¿No crees, tía, que sería una magnífica oportunidad para los Estudios Churubusco aunque le tengamos que pagar en pesos mexicanos? Hasta podría filmar una telecomedia cultural para el canal 8. Por ejemplo, aprovechando su acento, podría hacer las Memorias de la marquesa Calderón de la Barca, ¿verdad? Y si González Luna sigue con su carrera política, a lo mejor hasta un día se convierte en el primer presidente panista y Elizabeth Taylor en nuestra primera dama. ¡Ay, tía! Créeme que estoy encantada con este matrimonio que tiene tanto futuro... Estoy segura de que hasta las relaciones entre Estados Unidos y México mejorarán. A mí me gustaría que invitaran al señor John Gavin y a Pedro Emilio Madero como testigos de la boda. Seguramente estarán invitados Silvia Pinal y Tulio Hernández, Mario Moreno... ¡Qué ilusión! ¡Qué no daría yo por ir a esa boda! ¡Ay, tía! Créeme que estoy fascinada por ellos. Hacen una pareja muy bonita. Se ven tan contentos en la fotografía. Me da tanto gusto por el PAN. Acontecimientos sociales de este tipo lo fortalecen. También, tía, estoy feliz por Guadalajara. Esto le traerá mucho turismo. Todo el mundo querrá conocer la casa de Chabelita T. de González Luna. Desde ahora habrá una estrella más en el cielo tapatío y una nueva luna brillará como nunca... ¡Ay, tía, qué romántico! Bueno, ya, te dejo, porque tengo que pasar por Sofi al colegio. Ya se me hizo tardísimo. Te prometo que si me entero de algo más sobre la boda de Chabelita te llamo por teléfono para contártelo. Cuídate. *Bye*.

Diez años después y sobre el mismo tema...

¿Quién crees que se casó por octava vez, tía? ¿No adivinas? ¡Elizabeth Taylor! Sí, Mina, por octava vez se volvió a casar. Lo acabo de leer en el ¡Hola!, que le dedicó la portada a todo color. El novio lleva un saco blanco y ella también está vestida de blanco. Pobrecita porque casi no tiene cintura; afortunadamente pudo esconderla atrás del ramo de novia. Parece ser que la recepción fue en casa de Michael Jackson. ¿Te acuerdas cuando se iba a casar con el abogado tapatío y que a la mera hora se echó para atrás? Bueno, pues ahora se le ocurrió casarse con un camionero. Sí, tía, como lo oyes, con un camionero que se llama Larry Fortensky. ¿Te imaginas qué te hubiera dicho mi Mamá Grande si un día le hubieras anunciado que te casabas con el señor que traía el gas? ¿Que por qué se casó con ese señor? Pues, según ella, porque su juventud le inspira un enorme sentimiento maternal. Dice que con Larry lleva una vida sencilla. Meriendan a las seis de la tarde frente al televisor y a veces ven una de sus viejas películas, mientras comen hamburguesas. Luego, qué crees, tía, Larry le masajea la espalda con sus manos regordetas, manos de hombre trabajador. Y para que corran con toda facilidad por su piel las unta con Baby Johnson. Así dijo, tía. Y si no me crees, mañana sin falta te llevo el ¡Hola! Porque, según ella, con el olor a almendra evoca su infancia y la hace sentir como una chiquilla que busca protección. Después ella le da un masaje a Larry quien, por cierto, se vuelve como un niño de cuatro años. Después, Elizabeth Taylor lo arrulla con canciones de cuna y le cuenta viejas leyendas de *cowboys*. Y así se quedan hasta las diez de la noche, que es cuando apagan la luz de la recámara para dormirse, sintiéndose muy acompañados y muy queridos. ¿Qué te parece? Dijo que todas las noches le daba gracias a Dios por haber conocido a Larry. «En el fondo, siempre he buscado protección en la vida y con Larry la he encontrado. Muchos lo criticarán por corriente y vulgar, pero créame que tiene alma de príncipe, aunque sus manos y modales sean de un albañil», confesó en la entrevista. ¿No te parece increíble que después de haber sido esposa de alguien como Richard Burton termine encantada con un camionero? ¡Ay, tía!, qué mujer tan extraña es esta Elizabeth Taylor. A pesar de haber visto prácticamente todas sus películas, ya no es mi heroína ni en el cine ni mucho menos en la vida. Si me dieran a elegir entre las dos Elizabeths me quedaría con la actriz, pese a que no se trata de una estrella de primer orden. La Elizabeth de carne y hueso me parece aún más lejana e incomprensible que aquella romántica *Cleopatra*, o la que sale en *Gigante* como esposa de Rock Hudson...

Tiempo después, una tarde cualquiera...

¡Ay, tía! ¿Adivina quién se murió? ¡¡¡Gene Kelly!!! Sí, tía, te lo juro que se murió Gene Kelly. Se murió el viernes mientras dormía. ¡Qué horror!, ¿verdad? Tenía ochenta y tres años y parece ser que ya había pasado por varias trombosis. ¿Verdad que con él se va toda una época? ¿Te acuerdas, tía, cuando me llevabas al cine Parisiana a ver sus películas? «Esta niña tan chiquita no puede entrar», decía el señor de los boletos. Y tú insistías: «Es que su mamá me la dejó encargada y no la puedo dejar sola en la casa. No se preocupe, es muy bien portadita. Además, es muy dormilona. Seguro se va a dormir». Y claro, nunca me dormía y veía sin parpadear todas las películas. ¿Te acuerdas que a veces nos echábamos hasta tres de un tirón? Recuerdo que una vez vimos *Singing in the Rain*, *An American in Paris* y *For me and my Gal*, en una sola tarde. Esa vez, te lo juro, salí enamorada de Gene Kelly. Yo quería ser Debbie Reynolds, Leslie Caron y Judy Garland. Me acuerdo que llegando a la casa lo primero que hice fue pedirle a mi mamá que me metiera a clases de *tap*. «¡Ay! No seas ridícula», me dijo tajante. «¿Por qué no, mamá?», le suplicaba casi de rodillas. «Porque no tenemos dinero. Ponte a estudiar en lugar de pedir estupideces», agregó. Esa noche me dormí tristísima pensando en mis frustradas clases de *tap*. ¿Sabes que bailar *tap* siempre ha sido mi sueño dorado? Bueno, pues, fíjate que Gene Kelly se casó tres veces. ¿Te acuerdas que vimos las fotos de sus bodas en el ¡Hola!? Siempre lo fotografiaba la revista mientras pasaba vacaciones con sus hijos, o cuando iba a festivales de cine. Mira, primero se casó con la actriz Betsy Blair. Con ella tuvo una hija. Su segunda mujer se llamaba Jeanne Coyner. Con ella tuvo dos hijos. La pobre murió de leucemia en 1973. ¿Y con quién crees que se casó por último? ¡¡¡Con una escritora, tía!!! ¡¡¡Te lo juro!!! Se llama Patricia Ward y era cuarenta años más joven que él. Te imaginas, tía, si Gene Kelly hubiera venido a filmar a México y me hubiera conocido. Tal vez se hubiera casado conmigo… O contigo tía. ¿Por qué te ríes? Le hubieras caído tan bien. Se hubieran pasado horas hablando de las viejas películas de Hollywood, esas que te gustan tanto: las de Ginger Rogers y Fred Astaire, las de

Esther Williams, las de Judy Garland y Mickey Rooney, las de Greta Garbo, las de Cary Grant y Gary Cooper... ¡Uy, tía! Tú las has visto todas. Fíjate que Gene Kelly además de ser bailarín y actor, era coreógrafo. Él hizo la coreografía de la obra de teatro de *Hello Dolly*.

¿Que cuál era el verdadero nombre de Gene Gelly? Se llamaba Eugene Curran Kelly. Nació en 1912 en Pittsburgh, en el estado de Pennsylvania. ¿Que cómo sé tantas cosas? Porque las leí en el ¡Hola! Bueno, pues fíjate que a los veintiséis años se fue a Nueva York. Allí, primero hizo teatro; después, trató de entrar en los estudios RKO, ¿y qué crees que pasó? Lo rechazaron, tía. Te lo juro. Por eso se dedicó a la coreografía. Pero andando el tiempo, ¿no te encanta esa frase tía?, andando el tiempo lo descubrió la Metro Goldwyn Mayer para la película que vimos en el Parisiana: *For me and my Gal*, que es el mismo título de la canción que cantaba Al Johnson, esa que dice: «*The bells are ringing for me and my gal...*» ¿Te acuerdas, tía, qué padre es? Esta película la filmó en 1942, y en 1951 rodó *An American in Paris*, dirigida por Vincent Minelli, que entonces era el marido de Judy Garland, padre de Liza Minelli. ¿Te acuerdas de ella, tía?, la que hizo *Cabaret*, que tanto te gusta. Bueno, pues por esa película, no, por la de *An American in Paris*, le dieron un Oscar por su versatilidad como actor, cantante, director, bailarín y coreógrafo. ¿Te acuerdas de la escena esa que dura muchísimo, creo que más de diecisiete minutos, con la música de George Gershwin? Era increíble, ¿verdad, tía?

¡Ay!, ¿te acuerdas de *Singing in the Rain*? ¿Sabes que está considerada como una de las diez mejores películas de Hollywood? ¡Qué bárbaro, cómo bailaba Gene Kelly! Ese sí que era un profesional. Lo hacía con tanta pasión, con tanta naturalidad… ¿Te acuerdas de la escena donde aparece Debbie Reynolds saliendo de un pastel? Así quiero festejar mi próximo cumpleaños. Voy a mandar hacer un pastel de cuatro pisos con un carpintero, me voy a hacer un traje igualito al que saca Debbie Reynolds en la película y voy a invitar a todos mis amigos y les voy a cantar la misma canción… ¿Tú crees que me voy a ver muy ridícula, tía? ¿Que cuántos años voy a cumplir? No, no te digo, tía. Esas cosas no se preguntan… ¿Y qué tal la escena donde sale Gene Kelly bailando *Singing in the Rain*? ¿No es maravillosa? ¿Verdad que estas películas musicales te suben invariablemente la moral, tía? Yo por eso siempre que estoy triste o medio deprimida, las veo.

Mira tía, si las aprecio tanto es gracias a ti. Así como me enseñaste a apreciar el ¡Hola!, me enseñaste a ver películas, a apreciarlas hasta el último detalle… ¡Es cierto, tía! Siempre te viviré de lo más agradecida. ¿Sabes por qué? Porque ahora, para mí, son puntos de referencia básicos para entender muchas otras cosas. A pesar de la diferencia de edades que existe entre tú y yo, de alguna manera me heredaste tu nostalgia, tanto por las películas como por las lecturas y por la música. Contigo vuelvo a ver filmes, por ejemplo, de Esther Williams, de Ricardo Montalbán, de Ginger Rogers y Fred Astaire, de Lana Turner, Judy Garland, de Cary Grant, de Gary Cooper, de James Stewart, de Gregory Peck, de Stewart Granger… Veo a estos actores con tus ojos, aunque estén un poquito miopes. ¡Ay, tía, qué tristeza! Además de Dean Martin ya se murieron todos los demás. Es que el tiempo anda y anda, y no hay quien lo pare, ¿verdad, tía? A veces siento que hasta corre, que se echa unas carreras, así como de Olimpiadas. Pienso que hay gente que no se debería de morir, ¡nunca! ¿Que quién? Pues tú, tía. Tú nunca te deberías de morir. Por ejemplo, ahorita que estoy tan impresionada con la muerte de Gene Kelly, ¿con quién quieres que comparta todos esos recuerdos si no es contigo…? ¿Sabes de qué tengo impresión? De que tenía muy buen corazón, de que era muy cálido. ¿A ti, qué impresión te daba? ¿De que tenía muy bonito carácter? ¡Ay!, Sí es cierto, tía… Si lo hubieras conocido en persona, ¿qué le hubieras dicho? ¿Que siempre te ponía de buen humor? ¿Que con sus películas no te acordabas de tus preocupaciones? ¿Que te hacía volar la imaginación? ¿Que te rejuvenecía? ¿Que con *Singing in the Rain* te acordabas de cuando eras jovencita? ¿Que te gustaba su sencillez? ¿Que te hubiera gustado haberte casado con un hombre parecido a él? A lo mejor por eso nunca te casaste, tía. Tal vez tu ideal de hombre siempre fue Gene Kelly y entonces al compararlo con tus pretendientes, los veías horribles. ¡Ay, tía! Pero qué bueno que ninguna de las dos lo conocimos, a lo mejor no hubiéramos sido felices a su lado… ¿Te imaginas a un hombre dedicado completamente a su trabajo? Además, nos hubiera puesto los cuernos con sus compañeras de baile. Y el ambiente de Hollywood es horrible, tía. Bueno tía, te dejo porque ya es tardísimo. Te llamo mañana, para seguirte platicando de Gene Kelly. Encargué varios libros acerca de su vida para enterarme más y así podértela contar… Conste, ¿eh? No te olvides que te telefoneo mañana por la noche, para seguir platicando acerca de nuestro amor platónico… Adiós, tía, y muchas gracias por haberme acompañado en mis nostalgias. Hasta mañana.

Al día siguiente…

¡Ay, tía! ¿Por qué te tardaste tanto tiempo en contestar? Por un momento temí que estuvieras en misa en el Sagrado

Corazón. ¡Ah! Bajaste a la cocina la charola de tu merienda. ¿Ya merendaste? ¡Ay, tía! Pues qué temprano cenas.
Pareces gringa jubilada. Entonces, ¿ya podemos platicar
rico? ¡Qué padre!Bueno, pues después de que hablamos
ayer no sabes lo nostálgica que me puse, tía. Me empecé a
acordar muchísimo del cine Parisiana, que creo que estaba
en la esquina de Versalles y Lucerna. ¿Te acuerdas del señor
de los dulces? Ese que en el intermedio iba con su cajita por
todos los pasillos del cine diciendo: «Muéganos, palomi-
tas, chocolates, garnachas y pistaches». Tú, por lo general,
nunca llevabas mucho dinero, entonces a veces me com-
prabas un chocolate Exótica, pero nada más. Y me acuerdo
que a mí siempre se me antojaban los pistaches, ay, pero
esos eran carísimos. ¿Te acuerdas que entre semana el cine
costaba cincuenta centavos y que cuando daban tres películas costaba 1.50? ¿Te acuerdas del cine Versalles? ¿Te
acuerdas cuando fuimos a ver con mi Mamá Grande *Viole-
tas imperiales*? Creo que esa fue su última salida, ¿verdad?
¡Ay, pobrecita! ¿Y te acuerdas del Arcadia, donde siempre
íbamos a ver las películas de Sarita Montiel y de Joselito…?
¿Sabes que en la vida real él se llama José Jiménez, que nació en Utiel y que sus papás eran campesinos andaluces,
muy, muy pobres? Fíjate, tía, que una mañana, mientras
su madre acababa de tender las sábanas escuchó no muy
lejos una voz extraordinaria: parecía literalmente el canto
de un ruiseñor. De pronto, entre dos sábanas tendidas, se
topó con Joselito sentado en el suelo. «*¿Dónde estará mi
vida, por qué no viene…?*», cantaba. De pronto, su madre
lo alzó en sus brazos y lo estrechó con toda su alma. «Hijo,
tienes una voz de oro», le dijo con los ojos llenos de lágrimas. Bueno, pues debido al desempleo en Andalucía, la familia Jiménez se fue a vivir a Madrid. Mientras sus padres
trabajaban como obreros, Joselito se pasaba el día entero

cantando en los cafés. Al finalizar la jornada regresaba a su casa con más dinero del que ganaba su padre en un mes. Muy rápidamente la fama de Joselito comenzó a crecer.

Después de un éxito rotundo en la radio, a los siete años y medio, firmó su primer contrato como artista de cine. El Niño de la Voz de Oro comenzó a viajar por toda América Latina y fue cuando vino a México y tú me llevaste a verlo al cine Arcadia. Un mes y medio se tuvo que quedar en La Habana, porque mientras estaba dando unos recitales estalló la Revolución. Hospedado con Fidel Castro y el Che Guevara en el hotel Hilton, comía todos los días con ellos.

Bueno, pues a finales de los cincuenta, con el Cordobés, Joselito era el español más conocido del mundo. En Francia, por ejemplo, vendió más discos que Elvis Presley. Cuando a los nueve años regresó a su pueblo, llevaba coches llenos de regalos para toda la familia y sus amiguitos. A sus padres les daba todo el dinero que había ganado. A sus hermanos les compró un negocio, y a cada uno le regaló un Mercedes Benz. Y entre 1955 y 1963, Joselito filmó diez películas, grabó decenas de discos convertidos en *hit parades* y ofreció miles de recitales.

De repente, tía, pasó algo terrible. La voz de Joselito enmudeció. Una mañana fría, cuando se hallaba de gira por Guatemala, despertó sin voz de ruiseñor. Por más que los doctores de todo el mundo intentaron curarlo, nada pudieron hacer. Sin embargo, continuó con otra voz. Pero fue inútil. Después de miles de fracasos, en 1969 decidió retirarse para realizar un viejo sueño: ir a luchar en un país en guerra; al poco tiempo combatió en Angola. ¿Y qué crees? Que desde hace ya muchos años, Joselito vive en su pueblo. A sus cuarenta y cuatro años, este hombrecito de 1.55 metros de altura ya no es rico ni famoso. Por las noches, después de cerrar su negocio (una vieja discoteca que compró a las afueras de Utiel), sale a caminar con su eterna novia, María de la Fe, y bajo una luna melancólica le canta muy quedito al oído para que nadie escuche: «*¿Dónde estará mi vida, por qué no viene…?*» ¿Que cómo me enteré de la vida de Joselito? Pues, por el ¡Hola!, tía.

Oye, ¿y te acuerdas del cine Roble, tía? ¿Recuerdas que un día sentiste un gato enorme entre las piernas y que de puro susto saltaste dando un gritote? ¿Te acuerdas que prendieron las luces y que todo el mundo se nos quedaba viendo? Qué tal el señor que dijo por micrófono: «No se asusten. Efectivamente hay un gato por allí. Es que tenemos muchos ratones». Tú ya no te quisiste quedar. Nos fuimos. Y después fuimos a Lady Baltimore a comprar tus chocolates de turrón. ¿Te acuerdas, tía? ¡Híjole! ¿Verdad que todo eso parece que fue hace siglos?

¿Que qué más descubrí de la vida de Gene Kelly? No creas que gran cosa, tía. Parece ser que era bastante egocéntrico. Que siempre quiso marcar la diferencia entre él y Fred Astaire, por lo que solía decir: «Yo quería traer el baile hacia la gente común y corriente. Por esta razón pensaba que era importante deshacerse de las corbatitas blancas. Cambiarlas por playeras, jeans y mocasines. Cuando la gente rentaba un video de mis películas, se veía a sí misma bailar en la pantalla…»

¿Verdad, tía, que esa alegría sí la transmitía? ¿Que ya me tienes que colgar? ¡Ay no, tía! Pero, ¿por qué? Porque vas a ver a Raúl Velasco. ¡¡¡¡No, no, no te lo puedo creer!!!! Pero, ¿cómo siendo tan admiradora de Gene Kelly, Fred Astaire, Federico Fellini, Jean Gabin, Gerard Philippe, Greta Garbo, Gary Cooper, Marcelo Mastroiani…, puedes ver a ese señor? No tía, te lo prohíbo. ¡No es posible! Mejor voy por ti ahorita y nos vamos a merendar a La Flor de Lys. ¿Que ya merendaste? No importa, tía. De todas maneras voy por ti y nos venimos a la casa a ver la película de *Singing in the Rain*... ¿No quieres? Ya ves cómo eres. ¿De verdad ya quieres colgar? ¿No quieres que sigamos hablando de Gene Kelly? ¡Ay, tía! No me cuelgues, por favor... Puesto que no hay mucha información, ¿por qué no nos imaginamos cómo era Gene Kelly en la vida real? ¿Cómo era como padre de sus tres hijos, cómo era como marido de sus tres esposas? ¿Cómo era como amigo? ¿No quieres? ¿Ya te cansaste? Bueno, tía, pues ni hablar. Muchas gracias por haberme acompañado en mi nostalgia. Muchas gracias por haberme dado ese gusto por las películas musicales. Y muchas gracias por ser una tía tan curiosa, generosa, auténtica y entusiasta. Y que tías como tú ya no existen. Esas también desaparecieron con el cine Parisiana. Te mando muchos besos. Y que te diviertas con ese señor Velasco, que nada tiene que ver con nuestras nostalgias... Clic.

Y al día siguiente...

¡Ay! ¡Cada vez te tardas más en contestar el teléfono! ¿Sabes que esta es la segunda vez que llamo? Bueno, pues, ¿quién crees que acaba de cumplir setenta años? ¡Debbie Reynolds! Parece ser que en su fiesta de cumpleaños no salió de un pastel, como lo hizo en *Singing in the Rain*, que porque ya no tiene la misma energía que tenía hace cincuenta años... ¿Tú sabes que yo quería ser como ella, pero la de la película? Para mí, Debbie Reynolds encarnaba a la mujer buena, femenina, dulce, tierna, graciosa y monísima. Me acuerdo que al día siguiente de haberla visto, me hice anchoas para peinarme como ella. Como en ese entonces yo era medio cachetoncita, igual que Debbie, estaba convencida de que nuestro parecido era casi total... Después de la película comenzó a recibir proposiciones cinematográficas, cada vez más interesantes. En 1955 se casó con el cantante Eddie Fisher, con quien tuvo dos hijos, Todd y Carrie. Cuatro años después se divorció, pues Eddie estaba profundamente enamorado de Elizabeth Taylor. Esta separación provocó un verdadero escándalo en los Estados Unidos. Todo mundo pensaba que Debbie era una víctima... «¡Ay pobrecita! Tan linda y buena que es... ¿Cómo pudo Eddie Fisher abandonarla por esa?» Opinaban incluso los fans de Elizabeth Taylor.

Pero, ¿qué crees, tía? Que Debbie Reynolds no era para nada un angelito. Al contrario, un demonio... Este aspecto de la actriz se descubrió gracias al libro escrito por Carrie Fisher, su hija. Se llama *Postcards from the Edge*. Fíjate que en el libro su hija describe a su mamá como una persona neurótica, injusta, intransigente y sumamente autoritaria. Una de sus obsesiones era la vejez: «No me importa sentirme vieja, lo que no soporto es verme vieja», decía Debbie, medio en broma. En este libro se señala, asimismo, el espíritu de competencia con que veía a su propia hija, quien también decidió hacer cine. La autora, es decir, la hija de Reynolds, confiesa con toda honestidad su adicción a las píldoras tranquilizantes, adquirida porque desde los diez años su madre, es decir, Debbie, solía darle pastillas para dormir a fin de poder salir por las noches. Carrie narra, además, el problema del alcoholismo padecido por Debbie Reynolds, su fragilidad emocional y su total incapacidad para dar amor. ¿Qué te parece, tía? No hay nada más decepcionante que conocer, después de muchos, pero de muchos años, la verdadera personalidad de nuestros ídolos... Lo mismo me sucedió con Cary Grant, Greta Garbo, Joan Crawford y

Judy Garland. No, tía, de plano no soporto que sean tan humanos ¿Que ya te puse de mal humor? ¿Que me tienes que colgar? ¡Ay, tía…! Bueno, pues ni modo… Te llamo mañana a la misma hora. Cuídate mucho.

Y al día siguiente…

¡Ay, tía! Ahora sí que contestaste el teléfono superrápido. ¿A poco estabas esperando mi llamada? Bueno… No te enojes… Te llamo para contarte mi sueño de anoche. Fíjate que me encontraba sola en el palco de un teatro de estilo muy de los veinte. Un teatro que aparentemente estaba vacío. Todo se veía oscuro y reinaba un silencio aterrador. De pronto se prendieron las luces del escenario, y por detrás de una cortina de terciopelo guinda apareció una mujer muy bonita. Era rubia, alta y muy delgada. Llevaba puesto un vestido sumamente entallado de lamé dorado. Después de verla con cuidado con mis gemelos, me di cuenta de que la que estaba allí era nada menos que Ginger Rogers. ¡¡¡¡¡Siiiií!!!!! Tía, era ella. Te lo juro que era ella. No lo podía creer. Allí estaba, frente a mí, esta maravillosa actriz y bailarina… No me lo vas a creer, tía, pero de repente miró hacia donde me encontraba y me preguntó: «¿Por qué? ¿Por qué te has portado así conmigo?» «¿Yoooooo? Pero si yo no le hecho nada. ¡Al contrario! Siempre la he admirado. Créame que sería incapaz… ¿Cómo hubiera podido molestarla si desde hace años he sido una de sus fans más entusiastas? ¡Cuántas veces no me puse frente al espejo tratando de bailar como lo hacía usted! Claro que nunca lo logré. Porque su talento era inimitable». «Bueno, pero si me admiras tanto como dices, ¿por qué, entonces, te portas así conmigo?», me preguntó abriendo sus ojos azules, azules. «¡Ay! ¿Cómo,

Ginger? Dime, por favor, ¿de qué manera me he portado mal contigo? ¿Qué te he hecho?», le dije angustiadísima. «¿Cómo que qué has hecho? ¿Te das cuenta de que aunque ya no me encuentro en la Tierra, de mí no les has platicado a tu tía Guillermina? ¿Cómo crees que debo interpretar esa omisión? ¿Tú crees que no siento horrible? ¿Por qué, eh?» Y al hacerme esta pregunta, puso su rostro entre las manos y se puso a llorar. ¿Te imaginas lo que sentía en mi sueño de ver a Ginger Rogers llorar de esa manera? «¡Ay, Ginger! Por favor, no llores así. Te prometo que mañana sin falta llamo a mi tía, y le platico de ti. No era mi intención ofenderte. Tienes razón. Fui una tonta. Una desatinada. Acepta mis más sinceras disculpas…» Y al decir estas palabras, Ginger Roger sonrió de oreja a oreja. Se veía tan bonita, tía. «Muy bien, me dijo, te agradezco mucho. Ahora, *darling*, permíteme contarte un poco acerca de mi vida, para que tú, a la vez, puedas contársela a Mina… Llegué al mundo hace muchos, muchos años. Nací el 16 de julio de 1911 en la ciudad de Independence, en Missouri. ¿Sabías que allí nació el presidente Harry Truman? ¿No sabías? Bueno, pues allí nació. Mi madre me bautizó con el nombre de Virginia Katherine. Entonces ella estaba en el *show business*, aunque no era actriz. Hacía guiones y además era crítica de teatro. Desde que yo era muy niña tomé clases de baile. ¡Me encantaba! Más que caminar, más que comer, que platicar o que estudiar, lo que más me gustaba era ¡bailar! Ya desde entonces para mí el baile era como una droga. Es decir, que en ese momento me olvidaba de todo, de absolutamente todo. Me podía quedar horas y horas frente al espejo bailando *charleston*, *tap*, rumba… ¡En fin!, lo que fuera. Cuando tenía quince, gané el primer lugar de un concurso de *charleston*. A partir de ese momento, comencé a recibir pequeños contratos para obras de teatro donde cantaba y bailaba. Un año después, conocí a mi primer amor. Sí, mi primer amor, que se convirtió en mi primer marido….»

¿Tía, sigues en el teléfono? Es que de pronto escuché un gran silencio. Bueno, sigamos con lo que me dijo Ginger Rogers en mi sueño. ¿No creerás que me contó toda su vida por medio de un sueño? Soy exagerada, pero no cuento mentiras. Te lo juro que soñé con ella y que me decía: «En 1931, empecé mi carrera en el cine. Claro que entonces hacía pequeños papeles. Pero cuando firmé un contrato con los estudios de Radio Pictures, conocí a un hombre que hizo que mi vida diera un giro de ciento ochenta grados. ¿Ya sabes quién fue?», me preguntó con una sonrisa maravillosa. «¡Fred Astaire!», dijo antes de que pudiera contestarle. «Con él filmé diez películas. Me acuerdo que Fred odiaba a mi madre. "Va a acabar con tu vida", me decía furioso. Y tenía razón. Mi madre le tenía muchos celos. Temía que la imagen de Fred, para entonces muy prestigiada, me opacara. Entonces, para evitarlo, ella misma me diseñaba la ropa; por eso mis vestidos eran tan vistosos. Por otro lado, mi mamá me metía ideas en la cabeza contra Fred: "En el fondo te tiene envidia. La verdadera bailarina eres tú. Porque tú bailas tan bien o mejor que él, a pesar de los tacones y de tus estolas de plumas. Bailar con tacones y sandalias, ¡eso sí que es difícil!" Todas estas fricciones fueron las que hicieron que Fred y yo nos separáramos. No nos vimos sino hasta un año y medio después. De aquellos años es el musical donde bailaba sobre siete pianos blancos de cola. La película se llamó *Carioca*. En ella la estrella principal era Dolores del Río. Por cierto, esta actriz siempre me pareció que no tenía buenos modales. Era como muy gritona y exigente. Pero eso sí, era una mujer bellísima. Recuerdo que durante la filmación, los ensayos se hicieron muy tensos. Una vez que terminaban, Fred y yo apenas nos dirigíamos la palabra. Pero a pesar de todas estas tensiones, hicimos ocho películas más.

»Aunque me casé cinco veces, mi madre nunca dejó de vivir conmigo. Muchas veces he pensado que fue ella la que acabó con mi vida sentimental, pero, al mismo tiempo, fue la persona que más me ayudó profesionalmente. Gracias a ella y a su estímulo gané un Oscar por *Kitty Foyle* e hice setenta películas. ¡Pobrecita! Pero era demasiado posesiva y celosa. Ella fue la que me aconsejó que demandara a Fellini por ocho millones de dólares por la película *Ginger y Fred*. Ella fue la que hizo que terminara con Jean Gabin… ¡Pobre mamá, nadie la entendió como yo! Siempre quiso lo mejor para su hija. Ahora que han pasado tantos años, la comprendo mejor. Es cierto, no nos podíamos separar. Por eso siempre vivió conmigo y, como nunca tuve hijos, nos hacíamos mutuamente compañía. La adoré. Cuando murió, yo entré en una depresión terrible. Después tuve el accidente que me mantuvo en esa silla de ruedas durante tantos años. Las tardes enteras se me iban viendo mis álbumes de fotografías y recordando a mamá Lela, de la única persona en el mundo que jamás me pude divorciar, sino hasta que cumplí ochenta y tres años. Desde entonces, por fin soy feliz bailando con Fred en el cielo. Sin su presencia, ya no nos peleamos…» Y, fíjate, tía, que en esos momentos empezó una música maravillosa en mi sueño y se abrieron las cortinas de un escenario. Y apareció Fred Astaire. ¿Te das cuenta lo que sentí? Allí, frente a mí, estaba bailando la pareja más famosa del mundo. No me lo vas a creer, pero de puritita emoción empecé a llorar. Bailaban de una forma tan elegante… Estaba yo a punto de aplaudirles, cuando de pronto me desperté. Sí, en esos instantes sonó el despertador. Furiosa, lo tomé, lo aventé al suelo e intenté volver a dormirme. Pero no pude. Por más que cerraba los ojos con fuerza, ya no pude volver a soñar con ellos.

¿Qué te pareció mi sueño? ¿Verdad que estuvo muy bonito? Pobre Ginger Rogers porque finalmente nunca fue feliz y todo a causa de la dependencia que tenía con su mamá. ¿Tía, estás allí? ¿Qué te pasa? ¿Por qué no me comentas mi sueño? ¿Te pusiste triste? ¿A poco te acordaste de mi Mamá Grande? ¡Ay! Pero si ella te quería mucho y siempre fue muy linda contigo… ¿Quieres que vaya a verte ahorita? ¿Estás segura? ¿O prefieres que colguemos el teléfono y mañana te hablo? Muy bien, tía. Que pases muy buenas noches. Que sueñes con los angelitos. Hasta mañana…

8

La Holitis

¡Hola! por aquí, ¡Hola! por allá. Hola por todos lados. «El ¡Hola! es, ¡¡¡mi máximo!!!», afirmaban sus asiduísimos lectores mexicanos desde que la revista se comenzó a distribuir en nuestro país a principios de la década de los ochenta. «Es como una droga; la lees una semana, y difícilmente puedes esperar hasta la próxima para saber cómo va el embarazo de Carmen Martínez-Bordiu, señora de Rossi y que fue esposa de Luis Alfonso de Borbón, duque de Cádiz; pobre duque, se quedó solo y triste. ¿Te das cuenta el partidazo que es? De todas las revistas del corazón, es la *number one*. Si no leo el ¡Hola! me siento "des-holada…" ¡¡¡De-so-la-dí-si-ma!! Es como si me faltara algo. Te lo juro que ya forma parte de mi vida…»

Estos, los verdaderos adictos, hombres y mujeres, empezaron a sufrir una enfermedad conocida como Holitis. Los Holíticos que veían que ya se había agotado su revista en Sanborns, corrían desesperados a todos los puestos de periódicos, librerías, editoriales e imprentas hasta encontrar su ¡Hola! Eran capaces de atravesar la ciudad, capaces de ir a buscarla hasta el aeropuerto donde siempre, siempre se encontraban torres de la publicación, tan altas como las gemelas de Nueva York. Lo terrible es que también allí se agotaba. Porque mientras los pasajeros hojeaban la revista durante el vuelo sentían que efectivamente sí se encontraban por las nubes. Sentían que el trayecto se les hacía mucho más cortito y que ni sentían las turbulencias ni los aterrizajes, por más abruptos que estos fueran.

Pero, ¿qué pasaba si no la encontraban incluso en el aeropuerto, donde también se agotaba casi de inmediato? Entonces regresaban todos sudados a su casa, con las manos temblorosas, sintiéndose abatidos, ¡deshechos! «¿Dónde, dónde está el ¡Hola! de la semana pasada?», preguntaban jadeantes desde el vestíbulo de su residencia. Después de haberla buscado por todos los rincones, por todos los baños, especialmente en el de visitas (lugar donde mejor se lee) y hasta en su *walk-in dressing room*; cuando estos Holíticos no terminaban por encontrar el ejemplar que hablaba del primer aniversario del hijo del papá de Julio Iglesias, casado con Ronna, su segunda esposa; ese ejemplar donde aparecían las fotos de Juanito soplando su primera velita junto a su padre, el doctor Iglesias Puga, quien por cierto ese mismo día festejaba sus noventa años, ¿dónde la encontraban? Pues nada menos que en el cuarto de… ¡Las muchachas! ¿En el de las sirvientas? ¡¡¡Siiiiiiiiií!!! Allí mismo estaba su ¡Hola! tan buscado. El ¡Hola! número 3,204. Pero, ¿cómo era posible? Y es que muchas empleadas domésticas comenzaban a contaminarse por culpa de su patrona. Cuando la señora tenía invitados y servían la mesa los escuchaban platicar, por ejemplo, de la extraña delgadez que mostraba Lady Diana y de la relación de su marido, el príncipe Carlos con Camilla. Querían saber si la princesa terminaría divorciándose.

Pero si algo tenían estas personas Holíticas era *esprit de corps,* es decir, que cuando advertían que alguien padecía de este mismo mal se solidarizaban de inmediato. Había una mirada entre ellos, gracias a la cual se reconocían como adictos lectores del ¡Hola! Eran, asimismo, dueños de un vocabulario especial, de una cierta información que nada más ellos tenían. Para entrar en este club tan exclusivo había que conocer los apellidos completitos de la realeza, los nombres de la plebe que también era fotografiada por la revista y conocer puntualmente todos los cotilleos que se contaban alrededor de los habitantes de ese mundo raro. De ahí que cuando, efectivamente, descubrían que su revista preferida, por atrasada que esta hubiera sido, se encontraba por azares de la vida en el cuarto de las trabajadoras domésticas, en lugar de enfurecerse preguntaban intimidados: «¿No le importa si me la presta tantito…? Prometo regresársela, en cuanto termine de leerla. ¿Verdad que el papá de Julio Iglesias no se ve de noventa años? Ah, por cierto, a partir de la próxima quincena puede usted contar con un buen aumento de salario…», decían felices de la vida, en primer lugar por haberla encontrado y, en segundo, por haber descubierto que el Club de los Holíticos se incrementaba cada día.

No, lo anterior no es una exageración por parte de esta narradora tan exagerada. Por extrañas que hubieran parecido estas extravagancias sí llegaban a suceder. Es cierto que nada más acontecían en el interior de algunas residencias de Holíticos, especialmente de las zonas residenciales más exclusivas. Fue precisamente a partir de los ochenta que muchos de ellos comenzaron a coleccionar la revista. Una vez que habían reunido suficientes ejemplares, los encuadernaban en piel. Cuando les faltaba algún viejo ejemplar, lo buscaban con otros adictos. Los más obsesivos viajaban hasta España, recorriendo todas sus provincias hasta dar con el número que les faltaba para su colección.

No había duda de que estos adictos vivían su revista ¡Hola! como una verdadera evasión. Al leerla, ellas, las reinas de Polanco; ellas, sus majestades soberanas de su casa, y ellas, las princesitas de sus papis, tenían la misma sensación que cuando vieron por primera vez las películas de Sissi, la serie cinematográfica interpretada por Romy Shcneider. La revista también les mostraba que una simple muchacha espontánea, simpática y amante de la naturaleza podía terminar casándose con un emperador.

Las páginas del ¡Hola! mostraban la felicidad y desgracia de la aristocracia, de la *jet set*, del mundo artístico, de los políticos, de los intelectuales, en fin, de la *real beautiful people* y de los *happy few*. Semana a semana seguían de cerca sus bodas, sus entierros, sus bautizos, sus noches de luna de miel, sus divorcios, sus fijaciones, sus vacaciones, sus depresiones, sus fracasos, sus éxitos, sus complejos, sus hijos —también los naturales—, sus nietos, sus residencias, sus playas privadas, sus aviones particulares, sus abortos, sus clósets, sus cocinas, sus Rolls Royces, sus cumpleaños, sus amantes, sus viejos *affaires*, sus traumas, sus amistades, sus diarios íntimos, sus chequeras, sus psiquiatras, sus bancos, sus *chalets*, sus caballos, sus embarazos, sus dietas, sus deportes y hasta los latidos de su corazón.

Pero, ¿de quiénes eran concretamente estos rostros? Pues los asiduos, los personajes que siguen saliendo hasta nuestros días: Carolina de Mónaco y su hermana

Estefanía; Isabel Preysler; Julio Iglesias; Isabel Pantoja, viuda de Paquirri; Camilla y el príncipe Carlos; Elizabeth Taylor; algunos sobrevivientes de la familia Kennedy; toda la familia real española; la duquesa de Alba; Carmen Romero, esposa de Felipe González; la reina Isabel II de Inglaterra; la duquesa de Franco; el hijo de Alain Delon; Carmen Ordóñez, la ex de Paquirri; María Teresa de Luxemburgo, y muchos, muchos otros más.

Cuando estas reinas, pero de Polanco, de las Lomas o del Pedregal, llegaban a su salón de belleza, lo primero que hacían, una vez que habían saludado de beso a Noel, su *coiffeur*, era precipitarse al ¡Hola! y con un modo muy bonito, muy democrático, le decían a la del tinte: «Ay Feli, me gustaría que me pintaras el pelo como ella, que me pusieras el mismo tono, que me peinaras como ella, que me maquillaras como ella, que me depilaras las cejas como ella, y que… ¡Ay, Felícitas! Quisiera ser ella». Así comentaban suspirando, al mismo tiempo que se miraban en el espejo y no se gustaban. En las reuniones sociales hablaban de estos personajes como si efectivamente convivieran todos los días con ellos. Escuchemos sus voces, tan lejanas pero tan presentes: «¡Ay! ¿Te fijaste cómo ha engordado Cristina Onassis…?» «¿Adivina quién se cortó el pelo? Estefanía de Mónaco, se ve fatal…» «Oye, la que tiene muy buen tipo es la mamá de Miguel Bosé…» «¿Sabes quién perdió a su hijo? La esposa de Gonzalo de Borbón».

Las pretenciosas muy, muy Holíticas, mandaban con su chofer algunas fotos de la revista para copiar en una agencia de Kodak. Cuando recibían las copias, colocaban, por ejemplo, la fotografía en donde aparece Carolina de Mónaco con su primer bebé en brazos, en un marco de plata de Tane. Luego, y para que no se viera tan obvia y desmedida esta admiración que le inspiraba la realeza europea, ponían el marco entre los suyos, que se encontraban sobre lo que se llama una mesa camilla. Es decir, que un buen día, la foto de la princesa de Mónaco aparecía muy cerquita de ella, en una de sus fotos mientras salía del hospital Inglés cargando a su recién nacido, o bien al lado de las fotos de sus hijos, ya esquiando en Vail, ya haciendo castillos de arena en alguna playa del fraccionamiento Las Brisas, de Acapulco.

Muchos años antes de los ochenta, Sofía ya se había convertido en una lectora verdaderamente adicta a la revista. Nada la llenaba más de orgullo que comentarle a sus amigas que con la primera quincena que había ganado en su vida se había comprado su primer ejemplar. Se sentía tan ufana, que incluso tenía enmarcada la portada del ¡Hola! número 1,235 del 27 de abril de 1968. Debajo de la fotografía donde aparecía la familia de Mónaco, se leía: «Vacaciones de los soberanos de Mónaco y sus hijos en un apacible *chalet* alpino en la localidad suiza de Villar-sur-Ollon (reportaje interior de seis páginas color y negro).»

En los ochenta, cuando Sofía ya era una mujer casada y con hijos no leía el ¡Hola! en casa de su tía, ni en los consultorios, ni tampoco en el salón de belleza, sino que ella misma compraba religiosamente su revista cada semana. Era tan distraída pero tan fanática de la publicación que a veces se le olvidaba que ya la había comprado y la adquiría de nuevo. Pero lo más llamativo de todo, era que volvía a leer su contenido con la misma curiosidad e intensidad con que lo había hecho en la primera ocasión. El momento en que más disfrutaba su lectura era cuando viajaba. Le gustaba leerla en el avión, un momento ideal en que no era interrumpida ni por el teléfono, ni por su servicio, ni por los niños. Antes de dirigirse al salón VIP de American Express, tenía como costumbre ir a la tienda de las revistas y comprarse todas las que podía, incluyendo *Proceso* y *Vuelta*. Así lo hizo aquel 16 de marzo de 1981, viaje que la llevaría a París para reunirse con sus hijos, quienes habían viajado días antes con su padre. «Tiene usted suerte, señora, es el último ejemplar que nos queda», le dijo la empleada al entregarle más de ocho publicaciones. Mientras pagaba, miró de reojo la portada del ¡Hola! «¡Cómo! ¿Ya se comprometieron?», exclamó Sofía como si hablara sola. «¡Ay! Sí, señora. Ya se van a casar. ¿Verdad que se ven muy felices Diana y Carlos?», le preguntó la señorita. Lo hizo con tal naturalidad que a Sofía le cayó en gracia. *Bienvenida al club de las Holíticas*, pensó divertida mientras se encaminaba al salón VIP. Ya instalada en un sillón muy cómodo, observó con atención la portada: «Carlos de Inglaterra presenta a su futura esposa», leyeron sus ojos.

Es cierto que el ¡Hola! ya había publicado desde septiembre la posibilidad de que esta joven de veinte años se convirtiera en candidata a ser la novia del príncipe. Sofía ya había visto la fotografía de los novios descansando al bordo del barco Britannia. Habían transcurrido siete meses desde entonces y ahora anunciaban su boda para el 29 de julio. ¡Qué ilusión! Qué daría Sofía por ser invitada. Y si así fuera, ¿qué se pondría? Pero no, a Sofía no la invitaron físicamente. Sin embargo, sí asistió a la boda de los príncipes; asistió moralmente gracias a las fotos y a toda la información completa a color del ¡Hola! en agosto de 1981. Allí estaba Sofía en el interior de la catedral de San Pablo. Allí estaba cuando Lady Diana descendió de su carruaje arrastrando una larguísima cola y cuando entró del brazo de su padre, el conde Spencer. Allí estaba cuando el príncipe Carlos vio a la novia y le susurró: «Estás preciosa», a lo que Diana contestó: «Preciosa para ti». Sofía también estaba allí cuando el arzobispo de Canterbury los declaró marido y mujer ante Dios y los hombres. Qué ilusión le había hecho a Sofía ver ese medio millón de personas que se agolpaban bajo el balcón, gritándole a Carlos que besara a la novia. Y qué decepción había sentido Sofía, cuando vio que primero el novio, muy formal, le dio un beso en la mano a Diana. «¡Beso, beso, beso!», gritaba Sofía con la muchedumbre. Y Carlos que no se decidía. «¡Beso, beso, beso!», seguían gritando Sofía y los súbditos de la corona británica. «Mamá, ¿puedo darle un beso a Diana?», escuchó Sofía que preguntaba el novio a la reina de Inglaterra. Y clarito vio esta gorrona cómo Su Majestad le dijo que sí con los ojos. (De haber estado presente Camilla Parker-Bowles, nos preguntamos si también con ella Carlos habría pedido permiso). El caso es que Sofía descansó hasta que el príncipe finalmente besó en la boca a su princesa. Hay que decir que ese beso tan forzado, tan tibio y tan aguado le dio mala espina a Sofía. Muchos años después confirmaría su pronóstico...

A partir de ese ejemplar de la boda de los príncipes de Gales, y a lo largo de toda la década de los ochenta, vendrían diez años más de portadas del ¡Hola! dedicadas totalmente a la supuesta felicidad de Carlos y Diana. «La princesa Diana, mamá de un niño». «Presentación del príncipe Guillermo al cumplir los seis meses de edad». «Harry, un nuevo hijo para Carlos y Diana». Curiosamente a partir del número de enero de 1986, cambió un poco la dinámica respecto a los titulares y, por ende, al contenido de los reportajes del ¡Hola!: «Así baila Lady Di. Las fotografías exclusivas del sorprendente baile de la princesa de Gales». Transparente como era Lady Di, las fotografías del ¡Hola! comenzaron a hablar por sí solas. En ellas ya no aparecía tan sonriente ni contenta. Su delgadez era cada vez más evidente. Estaba muy cerca el escándalo y las consecuencias que acarreó, hasta su muerte.

En esa época, la revista en México costaba quinientos veinticinco pesos, pero un tiempo después, desgraciadamente, costaría más, mucho más. La inflación de esos años estaba amenazando a los lectores. Fue por esa época cuando un Holítico millonario tuvo una excelente idea: crear una revista mexicana que se llamara *¡Quihubo!* ¿No acaso teníamos entre nosotros miles y miles de personas cuyas vidas son igualmente interesantes que la de los personajes del ¡Hola!? «Así podríamos exportarla a toda América Latina, Miami y España y obtener muchas divisas que tanta falta nos hacen», les decía a los posibles accionistas. «¿Quihubo? ¿No se les hace una súper idea?», les preguntó en la comida de presentación del proyecto. «¡Imposible! Sería un verdadero fracaso. Nadie puede imitar al ¡Hola! Es insustituible. Irrepetible. Estoy seguro de que los lectores pagarían cualquier cantidad, hasta el doble, con tal de seguir leyéndola. Yo no le entro…», dijo determinante el empresario *number one* del grupo.

Pero a partir de los noventa la inflación en las tierras mexicanas seguía galope y galope sin control alguno. El costo de la revista estaba por las nubes. He aquí la voz de Sofía, una Holítica atormentada de aquellos tiempos. Después de escuchar las noticias de Jacobo Zabludowsky, se sintió particularmente nerviosa. Mientras se desmaquillaba frente al espejo, pensaba en la devaluación y en la inminente inflación que se venía. *Pobre país*, se dijo al meterse en la cama. Apagó la luz del buró, cerró los ojos e intentó dormir. Respiró tres veces para relajarse, pero no lo logró. Una ligera tensión le subía de la punta de los pies hasta la cabeza. *No es para tanto*, pensaba en tanto se volteaba de un lado al otro de la cama.

En esos momentos de angustia se le vino al espíritu una pregunta que empezaron a formularse centenas y centenas de lectoras de la publicación: *Ahora con esta devaluación, ¿cuánto costara la revista ¡Hola! si la última vez pague siete mil pesos? ¿Irá a costar diez, quince ó veinte mil pesos?* Esta posibilidad acabó por tensarla más. *¡Qué horror! Ya no podré comprarla*, se dijo haciendo una mueca de desagrado. *Es que cuando estoy en la depre, es lo único que me aliviana.*

Cómo se preocupó Sofía cuando supo que si se divorciaban los príncipes de Gales, Lady Diana perdería todo: su título, vestidos, pieles, diademas de brillantes de la familia Spencer, aretes y collares de perlas, aparte de las joyas que le regaló el sultán de Omán y, por si fuera poco, también la tutela de sus dos hijos Guillermo y Enrique. Su pensión dependería de la discreción absoluta acerca de su vida con Carlos. En el ¡Hola! leyó que la prensa inglesa decía que si se efectuaba este divorcio la estabilidad de su país estaría en riesgo y que en la Cámara de los Comunes no se hablaba de otra cosa. Incluso se llegaron a preguntar si el príncipe Carlos era apto para reinar. «Tanta popularidad ahora estaba acabando con ellos», se enteró en uno de los números pasados. *En realidad, Diana sueña con la vida de Estefanía de Mónaco, o bien cree que está actuando en uno de los capítulos de* Dallas. *Ahora resulta que se está aburriendo con Carlos y en la lógica de una heroína de* Dallas *la única solución que ve es el divorcio...*

Hacía dos semanas que había leído en la portada aquello de: «Volvió la sonrisa a los príncipes de Gales». Se puso feliz. Por eso no le había importado lo más mínimo pagar los siete mil pesos. Claro que en su cuenta bancaria nada más se había quedado con tres mil pesos como único capital, pero no le importó. Tenía que saber si, por fin, Diana y Carlos se habían reconciliado. Pero no fue así. Conforme avanzaba en la lectura se dio cuenta de que los rumores persistían, que lo de la sonrisa era nada más una forma protocolaria, ya que se había visto a Diana con sus hijos en el Kentucky Fried Chicken del barrio de Knightsbridge comiendo hamburguesas. Y que por la tarde se había metido en el cine a ver *Blanca Nieves y los siete enanitos*, mientras que su marido veía *Las bodas de Fígaro* en el Convent Garden.

¿Qué pasará entre ellos?, se volvió a preguntar Sofía. *Ahora, por culpa de esta pinche inflación tendré que decir adiós al ¡Hola!*, pensaba, sintiéndose más deprimida que nunca.

Fue precisamente por esa época cuando Sofía batalló mucho para encontrar un número muy especial del ¡Hola!, agotado desde el primer día que llegó a México. Era el número 2,504. El ejemplar se había vendido como pan caliente. Se decía que había unos revendedores muy abusivos que la vendían en cinco veces su precio regular, es decir, treinta y cinco mil pesos. Sofía no podía pagar esa cantidad por lo que se decidió a buscarlo por tierra, mar y aire. Finalmente lo encontró. Sí, de puritita casualidad lo descubrió en un puesto de periódicos muy rascuache, allá por la calzada de Camarones. ¿Hasta allá se fue esta reinita que vivía en Las Lomas y que invariablemente se perdía nada más salir de Polanco? Sí, hasta esos rumbos acabó esta Holítica tan obsesiva. «Es el último que me queda. Tuvo suerte. No sé por qué este se ha vendido muchísisimo. Una señora hasta me encargó tres, que dizque porque su marido es un político muy importante… Quién sabe qué traerá la revista esta semana. A mí esas chingaderas, ni me interesan», le dijo el viejito del puesto. Sofía lo escuchó con cierta ternura, pero también con cierta molestia. *¿Cómo que chingaderas?* No, el señor, no sabía de lo que se perdíiiiia, pensó.

Eran los días del término de la negociación del TLC. Sin duda ya estaba surtiendo efecto en nuestro país, ya que precisamente este número abría sus páginas, nada menos que con el presidente de la República Mexicana. ¡Ay, qué envidia había sentido Sofía! A él se le había cumplido uno de sus máximos sueños: salir retratada en el ¡Hola! «Carlos Salinas de Gortari, presidente de México, recibe a ¡Hola! en la casa presidencial de Los Pinos», decía la cabeza del reportaje de cinco planas. En la segunda, a la derecha, aparecía toda la familia Salinas muy sonriente.

De todas las preguntas (veintiuna) que le hacían a la familia, dos llamaron la atención de Sofía tanto por el estilo desenfadado de la entrevistadora, Gaetana Enders (en esos años jamás se hubieran atrevido hacerles ese tipo de preguntas en México), como por las respuestas. «¿Qué hará cuando se termine su periodo de gobierno? ¿Queda tal vez el problema de ser un joven ex presidente?» A lo que contestó: «Bueno, una vez le preguntaron a un presidente qué haría al terminar, y dijo: "Regresaré a mi casa, me iré al porche de atrás, sacaré una mecedora, me sentaré y seis meses después empezaré a pensar qué voy hacer"». «Volvamos a los temas familiares, señor presidente. ¿Usted se divierte, sale con su señora al cine, o viven aislados, como en una especie de "jaula dorada"?» «No, para nada, ya que nos gusta ir a la playa con la familia y también salir a nuestras tierras de origen, que están en el norte del país, en un pequeño pueblo que se llama Agualeguas, que tiene cinco mil habitantes. Imagínese usted, muy pequeño, pero muy cálido, y ahí convivimos mucho con la gente, y salimos con frecuencia.»

Pero en ese ejemplar del ¡Hola!, afortunadamente para Sofía (ya que Salinas de Gortari nunca había sido su *cup of tea*, como ella misma decía), pudo apreciar en la página catorce a la emperatriz Farah: «Una rosa llamada Farah». En la dieciséis, «La deslumbrante boda de Whitney Houston y Bobby Brown». En la veinticinco, a los Clinton: «Bill y su esposa Hillary se conocieron en una biblioteca». La nota narraba: «Él la estaba mirando y ella acercándose le dijo: "Si vas a seguir mirándome fijamente y yo voy a seguir devolviéndote la mirada, creo que al menos deberíamos de conocernos. Soy Hillary Rodhman. Y tú, ¿quién eres?" Desde entonces siguen juntos.»

Para observar mejor las fotografías, Sofía se detuvo mucho tiempo —mucho más que el que había invertido leyendo de reojo la entrevista de Salinas—. Allí estaba la duquesa de Alba con su *look* tan personal, con su moda tan personal y con sus declaraciones tan personales. La duquesa de Alba también la intrigaba por lo que representaban sus títulos y su fortuna. Y hojeándola y hojeándola, llegó a la página cincuenta, en cuya cabeza se leía: «Los duques de York salieron a cenar juntos el día de su sexto aniversario de bodas», aunque estaban separados oficialmente desde hacía cuatro meses. *Yo creo que separados se quieren más*, pensó Sofía. De la página cincuenta y dos a la noventa y dos, se había publicado un extensísimo reportaje de los Juegos Olímpicos.

Cuando llegó a la página noventa y cuatro, Sofía suspiró; finalmente la publicación abordaba uno de sus temas predilectos: Diana. Observó las fotografías. La princesa de Gales aparecía más guapa que nunca. Allí estaba, al alcance de sus manos, presidiendo un acto en la Catedral de Winchester. Como de costumbre, se veía perfectamente bien vestida con un traje de dos piezas azul celeste y blanco. *Ay, pero si este ya lo llevó a su viaje a la India. Me acuerdo perfecto. ¿Se valdrá que las princesas repitan sus outfits? Me encanta cómo se ve con ese sombrero de ala grande. Para mí que ya mandó a volar al príncipe de Gales. ¡Qué bueno!* En la página ciento dos, le gustó ver al conde Spencer y a su esposa al lado de sus gemelas, Eliza y Katia. Y, por último, de la ciento dieciséis a la ciento veinte vio fotografiada a todo color a Cindy Crawford: «La llaman "la divina", pero es muy humana», decía la cabeza. *¡Ay, sí! Qué humana, ni qué ocho cuartos. Se ve bien cerebral. Ha de ser de esas mujeres muy programadas y muy frías. Será muy guapa, pero la cantidad de traumas que ha de tener...,* se dijo Sofía, envidiosa, al cerrar el ejemplar.

Obsesiva como era Sofía respecto a todo lo que le permitiera soñar, fue en este tiempo cuando inició la costumbre de enviar cartas a la redacción de la revista ¡Hola! Estaba convencida de que alguno de los dos directores, Eduardo Sánchez Pérez o Javier Osborne, se la darían a alguien para que se la entregara al destinatario.

La primera misiva que se atrevió a enviar a la dirección de la empresa fue a la señora Rosario Conde Pacavea, ex esposa de Camilo José Cela, premio Nobel de Literatura.

Estimada Charo:
(Me permito llamarla así porque de un tiempo para
acá le he ido tomando mucho afecto.)

Permítame enviarle esta carta como prueba de mi
profunda solidaridad con usted, provocada por los
momentos que atraviesa actualmente.

Por medio de la revista ¡Hola!, desde el mes de
noviembre, me he ido enterando de cómo ha vivido la
entrega del Premio Nobel de Literatura que recientemente ha recibido su marido, Camilo José Cela. Leí
que después de más de cuarenta años de casados (tres
de noviazgo), una mañana de otoño de 1989, mientras usted le servía el desayuno, le dijo: «Charo, estoy enamorado de una joven de treinta y dos años y
me quiero ir a vivir a su lado. Pasaré (nótese, cómo
machistamente tomó él solo la decisión que mejor le
convenía) tres semanas con ella y una contigo (¿por
qué no le propuso lo contrario?) en Palma.»

Sé que usted, como de costumbre, una vez más,
aceptó el acuerdo, exclusivamente por amor, pero
nunca se imaginó que este rechazo meses después se
haría público, sobre todo cuando su marido declaró
a la prensa que no quería que usted lo acompañara
a Estocolmo a recibir el premio que durante años y
años imaginaron compartir juntos. A partir de entonces sé que usted ha estado viviendo «las horas
más amargas de su vida»; que ya hasta había comprado dos preciosos vestidos para la ocasión (uno largo,
solemne: falda plateada y chaqueta negra y plateada;
y otro corto, negro, en terciopelo con encajes de co-

lores). También me enteré de que mientras el premio Nobel de Literatura bailaba con su «compañera sentimental» en los salones del Ayuntamiento de Estocolmo, aquel 10 de diciembre, usted decidió no leer los periódicos ni ver la televisión; que ese día comió sola unas croquetas de bacalao y después fue al cine (sola) a ver *Las cosas del querer*.

Muchos espíritus planos critican el hecho de que ahora usted conceda entrevistas declarando todo lo que siente respecto al abandono y a la relación que tiene su marido con Marina Castaño. ¡Están equivocados! Ahora tiene usted pleno derecho de expresarse, de decir que durante más de cuarenta años escuchó aquello de: «Charo, un café». «Charo, la carta de Américo Castro». «Charo, ¿dónde esta mi corbata guinda?» «Charo, vuélveme a escribir a máquina estas quinientas cuartillas. Y no te quejes de mi letra minúscula, para eso tienes la lupa». «Charo, contesta el teléfono y diles que no estoy». «Charo, corre a la tintorería por mi traje azul». «Charo, sírveme más menestra de cordero». «Charo, limpia bien la casa porque hoy vienen a entrevistarme». «Charo, corrígeme las pruebas de imprenta, que ya urgen». «Charo, háblale a mi madre y dile que no iremos a cenar». «Charo, dale de comer al niño, que ya está llorando». «Charo, ¿todavía no contestas mi correspondencia?» «Charo, ¡ahora a joder! Esta noche no me voy de putas...»

Sinceramente, y con todo respeto, lo que no entiendo es cómo usted no lo dejó antes. ¿Por amor? ¿Por sumisión? ¿Por seguir estando al lado de un hombre famoso? ¿Por miedo? ¿Por su hijo? ¿Porque pensaba que sin usted él no podía vivir ni escribir? Pues ya ve, mi querida Rosario, que a pesar de sus setenta y tres años Camilo puede hasta bailar flamenco en compañía de una mujer. ¿Cómo hubiera reaccionado si usted le hubiera dicho: «Oye Camilo, estoy enamorada de un joven de treinta y dos años. Pasaré con él tres semanas y una contigo. Chao»? ¿Por qué las cosas en la vida no pasan al revés de como en realidad suceden?

Sesenta novelas le pasó usted a máquina, muchas de ellas corregidas hasta siete veces. Junto a él pasó muchas penurias económicas. A veces no tenía ni para pagar la renta. Tuvo que soportar sus malos humores, sus malas digestiones, sus depresiones, seguramente sus ronquidos, dos operaciones muy graves, sus fantasmas, sus encierros, sus frustraciones ante las hojas en blanco, sus miedos, sus vanidades, sus obsesiones por medirse constantemente las orejas… ¿No cree que es *too much* y que ahora tiene, ¡por fin!, oportunidad de vivir li-bre-men-te para usted? Se da cuenta de que va a poder ir al cine cuando quiera (¡imagínese todas las películas que se ha perdido por estar escribiendo a máquina!); va a poder visitar a sus hermanas en Madrid cuando lo desee; viajar a donde le dé la gana; disfrutar plenamente a su nieta; comer lo que se le antoje; invitar a sus amigos; ver el canal de televisión que usted quiera; ir al teatro, museos… Pero lo que me parece más importante es que va a poder escribir a máquina (directamente a la máquina, no como otras personas que, a pesar de la modernidad, no pueden dejar de escribir a mano) su propio libro, su novela. Empezar así una nueva vida a los setenta y tres años, me parece, como dicen ustedes ¡fe-no-me-nal!

En cuanto supe (en el ¡Hola! del 11 de enero de 1990) que les ha entregado el primer capítulo de su novela *Del flechazo a la boda por cariño*, me hizo mucha ilusión. ¡La felicito! Quiero decirle que me gusta su estilo, me parece llano y directo, (no como otros, que por más premios que ganen, tienen un estilo barroco y además recurren demasiado a las groserías). También me gustaron mucho las fotografías que aparecen en ese mismo número de la revista. ¡Se veía usted guapísima! De vestido de novia. A él, efectivamente, se le ven las orejas muy (demasiado) grandes.

Bueno, Charo, me despido deseándole lo mejor para el año y la década que empieza. Espero que todos sus proyectos se realicen, incluyendo el divorcio en las mejores condiciones para usted. De todo corazón, deseo que conserve la vicepresidencia de la Fundación Camilo José Cela. Sinceramente le digo que estoy segura de que su novela será un éxito. Quizá este sea el primer libro que la conducirá al próximo Premio Nobel de la Literatura…

Para terminar, deseo invitarla de vacaciones a México. Juntas podremos ir a las playas de Huatulco que, según dicen, son una maravilla. Ahí podrá olvidarse de cosas desagradables y descansar. Dele, por favor, un beso a su nieta Camila y mis saludos a su hijo.

Le envía un fuerte abrazo y toda mi solidaridad.

SOFÍA

PD. Tengo mucha curiosidad por leer ya el segundo capítulo de *Recuerdos de mi vida con Camilo José Cela.* Otra vez felicidades.

9

La curva del destino de los Grimaldi

La primera cosa que hacía Sofía cuando llegaba a la vieja casona de los abuelos era dirigirse a la habitación de la tía Guillermina y decirle: «¿Me prestas una de tus revistas donde salen las princesas y todo el mundo se ve muy feliz?» Si Mina no estaba muy ocupada atendiendo a su mamá y si estaba de «buenas», se la prestaba siempre y cuando respetara una serie de recomendaciones:

- Lavarse las manos antes de tomar la revista.
- Instalarse en una de las sillitas de la colección de mimbre que tenía Mina cerca de la ventana y, sobre todo, no estar brincoteando de un lado para el otro con la revista en la mano.
- Pasar las hojas del semanario, sin humedecer el dedo índice, muy despacio y cuidando que no se desprendieran las páginas.
- No doblar las esquinas de las hojas.
- Si deseaba señalar alguna de sus páginas en especial, apartarla con una estampita.
- Prohibido arrancar páginas.

- Jamás leerla con plumas o colores y mucho menos rayar las páginas.
- Cada vez que terminara con un ejemplar, ponerlo en su lugar.
- Nunca leer más de tres revistas por visita.

«Mira tía, finalmente sí se casó Grace Kelly con el príncipe Rainiero. Entonces, ¿ya es princesa? ¿Te das cuenta? De artista de cine, a la realeza europea», dijo Sofía totalmente incrédula y abriendo mucho sus ojos. Efectivamente en la portada se leía en grandes letras: «La boda de Rainiero III y Grace Kelly. Número extraordinario». Los novios aparecen hincados en su respectivo reclinatorio. Sofía quería ver el vestido de la novia, regalo de la Metro Goldwyn Mayer y diseñado por Helen Rose, directora del museo Metropolitan. Se fijó que tenía el cuello ligeramente levantado, que llevaba mangas largas y que era de encaje. También se fijó en que la novia tenía en las manos una pequeña Biblia y un ramo de flores blancas muy campiranas. El príncipe Rainiero estaba enfundado en un uniforme napoleónico que él mismo había diseñado.

Ese 19 de abril de 1956, justo las 9:30 de la mañana, ya estaban esperando a los novios seiscientos invitados con el arzobispo de Mónaco, en la catedral de San Nicolás. Las seis damas de honor, encabezadas por Peggy, la hermana mayor de Grace, lucían vestidos de organdil de color amarillo. Como invitados especiales habían asistido Cary Grant, Aga Khan, David Niven, Gloria Swanson, Aristóteles Onassis, Ava Gardner y todo el cuerpo diplomático. El pueblo de Mónaco le había regalado a los novios un Rolls-Royce negro y crema convertible. El banquete se llevó a cabo en el patio del Palacio de Honor.

«Tía, por favor, cuéntame cómo se conocieron Grace Kelly y el príncipe Rainiero», le gritó Sofía desde la habitación. Guillermina estaba en el cuarto contiguo muy ocupada poniéndole una inyección a su madre. «Ahorita no, niña. Más tarde», le contestó su tía con cierto nerviosismo ya que no atinaba a picar con la jeringa en el lugar exacto. Siempre le atinaba hasta el tercer piquete. Pero doña Celia ya ni se quejaba de estos piquetitos tan poco agradables, estaba muy acostumbrada al estilo personal para inyectar de su hija; lo importante era que recibiera las vitaminas que necesitaba. Una vez que le puso la inyección, le reacomodó los almohadones de la cabeza, le dio un beso en la frente y le dijo que descansara un poco antes de prender la tele para ver *Estudio Raleigh* con Pedro Vargas, se dirigió a su cuarto. Allí seguía su sobrina leyendo el ¡Hola!, el pie de una fotografía donde aparecía Grace Kelly justo en el momento de viajar a Mónaco: «¡Adiós a Nueva York…! Mientras el trasatlántico Constitution se prepara para abandonar el puerto de Nueva York, Grace Kelly permanece en cubierta, lanzando besos de despedida a su tierra natal y a los cientos de personas que fueron a despedirla en su viaje hacia el principado de Mónaco, del que pronto será un importante miembro: va acompañada por sesenta y seis personas entre amigos y familiares». Cuando Sofía vio llegar a su tía se asustó por lo concentrada que estaba en esta historia de amor. Al ver a su sobrina así de conmovida, Mina se enterneció. Se sentó a los pies de su cama y empezó a contarle cómo se habían conocido los novios: «Pues fíjate, Sofía, que el príncipe Rainiero estaba de novio con una muchacha que no podía tener familia, es decir, que no podía tener un heredero. Esto naturalmente era un impedimento para su relación. Terminó con ella. Y unos meses más tarde conoció a Grace Kelly en el Festival de Cine de Cannes, en la Costa Azul. Ella tenía veintiséis y él treinta y dos años. Entonces, a un fotógrafo de la revista *Paris Match* se le ocurrió pedirles una foto, pero juntos. En ese momento, no nada más la cámara hizo clic, sino que ellos dos también hicieron clic. Al otro día, con toda la guardia del príncipe, fueron a un pequeño zoológico que está en Mónaco. Dos días después, Grace fue a visitar los jardines del palacio Grimaldi y creo que fue allí donde el príncipe le tomó la mano a Grace por primera vez…» Esto último lo había inventado Mina, pero es que veía a su sobrina tan entusiasmada mientras escuchaba su relato que pensó que debía ponerle un poquito de sal y pimienta. «Creo que ella se la retiró de inmediato y no porque hubiera sido muy casta, porque no te olvides que las artistas de Hollywood tienen una manera de ser muy especial, sino porque se puso un poco nerviosa. Temía cometer un error de protocolo. El caso es que el príncipe le pidió su dirección en Estados Unidos para escribirle una cartita. Y así fue. Poco tiempo después, en diciembre, Rainiero visitó Estados Unidos y durante la cena de Navidad en casa de los Kelly, pidió su mano. Esa noche, el príncipe le regaló a Grace un anillo pero no de compromiso oficial, sino uno que sellara una bonita amistad. Era un anillo de esmeraldas y brillantes de doce kilates.»

Sofía no daba crédito a todo lo que le había contado Mina. Quería saber más y más. Quería saber quién era el príncipe Rainiero III; quería saber qué películas había filmado Grace Kelly y qué tan felices serían en la vida real estos príncipes que ante sus ojos parecían de mentiritas. No fue sino hasta muchos años después, y siempre gracias al ¡Hola!, cuando fue descubriendo poco a poco quién era realmente la familia Grimaldi.

Rainiero Louis Henri Maxence Bertrand Grimaldi nació el 31 de mayo de 1923. Hijo de la princesa Carlota Luisa Julieta, duquesa de Valentinois y del príncipe Pedro María Javier Antonio Melchor. Rainiero fue coronado el 12 de abril de 1950. Tenía veintisiete años. Monarca de un pequeño paraíso volcado sobre el mar, destinado a administrar los esplendores de la ruleta y el *black jack*, las chequeras de los millonarios atraídos por las complacencias fiscales y las milimétricas variaciones del bikini estival.

Rainiero estudió en Inglaterra y en Suiza. Cursó estudios de Ciencias Políticas en París. Recibió la Cruz de la Guerra y la Estrella de Bronce por sus méritos militares en la Segunda Guerra Mundial. León Blum, presidente del gobierno interino de la República Francesa, lo condecoró en 1947 con la Legión militar del Caballero de la Cruz y de Honor. Se le concedió el grado de coronel en el ejército francés. Se enamoró perdidamente de *Miss* Kelly, dicen que desde la primera cita. Muerta Grace, Rainiero nunca volvió a casarse y le guardó luto hasta el último segundo de su vida. El cuento de hadas continuó. Hasta el final.

Los Grimaldi son la familia reinante más antigua de Europa en un principado minúsculo, de apenas ciento treinta hectáreas y treinta y cinco mil habitantes. «A los Grimaldi les corresponde Mónaco, por la gracia de Dios, y de su espada». La presencia de Grace convirtió a Mónaco en un objetivo de ensueño, para los *happy few* y los *paparazzi* que los asediaban. Ella le otorgó al principado justo lo que necesitaba: inmensas «Holea-das» de *glamour*.

El día de su boda, Grace Kelly lució un vestido de encaje de ciento veinte metros (casi el tamaño del principado). Asistimos a la ceremonia —desde el sofá de la sala, tapizado en cuadritos blanco y negro— treinta millones de espectadores. La catedral estaba cubierta de flores de lis. La luna de miel fue un crucero por el Mediterráneo, en el yate personal de Rainiero, el Deo Juvante.

Rainiero, murió el 6 de abril de 2005. A los ochenta y un años. Fue el monarca europeo que gobernó durante más tiempo, cincuenta y siete años. Dispuso personalmente los detalles de su funeral. Diez soldados de la compañía de carabineros del príncipe cargaron el féretro. Los monaguescos lo despidieron con flores rosas y blancas por el camino hacia la catedral de San Nicolás. Fue un hombre sabio. Él y Grace escribieron la época dorada de un principado de ensueño.

No, Sofía no fue invitada al ritual, y eso que tenía un vestido perfecto para la ocasión, el imprescindible *petite robe noire*. O quizá la invitación no le llegó, dada la pésima calidad del correo mexicano. Y es que el correo mexicano todo se extravía en el camino, menos las facturas…

La muerte de Rainiero marca el ocaso de una época. Punto final. Sofía llamó a sus amigas, todas estaban desconsoladas. Además de ser lectoras del ¡Hola! son monárquicas. Muchas de ellas vieron a su madre suspirar por Maximiliano, por Carlota y los jardines Borda. Era su manera elitista y transgeneracional de ser románticas.

Cuando en julio de 2006 el plantón se instaló en Reforma, Sofía le contó a sus amigas el escalofrío que le provocaba imaginar «¿Qué sentiría Maximiliano de Hasburgo si viera su triunfal avenida invadida por el pueblo? Pu-e-blo. ¿Te lo imaginas? Obligado a detener su carruaje ante unas carpas de plástico llenas de anafres y camastros?» Aunque Sofía es toda adorable, habría que haberle recordado que Maximiliano pasó a mejor vida, ya hace mucho, mucho tiempo.

«Me hacen llorar muchísimo los fines de época», le había dicho Sofía a sus amigas más insensibles, refiriéndose a la muerte del viudo de Grace. Cómo lloró Sofía con *El último emperador*, no podía soportarlo. Por exagerado que parezca había noches en las que se despertaba angustiada por el destino de la zarina Anastasia.

¿Quién como Grace?

Bella entre las bellas. Más princesa, que todas las princesas. Su Alteza Serenísima Grace de Mónaco marcó el siglo XX. Reinó, antes de reinar, desde que era Grace Kelly, estrella de Hollywood. Talentosa, y bella. Con su rostro perfecto, sus *twin sweaters* de cachemira en color pastel, impecables; su eterno collar de perlas de tres hilos y su cintura minúscula. La apoteosis de la feminidad de su época. Heroína de Hitchcock y John Ford. Oscar de la Academia en 1955 por la película *The country girl.* Esposa amadísima de Rainiero de Mónaco. La primera mujer estadounidense en entrar en el *Gotha* europeo de la moda. La reina de la *haute couture,* mimada por los modistos más famosos y, en particular, por Christian Dior y su sucesor Marc Bohan. *L' américaine* que le arrebató el corazón al soltero más codiciado de Occidente, antes de arrebatárselo a sus súbditos y al mundo entero.

Por diversos ejemplares de la revista ¡Hola!, Sofía se maravilló de saber que el papá de su actriz predilecta era hijo de obreros irlandeses, espléndido boxeador y jugador de basquetbol, y que John Kelly se había casado con Margaret Majer a pesar de que no pertenecían al mismo grupo social ni tenían la misma religión. En 1925, Big Jack, como se conocía a John Kelly, le pidió a su hermano Walter un préstamo de siete mil dólares para abrir una fábrica de ladrillos. Unos años después, Big Jack se convertía en un importante industrial.

El 12 de noviembre de 1929 nació Grace Patricia. James Spada, su biógrafo, dice: «Grace Kelly fue educada según los principios inculcados por su madre. La consigna era: el triunfo de las apariencias sobre la realidad. A pesar de las constantes aventuras del padre, la señora Kelly nunca pensó en divorciarse. Antes que nada y costara lo que costara, había que mantener muy en alto la imagen de los Kelly». De toda la familia, la que más sufrió la actitud de este irlandés nuevo rico fue Grace. Por añadidura, su padre jamás escondió su preferencia por la hermana, Peggy. «La vida de la familia (tres hermanas y un hermano) transcurría en un ambiente de absoluta competencia. La competencia era para todo, pero sobre todo, para conquistar el amor de nuestro padre.»

Es ahí cuando empieza a hacer teatro, representando a Peter Pan. A los once años, Grace le dijo a su padre: «Quiero ser actriz». A lo que su padre indiferente le contestó: «Si quieres…» Su familia se opuso a que hiciera una carrera en teatro y cine; Grace y su talento se impusieron.

«Tal vez si hubiera sido hombre, me hubiera aceptado más», decía el Patito Feo de la familia Kelly, refiriéndose a la frialdad de su padre hacia ella. El Patito Feo se movía por el mundo como una aparición. «Irreal», exactamente, tal y como la describió Hitchcock. Llevaba los vestidos como guantes, con ese estilo suyo que hacía gala de la discreción, que terminaba colocándola en el centro de todas las miradas. Como reza el dicho: «El necio se cubre, el rico se decora, el elegante se viste». Grace, al vestirse, vistió a Hollywood, a Mónaco y a millones de mujeres de su época.

El día de la muerte de Grace Kelly, Sofía llamó a sus amigas. Venía de Gayosso. Se fue a lagrimear a todo lo que daba en la capilla ardiente, donde velaban a un señor desconocido. «Lloraba yo más que los deudos», les dijo. Sofía no quiso «estar sola con su dolor» y tras sollozar empujando el carrito del súper y de aullar de pena en los semáforos, decidió lanzarse a la funeraria de Sullivan, «donde te desahogas sin que nadie te juzgue». Más de dos semanas estuvo triste Sofía por la muerte de Grace. Tomó el ejemplar del ¡Hola! número 1,287, lo colocó en su buró y puso un florerito con las flores favoritas de la princesa, ¡rosas! Después de su muerte, Rainiero hizo construir un jardín entero de rosas para ella.

En la portada de ese ejemplar, que se vendió por todo el mundo, aparecía una espléndida foto de Grace Kelly y el texto rezaba: «A consecuencia de un accidente de automóvil HA MUERTO GRACIA DE MÓNACO.»

El 13 de septiembre de 1982, la princesa Gracia y su hija Estefanía volvían de pasar el fin de semana en su casa de campo de Rocagel. A pocos kilómetros de Montecarlo, el coche en el que viajaban se salió de la carretera por un barranco de cuarenta metros de profundidad. Como consecuencia de este accidente, la princesa Gracia moría un día después. La primera señal de que la princesa había muerto se produjo cuando se pudo ver colocada, en el torreón del Palacio Grimaldi, la bandera a media asta con un crespón negro.

Mientras tanto, Estefanía se recuperaba en el hospital de las heridas sufridas en el accidente, que la obligarían a llevar un collarín durante un tiempo.

La princesa tuvo un gran apoyo en Paul Belmondo (hijo de Jean Paul Belmondo), quien la visitaba todos los días en el hospital y la consolaba de las terribles pesadillas que sufría. También se rumoreó la posibilidad de que no fuese la princesa Gracia quien condujese el coche en el momento del accidente, sino su hija, de diecisiete años.

Inmediatamente se dispuso la instalación de la capilla ardiente en la sala palatina. El cuerpo de la princesa Gracia estuvo expuesto al público durante tres días y en ese tiempo Rainiero bajaba cuatro veces diarias a velar a su amada esposa. Así, terminaba con final trágico lo que había empezado como un cuento de hadas.

Se casaron y fueron felices para siempre. «Colorín, colorado este cuento se ha acabado». Cuántas veces no había escuchado Sofía que así concluían los cuentos de hadas, deteniéndose en el momento mismo del enlace. Con inefable prudencia. Si el cuento durara unas páginas más, se corría el riesgo de descubrir que las princesas podían morir de un accidente de coche; o bien que un solemne príncipe inglés tiene una amante (desgarbada, oxigenada, dientona, mayor que él, muy semejante a su madre y fea) desde antes de casarse; o que al príncipe de más alto rango en la dinastía alemana se le pasan los whiskies y confunde la vía pública con un mingitorio; o que a otro noble de minúsculo principado le gustan muchísimo las *top-models* en público, pero se rumorea que lo que no le gusta tanto, son las mujeres en privado…

Con unas páginas más agregadas a los cuentos, podría suceder que una princesita encantadora se exhibiera al sol en *topless* en las Bahamas, sufriera de bulimia o anorexia (el mal de las princesas), cayera en tentaciones sicalípticas con su indigno caballerango, o se tatuara su dinástica epidermis y posara con el cabello cortísimo, vestida de James Dean, inquietantemente andrógina, sobre una gigantesca Kawasaki.

«Y se amaron para siempre». Punto. Sería el único final perfecto para una historia de reyes y princesas. Con la consiguiente desesperación de millones de lectoras como Sofía y la bancarrota de una boyante industria editorial. ¿Qué haría Sofía sin su dosis semanal del ¡Hola!? Amanecer flaca, cansada, ojerosa y sin ilusiones. ¿Quiénes serían sus héroes y sus heroínas? ¿Cómo sabría a quién le gustaría parecerse? El éxito de las revistas del corazón reside, exactamente, en ir más lejos de ese segundo donde termina el cuento redondito de la infancia de Sofía, que la dejaba tan contenta. Tan lejos como se pueda. Allí donde la narración debería terminar —por el bien de los involucrados—, apenas comienza.

Las fortunas y sus infortunios

Durante muchos años Sofía suspiró por la fascinación que le causaba un pequeñísimo estado, que se había convertido en el centro de las miradas. La historia de amor de Grace y Rainiero había atraido más turismo y más adictos a la ruleta. Mónaco florecía de puro amor. Eso observaba embelesada. Eso le contaban. Eso agradecía que le hubieran contado. No solo de pan vive la mujer, sobre todo en su caso, porque ella vive perennemente a dieta.

Para Mónaco, desde el siglo XIX, el casino y la ruleta eran su oferta. La ópera. Después, el encanto de una familia real que ha demandado en muchas ocasiones a los medios por «el mal uso de su imagen», pero que sabe muy bien que su imagen ha sido durante décadas un negocio redondo. Sofía leyó en la revista *El País semanal* que el célebre casino de Montecarlo solo representa el cuatro por ciento de los ingresos del estado. *Whaaaaat?* El turismo un quince por ciento y la industria un diez. *¿Pero entonces de qué viven? ¿Estaremos al borde de una colecta internacional para sostener el frenético tren de vida de Sus Majestades?*

Un país de doscientas hectáreas, treinta y dos mil habitantes y sesenta bancos. La cabecita del *iceberg* se asoma. *¿Ahorrarán muchísimo los monaguescos?* No nos salen las cuentas. La investigación de *El País semanal* le habla a Sofía de «diez cuentas corrientes activas» por habitante. Rainiero, heredó Mónaco en bancarrota. Suena tan inimaginable y vulgar. *¿Rainiero de Mónaco obligado a buscarse socios? ¿A pedir prestado?* Pues sí, el príncipe del cabello entrecano forzado por la vida a sacar una lupa y buscar inversionistas que rescataran la otrora célebre *Société des Bains de Mer* que languidecía. El mar seguía en su sitio pero escaseaban los bañistas. Como cualquier empresario hijo de vecino, Rainiero, puso en venta el cincuenta por ciento de su negocio. Todo le contó *El país semanal* a Sofía en uno de sus números de octubre de 2006. *¡Qué bárbaros! ¿Pero qué necesidad? (Juan Gabriel dixit) ¡Qué falta de pudor! El ¡Hola! jamás nos sometería a verdades tan descarnadas.*

Ahora resulta que mientras Rainiero enamoraba a una reina de Hollywood, presumiéndole su yate, regalándole su anillote de compromiso y festejándola en el Waldorf Astoria, sus administradores sudaban para pagar las cuentas de tintorería de Su Alteza Serenísima. Sofía se siente desilusionada y mezquinamente resarcida. Ya estrenó los vestidos adquiridos «con el poder de su firma», ahora solo le falta deslizarse hasta el fin de mes con la esperanza de que el supuesto y optimista poder de sus garabatos «culpígenos» de compradora semicompulsiva, se mantengan sin imprevistos. *En pocas palabras: si las tuberías de mi casa tuvieran que estallar, que por piedad me esperen al mes que entra.*

Rainiero sacó su agenda de emergencias y tras tortuosas reflexiones invitó un *cognac* a Aristóteles Onassis en alguna terraza con vista al mar. Rainiero esperaba obtener un milloncito de Onassis para salvar Mónaco. Aunque el magnate naviero fuera plebeyísmo y se sonara la nariz en público. Pero parece ser que Onassis inquietaba al príncipe reinante. Había que aprovecharlo y neutralizarlo al instante. Celebrarlo un rato y después buscar la manera de mandarlo a la zona fantasma. Sin regreso. Imposible dejar el cincuenta por ciento de la *Société des Bains* en sus manos. El patrimonio y el poder de decisión de los Grimaldi estaba en juego. Rainiero, soltero, endeudado y codiciadísimo conoció en persona a Grace Kelly, la heroína de Hitchcock. *Se enamoraron ¡Insisto! Se enamoraron. ¡Me lo dijo el ¡Hola! y el ¡Hola! no miente*. De pasadita ambos intuyeron el poder de la fascinación y de la imagen. Vender lo que sea siempre implica vender sueños. Trátese de licuadoras, tapetes persas o principados. Es una verdad ineludible. *¿Quién en una vida medianamente acomodada se compraría un par de zapatos, nada más para no andar descalza? Los publicistas se toman la molestia de asegurarnos, que no compramos tacones sino fragmentos de cielo. Así caminamos las que somos totalmente Palacio...*

Mónaco vendía óperas, ruleta y mar. A partir de los cincuenta, considerablemente embellecidos por el uniforme militar de Rainiero (virilidad de virilidades) y por la belleza de su bienamada en traje de Christian Dior (feminidad de feminidades), sumado al *glamour* de los amigos de Su Muy Graciosa Majestad: estrellas de películas famosísimas. La inversión estadounidense llegó a mares. Con su porcentaje en la *Société* reducido al mínimo, Ari fue invitado a pasar a mejor vida. Es probable que se haya enojado muchísimo y que, a pesar de su sociedad con Rainiero, él siguiera sonándose la nariz en público. Los Grimaldi retomaron el poder. Grace y sus maravillosos bebés eran un producto inestimable. Pensar en Mónaco era pensar en la loca fantasía de tropezarte en una esquina con los grandes de Hollywood, estacionando personalmente el Jaguar, desayunándo *brioches* con mermelada de pétalos de rosa y bebiendo mimosas a las diez de la mañana sin marearse. En por lo menos cinco idiomas distintos. Estaban en todas las revistas del corazón. En Mónaco la *jet set* consumía paletas de frutas exóticas caminando por cualquier banqueta. Casi como si fueran seres humanos.

Oh, my God!, exclamó Sofía. La otra historia corría. Silenciada y paralela: el principado como un paraíso fiscal, a tal grado que los franceses se precipitaban en abrir sus cuentas en el vecindario (Mónaco) en lugar de en su país, bastante más requisitoso. El estado francés hacía unos entripados espeluznantes. La complacencia monaguesca los hacía perder millones. El reportaje todavía le contó más a Sofía, que Charles de Gaulle y Rainiero tuvieron enfrentamientos apoteósicos. El general exigía que los súbditos de Mónaco pagaran sus impuestos en Francia. Rainiero le ganó al general. *¿Se habrá convertido Mónaco en una especie de Islas Caimán con fuegos de artificio, princesas y palacio incluidos?*

Cuando la desgracia llega, dedicamos horas a cuestionarnos sui géneris; cuando la felicidad aterriza en nuestras vidas, nadie se pregunta de dónde viene. A Mónaco y a sus bancos les sucedió lo mismo, pero con las monedas y los billetes. Muy comprensible y muy dudoso, «Quiero que la ética sea el valor central de mi reinado», declaró el príncipe. ¿A qué se referiría? Más allá de sus retoños, ya oficialmente reconocidos. ¿A la procedencia del dinero que guardan celosamente los bancos de Mónaco? El asunto se murmuraba y se silenciaba según las épocas. El tema subía y bajaba, como en montaña rusa. Tras el duelo de Rainiero, la cuestión surgió nuevamente. ¿Cuál es la relación entre la prosperidad del principado y el lavado de dinero? ¿Cuántos delitos se esconden tras el brillo y la abundancia de las callejuelas que dan al mar? Los franceses piden que Mónaco se someta a las normas internacionales, que implican a todos los países para combatir el tráfico de dinero mal habido.

Sofía pensaba en tantos políticos mexicanos que andan esparciendo sus ahorritos por el mundo. *¿Cuántos de ellos girarán cheques de cuentas en bancos de Mónaco? A la familia de Carlos Salinas de Gortari le gustaba mucho Suiza y no precisamente por el* fondue*... ¿Aterriza en Mónaco dinero del erario mexicano? ¿De cuántos erarios más? ¿Toma el sol en sus costas el dinero de la droga?*

Alberto de Mónaco está en problemas. ¿Qué tan honesto es ser honesto? El principado dejó atrás sus años gloriosos. Escándalos en la familia Grimaldi hay y son todavía suculentos pero, ¿bastarán para sostener un país con tan altos niveles de vida? Parece que no quedan demasiados sueños por vender. Carolina seguirá asistiendo a las óperas, pidiendo disculpas por los desmanes de su marido, jugando el papel de *first lady* junto a su hermano soltero, tomando un aire cada vez más resignado. Estefanía difícilmente puede ya ofrecer más escándalos; a menos que se enamore de un cardenal de lo más granado del

Vaticano y que el santo varón abandone los hábitos por ella. Sus historias comienzan a repetirse.

¿Con quién podría casarse Alberto que levante estampidas de turistas rumbo a Mónaco? Sofía se rompe la cabeza y no logra imaginarlo. Los Grimaldi han transgredido las reglas de la nobleza como molinos de viento. ¿Qué sigue? ¿Quizá el matrimonio de Alberto con un descendiente en línea directa del zar Nicolás y la zarina Alejandra? ¿O con un sobrino remoto de María Antonieta? Sofía perdió su *botin mondain* para buscarle un novio digno de su postmoderna investidura. *Los sueños, ya no son lo que eran.* Rainiero pudo combinar en sí mismo a un hombre de negocios, a un soberano y a un príncipe azulísimo. *Très bleu. Very blue.* A Alberto le queda ser un hombre de negocios. *¡Devuélvanme al Mónaco de mis fantasías!* Clama Sofía, la más fiel de las lectoras del ¡Hola! El *rocher* fastuoso donde lo superchic era no hablar de millones, porque se daban por hecho. *¿Lavado de dinero?* Sofía podría desmayarse. ¡Sus sales! *¿Dónde están mis sales?*

Era tan bello lo que fue bello. *A tu salud Grace.* Sofía se sirve una copa de mimosa, frente al espejo y hace como si estuviera ante la princesa de Mónaco. Su mimosa tiene más *champagne* que jugo de naranja. Solo están ella y Grace. De mujer a mujer. *A la memoria de tus películas y de la interminable cola de tu traje de novia. A la memoria de tu cuento de hadas. A la memoria de las románticas lectoras del ¡Hola! que desearían seguir siéndolo toda su vida. ¿Lavado de dinero? Puros chismes... Qué bueno que ya no estás obligada a verlo. ¿Del paraíso de las pasiones, al paraíso fiscal? ¡Qué barbaridad! ¿La decadencia? Definitivamente, Grace, ¡ya no hay moral! Hip... Hip... Creo que estoy borrachita... No... estoy des-ho-la-da... Ya no creo en mi ¡Hola!*

Alberto y sus hermanas

Los personajes más fotografiados del ¡Hola!, sin duda, eran los tres hijos de la princesa Grace y el príncipe Rainiero de Mónaco: Carolina, Alberto y Estefanía. Los tres cuentan con una historia personal digna de ser narrada en uno de los programas mexicanos de mayor *raiting: Casos de la vida real*, que en lo que se refiere a los Grimaldi, bien se podría decir: *Casos de la Vida Real*.

Sí. La vida de cada uno de ellos resulta como de telenovela postmoderna de Primer Mundo. Sin exagerar, se podría decir que semana a semana los lectores del ¡Hola! sienten el alma en un hilo por todo lo que les sucede a cada uno de ellos. No hay que olvidar que las Holíticas supimos de ellos gracias a nuestra revista, desde que eran recién nacidos. De ahí que sintamos un genuino afecto, pero sobre todo interés por lo que les pueda suceder o dejar de suceder. Siendo de personalidades tan distintas, los tres comparten una misma pena: la desaparición tan temprana de su madre. Empecemos por el único varón y sin duda el consentido de la princesa Grace.

Su Alteza Serenísima, Alberto Alejandro Luis Pedro Grimaldi, príncipe soberano de Mónaco, nació el 14 de marzo de 1958. Desde que llegó a este mundo ya era peloncito pero, sobre todo, solemne; casi nunca sonreía. Dicen que la música escuchada en el momento de la concepción, determina el temperamento del bebé. Quizá fue concebido con un fondo musical de marchas militares o de cantos gregorianos y por eso lo tiesecito.

Antes de príncipe soberano fue marqués de Baux y príncipe heredero. Durante lustros —hasta sus más recientes escándalos—, su principal atractivo público consistió en no casarse y mantener así el alma del principado en vilo. ¿Se reproducirá? ¿No se reproducirá?

El destino de los reales espermatozoides de su Alteza Serenísima Alberto II era todo un tema. ¿Qué sería de la sucesión al trono si él no sentaba cabeza? El ¡Hola! escudriñaba su vida, intentando adivinar ante cada *date* si la espectacular belleza en turno era digna de sustituir a Grace en la presidencia del *Garden Club*. Desesperado o resignado, Rainiero modificó en el año 2002 las leyes de Mónaco que impedían el acceso al trono de una heredera (en femenino). Ahora, si Alberto abdica o muere sin descendencia legítima (concebida dentro de un matrimonio civil y católico), Carolina subirá al trono.

No terminaba Sofía de llorar a Rainiero cuando estalló el escándalo de Alberto y su descendencia ilegítima. Dos hijos. Más los que se vayan acumulando. Concebidos *¡Fuera de la ley!,* como exclamó Sofía muy escandalizada, y concluyó: *¡Sobre el cuerpo aún tibio de su augusto padre!* Calculó bien sus tiempos la supuesta madre, Nicole Coste… ¡Muerto el rey, aparecen los nietecitos! *Paris Match* se llevó las primicias de la madre dolida y declarante. Nicole Coste tardó en hablar, pero luego ya no hubo quien la callara. El príncipe Alberto demandó a la revista por su indiscreción y ganó el pleito; *Paris Match* fue condenada por la justicia francesa a pagar cincuenta mil euros a Alberto Grimaldi (¡la víctima asediada!), por atentar contra la vida privada y el derecho a la imagen del príncipe. Claro, el señor juez lo dijo un poquito más rimbombante.

El hijo secreto del príncipe Alberto. *¡Electroshock!* El nieto monaguesco-togolés de sus difuntas majestades Rainiero y Grace. ¿Cómo podrían descansar en paz con esa pasión que tienen sus retoños por reproducirse fuera del matrimonio? ¡Con lo espectacular que había sido la boda de Grace! Tal como Dios manda.

Como todos sabemos, pero curiosamente nadie especifica, quizá por temor a no ser políticamente correcto, el pequeño Alexandre es el primer descendiente *au chocolat* de los fastuosos setecientos años de la dinastía Grimaldi. Esta situación en lugar de preocuparle a Sofía, la encontró muy práctica: «Si te fijas, el hijo de Alberto ya no necesitará pasarse horas bajo el sol de Biarritz. El principado se ahorrará miles de euros en bronceadores. Mejorarán de manera fulgurante las relaciones entre Mónaco y los países africanos, y todos los reyes *au chocolat* querrán depositar sus fortunas en los bancos del principado», le decía a su tía Mina.

Nicole Coste transitaba un proceso de separación con su palurdo cónyuge (anónimo y paupérrimo) cuando conoció al noble Alberto (famoso y rico) en un vuelo París-Niza, el 13 de julio de 1997. La pasión fue mutua e instantánea. *Bien sûr.* Y una noche (¿o sería de mañana?), a pesar del diafragma y las pastillas anticonceptivas y la fórmula de la píldora de emergencia del día siguiente que sin duda alguna Nicole se empeñó en usar, la concepción tuvo lugar: Alexandre Eric Stéphane nació el 24 de agosto de 2003 en París.

Del otro lado del Atlántico, el *New York Times* se interesó en la sucesión monegasca, sin dejar de recordar que la madre de Rainiero era el fruto de los amores del príncipe Luis II con una lavandera norteafricana. Cuando Luis II se dio cuenta de que no podía tener descendencia con su esposa, y que esto le costaría la soberanía de su país, decidió reconocer a su hija ilegítima, Carlota, que había tenido con una lavandera (las malas lenguas decían que con una cabaretera de Montparnasse),

Marie-Juliette Louvet, a la que conoció en Constantina, Argelia, cuando él servía en el ejército francés. Obligado por las circunstancias, nombró heredera a su hija. La casó con el conde Pedro de Polignac de la Torre, según algunos historiadores, un cazafortunas descendiente de una distinguida y antigua familia de Auvernia. Pedro aceptó cambiarse el nombre a Grimaldi y adoptar el título de príncipe consorte Pedro de Mónaco.

Lo que ningún periódico del extranjero publicó fue el parentesco que el príncipe Alberto tiene con su familia mexicana y que a continuación recordamos. El príncipe Pedro era hijo de Maxence de Polignac y de Susana de la Torre y Mier. Por eso los apellidos de Rainiero son Grimaldi, Polignac, Louvet y de la Torre. Este último pertenece al bisabuelo, Isidoro de la Torre Gil, nacido en Cádiz. Se supone que ante la invasión de las tropas napoleónicas, la familia de la Torre hizo sus maletas y se vino a México. Una vez aquí, Isidoro se convirtió en un rico comerciante y se casó con Luisa de Mier y Terán y Celis, hija del acaudalado Gregorio de Mier y Terán; el Rothschild mexicano, de la linajuda familia santanderina de los Mier y Terán y de doña María de Celis. Isidoro de la Torre y Luisa de Mier y Terán y Celis tuvieron varios hijos. La primogénita, Susana, se casó en 1867 con el conde Maxence de Polignac (los abuelos de Rainiero), que se encontraba en México haciendo negocios debido a sus contactos en el gobierno de Maximiliano de Austria. Los demás hijos fueron: Isidoro, Tomás, Concepción, Esperanza e Ignacio, al que casaron con Amanda Díaz, hija del presidente Porfirio Díaz. Maxence y Susana fueron los padres de Pedro de Polignac, el padre de Rainiero (no hay que olvidar que Polignac se cambió el nombre a Grimaldi.)

Así como seguían los rumores, se acrecentaban las dudas. Finalmente hicieron la prueba de ADN en Suiza, lugar conocido por su eficacia. Allí no falla nada. Alexandre *du* Togo, es sangre de la sangre de Alberto de Mónaco. El príncipe reconoció su paternidad. ¿Resignado? ¿Feliz? Firmó un acta y solo le suplicó a su aérea ex *lover* que el asuntillo no se hiciera público, para evitarle un disgusto al *pater familias* de Mónaco. Rainiero nunca conoció a este nieto que ya no era secreto.

Pero «uno no es ninguno» para los ímpetus de Alberto, el campeón olímpico. La duda corroe a las lectoras del ¡Hola!, especialmente a Sofía, ¿Su Majestad hace el amor con sobrehumana frecuencia? ¿O sus encuentros son escasos, pero certeros? ¿Loco pasional? O como dirían en los pueblos, «de a tiro por viaje». Después del pequeño monaguesco-togolés, salía del clóset de la historia que el príncipe estaba forzado a asumir una segunda paternidad, de forma inminente, según declararon sus abogados.

El príncipe Alberto II de Mónaco reconoció oficialmente la paternidad de Jazmin Grace Rotolo, adolescente de catorce años, estadounidense y que vive en Palm Springs, California. Jazmin fue fruto de la relación del príncipe con Tamara Rotolo, una camarera. No una diputada elegida por el voto popular para representar al pueblo en la Cámara ¡No se vaya usted a confundir! Sino una señora que hace las recámaras y tiende las camas. Jazmin pasa a ser la primogénita pública del soberano.

Jazmin Grace continuará sus estudios en California, pero vacacionará en Montecarlo. Va a confundir Montecarlo con Disneylandia, la pobre niña, en las dos hay castillitos de colores… Y cuando Sofía se enteró de todo lo anterior, se puso a fantasear: *Bueno y si Jazmin y su mami se mudaran a Mónaco en el futuro, podrían abrir un Bur-*

guer King en la rue Grimaldi, junto a la boutique *de Estefanía. Sería un éxito. Obsequiarían las mismas coronas de cartón doraditas que han hecho el éxito de los Burguer King* all around the world... *Eso sí, estas con la foto de Rainiero y Grace impresa. In memoriam. La canastita* Happy Meal *vendría con una colección de muñequitos de plástico de la familia real, incluidos los integrantes de breve estancia, como Philippe Junot, Ducruet, Naomi Campbell, Belmondo y los cirqueros de Estefanía.»*

«La casa Grimaldi solo considera como descendientes oficiales con derechos dinásticos a los hijos de matrimonios católicos». Cuando estaba de vacaciones, la camarera conoció a un príncipe. Como diría Sofi, la hija adolescente de Sofía: «se cuchiplancharon». Y ahí está el resultado de los paquetes de viajes hipereconómicos. El mezcladero de clases indiscriminado.

El príncipe anunció durante su coronación que la transparencia sería la regla de su reinado. Qué inquietante buena voluntad ¿Y como qué más irá a transparentar? Larga es su lista de mujeres espectaculares, con las cuales no hay manera de que se reproduzca. Curioso. Se vale que Carolina se haya casado con un *playboy* como Philippe Junot. Se vale que en el periodo inmediato a su viudez, se consolara en los brazos del actor francés Vincent Lindon y que su actual marido beba como un cosaco descosido. Se vale que Estefanía tenga dos hijos con un guardaespaldas y una hija de un «padre misterioso», intuido mas no confirmado. Pero, ¿se valdría que el príncipe Alberto saliera del clóset si ese fuera el caso? ¿Por qué esas extravagancias reproductivas? Secretas. Ilegítimas. ¿Será que un secreto a guardar, como sus paternidades, oculta a su vez otro secreto a guardar, que a él le parece bastante más grave?

Los monaguescos no ceden en sus expectativas de ver un día casado a su príncipe. Debe ser una presión infernal para un soberano sin urgencias nupciales. Alberto se acerca a los cincuenta y aún sigue soltero. Supongamos que Su Alteza es gay. Tiene a la mano una manera rotunda y eficaz de complacer a sus súbditos: que en Mónaco se acepte la propuesta francesa de los PACS (que en México se llaman Sociedades de Convivencia). El príncipe estaría en condiciones de contraer matrimonio civil con su pareja masculina. Casi todos complacidos. Seguiría el ejemplo de su padre. *¿Acaso no fue Rainiero un hombre de vanguardia al casarse en 1957 con una actriz de Hollywood, bellísima y rica, pero plebeya?*, se pregunta Sofía. *Una actriz, que se había besado en la pantalla con otros hombres ante millones de espectadores. Una américaine, cuyo padre se dedicaba a la inmobiliaria. Cada quien revoluciona, según las reglas de su época. El siglo XXI llama a transgresiones muy distintas. A nadie le impresionaría a estas alturas que Alberto se casara con una modelo o una actriz, aunque fuera Madonna.En cambio, sería fascinante observar al príncipe Alberto junto a su príncipe consorte, presidiendo las galas de la Cruz Roja.*

No hay duda, nuestro ¡Hola! es conservador, pero respetuoso y justo. ¿Les ofrecería la portada? «Emotiva ceremonia civil». «El príncipe reinante y el... ¿campeón de tenis? ¿Campeón de carreras? ¿El modelo de Gucci? ¿O de *chez* Gaultier?» «El tradicional atuendo militar del príncipe contrastaba con el corte gótico *hipercool* del atavío del hombre al que ama». «El novio portaba el uniforme de la Real Armada Monaguesca; el novio del novio vestía una *redingote* negra de Armani». Tan *fashion* siglos de sangre azul los contemplan.

Circularían invitaciones con filos de oro, entre lo más granado de la *jet set* internacional. Con una frase final antes del *RSVP* «Su Alteza Serenísima anuncia que por el momento, no habrá ceremonia religiosa». ¡Por el momento! ¿No sería exquisito? El arzobispo de Mónaco se negaría a declarar ante los medios, pero bebería su copita de *champagne* en el convivio. La realeza en pleno se daría cita, incluida la reina de Inglaterra. Todos asisten para no pasar por homófobos, aunque lo sean. Pasada la medianoche, entre los fuegos de artificio, los súbditos monaguescos ovacionan a sus príncipes quienes los saludan desde el balcón del antiguo palacio de Rainiero y Grace.

Carolina

El nacimiento de Caroline Louise Marguerite, fue anunciado con 21 cañonazos. Por alguna extravagante razón, la princesa vio la luz en una biblioteca transformada en sala de partos. No sabemos si a lo largo de la vida se convirtió en una gran lectora. No da la impresión. A la princesa le ha sido todo tan difícil, que nos ponemos a pensar si por una desafortunada casualidad el pediatra, al revisarla, no la habría colocado demasiado cerca de la sección «Tragedia griega». Nos preguntamos si este tipo de accidentes bibliográficos pueden marcar toda una vida.

Desde los cinco años de la primogénita de Mónaco, su madre le leía el almanaque de *Gotha*, buscando un marido digno de ella. Cuentan que Grace soñaba con Carlos de Inglaterra. Entre un destino y otro destino, difícil saber cuál habría estado peor. A esa misma edad, la princesa ya se ataviaba en Givenchy. Educada en la escuela pública St. Mary's Ascot, *boring but dutiful*, habla francés, inglés, español, alemán e italiano. Presentó el *baccalauréat* en 1974 con *mention*. Fue una adolescente que parecía demasiado rebelde para las reglas estrictas de su medio. Todavía nos faltaba ver en acción a su hermana para concluir que Carolina era ejemplar.

De Carlos de Inglaterra nada. La princesa Carolina frecuentaba más las discotecas de moda que los bailes alcanforados y sublimes de la nobleza. Se recibió en Filosofía en la Sorbona. Se dice que pasó por el Instituto de Estudios Políticos de París. No sabemos si seis meses o tres días, como que no tiene pinta de un espíritu de sacrificio doctorante. Contempló la posibilidad de trabajar con niños con problemas, pero le gustaba más París *by night* que la Biblioteca Nacional. En esas aventuras se tropezó con un banquero y *playboy* francés, Philippe Junot, nacido en 1940, mayor que ella y aparentemente con mucho carácter. Se casó con él en boda civil y religiosa el 29 de junio de 1978. Estuvieron presentes los amigos de Hollywood de su mamá Gregory Peck y Frank Sinatra. El matrimonio duró veintiocho meses. Tal y como dicen que Grace lo había augurado. Se divorció en 1980.

A la muerte de su madre en ese horrible accidente de carretera, Carolina tuvo que asumir el papel de *first lady* de Mónaco como compañera de su padre en las ceremonias oficiales. Pero, afortunadamente, el corazón seguía en su sitio. Conoció a Stefano Casiraghi en la penumbra cómplice de una discoteca de Montecarlo. El matrimonio religioso anterior de Carolina no había recibido aún la anulación del Vaticano, por lo que Carolina y Stefano se casaron el 29 de diciembre de 1983 en una ceremonia civil *express* de apenas quince minutos.

Los rumores circulaban. La boda fue anunciada diez días antes. Las pésimas lenguas —que nunca faltan— insinuaron que Carolina podía estar embarazada. *¡Calumnia!*, se dijo Sofía. *No comprenden las inminencias del amor.* En junio de 1984 nació el primer hijo de Carolina de Mónaco: Andrea Albert Pierre Casiraghi. Para haber nacido de solo seis meses de embarazo, *il bimbo de la principessa* lucía muy rozagante. El bebé se llamó Andrea, en memoria de un amigo de su padre muerto en un accidente. ¿Premoniciones?

Charlotte Marie Pomeline Casiraghi nació el 3 de agosto de 1986 y Pierre Rainier Stefano Casiraghi el 5 de septiembre de 1987. Los hijos de Carolina y Stefano fueron reconocidos legítimos para la Iglesia católica, a pesar de haber nacido de un matrimonio solo civil, por decisión del Papa Juan Pablo II, en documento rendido público en abril de 1993 y confirmado en 1994.

Finalmente llegó la anulación del primer matrimonio de Carolina pero la boda con Stefano no llegó a realizarse. En octubre de 1990 Stefano, de treinta años, se mató en un accidente. Los chismes se desataron ¿Eran tan felices como se veían en las fotografías del ¡Hola!? Corrieron rumores de que Stefano tenía una amante y de que quizá había sido un poco manga ancha con parte de la fortuna de su esposa. La maledicencia llegó al punto de que se insinuó que la princesa —tras la muerte de su esposo— tuvo que empeñar alguna de sus joyas *¡¿Carolina Grimaldi rumbo al Monte Pío?!* *¡Imposible!*, se contestó Sofía.

Los vehículos motorizados de Stefano fueron inmediatamente puestos en venta. Un Ferrari y un Rolls Royce, entre otros. Agobiada, no sabemos si por las deudas, pero es probable que por la tristeza y los *paparazzi*, Carolina se mudó con sus hijos a un lindo y bucólico pueblecito del sur de Francia: Saint Remy, hasta donde viajaba el actor Vincent Lindon para consolarla. ¿Quién no recuerda el muro de piedra de la casa de la viuda? Como si las paredes parafrasearan el dicho: «Encerrada a piedra y lodo». En algún momento se le cayó el pelo y comenzó a usar pañuelos al estilo paliacate.

Apareció en escena Ernst August von Hannover, heredero principal de la casa de Hannover, multimillonario, casi tan noble sino más que Carlos de Inglaterra, del que es pariente. Lo conoció en una fiesta de cumpleaños en Londres y siguieron conociéndose en una escapadita a Tailandia y Burma. Después, fueron a admirar los animalitos salvajes que corren libres y exóticos en Kenia. El mundo entero miraba las fotos del discreto romance de la adorable viuda en el ¡Hola! Ya no se veía tan afectada por el dolor.

Ernst tenía un problema: estaba casado con una suiza, madre de sus dos hijos, Chantal Hochuli, de la cual se divorció tras dieciséis años de matrimonio. Después de las vibrantes escenas de mingitorios y puñetazos del príncipe de Hannover, una se imagina lo agradecida que la rica heredera de los chocolates suizos debe estar con Carolina por habérselo llevado… Más bien, quitado. Las dos señoras Hannover, (*before and after*) fueron amigas hasta que Carolina se excedió en afectos y atenciones con su marido. La casa del modisto Karl Lagerfeld fue el nido del amor secreto de la feliz pareja.

Carolina se quedó embarazada, ¿sobre los tapetes persas de Lagerfeld? ¿O cambiaron los muebles? En enero de 1999 finalmente los príncipes se casaron y a los seis meses, en julio de 1999, nació Alexandra. Con su matrimonio, Carolina ascendió simbólicamente en los escalones de la sangre azul y los títulos nobiliarios, aunque Ernst nunca va a reinar en ningún lado, él es *Royal Highness* mientras que los Grimaldi solo son *Altesse Sérénissime*.

En el año 2004, la princesa ganó un juicio en la Corte Europea de Derechos Humanos que condenaba a Alemania por faltas de respeto a su derecho a la vida privada. Los siete jueces decidieron prohibir la publicación en ese país de fotografías (¿también las del ¡Hola!?) que mostraran a la princesa en escenas de su vida privada. Nos imaginamos que el deseo de la princesa no era evitar que la tomaran a ella comprándose un cepillo de dientes, sino controlar, de alguna manera, si no los exabruptos de su marido, al menos que no se hicieran públicos.

El primo de la reina de Inglaterra llegó más que ebrio a un restaurante japonés en Londres entre risas y palabras soeces. Ha estado en el hospital de Montecarlo en estado comatoso por el exceso de bebida. Y, curiosamente, su escándalo más comentado no ha sido que le rompiera una cabeza a alguien, sino su célebre desahogo urinario al lado del pabellón del gobierno turco durante una feria en Hannover. Hasta donde sabemos no hubo ruptura de relaciones entre Turquía y Alemania.

Carolina fue nombrada en 1979 presidenta del Comité Nacional Monaguesco para el Año Internacional del Niño. Fundó en 1981 la asociación *Jeune, j'écoute*, un teléfono de auxilio para jóvenes deprimidos. En su papel de *first lady* preside el *Garden Club* de Mónaco, la fundación *Princesse Grace* y el comité de organización del Festival de las Artes de Montecarlo. En 1985 creó la Compañía de Ballet de Montecarlo.

Estefanía

Stéphanie Marie Elisabeth Grimaldi nació el 1 de febrero de 1965 en Mónaco. La princesita *sauvage* y feromónica. *L'enfant terrible* de Mónaco. *The Royal Rebel*. Por abundantes razones el príncipe la desheredó, otorgándole una renta mensual vitalicia. «No me veo a mí misma como una rebelde», suele declarar ella sin pestañear. «Por supuesto, todo depende de lo que se considere normal. Lo más importante es sentirse feliz con lo que una misma decide». Su Alteza Para Nada Serenísima.

Estudió un bachillerato literario y se lanzó al mundo de la moda *chez* Dior en el equipo de Marc Bohan. La experiencia duró un año, después del cual lanzó su propia marca de trajes de baño Pool Position y un perfume. En 1986 abrió un café en la calle Grimaldi de Mónaco y una *boutique* especializada en *blue jeans*. Se ocupa del *Centre de Jeunesse Princesse Stéphanie* y preside —desde la muerte de su padre— el Festival de Circo y de la Magia, de Mónaco. La historia amorosa de la princesa ha probado —como sabemos gracias al ¡Hola! —, que su nombramiento al frente de las celebraciones circenses es muy pertinente. Es una excelente interlocutora de trapecistas, domadores de elefantes y hombres bala.

En 1986 se lanzó como cantante con una canción de Romano Musummara: *Ouragan* que la coloca en el *hit parade* y cuya letra es un himno a su mismísima vida de princesa huracanada: «*Comme un ouragan / la tempête en moi /a balayé le passé, / Allumé le vice. C'est un incendie /Qu'on ne peut plus arrêter*». No es que las letras sean inspiradísimas, pero Estefanía —a su corta edad— canturreaba temas de vicios encendidos, y de incendios que no se detienen.

A los diecisiete años, tras el accidente que sufrió junto a su madre, fue encontrada en el asiento de copiloto con múltiples fracturas. La princesa Grace estaba moribunda. En una entrevista en el *Paris Match* en 2002, veinte años después, insistió en que a pesar de todos los

rumores era su madre quien conducía el día del accidente: «Yo no estaba manejando, eso está claro. Intentó hacer funcionar el freno de mano [...] ¿Quizá confundió
mi mamá el acelerador con el pedal del freno? No lo sé.
Pero yo no estaba manejando». Se negó a decir de qué
estaban conversando.

Los rumores decían que tal vez chocaron porque la
princesa Grace se distrajo muy contrariada por la decisión de Estefanía de casarse con Paul Belmondo. La
princesa Grace murió de una hemorragia cerebral. Ya
no tuvo tiempo de constatar que Belmondo era un partidazo comparado con lo que vino después: el matrimonio de Estefanía con su guardaespaldas.

Daniel Ducruet, alto, fornido y de vulgaridad noto-
ria, viene de una familia de emigrantes italianos instala-
dos en el sur de Francia. Su padre se llama Henry y es
un modesto artesano y su madre, Maguy, es ama de casa.
Daniel cursó un año en la Universidad de Niza y tiene
un próspero changarro de mariscos. Cuando se desató
la pasión entre La Dama y el Vagabundo, la ex mujer de
Ducruet estaba en el sexto mes de embarazo. La princesita *sauvage* no se dio por enterada. ¡Si tan solo hubiera
leído el ¡Hola!! ¡Todas conocíamos ese embarazo! Sofía, con muchísimo gusto, le hubiera aconsejado: «Pero
Estefanía, *ma petite,* Daniel no solamente es horroroso,
analfabeto y pobretón, *et en plus il fait vraiment plouc,*
además, ¡no es un hombre libre!»

Louis, el primer hijo de Estefanía, nació en 1992 y
Pauline, en 1994. Dicen que el príncipe Rainiero levantó hasta la estridencia su real y siempre mesurada voz
de barítono. Dos niños después, la princesa y su plebe-
yo concubino y padre de los susodichos recibieron un
permiso especial para realizar un matrimonio civil. El

elegido firmó un acuerdo prenupcial mediante el cual renunciaba a los derechos de custodia de sus hijos y se comprometía a aprender el protocolo real. Ducruet se mostró de muy lento aprendizaje.

El *bodyguard* no supo ser guardián ni de su propio cuerpo. El protocolo no preveía —ni en la parte de la letra chiquita— que el marido de la princesa de Mónaco se exhibiera en desmanes (y despiés) de corte inconfundiblemente erótico con la *Miss Nude Belgique*, cuyo oficio, como su nombre lo dice, era contonearse —rítmicamente— tal y como fue traída al mundo. Sin recato, ni parsimonia, ni pudor. La cabra tira al monte. En este caso, al monte Venus. Después de quince meses de matrimonio, se divorciaron en 1996.

Acostumbrada a los brazos musculosos de un primer guardaespaldas, Estefanía tuvo a bien conseguirse el siguiente: Jean Raymond Gottlieb, supuesto padre biológico de su tercera hija, Camille Marie Kelly, nacida en 1998. Cuando la niña nació, sus padres ya estaban separados. Estefanía no quiso hacer oficial la paternidad de Gottlieb. En el año 2001, la princesa emocionalmente saltimbanqui inició un *affaire* con Franco Knie, propietario del Circo Knie y especialista entrenador de elefantes. Esa no fue su peor extravagancia: el entrenador de animalitos estaba casado. ¿Será una casualidad? ¿O la princesita es particularmente talentosa *pour le ménage à trois*? Estefanía, fiel a sí misma, llevó su amor hasta las penúltimas consecuencias, mudándose a vivir con su prole a una caravana. Un año después del carromato compartido, los amantes se separaron.

En el 2003, Estefanía se casó en una ceremonia privada en Suiza con Adans López Peres, de oficio también cirquero. Por lo menos no era adúltero. López es acróbata también del Circo Knie, que ya había arropado la anterior pasión de Estefanía. Todo quedó en familia.

Setecientos años de dinastía Grimaldi para que un adusto anunciador de cenas de gala choque su bastón contra el piso y declame: «Su Alteza Serenísima Stéphanie Lopéz Peres». No es que discriminemos a nadie por sus apellidos, solo que los López (¿Quién es el señor López? pudo haberse preguntado el príncipe Rainiero, tal como se lo preguntaban los panistas) y los Pérez han sido —en España y América Latina— excesivamente prolíficos. Bien podría él haber tenido la consideración de cambiarse el apellido antes del matrimonio. Pero hay hombres así, muy poco acomedidos. Pues feliz Estefanía en su casita con ruedas, más nómada que nunca, instalada en las inmediaciones de Ginebra.

Estefanía es presidenta de la asociación *Fight Aids Monaco*. «Pienso que es mi deber de mujer y de madre de familia [...] luchar con todas mis fuerzas y toda mi energía contra esta pandemia». La princesa volvió a las cantadas grabando en un disco con el grupo francés Kyo, la canción *L'or de nos vies* como parte de su lucha contra el sida. Su hermano Alberto la condecoró en 2005 con la medalla de *Commandeur de l' Ordre de Saint Charles*, la más alta distinción monaguesca, por su compromiso con los enfermos. «A pesar de que soy una princesa, por encima de todo, soy un ser humano.»

10

¡Adiós! al ¡Hola! en Cuba

Qué tristeza sintió Sofía cuando se enteró, a fines de 1998, que habían desaparecido de todas las recepciones de los hoteles de lujo y de algunas tiendas de correos de La Habana la revista ¡Hola! «Su banalidad y espíritu consumista» resultaban totalmente incompatibles con el espíritu de la Revolución Cubana.

«¿Y ahora, qué hará la amiga de Nina?», se preguntó Sofía preocupadísima. Gracias al envío del dólares de familiares que vivían en Estados Unidos, muchas lectoras, sobre todo las privilegiadas, solían recibir las revistas de corazón. Entonces la compraban por la libre en algunos establecimientos para turistas por 5.40 dólares. (El salario de un obrero cubano es aproximadamente de doscientos pesos mensuales, equivalente a diez dólares según el cambio oficial). Por su parte, la amiga de Nina, la adquiría ya fuera en estos establecimientos o bien porque Sofía se la enviaba por medio de amistades que visitaban La Habana.

Cuando estos envíos se hacían muy espaciados, con el poquito dinero que alcanzaba ahorrar, la amiga de Nina rentaba su ejemplar en un banco de ¡Holas! Era un negocio muy pequeño que alquilaba, a precios muy módicos, números atrasados.

De hecho, ese año, no nada más había desaparecido el ¡Hola! de la isla, sino que también habían dejado de venderse *Buenhogar, Vanidades y Cosmopolitan.* No obstante la revista *Elle,* en versión francesa, sí continuó en la isla. Jamás se supo la verdadera razón por la cual se había prohibido la venta de todas las demás.

Dice el diario *El País*[1] que «La gerencia de World Service Publications (WSP), la empresa cubana que se encarga de comprar y comercializar en la isla la prensa extranjera, se limitó a decir a este diario que se trataba de "una suspensión temporal" de las ventas, pero sin alegar razones de tipo ideológico o político para justificar la prohibición. Simplemente WSP, que también distribuía antes las novelas de Corín Tellado, desde hace quince días no compra más revistas en España y en México para venderlas en los hoteles de La Habana.»

Por su parte la publicación *Juventud rebelde* trató de ofrecer una explicación al respecto diciendo que «La apertura al mercado, el intercambio creciente con el capital extranjero, el necesario esfuerzo por recuperar nuestra economía y las desigualdades dolorosas pero inevitables no excluyen la protección de aquellos terrenos ganados por la nación. Mucho debemos cuidarnos de peligrosas regresiones que resultan del calco de lo peor y más decadente del consumismo capitalista.»

Mientras que el semanario *Tribuna de La Habana* afirmaba que el ¡Hola! y el *Vanidades* eran «fuentes de información» a las que solían acudir los «jóvenes discotequeros» con el único objeto de copiar modelos extranjeros.

1. 21 de noviembre de 1998

La primera vez que Sofía visitó Cuba fue a mediados de 1995. En esa ocasión llevaba una carta y un paquete que le había dado Nina para que se lo llevara a una vieja amiga de su madre que vivía en La Habana. «Mi mamá me contaba que antes de la Revolución era una niña-bien de una familia mucho, muy rica. Iba a todas las fiestas y en su casa organizaba unos *garden parties* maravillosos. Era igualita a Scarlett O'Hara de la película *Lo que el viento se llevó*. Y como ella, también tenía muchos novios y era muy coqueta. Siempre estaba vestida divinamente. Por eso nadie entendió por qué optó por quedarse en la isla, mientras que toda su familia se fue a vivir a Nueva York», le contó Nina a Sofía.

El personaje intrigó muchísimo a Sofía. *¿Una niña-bien revolucionaria? ¡La tengo que conocer!*, se dijo entusiasmada. Nunca había estado en un país socialista. En un país donde está abolida la propiedad privada, donde no hay lucha de clases y en un país que económicamente está bloqueado por Estados Unidos. «Ha de ser horrible vivir las veinticuatro horas del día expuestos a una posible invasión de los marines», le decía a su marido. «Claro, que allá la Revolución sí les ha hecho justicia. ¡Ay! Pero no obstante, eso de tener que hacer colas interminables para comprarse lo más elemental ha de ser muy deprimente.»

Teniendo todo lo anterior en cuenta y previsora como era Sofía, para su viaje a Cuba decidió llevarse varios ejemplares atrasados del ¡Hola!, «para cuando vaya a la playa. Ni modo que compre *El Granma*, porque además de que no tiene sección de sociales, allá no existe la libertad de expresión», pensó.

Tres días después de pasearse por toda la isla, de ir a la playa de Varadero y de recorrer la Quinta Avenida de la zona residencial, donde, por cierto, quiso a toda costa visitar lo que había sido una vez, el Country Club. «¿Te das cuenta de que tenía dos entradas, la principal y la de atrás, con unas escaleras larguísimas, que era por donde pasaban las nanas mulatas de los *babies* ricos?»

Además de lo anterior, varias cosas habían llamado la atención de Sofía; por ejemplo, las librerías y la cantidad de libros dedicados al Che y a la obra de José Martí. Encontró algunos libros con títulos inusitados como *¿Prostitución en Cuba?*, *¿Por qué un solo partido?* o *Cuando salí de La Habana*. Pero lo que le resultó aun más llamativo fue la calidad del lector cubano. A pesar de sus pocos recursos era un lector voraz al que desde niño le enseñaban a respetar los libros y la cultura. No hay que olvidar que en 1986, Cuba publicaba novecientos títulos con un tiraje de veinte millones de libros. Pero desde 1990, el campo editorial se había visto sumamente afectado por la crisis económica, misma que afectó el desabasto de papel y la desaparición de varias casas editoriales.

El segundo aspecto que la había «shockeado», como ella misma decía, era el de las jineteras, es decir, de las trabajadoras sexuales. Prácticamente todas estaban muy bien preparadas; las que no eran profesionistas habían cursado hasta la preparatoria, muchas incluso hablaban dos idiomas. Sin embargo y a pesar de todo lo anterior, desde hacía un tiempo estas mujeres habían optado por un nuevo oficio. *¿Las habrán bautizado como jineteras porque además, jinetean muy bien el dinero que ganan?*, se preguntó la cándida Sofía. A nuestra turista le había parecido sumamente lógico que la mayoría de ellas se hubieran encontrado, en los lugares turísticos como Varadero o Miramar. Allí, frente a mansiones como las que imaginaba que habría en Palm Beach, desde muy temprano, se instalaban, vestidas de una forma muy sencilla con su minifalda, una playera y sandalias. El chofer de un taxi que la llevó a recorrer la ciudad le había comentado a Sofía que todas cobraban en dólares. «Qué ironías, doña, porque en 1959 había dos obsesiones en Cuba: la prostitución y los billetes verdes. Y ahora que el gobierno cubano apoya la iniciativa privada, tal vez en el fondo las jineteras se sienten muy orgullosas de tener su trabajito que les permite mejorar su estilo de vida. Muchas de ellas son muy modernas y hasta leen esa revista que se llama ¡Hola!, esa que habla de las reinas.»

El chofer le platicó también que en una revista se habían publicado las catorce ventajas de la prostituta cubana por encima de las de otras nacionalidades. En los primeros lugares aparecían cualidades como su preparación cultural, el nivel de su conversación, su carácter alegre, su vitalidad, su flexibilidad (casi todas habían estudiado gimnasia o ballet clásico) y su libertad. «Aquí no se degrada a la mujer. Al contrario, se le escucha y se discute con ella. ¿Qué podemos hacer? No se le puede reprimir. ¿Sindicalizarlas? ¿Perseguirlas? Este problema no se dio por falta de educación. Quizá ha surgido porque nos hemos abierto un poquito más. Pero es que era necesario, doña. No podíamos seguir totalmente aislados del mundo, de los cambios. Sabemos que son cuidadosas y que usan el condón —en este punto Sofía no lo sintió muy seguro. También los condones costaban dinero y en Cuba no había dinero—. ¿Qué podemos hacer?», le preguntaba el chofer. Y Sofía aún más confundida con este tema tan complejo no sabía qué contestarle. *¿Qué puedo hacer para responderle con cierto sentido común?*, se preguntaba angustiada.

Y mientras pasaban por Miramar, a lo largo de la Quinta Avenida, a Sofía las mansiones que veía le parecieron como las que salían en la revista norteamericana *House and Garden*. Entonces, no pudo evitar pensar en los cubanos a los que llaman «gusanos» por haber huido a Miami durante la Revolución. *Si se levanta el bloqueo de seguro van a querer recuperar sus casototas con sus jardinzotes*. Imaginaba entonces la escena a partir del momento en que una de las hijas pequeñas, ahora con canas y todo, abriría la puerta después de haberla cerrado durante más de treinta y cinco años: «¡¡Mamá ya no está el candil del vestíbulo!! Mira en lo que convirtieron el *breakfast*, ¡¡¡ahora es una oficina!!! La *master room* la dividieron en doce cuartitos. Además, quitaron el barandal de fierro forjado italiano que había en las escaleras y pusieron uno feísimo de madera. ¿¿¿Ya viste el papel tapiz que pusieron??? *Oh, my God!*, el *walk-in closet* de nuestra recámara lo transformaron en... ¡¡¡En cocina!!! ¿Te das cuenta mami de los crímenes de los que son capaces estos revolucionarios? Pero ahora ya es nuestra casa, ¿verdad mami? ¿Verdad que ya no es del pueblo? ¿Verdad que todo va a ser como antes...?»

Había algo que a Sofía le había resultado fascinante: la luna de la isla. *¿Cómo podré describir la luna cubana? Es una luna distinta. En ella no aparece un conejito, sino una estrella. Parece más plateada que la que brilla en Tecolutla. Me gustó porque me dije que era una luna muy de los cincuenta y que seguramente alumbró las habitaciones del hotel El Nacional, en donde se hospedaron estrellas como Gary Cooper, Tyrone Power, Marlon Brando, Rita Hayworth y María Félix. Pero, por desgracia, también esta luna cubana ha de haber hecho las dichas de mafiosos como Lucky Luciano, Meyer Lansky y Bugsy Siegel, que se apoderaron de los casinos y cabarets de Cuba antes de la Revolución.*

Y así, pensando en la luna cubana, finalmente Sofía decidió llamar a la amiga de Nina. No podía regresar a México con el encargo que le había prometido. «La espero esta tarde a las cinco», le dijo la señora con un acento muy cubano. Para variar, Sofía llegó retrasada a la cita. Esa tarde había ido a una pequeña platería que se encontraba justo frente a la Embajada de México para comprar «viejas cosas de plata que tenían los burgueses en sus casas», como le dijo una de las secretarias de la embajada. Efectivamente había encontrado unas gangas muy interesantes: un viejo juego de té que venía de Taxco de los años cincuenta, un prendedor con forma de azucena y una pulsera con incrustaciones de turquesa. Estaba feliz con sus compras, mismas que decidió llevar al hotel de inmediato para no provocar tentaciones en la amiga de Nina. *Con este sistema tan extraño que tienen en este país, no sería muy correcto de mi parte llegar con todo mi shopping, como diciendo: «¡Ay! Yo con mis dólares sí puedo comprar lo que quiera hasta en Cuba»*, pensó.

Cuando por fin llegó a la casa de la amiga de Nina (el chofer de un coche rentado especialmente para turistas se había perdido y no encontraba la calle), lo primero que le llamó la atención fue la fachada. Estaba, en efecto, sumamente deteriorada, tanto por la humedad como por la falta de pintura. *Muy niña-bien cubana, pero muy pobre*, se dijo Sofía al bajar del taxi. El porche era grande, pero con tantas sillas de mimbre tan destartaladas se veía muy desordenado. Sofía tocó a la puerta. «Buenas tardes», le dijo una viejita con la cara totalmente arrugada. Su joroba la hacía verse aún más chiquita. «¿Es usted la amiga de Nina?», preguntó Sofía. «No, señora, no soy yo. Ella está esperándola dentro. Pase usted, por favor», agregó la mujer. Al llegar a un corredor estrecho, pero muy largo, se topó con tres señoras que estaban sentadas en unas mecedoras. Las tres, aparentemente de la misma edad, estaban vestidas con una tela de algodón de flores del mismo estilo, peinadas igual y con una actitud muy semejante. Se hubiera dicho que eran trillizas y que llevaban años esperando una visita. A pesar de la similitud entre ellas, Sofía se fijó en que una de ellas se veía distinta a las otras dos. Era la que tenía las facciones más finas y la única que llevaba un bastón. *Sí es cierto. Le da un aire a Vivien Leigh que hizo de Scarlett O'Hara*, pensó divertida. «¿Usted sí es la amiga de Nina, verdad?», le preguntó al dirigirse a ella con cierta timidez. «Sí, soy yo. Pero tome asiento, por favor. ¿Cómo está Nina? Yo quise mucho a su mamá. A Nina la conozco desde que era muy pequeña. Venía a jugar con mis sobrinas. ¿Está bien? ¿Es feliz?», preguntó con una voz como antigua. A Sofía le pareció que la voz de la amiga de Nina llevaba mucho tiempo guardada en el interior de ese cuello todo arrugado, que hace mucho tal vez lucía collares de perlas y vejucos de oro. No, seguramente no utilizaba su voz con frecuencia. «Sí, señora. Nina es muy feliz y le manda muchos saludos cariñosos y este paquete», le dijo. Las otras dos señoras no decían ni una sola palabra, nada más se limitaban a mecerse y a mirar un punto fijo y lejano. Por un momento, Sofía pensó que estaban ciegas, pero no, estaban ausentes. Las manos de la amiga de Nina mostraban una artritis atroz. Sin embargo, eran muy blancas. Acomodadas como las tenía sobre el regazo, parecían dos palomas arrolladas por una gua-gua, como le dicen por allá a los autobuses.

Sofía no sabía de qué platicar. Temía meter la pata comentando algo fuera de lugar. «Ayer fui a Coppelia y disfruté del helado de chocolate más rico que he comido en toda mi vida. Si no estuviera a dieta, hubiera pedido tres más…», dijo de pronto. *Híjole, qué estúpida, ¿para qué hablé de comida y de dietas? Ellas seguro no se pueden comprar helados y probablemente hace muchos años están a dieta forzosa. Tampoco les puedo hablar de antes, ni de después de la Revolución, podría resultarles ofensivo. ¿De qué les platico, Dios mío?* De pronto apareció la señora jorobada con una charola y cinco vasos de agua de limón. *¿No que en Cuba ya no existía servicio doméstico? A lo mejor la amiga de Nina es una niña-bien no muy revolucionaria que se quedó con las mismas costumbres de cuando vivía en la Quinta Avenida.* Las cinco bebieron el líquido al mismo tiempo, hasta que se lo terminaron. Hacía mucho calor en esos momentos. «¿Cuántos hijos tiene Nina?», preguntó de repente la niña-bien cubana. «Creo que tiene dos chicas. Muy bonitas por cierto. Nina sigue guapísima. Dicen que era igualita a su mamá. Tiene una galería de pintura. Es muy activa. Por cierto, siempre hace venir muchos pintores cubanos». *Qué idiota soy. Creo que los pintores que expone Nina en su galería son gusanos, porque los de aquí no pueden salir de la isla. ¿O sí pueden? Ni modo, ya metí la pata.* Se volvió a hacer un silencio. «¿Saben? A mí me gusta mucho Tres Patines. Me encanta el señor juez de la Tremenda Corte, Rudesindo y…

—Luz María Nananina.

— Aquíiii, como to'o los días

—José Candelario Tres Patines

— ¡¡¡Aaaaa la reaaaaa!!!, dijo Sofía, imitando la voz de Tres Patines.

Las cuatro viejitas se sonrieron y se miraron divertidas entre ellas. No fue sino hasta ese momento que Sofía se dio cuenta de que las cuatro estaban completamente chimuelas. *Las adoro. Me las voy a llevar a México. Son adorables. Ahora sí ya se rompió el hielo.* «Fíjense que hay una estación de radio en México, que se llama Radio Red, y que todas las mañanas tiene el programa de "La tremenda corte". A pesar de la hora, porque pasa a las seis de la mañana, tiene un éxito enorme. Muchos papás se los ponen a sus hijos mientras se preparan para ir al colegio. ¿Aquí ya no se escucha?» *Qué estúpida ¿para qué hice esa pregunta? Es evidente que ya no se escucha, porque se solía escuchar antes de la Revolución. ¿Qué hago? ¿Pido disculpas? No, sería ridículo, mejor sigo platicando como si nada.* Ninguna de las cuatro mujeres le contestó. Nada más la miraban y la escuchaban con atención.

Al cabo de un rato, Sofía advirtió que las otras tres ancianas actuaban con cierta sumisión frente a la niña-bien cubana. Incluso miraban hacia ella constantemente, como si intentaran ayudarla en lo que necesitara. Los intervalos de silencios comenzaron a enervar a Sofía. Entonces reanudó su monólogo: «A mi marido le gustaba mucho el beisbol cubano. Eran gran admirador de beisbolistas como Marmeto Dandrich, Sandalio Edwards y el Musulungo Herrera. Qué nombres tan chistosos, ¿verdad?» *Híjole, qué idiota soy. Esos son precisamente los nombres que se usan aquí. Así de raros.* «Pero a mí, sinceramente, no me gusta mucho el beisbol. No lo entiendo muy bien, y esto naturalmente exaspera a mi marido. Prefiero la rumba, por eso me gustaban tanto las rumberas que venían de Cuba: Ninón Sevilla, Rosa Carmina y María Antonieta Pons. Es más, nada me gustaría más que ir al Copacabana. Dicen que el espectáculo es espléndido.» *Creo que lo de las rumberas no les gustó mucho. Y menos lo de Copacabana. Lástima que no me sé ni una poesía de José Martí, porque ya se la hu-*

biera recitado. ¿*Y si les canto una canción de la Nueva Trova Cubana?* «¿Saben qué cantantes me gustan mucho? Pablo Milanés y Silvio Rodríguez. En México son famosísimos. Cuando van a cantar para allá se llena el Auditorio. Tienen mucho éxito». *Dios mío, ¿por qué no platica la amiga de Nina? A lo mejor por los nervios no la dejo hablar, pero si me callo nadie habla. ¡Ay! Pobre amiga de Nina. Se ve que ha sufrido mucho. De las cuatro es la que tiene la mirada más triste.* «Ayer fui a comer a la Bodeguita de en medio, y comí un delicioso plato de frijoles con arroz. Creo que se llama Moros con Cristianos, o algo parecido. También me gusta mucho el yogurt cubano, sobre todo el de piña. Es ¡delicioso!» *Sofía, ¡estás loca! No puedes seguir hablando de comida. ¿Que no te acuerdas que aquí está todo racionado por la libreta?* «Algo que me ha gustado mucho de La Habana son sus calles, con sus largos portales, sostenidos por altísimas columnas. Como que cada una de ellas está habitada por historias de hace mucho tiempo. También me han gustado mucho sus plazas con esos árboles tan frondosos. Bueno, ¿y qué les puedo decir de su catedral? Es preciosa. Ayer que fui vi a muchos niños uniformados y me puse a platicar con ellos. "¿Qué estudiaron hoy en clase?", les pregunté. "yo, ingleh", "yo, a Don Quijote", "yo, geografía" y "yo, la Revolución Francesa", me respondieron uno por uno. Hasta me tomé una foto con ellos». *Creo que esto sí les gustó. Las cuatro me escuchan con mucha atención. Ya entendí. Las otras tres señoras que están sentadas junto a la amiga de Nina eran sus muchachas, o su nana, o su cocinera, o la recamarera. Claro, se ven de otra clase social. Y como ellas no quisieron salir de la isla, pues la niña-bien se quiso quedar con ellas, porque ya estaba muy encariñada con su servicio.*

«El campo y el paisaje que he visto desde que llegué me han parecido muy bonitos. En algo me recordaron a Veracruz. Sin embargo el paisaje cubano es como más pacífico, menos exuberante. Cuando ayer pasábamos en el coche que rentamos, por los valles, a lo lejos veía las palmeras. Gracias al viento se mecían como con mucha elegancia. Bueno, hasta ganas me dieron de bailar con ese viejo vals que dice: *"Pensamiento, dile a Fragancia que yo la quiero, que no la puedo olvidar"'* ¿Sabían ustedes que Pensamiento y Fragancia eran dos hermanas...»

No acababa Sofía de decir su frase, cuando vio que los ojos de la niña-bien cubana se nublaron de lágrimas. Fue tan así que de inmediato la jorobadita le acercó su pañuelo. *Híjole, creo que dije algo que puso a la amiga de Nina, muy triste. Creo que lo mejor es que ya me vaya.* «Bueno, pues creo que ya me voy yendo, porque ya se hizo tarde. Y mi marido y yo queremos ir a la casa de Hemingway. Dicen que es preciosa. Les agradezco mucho la limonada y esta tarde tan bonita», dijo Sofía. También ella se sintió un poquito triste. Por absurdo que pareciera, por el lapso tan corto que había tenido la visita, se había encariñado con las cuatro viejitas. Se dirigió hacia la amiga de Nina y mirándola muy fijamente le dijo conmovida: «Señora, ¿qué puedo hacer por usted? ¿Quiere que le mande medicinas desde México? ¿Quiere enviarle una carta a Nina y paso por ella mañana? Dígame, ¿qué necesita?» La amiga de Nina la miró y en sus labios se dibujó una sonrisa. «Nada más le voy a pedir una cosa. Mándeme la revista ¡Hola! Es lo único que le pido». Sofía no lo podía creer. ¿Le estaba pidiendo en serio su revista predilecta, también ella, la niña-bien cubana, era adicta al ¡Hola!? «Con mucho gusto, señora. Cuente conmigo. A mí también me encanta la revista. La compro todas las semanas. Me distrae mucho. Es más, tengo varios ejemplares atrasados en el cuarto del hotel, si me permite se los envío mañana sin falta.»

En ese instante las cuatro se levantaron de su asiento como si hubieran sido impulsadas por un resorte gigante. Perturbada como estaba la amiga de Nina por la visita tan intensa, pero sobre todo por la buena noticia de las revistas, con toda calidez le tomó las dos manos a Sofía y se las atrajo hacia ella, como un gesto de agradecimiento. Se veía feliz. Caminando con dificultad acompañó a Sofía hasta la puerta. Las dos se despidieron de beso. «Salúdeme mucho a Nina y dele las gracias por las medicinas que me envió. Dígale que me escriba», le dijo con una voz más rejuvenecida. De las otras tres señoras, Sofía se despidió de mano. *Ay, seguro van a pensar que soy una esnob. Pero es que no me nació despedirme de ellas de beso. Gracias a Dios todavía hay clases. Qué linda es la amiga de Nina. Llegando a México, le hablo y le cuento todo.*

Al día siguiente, en el transcurso de la tarde, la amiga de Nina recibió un paquete con seis ejemplares atrasados de la revista. En un sobre pequeño venía una tarjetita con el siguiente recado: «Mil gracias por la tarde ayer. Le mando muchos besos. Bienvenida al club de las Holíticas. Llegando a México le mando su ¡Hola! que le corresponde con fecha de la próxima semana. Saludos para todas. Sofía.»

11

La princesa de Gales

México, DF, 24 de febrero de 2005

Querida Diana:

¿Quién crees que se casa? Carlos. Sí, el príncipe de Gales. ¡Nada menos que tu ex marido! Ya te imaginarás con quién, ¿verdad? Claro, con su novia y amante de toda la vida, Camilla Rosemary Shand. ¿Cómo me enteré? Pues por la revista ¡Hola! que, por cierto, le ha dedicado varios números al tema. Créeme que a nadie sorprendió la noticia. ¡Era tan previsible! Y sin embargo a muchos nos cayó como patada en el estómago. Te he de decir, no obstante, que a la mayoría de los británicos ya no les importa lo que suceda en la familia de los Windsor. No hay duda de que desde que te fuiste para siempre la corona de Inglaterra se desdoró casi por completo. De ahí que la boda de Carlos y Camilla, en realidad, los tenga sin cuidado. Por lo que a mí respecta, te confieso que la noticia sí me molestó. En primer lugar, por solidaridad hacia ti y, en segundo, por tus hijos, Enrique y Guillermo. Qué horror tener una madrastra tan dientona como Camilla, pensé. Ha de ser sumamente difícil para los dos tener que convivir con la que fue amante de su padre, a pesar de haber estado casado con su madre. No se puede negar que, de alguna manera, ella fue la primera responsable del fracaso de tu matrimonio, la responsable de todos tus azotes pasados, de tu anorexia y de tu divorcio. Allí está el libro *Diana, la verdadera historia*, de Andrew Morton, donde narra todo por lo que pasaste antes de confirmar que efectivamente Carlos y Camilla tenían una relación clandestina desde hacía más de treinta años. Por eso, y por otras razones, no me gusta esa señora. Es evidente que no cuenta ni con tu carisma ni con tu elegancia natural ni, mucho menos, con la simpatía de los ingleses. Además de encontrarla muy poco agraciada (dice Enrique, mi marido, que se parece al Flaco vestido de mujer). Para mí siempre será la intrusa, la otra, la casa chica y la rompehogares. Lo anterior no lo digo por moralista, créeme que no es mi estilo. Lo pienso porque en vida nunca te mostró el más mínimo respeto, ni tuvo la menor consideración a pesar de todos los escándalos que provocaba su relación con Carlos. (¿Te acuerdas de la grabación de esa llamada telefónica entre los dos, en la cual Carlos le decía que quería ser un Tampax para estar todo el tiempo en su interior? ¿Te acuerdas de que después de que se le diera la transcripción a toda la prensa del mundo se empezó a hablar del «Camillagate»?) En otras palabras, ¡le valía! Nunca le importó ni tu dolor ni el de tus hijos, ni toda la confusión que causó en el interior de los Windsor. Su único objetivo era terminar casándose con el príncipe de Gales. Y claro, se salió con la suya… Pero a qué precio…

En realidad no vale la pena remover tantas cenizas. El verdadero motivo de mi carta es otro; es para anunciarte una buena noticia. ¿Qué crees? Que la reina anunció que no irá a la boda civil de su hijo. ¿Qué te parece? Al principio pensé que se negaba a ir porque no tenía nada qué ponerse, o bien porque ya no le quedaba su ropa por los kilitos de más. Después recordé todos los sombreros, trajes sastre y demás vestidos *superdémodé* que tiene y me dije que lo más probable era que no fuera esa la razón. Según la reina no asistirá por el deseo de ser sumamente discreta, tal y como se lo había sugerido su hijo. Pero el diario *The Sun* afirma que la reina no acepta que el heredero del trono se case en la alcaldía de Windsor, como cualquier hijo de vecino. «La reina piensa que una ceremonia en el registro civil local sería la destrucción del último vestigio del misterio de la monarquía». Por su parte, Arthur Edwards, el fotógrafo de la realeza, afirma que una fotografía en los escalones de la alcaldía sería insoportable para la reina. «Esta boda es un desastre de principio a fin», comentó Edwards. Ya ves, Diana, a pesar de todo lo que pudiste haber contribuido para que la corona cambiara aunque fuera un poquito no funcionó. Me temo que la familia real sigue con los mismos atavismos y prejuicios de siempre. Es evidente que la reina jamás pondría en sus álbumes familiares una fotografía de la boda de uno de sus miembros tomada en la escalera de un edificio público… En otro diario londinense se afirma que esta boda en realidad podría ser ilegal, ya que, para algunos expertos, no es seguro un matrimonio civil realizado por un miembro de la familia real; y más si es el futuro rey de Inglaterra quien, al subir al trono, se convertiría en el jefe de la Iglesia anglicana. El periódico francés *Le Monde* asegura que Isabel II es una madre cruel. La periodista Armella Thoroval se pregunta cómo es posible que una madre pueda negarse a asistir a la boda de su hijo, a sabiendas de que se trata de una de sus ilusiones más grandes después de haber sostenido esta relación de amor durante treinta y cinco años.

En efecto, mi querida Diana, esta boda está causando demasiada polémica. Tanto para la corona de Inglaterra como para sus súbditos. En principio, la boda se llevaría a cabo en el castillo de los Windsor en donde estarían invitadas setecientas personas, para que después los novios reciban la bendición en la capilla de San Jorge. Pero luego comenzaron a aparecer obstáculos legales, es decir, las autoridades del Palacio de Buckingham no pueden permitir que el castillo se convierta en un lugar público. De ahí que se decidiera realizar la boda civil en la alcaldía de Windsor, lugar al que todo el mundo puede asistir. Y este es el problema, que en un lugar público no se puede garantizar la seguridad de la reina.

El caso es que tu ex suegra finalmente sí asistirá a la bendición que dará el arzobispo de Canterbury en la capilla del castillo de Windsor el día 8 de abril. Por cierto, tengo entendido que la reina no soporta a Camilla. Es más, afirman que no la puede ver ni en pintura ni en foto ni en caricatura ni reproducida en ningún otro sitio… Estoy segura de que en su fuero interno te extraña y que incluso te ha dado la razón en muchas cosas que llegaste a decirle, pero que en su momento nunca entendió. Especialmente respecto a su hijo. Si de algo puedes estar segura, mi querida Diana, es de que ese día, justo a la hora de la boda, todos, todos los asistentes pensarán en ti. Lo mismo sucederá en todo el mundo. Cuando millones de televidentes veamos las escenas de este matrimonio, millones de pensamientos se dirigirán hacia el lugar donde te encuentres. Serán pensamientos de solidaridad. De esto puedes estar segura. Para mí, la única esposa de Carlos siempre será Lady Diana, una mujer sensible, inteligente, generosa, cuya ex familia política y marido acabaron con ella, porque nunca la comprendieron ni la valoraron.

Te recuerda y extraña,

SOFÍA

La segunda boda del príncipe de Gales, con Camilla, la que estaba destinada a ser una de las bodas más tristes del mundo, se vio desde un principio llena de obstáculos y tropiezos. La boda causó demasiada polémica.

Entre comentarios a favor y en contra (sobre todo estos últimos), la boda se realizó con un poco de retraso ya que los funerales de Juan Pablo II, convocados para el viernes, obligaron a aplazar un día el enlace civil que Carlos y Camilla Parker-Bowles habían previsto para ese mismo día. Tanto el príncipe como el primer ministro, Tony Blair, tuvieron que asistir a Roma a los funerales de Juan Pablo II, por lo que la boda se llevó a cabo con la asistencia de apenas una treintena de personas. Por fin, Carlos y Camilla pudieron contraer matrimonio civil y recibieron la bendición informal del arzobispo de Canterbury, Rowan Williams, en la capilla de San Jorge en el castillo de Windsor. Posteriormente, se ofreció una recepción, ni siquiera un banquete, para sete-cientos invitados.

Oficialmente, se dijo que los hijos del príncipe de Gales estaban encantados desde que se hizo el anuncio. Sin embargo, a pesar de que han visto a Camilla en va-rias ocasiones durante los últimos años y que, al parecer, han tenido relaciones cordiales con ella, muchos britá-nicos piensan que el hecho de que se haya convertido en su madrastra provoca en ellos sentimientos encontrados. No hay que olvidar que cuando muere la princesa Diana, Guillermo tenía quince años y Enrique solo doce.

No faltaron algunos británicos que decían que este matrimonio era el premio a la espera, la perseverancia y la paciencia de dos personas que aguantaron más de treinta años para poder hacer realidad el sueño de ser marido y mujer. Han afrontado separaciones, críticas, prohibicio-nes, censuras y la desaprobación general. El mundo en-tero había sido testigo del desaire de la reina al no asistir a la boda.

La última polémica fue sobre el tratamiento que ten-dría Camilla, siendo esposa de Carlos. No sería llamada princesa de Gales, como le correspondería, sino duque-sa de Cornualles, con el fin de no herir susceptibilida-des. Sin embargo, el gobierno ha admitido que legal e históricamente Camilla será reina si el Parlamento no lo impide. Muchos piensan que este matrimonio es un sui-cidio político porque Carlos arriesga su corona.

El Vía Crucis de la princesa de Gales

La bisabuela de Camilla era Alice Keppel y había sido amante del rey Eduardo VII de Inglaterra. En 1970 se pu-blicó la noticia en todos los periódicos. ¿Que cómo se había enterado la prensa? Pues cuando Camilla se encontró con Carlos en un *match* de polo le dijo: «Mi bisabuela fue la amante de su tatarabuelo, ¿qué le parece?» Dicen que fue en ese momento cuando empezó su historia de amor. Carlos inició una relación con Camilla y su nombre entró y salió de la lista de candidatas, pero nadie se dio cuenta de que ella seguía en la vida de él. Sea como fuere, el idilio prosiguió en secreto, pues Camilla se había casado y hasta tenía dos hijos. El caso es que entre los dos estuvieron de acuerdo en que Carlos se casara con Diana. Creyeron que no sería ningún estorbo. La princesa entonces era muy joven, ilusa y tímida. Pero Diana nunca ignoró esa relación. Muy pronto se dio cuenta de que formaban una pareja de tres personas. A Carlos se le presentó el eterno debate entre la aspiración de su felicidad personal y el concepto tradicional del matrimonio real, visto como un contrato. Pero Diana nunca lo vio así. Lo entendió después. Y ella no estaba dispuesta a ser una mera cláusula.

Sofía sabía todo acerca de la vida de Diana. Desde 1980, había seguido cada uno de sus pasos. Al cabo de todos esos años la princesa le parecía tan cercana, que a veces tenía la impresión de que habían ido juntas al colegio. En otras palabras, era como una vieja amiga. Sentía que Diana representaba a millones de mujeres, porque hacía cosas que muchas hubieran querido hacer. «Tú no te acuerdas, pero el 29 de julio de 1981 fui a tu boda, igual que más de setecientos millones de televidentes. También asistí, a través de la prensa, a los nacimientos de tus dos hijos. Gracias a la revista ¡Hola! te seguía, semana a semana, en cada una de tus recepciones, tus viajes oficiales, tus vacaciones tanto en el mar como en la nieve. Con mucho interés y admiración seguía muy de cerca tus actos filantrópicos. Era tal mi identificación contigo que si tú te comprometías con este tipo de obras humanitarias, de alguna manera, contribuías a tranquilizar mi mala conciencia de no hacerlas yo.»

«En 1985, fui contigo a ver al Papa Juan Pablo II. En 1987, cuando el sida todavía causaba horror, me enteré por las revistas de que te habías quitado los guantes para darle la mano a un paciente del London Hospital. "Viniendo de parte de un miembro de la familia real, es la cosa más importante que se haya hecho jamás en doscientos años", dijo entonces la reportera de la realeza, Judy Wide.»

Poco a poco, Sofía se fue acostumbrando a la presencia de Diana en los medios. Cada vez que la quería ver, bastaba con que hojeara una revista atrasada del ¡Hola!, ya fuera en el consultorio o en el salón de belleza, para reencontrarla desde las primeras páginas. Muchas veces, cuando se reunía con sus amigas, inevitablemente la princesa Diana salía a la conversación con toda naturalidad: «¿Sabes que Diana y Fergie están pasando las vacaciones juntas en la Riviera de Francia? Ahora que las dos están divorciadas, alquilaron una casa sensacional. ¿Se imaginan cómo se han de estar divirtiendo mientras critican a su ex suegra?», preguntaba, de repente, una de ellas. Cuando se publicó el libro de Andrew Morton, *Diana, su verdadera historia*, Sofía se atormentó muchísimo al pensar que la princesa de Gales fuera infeliz en su matrimonio, al grado de enfermar de anorexia.

El capítulo sobre la luna de miel fue uno de los que más la habían impresionado del libro:

Pero la formidable esperanza que llevaba en mí fue demolida al segundo día, cuando estábamos de vuelta en Broadlands (la propiedad de los Mountbatten). Laurence van der Post (un filósofo sudafricano, mentor de Carlos) vino a reunirse con nosotros. Era nuestra segunda noche de luna de miel. Carlos leyó siete de sus ensayos y dedicamos toda la tarde siguiente a estudiarlos. Pasamos todas nuestras veladas en el Britannia sin un momento para nosotros. Yo tenía ya cuatro crisis de bulimia al día. Tragaba todo lo que caía en mi mano. Y dos minutos después, lo vomitaba. Pasaba sin cesar de la risa al llanto. Después del viaje de luna de miel fuimos directamente a Balmoral. Todo el mundo estaba allí para recibirnos. Todas las noches yo soñaba con Camilla. Eran unos sueños terroríficos. Carlos le pidió a Laurence van der Post que me ayudara. Pero él no podía comprenderme. Cada día estaba más delgada y más enferma. Simplemente creían que había que dejarme un tiempo para acostumbrarme a mi condición de princesa de Gales. Pero yo estaba obsesionada con Camilla. Ya no confiaba en Carlos. Tenía la impresión de que él la telefoneaba cada cinco minutos para pedirle consejo sobre nuestro matrimonio. Para Carlos divertirse significaba escalar la colina más alta de Balmoral y establecerse en la cumbre. Es verdad que aquella altura era hermosa. Incluso yo soy capaz de comprender eso. Él me leía páginas de van der Post y de Jung. Pero esas historias psíquicas no calaban en mi mente [...] él me leía mientras yo trabajaba en mi tapiz. Eso era suficiente para llenarlo. Él estaba contento y eso me convenía. Por otra parte, Carlos estaba aterrorizado por su madre y muy intimidado por su padre. Yo no era más que el tercero en discordia. Cuando todos estábamos juntos, él no decía nunca: «Querida, ¿quieres tomar algo?». Lo que decía era: «Mamá, ¿quieres beber algo?», y después, «Papá, ¿tomas un vaso?» Y por fin: «Diana, ¿quieres beber alguna cosa?»

Durante esa época, Sofía odió al príncipe Carlos, a Camilla, a la reina de Inglaterra, a la corona y a todo lo que tuviera que ver con el Palacio de Buckingham. En otras palabras, se solidarizó plenamente con Diana. Saber que estaba tan sola, deprimida, rechazada por su marido y por su familia política y, por añadidura, acosada por los *paparazzi*, le inspiraba mucha compasión. En este caso para Sofía la compasión era una empatía con su dolor o con su tristeza.

¿Cómo es posible que una princesa que aparentemente tiene todo —marido, hijos, fama, el cariño del pueblo, dinero, juventud, belleza— sea tan infeliz?, se preguntaba Sofía. Más que como una típica princesa de cuento, la veía como la mártir de una monarquía completamente anquilosada. Por eso, cuando finalmente Lady Diana se divorció, lo celebró con todo su corazón. Sin embargo, le dolía que continuara padeciendo humillaciones por parte de la corona y que fuera víctima de su propia imagen, que ya había alcanzado unos niveles de popularidad a los que nunca se imaginó llegar.

Con el tiempo, la princesa de Gales se convirtió en la mujer más fotografiada del mundo y esto, naturalmente, no nada más la agobiaba a ella, sino a sus hijos, lo cual la hacía sufrir doblemente. Y mientras seguía atormentándose por el acoso de los *paparazzi*, Sofía continuaba comprando más y más revistas para conocer más sobre sus tormentos. De alguna manera se sentía culpable porque su curiosidad contribuía a que los fotógrafos continuaran irrumpiendo en su intimidad. ¿Para qué? Para que ella, Sofía, pudiera enterarse, en medio de la tranquilidad de su casa, de si, efectivamente, Diana le había dado aquel beso a Dodi mientras se encontraban en el yate, tal y como había parecido en el ¡Hola!

Y cuanta más información recibían los lectores adictos a su vida, más querían saber. También por eso Sofía se sentía un poco más culpable. Porque como ella, había millones de mujeres en todo el mundo que buscaban las mismas revistas del corazón. Una semana más tarde volvían a comprar otras, y así sucesivamente…

Hasta que un buen día esta misma prensa, tan implacable con las princesas, anunció la muerte de Lady Diana. Entonces sí se asustaron y exclamaron con todo el dolor de su corazón: «¡No es posible!» Y sin embargo, lo era. Como dijo el conde Spencer, hermano de Diana: «Yo ya sabía que la prensa acabaría con mi hermana.»

«¡Ay, Diana! ¿En qué mundo tan absurdo vivimos? ¿Cómo pudimos, con nuestro morbo, haber alimentado a ese pulpo que es la prensa, que no nada más no sabe respetar vidas personales, sino que incluso alrededor de ellas borda las historias más inverosímiles del mundo? No te digo esto para justificarme ni para molestarte con mis preguntas dizque filosóficas. Sino porque me animé a compartir contigo algunas reflexiones y dudas que he tenido acerca de tu vida después de aquel domingo 31 de agosto de 1997. (Por cierto, ¿sabes quién estuvo contigo hasta el último momento en el hospital La Pitié-Salpétriere? Tu fiel e incondicional *butler*, Paul Burell, aunque nunca creerías que te traicionó muchos años después con un libro que hizo escándalo.»

En efecto, el mundo entero se había conmovido con la trágica muerte de Diana, princesa de Gales, madre del príncipe Guillermo, heredero al trono británico. La mujer más fotografiada del mundo, a sus treinta y seis años había encontrado la muerte la madrugada del 31 de agosto de 1997 en París, en un accidente automovilístico en el que también perdió la vida su amigo, el millonario egipcio Dodi Al-Fayed, de cuarenta y uno.

A pesar de que han pasado muchos años desde su desaparición, Diana de Gales sigue siendo noticia y continúa dando dolores de cabeza a la familia real, en especial a la reina Isabel II. Los libros publicados por los servidores más cercanos a Diana: su secretario privado, Patrick Jephson; un oficial de la caballería de la reina, James Hewitt, el mismo al que Diana confesó haber amado profundamente en la entrevista que decidió el final de su matrimonio; y, por último, su guardia de seguridad Ken Wharfe, a quien se supone que el diario *Sunday Times* le pagó alrededor de quinientos mil dólares para escribir su libro. En los libros, cada uno revela detalles sobre la vida de la princesa, la problemática relación conyugal y datos sobre el romance de ella con Oliver Hoare, un vendedor de objetos de arte.

Pero el mayor escándalo tenía que ver directamente con su mayordomo, Paul Burrell, quien fue acusado de vender memorabilia real porque un guardia lo encontró a las tres de la mañana con una bolsa en la que sacaba cosas del palacio de Kensington, residencia de Diana.

«La familia real me ha pedido que destruya estas piezas», dijo Burrell. Pero todos sus argumentos fueron inútiles. La policía empezó a investigar. En el domicilio del mayordomo encontraron una inexplicable cantidad de objetos que habían pertenecido a la princesa, más de trescientos. Encontraron discos compactos, cartas, joyas, fotografías, vestidos de alta costura… El acusado negó rotundamente haber robado e insistió en que Diana le había confiado todo para ponerlo en un lugar seguro, que se llevó por error una pieza de plata de los Windsor y que conservó una llave de una puerta trasera por razones sentimentales.

Durante los interrogatorios, Burrell reveló en su testimonio una serie de detalles íntimos sobre la princesa que fueron entregados confidencialmente, pero que inexplicablemente se filtraron a la prensa. Burell contó que Diana sorprendió, en una ocasión, a uno de sus amantes recibiéndolo vestida apenas con un par de aros de diamantes y esmeraldas y un suntuoso abrigo de piel. También señaló que en una ocasión, el príncipe Carlos, molesto con él después de enterarse de que le había contado a la princesa sus escapadas con Camilla Parker-Bowles, le había lanzado un libro a la cabeza. Y también confesó que Dodi Al-Fayed, el último amor de Diana, que murió junto a ella en el accidente, tenía problemas que era mejor ni hablar de ellos. Habló de las pésimas relaciones que Diana tenía con su madre y su hermano, de cómo su mamá no había hablado con ella desde cuatro meses antes de que falleciera. De cómo el hermano le había negado la posibilidad de ir a vivir a su castillo después del divorcio y de lo hipócrita que se había visto en la ceremonia luctuosa en Westminster, donde hizo elogios de su hermana que ni él mismo creía.

Relató cuando la princesa se sintió profundamente dolida por una serie de cartas insultantes enviadas por su suegro, el príncipe Felipe. Según las declaraciones del mayordomo a los principales diarios de Londres, el príncipe habría tachado a Diana de prostituta y callejera y le habría advertido que estaba causando daño a la familia real. Pero una de las acusaciones más graves y más comprometedoras para la familia real que salió a la luz fue la de una presunta violación homosexual que involucró a empleados de la realeza. La confesión del mayordomo no pasaría de ser un irreverente lío de pantalones si no fuera porque tenía en su poder cintas de video grabadas por la princesa. El diario británico *Mail on Sunday* asegura que las grabaciones fueron entregadas por lady Sarah McCorquodale, hermana de la princesa y encargada de ejecutar el testamento de la difunta. El diario agrega que Diana guardaba las grabaciones con la etiqueta *Las confesiones de George Smith*, en una caja con candado. Pero, ¿quién es George Smith y por qué sus declaraciones amenazaban seriamente a la monarquía británica? Según la versión del periódico, en 1989, un ayudante de cámara del príncipe Carlos (a quien el periódico no identifica) invitó a George Smith, quien fungía como mayordomo del mismo príncipe, a su domicilio, donde bebieron unas copas y él se quedó dormido. Al despertar, el criado se encontró dolorido y se dio cuenta de que había sido forzado.

Según Smith, cuando el príncipe se enteró de lo ocurrido, decidió ocultar todo. En 1996, afectado por una depresión y problemas con la bebida, Smith le confesó el infeliz suceso a Lady Di, quien grabó su denuncia en dos cintas de video, mismas que conservó por razones únicamente conocidas por ella y, tal vez, por Burrell. La posesión de estas grabaciones convertiría al ex mayordomo de Diana en una constante amenaza para la monarquía. Por lo que los más cercanos colaboradores del heredero del trono británico tuvieron que reunirse para discutir la grave situación que afectaba a la realeza. Michael Peat, el secretario privado de Carlos, lideró la reunión en uno de los salones del palacio medieval de Londres, al tiempo que el secretario privado de la reina Isabel II, Robin Janvrin, participaba en otra reunión de emergencia en el Palacio de Buckingham para discutir las turbulentas circunstancias que envolvían a los Windsor en esos momentos.

Sorpendentemente, la reina interfirió y salió en defensa de Burrell. La inocencia del mayordomo fue declarada después de que ella señalara que Burrell le había informado de esta posesión de los objetos de Diana. Según dijo Burrell, fue en 1998 cuando en una reunión privada le indicó a la monarca que guardaría personalmente las posesiones de la princesa porque lady McCoquodale, la hermana de Diana, y Shand Kydd, su madre, estaban destrozando trozos de historia.

La monarca se había olvidado de ese detalle y no le había dado la menor importancia. Tras guardar silencio durante cinco años, la reina, en privado, confesó a su hijo Carlos que Burrell le había advertido que guardaría algunos objetos de Diana y este pensó que la policía debería saberlo. Su memoria se refrescó después de una conversación privada con el ex empleado y confidente de la princesa. «Siento una enorme admiración por la reina», dijo luego el mayordomo en una entrevista con el *Daily Telegraph* de Londres, «y lo que sucedió en esa reunión es algo que debe quedarse entre Su Majestad y yo». Por supuesto que no son pocos los que sospechan que la reina intercedió en el proceso para evitar incómodas revelaciones durante los testimonios.

A pesar de que el Palacio ha negado todos los rumores y especulaciones y ha dicho que la reina, aunque sospechosamente oportuna, no tenía más propósito que establecer la verdad, los abogados acusadores todavía tienen dudas.

Una vez que el féretro de la princesa se encontró colocado en medio de la nave real, el decano de Westminster, Wesley Carr, dirigió unas palabras sumamente sentidas: «En su vida Diana tuvo una influencia muy importante sobre esta nación y el mundo. Su memoria quedará guardada en nuestros corazones por su gran compasión y el arte de saber darle importancia a cada persona».

Durante la ceremonia, el conde Spencer, hermano de Lady Diana, estaba convencido de que la muerte de la princesa de Gales había sido ocasionada por la prensa: «Me parece que cada propietario y director de las publicaciones que pagaron por fotografías que explotaban la vida de Diana, que motivaban a individuos sin escrúpulos para que arriesgaran sus vidas para conseguir sus fotografías, tienen hoy las manos ensangrentadas», dijo. Nos preguntamos qué habrá pensado la dirección de la publicación del ¡Hola! cuando escuchó estas palabras.

Resultaba llamativa la manera en que el conde Spencer leía, frente al palacio de Kensington donde vivía su hermana, cada una de estas palabras con cierta ecuanimidad, pero con absoluta contundencia. Aunque se veía consternado, procuraba leer despacito, así, para que todo el mundo estuviera grabando sus palabras. «Yo ya sabía que la prensa acabaría con mi hermana», insistía en decir con voz grave. Era claro que lo que quería era denunciar a la prensa públicamente. Ante él había una fila de fotógrafos, camarógrafos y reporteros de todas partes del mundo. De allí que muy poco tiempo después se hubiera desatado una verdadera polémica tanto en Estados Unidos como en Francia e Inglaterra acerca de la responsabilidad de los fotógrafos que viven de la venta de las fotografías de personalidades internacionales. «Vamos Di, alza la vista. Si nos permites una foto, puedo llevar a mis hijos a una escuela mejor», le recordaban a Diana cada vez que podían. El *paparazzi* español Yolando Doto dijo que recibió miles de dólares por fotos de Diana cuando se encontraba de vacaciones en 1994 en Marbella. «Mi trabajo responde a una fuerte demanda del público. Formamos una cadena. ¿Quién tiene la culpa? ¿El público que las demanda, los directores que las compran o los *paparazzi* que las conseguimos?», preguntó.

Curiosamente, en Francia existen leyes más rigurosas en torno al respeto a la vida privada tanto de políticos como de representantes del medio artístico pero, al mismo tiempo, se asegura que es allí donde los *paparazzi* son más salvajes. Si mal no recordamos, el artículo 9 del Código Civil es el que castiga muy duramente a aquellas personas que lleguen a infligir esta ley. Entre los fotógrafos que perseguían en motocicletas el Mercedes 600 en donde viajaban Lady Di y su compañero Dodi Al-Fayed, fueron finalmente detenidos seis franceses y uno originario de Macedonia. Después del accidente, algunos lograron tomar varias fotografías, por lo cual podrían haber sido doblemente inculpados por la ley francesa, ya que es un delito no asistir a personas en peligro. Pero el colmo de los colmos es que muchas de estas fotografías ya habían sido vendidas a diferentes medios. ¿Al ¡Hola!? «Nos las ofrecieron por un cuarto de millón de dólares. Las rechazamos. Retamos a la prensa mundial a unírsenos y rechazarlas. Hay una diferencia entre observar a las celebridades y acorralarlas», dijo el editor de NBC, Steve Coz, en el programa *Meet the Press* de NBC.

Respecto a la posible responsabilidad que haya podido tener la prensa en la muerte de Diana, el noticiario de

TV5 (televisión francesa) organizó un debate entre varios fotógrafos de diferentes publicaciones. El de *Paris Match* defendía a capa y espada a sus colegas. «Lo que debió de haber hecho la princesa de Gales al verse tan acosada por los fotógrafos en esos momentos fue lo que solía hacer el ex presidente Mitterrand cuando se encontraba en las mismas circunstancias. Es decir, que debió de haberse bajado del coche y haberles dicho: "Señores, tómenme rápidamente las fotos y después retírense, por favor"»

Pero este tipo de iniciativas ya las había tomado Lady Di. En otro programa especial de MVS se veía a la princesa esquiando en Suiza con sus dos hijos. Al mismo tiempo aparecía en la pantalla una nube de fotógrafos que la seguían por todos lados. De pronto se vio un *close-up* de Diana dirigiéndose hacia ellos a la vez que cubría con su mano el lente de una de las cámaras. Súbitamente apareció la imagen toda en blanco y su voz que decía con toda educación: «Por favor, cuando estén mis hijos no tomen fotografías. Se los suplico. No quiero que ellos padezcan lo que yo». Luego se escuchaba a los fotógrafos rogándole que se dejara fotografiar. Al ver tal resistencia, Diana optó por retirarse. Lo que las cámaras captaban después era la retirada de una madre angustiada, triste y harta de los fotógrafos.

Lo que más le angustiaba a la pobre de Diana era esta constante persecución por parte de los fotógrafos. «No sé nunca dónde van a estar las cámaras. En un día normal soy seguida por cuatro autos; pero cuando vuelvo al mío, me encuentro con seis fotógrafos brincando a mi alrededor», dijo en una de sus tantas entrevistas. Su hijo mayor, Guillermo, entonces de quince años, odiaba a la prensa. Este joven es conocido por una timidez enfermiza y una de sus mayores preocupaciones es verse perseguido por los *paparazzi*. Era tal su angustia que cuando era muy niño su madre se reunió con todos los directores de los principales diarios londinenses para explicarles que deseaba respeto para la vida de sus hijos.

Por otro lado, nos preguntamos qué tanto odiaba, realmente, Diana a la prensa. En muchas ocasiones que aparecía rodeada entre fotógrafos y camarógrafos, más que aparecer irritada, se veía sumamente sonriente; mirando hacia las cámaras con esa mirada suya tan peculiar: de abajo para arriba y de arriba para abajo. Se hubiera dicho que entre ellos, por momentos, existía una complicidad. Incluso a veces les coqueteaba inocentemente. Era como un juego que se había establecido. Al cabo de unos años de matrimonio, al verse tan abandonada por su marido, ¿qué tanto necesitaba de esta prensa para sentirse querida y para reafirmar su seguridad? ¿Qué tan narcisista era en el fondo Diana? Al haberse convertido en una de las mujeres más fotografiadas del mundo, ¿no era esta una manera de vengarse de una familia política que le hizo la vida imposible? En su fuero interno, ¿no la enorgullecía sobremanera saberse el miembro más popular de la corona británica? ¿Qué tan víctima o responsable resulta Diana a causa de esta popularidad sin límites? *Yo nunca juzgué la personalidad de la princesa de Gales. Ahora que ya no se puede defender, sería muy injusto. Al contrario, siempre admiré su personalidad, su filantropía, su gran sentido humano, su encanto y elegancia. Podría decir que después de haberla seguido durante tantos años y de haber incluso asistido, con los setecientos millones de telespectadores a su boda, siento que le tomé afecto. De alguna manera siempre la compadecí por tener una familia política como la Windsor. Siempre pensé que gracias a ella la* corona británica se había humanizado y que hasta había contribuido en quitarle miles de telarañas que traía arrastrando desde hacía siglos. Sin embargo, no puedo dejar de preguntarme: cuando se es una personalidad pública mundialmente conocida, ¿qué tipo de relación se establece con la prensa? Siendo una mujer tan seductora como era Diana, ¿hasta qué punto le gustaba salir con esa frecuencia en toda la prensa del mundo? (Tengo entendido que revistas como el ¡Hola! pagan mensualmente a los personajes que más fotografían.)

Unos días después del accidente se dijo que el chofer que conducía el automóvil de Lady Diana, *monsieur* Paul, número dos de la seguridad del Ritz, estaba borracho. Si se hubiera confirmado esta información, entonces, ¿hubieran dejado de ser responsables del accidente los fotógrafos que perseguían a Lady Diana y a su compañero? Aún nos preguntamos, ¿hasta dónde tienen derecho los fotógrafos de meterse en las vidas privadas, aunque se trate de princesas famosas? ¿Y hasta dónde son ellas responsables de dichos abusos? ¿Cuánto lo fomentan? Y, ¿qué responsabilidad tenemos los que compramos ese tipo de prensa?

12

Una merienda de locos muy sofisticada

Una noche, Sofía tuvo un sueño sumamente extraño. En él se veía rodeada de algunas personas alrededor de una mesa, sobre la que había muchas tazas de té preparadas. Sofía no podía ver la totalidad de la mesa, solamente el trozo donde se encontraban exactamente nueve tazas de la más fina porcelana española. En un extremo de la mesa había un sillón verde enorme que parecía estar allí precisamente para Sofía, de manera que fue y se sentó en él. El contraste entre el tamaño del sillón y la estatura de Sofía hacía que ella se viera aun más pequeña; parecía una niña de diez años.

Curiosamente a Sofía le daban muy poco de comer y de beber. Sin embargo, al cabo de un rato ella misma optó por servirse una taza de té, una rebanada de pan y un poquito de mantequilla. Era raro que se hubiera servido, porque se había dado cuenta de que no tenía plato; tampoco los otros invitados tenían plato y también comían. De pronto, todos cambiaron de sitio (esa era la regla en esa extraña merienda), y Sofía tuvo que ocupar el puesto de una señora con un aire muy distinguido, vestida de una forma muy elegante y excesivamente enjoyada. A su lado se encontraba otra invitada con un físico asiático. Llevaba un sombrero negro de ala muy ancha. Sofía miraba atentamente cómo acababa de verter la jarra de leche en el plato. Así que seguramente el plato y la jarra de leche estarían ocultos detrás de esa tetera gigantesca.

Súbitamente Sofía descubrió, en medio de la mesa, un pastel de varios pisos, decorado con flores de merengue de colores rosa y blancos. En el centro, se leía: «¡Felicidades!», escrito con letras anaranjadas.

—Les puedo preguntar qué están festejando —dijo Sofía peinada igual que Alicia en el País de las Maravillas.

—A ti, *darling*. Te queremos entregar un premio, por haber sido desde hace muchos años, justo desde que tenías catorce, una lectora muy voraz y fiel al ¡Hola! Tú, como ninguna otra, conoces vida y milagros de nosotros, los asiduos de la publicación —la que hablaba era nada menos que Wallis Simpson, esposa de Eduardo VIII. La misma que hace muchos años, había puesto en crisis a la monarquía del imperio británico. «El amor o el trono», le habían preguntado al que era entonces su prometido, el rey Eduardo VIII y que había sido coronado en enero de 1936. La misma mujer que había escandalizado a los conservadores y estremecido a los románticos.

—Mucho gusto, señora, y gracias por lo del premio… Pero quien en realidad debería de recibirlo es mi tía Guillermina, ella fue la que me introdujo al mundo del ¡Hola!, el País de las Maravillas. Yo se lo llevaré en su nombre. ¿Así es que estoy frente a Wallis Simpson? ¿Quién me lo iba a decir? La verdad es que nunca pensé que la conocería personalmente. Deje que se lo cuente a la tía, se va ir de espaldas… Aprovechando nuestro encuentro, ¿podría hacerle, con todo respeto, una pregunta que siempre me ha intrigado acerca de su azarosa vida?

—¡Que la haga, que la haga! —gritaban los demás invitados que continuaban cambiándose de lugar constantemente.

—Pues bien, señora Simpson, ¿qué tenía usted para haber enloquecido al rey al grado de que terminara abdicando al trono de Inglaterra? Porque, con todo respeto, no es que hubiera sido usted una belleza arrolladora, ni tampoco una mente especialmente brillante.

Wallis miró fijamente a Sofía. Se acomodó, con su mano enguantada, el collar de tres hilos de perlas que llevaba alrededor del cuello, y con una actitud de absoluta arrogancia le respondió:

—Lo que lo tenía así de hechizado era que yo era la única persona que hacía reír al rey. He ahí un arma infalible. Yo era la única que le irradiaba alegría; la única que lo hacía sentirse seguro de sí mismo. Y la única que había despertado en él el volcán que llevaba en su interior. Mira, pequeña, ese verano de 1936 habían llegado a Londres los grandes titulares de la prensa de todo el mundo que decían: «La señora Simpson se divorciará próximamente de su segundo marido para convertirse en la reina de Inglaterra». Recuerdo que el primer ministro, Stanley Baldwin, y el arzobispo de Canterbury se aliaron con la reina madre para anunciar su determinación: «Una mujer que se ha divorciado dos veces no puede ser reina de Inglaterra», decían los hipócritas. Mi marido, el rey Eduardo VIII estaba desesperado. Un día se encerró durante horas en su recámara. Y al día siguiente, el 10 de diciembre, por fin apareció públicamente; se le veía contento, de buen humor. Unas horas más tarde todos lo ingleses oían por la radio un mensaje de su rey, Eduardo VIII: «He encontrado imposible asumir mis deberes de rey sin la ayuda y el apoyo de la mujer que amo. Por esta razón, he abdicado a favor de mi hermano». Fue así como, en junio de 1937, Eduardo VIII fue nombrado duque de Windsor, y ese día se convirtió en mi marido. A partir de esa fecha ambos nos retiramos de la vida pública. En 1940, el duque de Windsor fue nombrado gobernador de las Bahamas, donde vivimos varios años. A partir de 1953 nos instalamos en Neuilly, cerca de París y, a falta de un verdadero trono, ambos reinábamos entre la crema y nata parisina. Por cierto, Sofía, y esto te va a interesar mucho: para esas fechas el semanario ¡Hola! se había ganado un lugar entre las revistas más leídas de España y cubrió en varias ocasiones las fiestas y eventos de la alta sociedad francesa, en donde se encumbraba la imagen de la duquesa de Windsor como un ejemplo de perfecta *maîtrasse de maison*; además de ser considerada, naturalmente, como la mujer más elegante del mundo. No te olvides, *darling*, que yo fui la creadora de aquella frase, conocida y repetida en todo el mundo: «Nunca se es demasiado rico, ni demasiado delgado». Bueno, el caso es que el duque y yo fuimos siempre muy felices y, con el tiempo, nos convertimos en el símbolo del amor.

Sofía la escuchaba muy atenta, mientras disfrutaba de su pan con mantequilla. De pronto, se dio cuenta de que la señora del sombrero que se encontraba a su izquierda y que llevaba unos anteojos oscuros muy grandes se lo había cambiado por uno de rafia en color fucsia. La verdad es que también le quedaba divinamente.

—¡No siempre, señora Simpson —dijo Sofía no sin timidez. Y haciendo acopio de una voz muy firme y clara, agregó—: Con todo respeto, no siempre fueron tan felices como usted asegura. Eso es lo que decían los ejemplares del ¡Hola! de aquellos años. Pero usted, mi querida duquesa de Windsor, no era ni de lejos aquella mujer dulce, apasionada y entregada que nos hicieron creer. Esto lo descubrí mucho tiempo después, gracias al libro *The last of the Duchess* (*Lo último de la duquesa*), de la periodista Carolina Blackwood. Ahí la autora nos muestra quién era realmente Wallis Simpson desde el otro lado del espejo. La pareja de Windsor, que provocaba tantos suspiros, no vivía dentro de un cuento de hadas como tantas veces nos habían dicho, sino en el interior de una telenovela llena de angustias, reproches, celos y silencios larguísimos. En 1950, trece años después de haberse casado, usted se enamoró perdidamente de un *playboy* estadounidense y bisexual llamado Jimmy Donahue, uno de los herederos de la fortuna Woolworth, quien en muy poco tiempo se convirtió en compañero inseparable de sus viajes a Nueva York. Parece que Jimmy tenía un curioso sentido de humor y que usted era su mejor público. Tanto en la *jet set* de París como en la de Londres, la anécdota más contada era su mejor chiste, que consistía en acercarse a la mesa, abrir la bragueta de su pantalón y mostrarse a plenitud sobre el plato exclamando: «Tienen ante sus ojos una maravillosa clase de salchicha». Cinco años después, usted decidió romper su relación con Jimmy y, al cabo de una década, su ex amante fue encontrado muerto a causa de una sobredosis de droga, en el espléndido departamento de su madre en la Quinta Avenida de Nueva York. Además de ese pequeño detalle en su vida matrimonial, a decir de algunos amigos suyos, usted siempre fue sumamente impositiva e iracunda y trataba con la punta del pie a su marido a quien, decían, dominaba por completo. Y bueno, entre otras de sus debilidades se mencionaba su pasión por las joyas y por la ropa. Cuando viajaba llevaba consigo más de treinta maletas. En diversas ocasiones el ¡Hola! hizo mención de sus distintivas alhajas y de la elegancia en su vestir. A pesar de todos los lujos con los que vivía (sirvientes, mascotas, fiestas, viajes), usted decía que el duque era avarísimo y que odiaba dar propinas. ¿Ya se le olvidó el espléndido palacio que tenía en el Bois de Boulogne y que, por cierto, después compró Mohamed Al-Fayed, padre de Dodi, para regalárselo a él y a Diana cuando se casaran? Cuando en 1972, después de una agonía atroz, murió el duque, usted decidió encerrarse en una casa inmensa en París. En medio de una soledad absoluta, con todo respeto, empieza a envejecer, acompañada solo por sus recuerdos y por su eterno mayordomo. La única persona que tenía derecho a verla (se pasaba la vida encerrada en su recámara) era la abogada Suzanne Blume, que cuidaba de usted. Cuando tenía aproximadamente ochenta años la visitó uno de sus amigos íntimos. «Está irreconocible. Todo su cuerpo estaba negro. Parecía un changuito. No sé por qué la alimentaban a través de una pipa que tenía en el interior de la nariz», dijo impresionadísimo. Finalmente usted murió a los ochenta y nueve años. Según supe, las últimas palabras que dijo fueron: «¿Dónde están mis joyas? ¡Mis joyas, mis joyas, mis joyas!», gritando con desesperación. He ahí la verdadera y triste historia de amor de los Windsor.

Todos escuchan a Sofía en absoluto silencio. De pronto se oyó uno que otro aplauso, pero curiosamente no venían de los invitados, sino que procedían del fondo de un bosque sumamente frondoso. Para entonces, la señora del sombrero se lo había cambiado por otro de estilo totalmente distinto al anterior; ahora estaba forrado de tela con lunares. La señora se veía aún más guapa. La duquesa de Windsor estaba demudada. Con la mirada hacia abajo y sin decir una sola palabra, poco a poco, se fue incorporando de su silla. De repente desapareció totalmente del escenario. Fue en ese momento cuando intervino la señora de los sombreros.

—¡Ay, Sofía! Creo que has sido un poco injusta con la pobre Wallis. ¿Viste qué triste se fue de la reunión? ¡Qué manera de juzgarla! —Dijo al mismo tiempo que se retiraba los lentes negros—. No te olvides que durante mucho tiempo fue para millones de mujeres el ejemplo de la elegancia y de la disciplina. Además, su historia de amor hizo vibrar a muchos corazones en todo el mundo…

—¡Ay! Pero si es usted Isabel Preysler. Híjole, siempre la he querido conocer en persona. Es usted mi heroína. ¡Qué maravilla! —exclamó entusiasmada, Sofía.

En el sueño, la Preysler se veía como siempre solía verla Sofía en las fotografías del ¡Hola!, es decir, bella, sofisticada y diferente a las demás asiduas de la revista. Admiraba a la Isabel fotografiada millones de veces a todo color, en blanco y negro y hasta en sepia, en páginas completas y centenares de portadas de la revista ¡Hola! En uno de estos reportajes, por cierto, decían que Isabel no se consideraba guapa ni inteligente ni tonta ni ambiciosa y mucho menos, calculadora. En la entrevista se definía a sí misma como un ama de casa, devota de sus hijos, a la que la pasión y el azar han colocado en el centro del huracán. *¡Ay, qué Isabel, tan modesta!*, pensaba Sofía.

—Permítanme presentarme. Tal vez entre ustedes, haya algunas personas que no me conocen —dijo la Preysler a sabiendas de que todos los presentes sabían perfectamente quién era—. Nací el 18 de febrero de 1951 en Manila, Filipinas. Apenas saliendo de la adolescencia, mis padres decidieron mandarme a España y me instalé en Madrid, en casa de mis tíos —Tessi y Miguel Pérez Rubio—. Pronto comencé a asistir a distintas fiestas de la alta sociedad madrileña y, en una de ellas, organizada por Tomás Terry, conocí a Julio Iglesias. El amor hizo que dejara de lado mis estudios de Secretariado Internacional y nos casamos en 1971. Cuando nos separamos definitivamente en 1978, teníamos tres hijos en común: Chabeli, Julio y Enrique. Dos años más tarde, siempre tratando de mantener a mis hijos al margen de mi vida sentimental (y de la expectación que causaba en los medios), me casé con el marqués de Griñón. De dicha unión, en 1981, nació mi hija Tamara, tres años antes de que comenzaran a surgir rumores sobre una posible crisis matrimonial, que se confirmó en 1985. Después, me enamoré perdidamente de Miguel Boyer, ex ministro de Economía y Hacienda de España. Mi decisión de vivir juntos, después de oficializar nuestra relación, supuso un auténtico tornado de noticias que ocuparon, semana tras semana, las portadas de todos los semanarios de actualidad social y, por supuesto, la del ¡Hola!

—¿Te puedo hacer, con todo respeto, una pregunta, Isabel? —intervino de pronto, Sofía—. Siempre me he preguntado, ¿qué diablos tiene Isabel Preysler para haberse convertido en una de las mujeres más notables en la vida social y política española en las dos últimas décadas? ¿Por qué cuando una mujer descubre una de sus fotografías, publicadas semana a semana en el ¡Hola! y en diversas revistas, se queda largo rato admirándola y envidiando su belleza? ¿Cómo hará, Isabel Preysler para salir en las fotografías siempre tan guapa, bien vestida, contenta, satisfecha, polveada, peinada, tan serena y tranquila como si acabara de despertar de una siesta eterna? Para lucir como si tuvieras treinta y tres años, ¿acaso tendrá Isabel Preysler signado un pacto con algún diablo filipino? ¿Es cierto que cuando haces el amor, tus gritos de placer llegan hasta la cima del Himalaya?

—¡Ay! ¡Pero qué niña tan graciosa y tan impertinente! ¿De dónde sacas tantas cosas? No, no Sofía, no tengo ningún pacto con ningún diablo. Tal vez mi buena forma se deba a mi trabajo, y claro, al amor de mi marido y de mis hijos. Te confieso que me gusta la vida. Ahora bien, respecto a lo de los gritos que llegan tan lejos, pues mira, no sé qué contestarte. Habría que preguntarles a mis ex maridos y a mi marido. Quizás así es y esa respuesta tan intensa es lo que me mantiene tan vital. Pero de lo que quisiera hablarte es de mi trabajo. Hace veinte años empecé a trabajar en Porcelanosa. Me contrataron para expandir su imagen. Ese iba a ser el comienzo de una relación que muy pronto superaría las barreras de lo estrictamente profesional, para convertirse en la gran amistad que hoy existe entre la empresa y yo. Estoy inmensamente agradecida por el trato y el cariño que he recibido de toda la familia Porcelanosa. Como le dije al ¡Hola! recientemente, creo que este trabajo ha sido uno de los grandes aciertos de mi vida. He tenido muchas satisfacciones gracias a él. Como cuando llevé mi imagen para que Porcelanosa pusiese sus ojos en el Reino Unido, en concreto, para colaborar activamente con una fundación que preside Carlos de Inglaterra.

»Pero, claro, no sería aquella la única visita a Highgrove. En julio de 2005, Porcelanosa estuvo con el espectáculo flamenco de la bailaora Sara Baras. Tú, que sabes todo, Sofía, habrás sabido que el príncipe de Gales visitó la fábrica de Porcelanosa en Villareal (Castellón). Era la primera vez que un futuro rey ponía sus pies en el imperio de la cerámica. Y era la primera vez que la empresa había tirado la casa por la ventana, como se suele decir, para darle un gran recibimiento. Una gran fiesta a la que asistieron numerosos rostros conocidos pertenecientes a los distintos ámbitos sociales. Hollywood tampoco ha estado ausente en todos estos años que he colaborado con Porcelanosa. Por ejemplo, cuando el famoso John Travolta se ponía al mando de su avión y cruzaba el Atlántico para presenciar en Inglaterra un Trofeo de Polo Porcelanosa o el ex agente 007, Pierce Brosnan, que tampoco desoyó la llamada de Porcelanosa para compartir con el príncipe Carlos y otros invitados un agradable día de campo en Berkshire. Mira, Sofía, de mí se han dicho muchas cosas: "Isabel me parece una mujer guapísima y muy carismática", dijo Kevin Costner; "¡Qué mujer tan interesante! Tenemos que tratarla más porque será una joya en nuestras vidas", agregó. Pero también se han dicho cosas desagradables de…»

No acababa Isabel de terminar su frase cuando ya se estaba, de nuevo, cambiando su sombrero, esta vez por uno de plumas negras de avestruz. Estaba a punto de agregar algo más, cuando de pronto, fue interrumpida por dos señoras de mediana edad que gritaban al unísono:

—*Chapeau, chapeau!*, por Isabel. Porque ha logrado, después de todo lo que ha pasado, ser feliz y que sus gritos de amor se escuchen hasta lo más alto del Himalaya.

Se trataba de las famosísimas hermanas Koplowitz. La morena, se llamaba Esther y cuando no hablaba siempre parecía muy pensativa. Vestía un traje sastre blanco del que asomaba una camisola negra. No llevaba ni adornos ni collares. Alicia era la rubia; ella se veía triste y siempre parecía que estaba posando para las cámaras del ¡Hola! También de traje sastre, el suyo era negro, con camisola blanca debajo. Lucía un collar de perlas de un solo hilo. De las dos, Esther era conocida como la sensata y Alicia, desde pequeñita fue la más alegre de las dos, aunque con la edad y con el paso del tiempo se había vuelto demasiado melancólica. Ahora resultaba que la morena era la animosa. Las dos eran madres y divorciadas. Las dos debían haberse sentido muy solas después de su respectivo divorcio, ya que muchos de sus amigos les dieron la espalda.

Cuando tenían apenas quince y diecisiete, las Koplowitz conocieron a los Albertos (Cortina y Alcocer, primos entre ellos), «jetseteros» de medio pelo, bastante insignificantes. Poco tiempo después se casaron con ellos. Esther y Alicia, hijas de Ernesto Koplowitz, eran riquísimas y muy guapas, pertenecientes a la *beautiful people* y futuras herederas de una de las fortunas más colosales de España.

Ni tardos ni perezosos, los Albertos se pusieron a trabajar en los múltiples negocios de su suegro. Con el tiempo, y después de la muerte de don Ernesto, en 1962 Alberto Cortina tomó la presidencia de Construcciones y Contratas, empresa valuada en millones de euros; mientras el otro Alberto era nombrado vicepresidente. Demostrando gran habilidad y dedicación, en pocos años los Albertos, como empezaban a llamarlos, incrementaron y multiplicaron el patrimonio de sus mujeres. Mientras las cada día más Ricardas (por ricas) tenían hijos, los cuidaban y educaban, se embellecían y hacían vida social, sus maridos agregaban ceros y más ceros a los activos del imperio de sus esposas.

Así, todo era felicidad y armonía, tal y como lo contaba el ¡Hola! del País de las Maravillas. Hasta que, un buen día, Alberto Cortina fue sorprendido por la cámara del *paparazzi* de, precisamente el ¡Hola!, a las puertas de un hotel de Viena acompañado de Marta Chavarri. Al enterarse, Alicia Koplowitz anunció su separación; Alberto se vio obligado a dimitir como presidente de Construcciones y Contratas y decidió irse a vivir con Martita.

El otro Alberto se convirtió en administrador único del imperio Koplowitz. El gusto no le duró mucho tiempo, pues meses después otra cámara de otra publicación española lo sorprendió en pleno romance con la joven Margarita Hernández. Esther Koplowitz siguió el ejemplo de Alicia y se separó de su marido.

Así, para 1990, Alicia tomó la presidencia de Construcciones y Contratas, que luego pasó a llamarse Fomento de Construcciones y Contratas (FCC); y Esther la vicepresidencia.

Naturalmente, los Albertos se pusieron furiosos. Además de perder trabajo, mujeres y prestigio, no estaban dispuestos a perder la fortuna de la que, insistían, les correspondía el cincuenta por ciento de las acciones. Por su parte, Esther y Alicia, consideradas entre las mujeres más ricas de Europa, tampoco estaban dispuestas a regalar su fortuna a dos de los hombres más ricos de España, teniendo en cuenta que, además, mientras estuvieron a cargo de la empresa, el salario de cada uno de sus esposos había sido de cincuenta millones anuales de las pesetas de aquel tiempo. Las Koplowitz estaban dispuestas a luchar hasta las últimas consecuencias para salvaguardar la herencia de sus padres y para que esta pasara a manos de sus hijos (seis, entre los dos matrimonios), y no a las de los hijos que pudieran tener sus maridos en el futuro.

Muchos pensaron que la tragedia uniría más a estas dos hermanas, pero había algo más fuerte que, poco a poco, fue imponiéndose entre las dos: el imperio del dinero.

Tiempo después, en varios periódicos se destapó la noticia: «Alicia Koplowitz pone en venta el veintiocho por ciento de FCC». Las razones por las que Alicia tomó esta decisión no las sabremos quizá nunca. Se especuló que sus tres hijos —Alberto, Pedro y Pelayo— querían la división patrimonial, que Alicia quería dinero y solo dinero. En fin, que así sucedieron las cosas.

La ruptura definitiva entre las Koplowitz se consolidó cuando Esther acordó comprar las acciones de su hermana por 136,624 millones de pesetas. Los últimos días de negociación fueron los más duros y los que generaron más odio entre las dos. Ya ni se hablaban. ¡Pobrecitas Ricardas! (por ricas, ahora física y económicamente hablando).

—Yo, ya no sé ni quién soy —dijo súbitamente Alicia.

—Recuerda, hermana, a mi padre. Recuerda todo lo que tuvo que pasar para que sus hijas ocuparan un lugar privilegiado en la *jet set* de Madrid. No te olvides que cuando llegó a España era tan solo un pobre albañil polaco —agregó la hermana morena.

En ese momento intervino Sofía, que no salía de su asombro por encontrarse frente a estas millonarias tan famosas.

—Así es —dijo—. Yo leí en el ¡Hola! que don Ernesto tuvo que trabajar muchísimo durante muchos años para que sus dos hijas adoradas pudieran ocupar el séptimo lugar entre las mujeres más ricas del mundo, como ocurre ahora.

—¿De verdad somos tan millonarias en dólares como asegura la prensa mundial? —preguntó Alicia, ignorando completamente la presencia de Sofía.

—Claro, mucho más ricas que Slim, el millonario mexicano. Los periodistas dicen que nuestra fortuna es de dos billones y medio de dólares, pero en realidad es superior. Si confesáramos realmente lo que representa todo el grupo Construcciones y Contratas ocuparíamos el segundo lugar entre las mujeres más ricas del mundo. Pero, sinceramente, no me atrevo a decirlo. Ya bastante acoso tenemos ocupando el séptimo —contestó la morena.

—Pero queridas amigas, confiesen que cambiarían todos esos millones por un amor sincero que las acompañara des-in-te-re-sa-da-men-te a las fiestas y que cuando les dijera «¡Te quiero, mujer!», se olvidaran de la existencia de los siete mil seiscientos veinticinco billones de pesos —les dijo Sofía, pero las dos continuaron ignorándola.

Las hermanas se dirigieron hacia Isabel Preysler y empezaron a preguntarle si no vendía sus sombreros.

—¡Claro! Pero cuestan miles de euros… —les decía a las dos, que no dejaban de probárselos y arrebatárselos entre ellas.

De pronto apareció un señor. Qué extraño que una vez comenzada la merienda se hubiera presentado un invitado más… Ya era tardísimo para llegar a un té; sin embargo él se veía muy tranquilo. Hasta llegó cantando aquella canción que se llama *Un hombre solo* y de la que se habían vendido millones de discos en todo el mundo. Claro, se trataba nada menos que de Julio Iglesias, vestido completamente de blanco, con el pelo en desorden, con su eterna sonrisa y muy bronceado por el sol. A pesar de su *look* tan seductor, había algo en su mirada que lo delataba como si efectivamente fuera el hombre más solo del mundo. ¿Cómo era posible que un cantante tan famoso como Julio, que ha vendido doscientos cincuenta millones de discos en todo el mundo, que ha recibido dos mil seiscientos discos de platino y que ha tenido el honor de haber sido el único intérprete en la historia de la música en haber recibido el disco de diamantes del libro *Guiness de los récords* por haber vendido más discos en el mayor número de idiomas..., se sintiera el hombre más solo del mundo?

—Disculpen la tardanza, pero es que como estoy preparando seis discos, pues ya se imaginarán lo ocupado que estoy. Además mi avión Falcón, el mayor de los *jets* particulares de ese tipo, no estaba listo. Pero ya estoy aquí para cantarles, charlar y festejar a esta pequeña tan maja —dijo refiriéndose a Sofía.

Seguidamente se acercó a ella y empezó a cantarle muy quedito al oído: «*El despertar de tu carne / tu inocencia salvaje / me la he bebido yo / me la he bebido...*»

Sofía no lo podía creer. No pudo evitar sentir un millón de mariposas en el estómago. Estaba emocionadísima. Por extraño que pareciera se había quedado sin habla. No sabía qué decirle. Entonces, como por arte de magia, se le vino a la cabeza una pregunta.

—Perdone, señor Iglesias, ¿cómo hace para mantenerse usted tan joven y tan guapo? Tengo la impresión de que usted no envejece nunca; de que usted es eterno y que siempre será físicamente igual a como sale en las portadas del ¡Hola!

Julio se rió y miró a la niña con mucha ternura. Después de acariciarle la cabeza le respondió:

—En efecto, Sofía, por ahora no siento la vejez. Pero algún día, cuando sea viejo, feo y arrugado, cuando el mucho pensar me haya arado la frente, lo sentiré terriblemente. Ahora encanto a todo el mundo, vaya donde vaya, pero, ¿tú crees que siempre será así? No, Sofía. Y créeme que lo lamento. La belleza es uno de los grandes hechos del mundo, como la luz del sol o la primavera.

Es incuestionable. Para mí la belleza es la maravilla de las maravillas. El auténtico misterio del mundo, es lo visible no lo invisible. ¿Verdad Isabel? —preguntó mirando hacia el lugar donde se encontraba su ex mujer.

Sofía y el resto de los invitados lo escuchaban asombrados con los ojos muy abiertos, sin atreverse a interrumpirlo.

Se dirigió de nuevo hacia Isabel Preysler y le dijo en tono de consejo que realizara su juventud mientras disponía de ella. Que huyera de lo aburrido, lo ignorante, común y vulgar. La incitó a que viviera su maravillosa vida siempre buscando nuevas sensaciones. Que no tuviera miedo de nada. Isabel lo escuchaba con indiferencia… Estaba demasiado ocupada, vendiendo sus sombreros firmados por Ives Saint Laurent y Christian Lacroix.

—Te he de decir, Sofía, que mi juventud también se debe a que tengo hijos muy jóvenes, la generación de mis hijos mayores también es muy deportista y mis hijos pequeñitos están siempre corriendo de un lado para otro y…, te dan juventud, te dan fuerza y ganas de mantenerte fuerte. También el escenario es parte de mi gimnasia, porque estar de pie dos horas con el estómago contraído y con los pies pegados a la tarima es un buen ejercicio.

—¿Y te olvidas del amor Julio? Cuando eso fue precisamente lo que mantuvo siempre tan joven a tu padre. Fue gracias al amor, palabra que nunca mencionaste en el discurso que nos acabas de regalar. No hablas del amor, ¿verdad, Julio? —La que preguntaba con tanta autoridad era ni más ni menos que Ronna Keitt, la viuda de Julio Iglesias Puga, padre del cantante—. Tu padre sí creía en el amor. Supo del embarazo de nuestra hija antes de morir, lo que lamentablemente ya no supo es que fue niña. Aunque tu padre al morir tenía ochenta y nueve años de edad, a veces parecía más joven que tú. No te ofendas, pero así era. Lo recordaré cómo el hombre de mi vida, al que he querido con toda el alma y al que no voy a olvidar nunca.

—Hombre, Ronna, me alegro por ti. No me ofendo, mujer. Al contrario, estoy feliz con mi hermanita… Yo también tenía muy buena relación con mi padre. Él era mi consejero, mi amigo. Y yo estaba muy unido a él. Lo tengo muy presente y creo que no se ha ido de mí. Cada vez que hago cualquier cosa lo tengo en cuenta, como ahora que voy a sacar un disco y pienso qué opinaría. Además, era mi fan incondicional. Era una maravilla. Tenía sangre de campeón.

—Yo también le conocí y era simpatiquísimo, Julio. Además, era un hombre muy bueno, era todo bondad —dijo de repente Sarita Montiel.

No. No era posible que también estuviera en el sueño de Sofía la artista de cine y cantante que tanto había admirado, especialmente con las películas *El último cuplé* y *La violetera*. No, no era posible que ahora Sofía compartiera la mesa con la mujer que le había enseñado a cantar: «*Fumando espero, al hombre que yo quiero*»; la mujer que le había enseñado a bailar tango y la mujer que la había hecho soñar en el amor cuando apenas era una adolescente. ¿Cuántas veces escuchó Sofía el disco de la película *El último cuplé*? ¿Mil, dos mil, seis mil veces? Tal vez hasta más. ¿Cuántas veces había bailado frente al espejo con una pañoleta blanca en la cabeza aquel chotis que cantaba Sarita y que decía: «*Un día de San Eugenio, yendo hacia el palco, lo conocí…*» Y cuántas veces no había observado durante horas la portada del elepé en cuya carátula aparecía la fotografía de Sarita Montiel, guapísima, enfundada en un vestido amarillo canario, sumamente escotado. La tía Mina y ella se sabían de memoria todas las canciones.. Las dos se sabían de memoria los diálogos que sostenían Sarita y su enamorado, Maurice Renaud; las dos se sabían de memoria el guardarropa que llevaba la actriz y ambas sabían de memoria en qué momento lloraba, besaba o reía la protagonista a lo largo de la cinta. Después del éxito de esta película, tía y sobrina vieron las trece que filmó la actriz en México, entre las que se contaban: *Furia roja*, con Arturo de Córdova; *Necesito dinero*, *Ahí viene Martín Corona* y *El enamorado* con Pedro Infante. También juntas vieron *Cárcel de mujeres* con Miroslava y Katy Jurado; *Piel canela*, con Manolo Fábregas y *¿Por qué ya no me quieres?*, con Agustín Lara.

—Yo quería mucho al papá de Julio porque me llamaba por mi verdadero nombre: «Antonia», me decía con tono fuerte. Lo de Sarah me lo puse después porque así se llamaba mi abuela materna «Sarah», con «h» al final. Es un nombre sefardita. Y el Montiel, que no tiene nada de hebreo, me lo puse por el pueblo de Montiel, que tiene un castillo precioso en el que los reyes Isabel y Fernando pasaban algunas temporadas. De ese castillo sale una gran avenida que lleva mi nombre. De todas formas, cuando me bautizaron me pusieron cinco nombres. Fui bautizada como María Antonia Alejandra Isadora y Elipidia. Cuando nací, en medio de una familia muy, muy pobre, pesaba siete kilos (*y ahora pesa trece veces más*, pensó Sofía, la criticona). Mi padre era comunista y mi madre peinadora a domicilio. No aprendí a leer ni a escribir hasta los dieciséis años, por eso ahora tengo tan mala ortografía. Conocí a Neruda, a León Felipe y a Octavio Paz. También fui novia de Hemingway. Tuve muchos amantes, muchísimos. A todos los dejaba hechos un trapo. Dicen que llevé el erotismo al cine español. *Varietés*, *La violetera* y *El último cuplé* son mis tres mejores películas. No lo digo yo, lo dice Coppola y también estos locos divinos, el grupo de *rock* Placebo. Nunca he ido al supermercado, en mi vida, no distingo una chuleta de Ávila de un filete de pollo; no, hasta que no me llegan al paladar. (*Pero, qué tal se come todo lo que le traen del súper...*) He acompañado a mi hijo a por sus cosas, pero eso de ponerme el chándal o un suéter... Es que yo no me veo en un supermercado. Dios no me ha llamado para esos menesteres. Que si he sido feliz. Sí que lo he sido —dijo para en seguida sacar un habano y fumarlo tal y como le había enseñado Hemingway.

Sofía escuchaba a Sarita Montiel, quien en el sueño aparecía muy delgada y joven, con la boca abierta. En un momento dado quiso pedirle que cantara *Mi hombre*, pero no se atrevió.

—Como le dije un día a tu papá, Julio. La mujer debe ser puta por bondad, a ver si me explico: darse a un hombre por bondad, nunca despreciar al que te quiere, porque es un daño que después no te perdonas. Lo normal es hacer sexo. Hacer el amor cuando se está enamorado es lo más natural y maravilloso. Pero eso sí les digo, a mí los hombres nunca me han domado.

—Mujer, pero ¿qué dices? No te olvides que aquí hay una cría. Mira cómo te mira Sofía. Que no te quita los ojos de encima. Ya ni habla la niña *mejicana*... La has dejado demasiado impresionada.

¿Quién diablos era esa mujer vestida de novia? A Sofía se le hacía conocida, pero no daba con su nombre. *Híjole, la he visto tantas y tantas veces fotografiada en el ¡Hola! Pero, ¿cómo se llama? ¿Será la esposa de Felipe González? No. ¿La de Aznar? No. ¿Será una de las esposas de los Albertos? No. ¿Será la mamá de Ber-*

tín Osborne? No. ¿Será Blanca Martínez de Irujo? No. ¿Será Sonia de Harald? No, porque la reina de Noruega es muy rubia y esta novia es morena. ¿Será la reina de las barajas? No. Pero entonces, ¿quién es? Fue en el momento en que cambió de silla con la de la duquesa de Alba cuando se atrevió a preguntarle quién era.

—¿Cómo? ¿De verdad no sabe usted de quién se trata? —le preguntó incrédula doña Cayetana. Pero si es Carmen Martínez-Bordiu, la nieta de Franco.

—¡Ay claro! —exclamó apenada, Sofía. —Es que no la reconocí porque lleva un chongo y cambia mucho con el pelo recogido. Contra… Perdón, ¿con quién se va casar? O sea, ¿quién es el afortunado? —preguntó Sofía en un tono muy hipócrita, como para matizar su ignorancia.

—¿Cómo que con quién? Pues con su novio, el empresario santanderino José Campos. Este es su tercer matrimonio. La primera vez se casó con Alfonso de Borbón, duque de Cádiz, y la segunda con el anticuario Jean Marie Rossi. Discúlpeme, ¿es que acaso usted no lee el ¡Hola!?

—No nada más lo leo, ¡lo devoro!, mi querida Cayetana. Es que en mis sueños nunca uso anteojos.

—¿Qué dice?

—Nada, perdón. Pues el vestido está muy bonito. Seguramente es de un diseñador francés.

—Claro, se lo ha diseñado Christian Lacroix, tal vez el de influencias más hispanas de todos los creadores de moda conocidos internacionalmente. ¿Verdad que Carmen se ve preciosa con ese vestido de estilo totalmente Imperio? El diseñador ha querido ponerle un corsé en la parte delantera, pero que no se ve; es de satén y va recogido en el bajo de la espalda con el mismo lazo azul, bordado enteramente a mano, que lleva delante. Y mire usted, los zapatos están hechos a mano y son de raso blanco con lazo Gugrain. A mí me encanta ese color verde avellana. Los zapatos llevan dos remates de pequeñas perlas, también blancas. Mire qué bien se le ven esos dos broches: una mariquita, símbolo de la buena suerte, y una libélula, de la libertad.

—Oiga, doña Cayetana, y ¿cuándo se casan los novios?

—¿Es que no recibiste invitación?

—¡Claro que sí! Ya hasta le mandé su regalo de bodas. Voy a ir con mi tía Guillermina. También le mandaron a ella su invitación y hasta se compró un vestido en El Palacio de Hierro.

—Me alegro. Yo también me he casado varias veces. Mi primer marido se llamaba Luis Martínez de Irujo y era el sexto de los diez hijos de los duques de Sotomayor. Nos casamos el 12 de octubre de 1947 en el altar mayor de la Catedral de Sevilla; desgraciadamente murió de leucemia. Seis años después me casé con Jesús Aguirre y Ortiz de Zárate. Él había sido sacerdote y era un intelectual muy conocido. Pero, mire, mire qué bonita se ve la novia.

—Oiga, doña Cayetana, sino es indiscreción, ¿cuánto costó el vestido?

—¿El mío?

—No, no..., el que lleva puesto Carmen Martínez-Bordiu.

—Creo que cuarenta y ocho mil euros, que son como ocho millones de las pesetas antiguas. Yo lo encuentro un poco caro, pero es que es de Lacroix y está tan bonito, que poco importa su precio.

—¿Que Franco era muy rico o qué?

—¡Ay, niña! Y yo qué voy a saber.

Y como si nos hubiera escuchado la nieta de Franco, en ese momento, se puso de pie y dijo en voz muy alta:

—Para aquellas personas que dicen que gasto mucho en ropa, les quiero decir que he subastado mis trajes de alta costura por falta de espacio en mis armarios. (*Ah, yo creí que por falta de dinero... ¿Por qué nunca me avisó de la venta?*) Todos eran míos. Lo digo porque hubo quien dijo que no lo eran. Además, ¿cómo voy a vender lo que no es mío? ¿Que algunos no me han costado lo que le podrían haber costado a una señora de la calle? Pues sí. Depende de las circunstancias de las personas, de pronto hay unos precios especiales... Y no hay que olvidar que yo estaba trabajando en el mundo de la moda. Durante el tiempo en que trabajé para Versace llegamos al acuerdo de que en lugar de pagarme con dinero me haría trajes, porque en aquel momento a mí me interesaban mucho más los trajes que una retribución económica.

¡Dios mío! Cuántas explicaciones para justificar que su vestido de novia había costado la módica suma de 672,000 pesos mexicanos.

Bueno, pero, ¿quién era la duquesa de Alba, la más noble de las nobles? ¿Quién era esta mujer, una de las más ricas de España? ¿Quién era esta mujer, uno de los personajes habituales de las páginas del ¡Hola! a lo largo de cincuenta años?

Cayetana Fitz, mejor conocida como la duquesa de Alba, nació en Madrid el 28 de marzo de 1926. Connotada figura social, Cayetana es la tercera mujer que ostenta el título por derecho propio y posee más títulos que ningún otro noble en el mundo: es cinco veces duquesa, dieciocho marquesa, diecinueve condesa, condesa-duquesa y baronesa, además de ser catorce veces Grande de España. No sorprende entonces que el ¡Hola! le haya dedicado su portada en diversas ocasiones y que haya aparecido innumerables veces en sus páginas interiores.

A pesar de su trágica niñez, la duquesa de Alba desarrolló un excepcional gusto por la vida y por disfrutar de los placeres. ¡Hola! describe en la semblanza que publica de Cayetana que «su ensortijada cabellera se mantiene como símbolo de autenticidad de una mujer que ha sabido estar en su lugar y vivir según sus ideas. La vida de la duquesa de Alba, con el peso añadido de sus nobles antepasados, es sin duda excepcional.»

Cayetana se casó por vez primera el 12 de octubre de 1947, con Pedro Luis Martínez de Irujo y Artacoz, hijo de los duques de Sotomayor. La boda tuvo gran repercusión social, tanta que el periódico *Libération* la calificó en su época como «la boda más cara del mundo». De este matrimonio nacieron sus seis hijos: cinco varones y una niña, cada uno de los cuales posee un título nobiliario con Grandeza de España.

Tras veinticinco años de matrimonio muere don Luis Martínez de Irujo, en 1972, provocando en la duquesa de Alba una desolación que, poco a poco, superaría. Pero el amor es imprevisible y llega cuando menos se espera. Así le ocurrió cuando conoció a Jesús de Aguirre, un antiguo sacerdote jesuita once años más joven que ella y que sería, como Cayetana misma lo decía, el amor de su vida.

Contrajeron matrimonio en 1978. Tuvieron que hacer oídos sordos de las voces maliciosas que criticaron abiertamente la condición de que Jesús de Aguirre hubiera sido religioso y de la diferencia de edad entre él y la duquesa. A pesar de ello, nada pudo separarlos. Jesús era un hombre culto, doctorado en Teología, y que, además, se llevó bien con los hijos de Cayetana desde el principio. Desde su matrimonio se dedicó, con la ayuda de su hijastro Carlos, a gestionar el patrimonio familiar de los Alba.

Ciertamente se trataba de una pareja disparatada que rompía todos los esquemas. Jesús era promotor del diálogo entre cristianos y marxistas, amigo de filósofos como Aranguren, de curas progresistas y también de ministros socialistas como Maragall o Julián Campos.

Cayetana y Jesús se habían conocido brevemente en el Ministerio de Cultura por unas gestiones que tuvo que hacer la duquesa, relacionadas con la ópera. Pero fue tres años después, en el castillo del duque de Arión, en el pueblo de Malpica, en Toledo, donde empezaron a tratarse.

Hay quien dice que el encuentro había sido propiciado por el mismo duque Gonzalo Fernández de Córdoba y Larios, que tenía ganas de ver feliz de nuevo a su pariente Cayetana.

Después de aquel encuentro en Malpica, las relaciones entre Aguirre y la duquesa iban a ritmo tan acelerado como discreto. La duquesa estaba entusiasmada. Jesús era distinto. Aguirre era cortés y mordaz cuando convenía; sabía de todo y tenía una conversación brillante. Su aspecto era agradable, entre profesor de Oxford y *dandy* de Savil Road. Cayetana siempre había sido una duquesa atípica, amiga de gitanos, artistas, bohemios y toreros, apasionada del flamenco, pintora, cosmopolita, enormemente rica y enormemente libre.

La diseñadora María Rosa Salvador, pionera en la importación de los grandes modistos internacionales en España, recuerda perfectamente que diez días antes de la boda Cayetana se presentó en Dafnis, su tienda de Madrid, y le encargó con gran urgencia y en el mayor de los secretos su traje de novia.

Se supo después, por notas publicadas en el ¡Hola! que había sido Cayetana quien le había propuesto a Jesús Aguirre que se casaran. Y él, aunque estaba encantado y totalmente de acuerdo, se había encerrado una semana para reflexionar antes de dar el paso.

La boda se celebró en el Palacio de Liria el 16 de marzo de 1978.

La entrada de Aguirre a la casa de Alba no fue sencilla. «Al principio fue difícil», reconocía Cayetana, siempre cauta en sus eufemismos. «Era una persona nueva que entraba en nuestras vidas. Pero con el paso del tiempo se creó una armonía estupenda entre nosotros». Contra todo pronóstico, su matrimonio fue un éxito. Jesús era un hombre excepcional que no solo asumió con gran gusto y habilidad sus funciones como consorte de la duquesa de Alba, sino que fue también su mejor amigo, cómplice y compañero. Cada aniversario Jesús le mandaba a Cayetana orquídeas y pequeñas notas galantes de una parte a otra del palacio, a través de los mayordomos.

En mayo de 2001 murió Jesús Aguirre, víctima de una embolia. Cayetana confiesa que, hasta la fecha no ha podido reponerse ni se resigna a su ausencia. «Voy poco a poco. Fue un golpe muy duro. Jesús fue el amor de mi vida», declara la duquesa con los ojos que se le ponen tristes cada vez que le preguntan y lo recuerda.

Estaba Sofía a punto de cortar el pastel, enviado por cierto por Sanborns especialmente para ella, cuando de repente se escuchó a lo lejos el canto de una voz prodigiosa.

—Eso es un milagro vocal, dijo Julio Iglesias.

—No tiene una voz, sino tres, agregó Isabel Preysler.

Todos se levantaron de su silla y se internaron en el bosque. Cuál no fue la sorpresa al descubrir detrás de unos pinos enormes nada menos que a María Callas. Allí estaba la Callas interpretando a *Tosca* de Puccini, justo en el momento en que estaba a punto de lanzarse al vacío debido a que Scarpia no había cumplido su palabra y había ordenado matar a Mario Cavaroadossi, el amor de Tosca. Al verlos venir, la Callas cambia totalmente el libreto de la ópera y utiliza sus propias palabras. Fue cantando como les dijo lo que en ese momento sentía su corazón:

—Sí, sigo enamorada como una joven de dieciocho años. No me da vergüenza confesarlo. Sé que han insinuado que amaba a Onassis exclusivamente por sus millones. ¡Qué estupidez! Con lo que ganaba, me podía pagar si hubiera querido un yate como el de Cristina de Onassis. ¿Por qué él? Porque fue el primer hombre que me trató como una mujer y no como una máquina de hacer dinero. Porque fue el primero en ofrecerme unas verdaderas vacaciones. Porque respetaba mi independencia. Y porque fue el primero con el que alcancé mi primer clímax. Ningún hombre antes me había hecho descubrir que se podía llegar hasta al cielo con el solo hecho de entregarse en cuerpo y alma.

»Nada deseo más en la vida que un hijo. Pero siempre se me ha negado por mi carrera. ¿Ustedes creen que yo podría cantar como lo hago si no fuera una sentimental? Desde que Onassis se murió tengo el corazón herido. ¿Por qué será que cuando amamos las mujeres, amamos demasiado?»

Todos se quedaron en silencio y empezaron a llorar y a llorar vertiendo litros de lágrimas, hasta que se formó un charco de unos diez centímetros de profundidad a su alrededor. Pero quien más lloraba era la pobre María Callas.

Al poco, se escuchó un ruidito de pisadas a lo lejos. Todos los invitados se secaron rápidamente los ojos para ver quién llegaba. Era el Conejo Blanco que volvía espléndidamente vestido, con un par de guantes blancos de cabritilla en una mano y un gran abanico en la otra. Se acercaba trotando a toda prisa, mientras rezongaba para sí:

—¡Oh! ¡La duquesa, la duquesa! ¡Cómo se pondrá si la hago esperar!

—No, no haga esperar a la duquesa de Alba porque es catorce veces Grande de España —le gritaba Sofía.

En ese momento despertó: «No, que no llegue tarde a su cita. Ella lo está esperando para que juntos salgan en la próxima portada del ¡Hola!», decía una y otra vez sumamente angustiada. Pero dos segundos después se dio cuenta de que finalmente todo había sido un sueño…

13

De plebeya a princesa

A manera de presentación

Felipe, el heredero de la corona española, tiene en perspectiva desde su nacimiento una tarea por demás complicada: reinstalar y perpetuar una dinastía. Y su casamiento formaba parte de este programa. Por eso, al anunciar su compromiso con Letizia Ortiz, afamada reportera y comentarista de televisión, el ¡Hola! lo menciona como «La boda del siglo.»

Felipe y Letizia se conocieron en una cena en casa de Pedro Erquicia, celebrada en octubre de 2002. «Fue en la primavera de 2003 cuando tomamos más contacto y aquello fructificó», precisó Felipe. Durante varios meses, la pareja consiguió mantener su relación bajo la más absoluta discreción. Después del verano, cuando sus padres, los Reyes, ya conocían a la prometida de su hijo, empezaron a circular los rumores que no saltaron a los medios de comunicación hasta el 30 de octubre de ese año.

Letizia nació en Oviedo, el 15 de septiembre de 1972. Fue la primera de las tres hijas del matrimonio formado por el ovetense Jesús Ortiz Álvarez y la madrileña Paloma Rocasolano. Desde siempre, tuvo afición por el área de las comunicaciones, quizá inspirada inicialmente por su abuela, Menchu Álvarez del Valle, que había dado vida a programas radiofónicos muy recordados.

En los primeros meses de 1987, cuando Letizia tenía catorce años, su padre se trasladó a Madrid para trabajar con su paisano, Lalo Azcona, que años antes había creado su empresa de comunicación. Poco después se instala en la capital la familia completa.

En el instituto, Letizia conoció a Alonso Guerrero, profesor de Lengua y Literatura, diez años mayor que ella y con quien entabló un largo noviazgo que acabó en boda civil en agosto de 1998. Para entonces, Letizia ya era una acreditada profesional de los medios de comunicación, tras haber concluido sus estudios en Ciencias de la Información en la Universidad Complutense de Madrid, y habiéndose licenciado en Periodismo en 1995.

Después, viajó a México para cursar una maestría en Comunicación Social y a su regreso se inscribió en el Máster de Periodismo Audiovisual. Letizia se incorporó entonces al canal financiero Bloomberg Televisión, supervisado por EFE, en español. Allí se estrenó en el mundo de la imagen. Luego empezó a trabajar en Televisión Española, donde fue contratada para hacer el Telediario matinal, pasando a formar parte del equipo de reporteros encargados de la dirección de Informativos. La cadena pública le ofreció entonces la posibilidad que no le brindaron sus anteriores trabajos: el reporterismo, su auténtica pasión.

En septiembre de 2003 se le encargó compartir con Alfredo Urdaci la presentación de la segunda edición del Telediario. Esta fue una última etapa tensa.

Minutos antes de las once de la mañana del sábado 22 de mayo de 2004 se llevaba a cabo «La boda del siglo.»

Primer Acto

Desde que el matrimonio se había anunciado oficialmente para mayo de 2004, la entonces prometida se mudó al Pabellón de Invitados del Palacio de la Zarzuela. A partir de ahí, su vida dio un giro de ciento ochenta grados. En medio de gobelinos, porcelanas, pinturas y candiles, empieza a recibir, con la ayuda de expertos en protocolo real, todo tipo de enseñanzas. Inteligente como es, en un dos por tres aprendió a comportarse como un futuro miembro de la familia real que, eventualmente, se convertirá en Su Majestad. La futura reina doña Letizia, consorte (léase «consuerte») de Su Majestad, aprendió que la dignidad de la realeza los obligaba a ser ejemplares. Pero sobre todo comprendió la verdadera preocupación de la casa real de que algún día podría ser merecedora de portar la corona del reino de España.

El primer lente de cámara que captó el rostro de Letizia al lado del príncipe de Asturias fue el de la revista ¡Hola! Bastaron algunos días de rumores respecto a su posible relación sentimental, para que de inmediato el semanario empezara a realizar reportajes acerca de la vida y milagros de la que se convertiría en la esposa del príncipe de Asturias. Con qué vehemencia se devoraba Sofía todas las entrevistas y crónicas alrededor de la señorita Ortiz. Sabía cómo había sido su primer encuentro en casa de un amigo en común. Sabía que Letizia le comentó al príncipe que vivía en un departamento de setenta metros, hipotecado, que estaba muy cerca de la Televisión Española, en donde solía conducir el noticiario de la mañana. Cómo le había molestado a Sofía el comentario del hijo del rey: «Pues tu piso podría caber en mi habitación o en el vestíbulo». A partir de ese momento se alió con la periodista de modesto salario, venida del pueblo llano, de padres divorciados, divorciada ella también, hija de sindicalista, nieta de taxista y dueña de un coche, un viejo modelo de Seat Ibiza.

Poco a poco empezaron a surgir muchas «Sofías» en toda España. Las mamás primerizas bautizaban a su hija con el nombre de Letizia, con zeta; muchas jóvenes se peinaban y se vestían como ella. Así surgió muy pronto el Síndrome Letizia.

Lo que en un primer momento fue considerado virtud, es decir, la naturalidad y la frescura, empezó a ser un dolor de cabeza para los expertos de protocolo. Según Manuel Palacios, experto en normas protocolarias, Letizia no debía tocarse el pelo cuando se interpretara el himno nacional, tal y como lo hizo en el Teatro Real en ocasión de su primera aparición pública con el príncipe Felipe. Pero en lo que el especialista puso más énfasis era en su espontaneidad. No, ya no debía serlo. No debía decir lo que pensaba, sino pensar lo que decía. A causa de esto, Palacios dijo: «Se le escapó un "¡Anda!" y un "¡Vale!", que tronaron en los oídos de los espectadores como dos petardos de feria. Pero la gran metida de pata de la pobre Lety fue haber dejado ese día a los Reyes solos. Los Reyes nunca esperan; los que deben esperar en cualquier circunstancia son los demás.»

Cuando Sofía supo todo lo anterior, se solidarizó aún más con la futura princesa plebeya. Entonces la imaginó escribiendo su diario, tal y como si se la hubiera encontrado en Guadalajara, ciudad donde estuvo trabajando para el periódico *Siglo 21*. Imaginó que entonces Letizia tenía que haber estado muy influenciada por nuestra forma de expresarnos, sin olvidar naturalmente, sus vocablos muy españoles: «Querido Diario: ¡Joder! Que ahora deberé llamar a mis futuros suegros "señor y señora". Nada de "suegrito" ni "suegrita", ni mucho menos "mamá Chofi" o "papá Carlangas". Tampoco puedo nombrarlos en público por su respectivo nombre; al igual que a mi Felipillo y a mis futuras cuñadas que, aquí entre nos, ya no tienen nada de infantas. Deberé emplear la fórmula "El rey" y "La reina". Mientras mi marido no se convierta en rey no le puedo decir, de cariño, "mi rey" ni tampoco cantarle al oído: "pero sigues siendo el rey…" No debo olvidar regalarle a mi hermana todos mis bikinis, porque no me puedo mostrar en público con esa breve indumentaria, salvo en el interior del palacio. Ni siquiera en la cubierta de un barco. Cuando me tome mi aperitivo o fume, mis guaruras tienen que vigilar que nadie me tome fotos. Bueno, ni en la revista ¡Hola!, que adoro, deberán aparecer fotografías mías. Debo acostumbrarme a tener una doncella para que me ayude a vestirme. Debo acostumbrarme a avisar al equipo de seguridad cada vez que salga. Por más que intento concentrarme, todavía me lío con la dinastía de los Borbones. Por fin tengo clases de esquí. ¡Me encanta! Sin embargo, me da pavor pensar que me voy a marear cuando me lleven en velero y seguramente tendré que aprender dónde están las estrellas para no perderme.»

Se preguntaba Sofía. *¡A cuántas cosas más tendrá que renunciar! ¡Y cuántas cosas más tendrá que aprender antes del día de su boda, el 22 de mayo!*

Y claro, el que también había padecido mucho las reglas de oro del protocolo había sido el príncipe Felipe.

Cómo olvidar todo lo que había sucedido respecto a una de sus ex novias, Eva Sannum, la noruega. «Como padre y como rey te ordeno que dejes a esa chica», le había dicho muchos meses atrás muy enojado Su Majestad Juan Carlos. Al monarca no le había parecido conveniente que la futura reina de España apareciera en los reportajes gráficos exhibiéndose como modelo de ropa interior.

Pero los tiempos cambian. «Hoy, tras el compromiso con Letizia Ortiz, el debate sobre la monarquía ha vuelto al primer plano, pero de forma muy diferente: como un cálido baño de popularidad. Ni su condición plebeya, ni de divorciada e hija de divorciados, han podido impedirlo. La sociedad española considera normal estos hechos, pero resulta asombroso que en muy poco tiempo, desde Isabel Sartorius e incluso desde Eva Sannum, lo que parece haber cambiado espectacularmente es la mentalidad o la actitud de la casa real. O bien es que han tirado la toalla», comentó el escritor José García Abad.

Conforme pasaban los días, Sofía se ponía más nerviosa. «Ay, mamá, ni que se fuera a casar tu hija», le dijo Sofi en una ocasión. Tenía razón y sin embargo no podía evitar preocuparse por esa pobre muchacha, futura víctima de un mundo raro. Fue en ese momento cuando se le ocurrió escribirle una carta. *Estoy segura de que el ¡Hola! se la entregará. ¿Habrán entregado la que mandé para la ex de Camilo José Cela?*

Querida Letizia:

Antes que nada, permíteme felicitarte por tu próximo matrimonio con el príncipe de Asturias, Felipe de Borbón y Grecia, heredero de la corona española. Tengo entendido que tus futuros suegros, los Reyes de España, están encantados con la boda, ya que te consideran «una persona muy seria que sabe perfectamente donde se mete». ¿De verdad, Letizia, sabes perfectamente dónde te has metido con esta unión que parece como de cuento de hadas? ¿Lo tienes ya perfectamente evaluado? ¿Ya sopesaste los pros y los contras? Imagino que sí, porque ya no eres una niña, sino una «mujer del siglo XXI», como dijeron en el Palacio de la Zarzuela.

Tengo entendido que, con respecto a tu divorcio, un portavoz de la familia real aclaró que «se trata de una circunstancia normal en la España de hoy». ¡Qué bueno que ahora lo vean así y que incluso el divorcio lo consideren como una circunstancia normal! Por otro lado, y sin ningún afán de ser la típica aguafiestas, estoy segura de que en el fuero interno, tanto de don Juan como de doña Sofía, el hecho de que efectivamente estuvieras divorciada les ha de haber caído como patada en el estómago. Me los imagino discutiendo a todos en familia alrededor de tu prometido: «Pero, Felipín, además de plebeya, es di-vor-cia-da. Di-vor-cia-da. ¿No crees que es mucho? Imagínate lo que dirán la prensa española y las otras casas reinantes... Algo me dice que también a tus futuras cuñadas, doña Elena y doña Cristina, no les habrá gustado lo de tu divorcio. Pero lo que más les ha de molestar es la competencia que les espera en todos los sentidos, ya no digamos respecto a tu maravilloso físico, sino a tu carisma. Imagínate cómo les caerá que ahora la revista ¡Hola! solo publique fotografías tuyas, fotos que sin duda serán mucho más atractivas que las que suelen publicar de las princesas.

De paso, te recomiendo que no te dejes impresionar por tus concuños. Aunque el consorte de doña Elena, Jaime Marichalar, sea hijo de los condes de Ripalda y ahora sea el duque de Lugo, e Iñaki Urdangarín se haya convertido en el duque de Palma de Mallorca, no permitas que te hagan «feos» nada más porque te apellidas Ortiz y porque tus padres sean divorciados. Seguramente no faltará que alguno de ellos te pregunte por qué tu madre, Paloma Rocasolano, enfermera de profesión, es activista del Sindicato de Enfermeras SATSE. No, no te faltarán los golpes bajos, las envidias e intrigas palaciegas…

¡Ay, Letizia! Me temo que muy pronto tendrás que enfrentarte a un mundo sumamente difícil. Un mundo lleno de exigencias y de protocolos totalmente anacrónicos. Sé que estás tomando clases de protocolo e historia de las familias reales. Tal vez estés leyendo biografías que se han escrito de tus suegros. No tengo duda de que la perspectiva de una chica como tú, hija de una familia de clase media que solía ganarse la vida como periodista y que vive en Rivas-Vaciamadrid, un municipio a las afueras de Madrid, se convierta en la futura reina de España. Parece un cuento de hadas. Pero ya ves que en la vida cotidiana luego no es así. Allí está la pobre de Lady Diana, víctima de su circunstancia. ¿Acaso no están diciendo ahora que su muerte no se debió a un accidente automovilístico sino a un asesinato cuyos autores se podrían encontrar en el mismo palacio de Buckingham?

No estaría mal que te encontraras con Fergie, la ex esposa del príncipe Andrés, para que te platique por todo lo que ha pasado por el hecho de formar parte de la corona británica. Pero, «que tengo el apoyo de mi novio. Él me quiere», tal vez pienses. Es cierto. Todo esto está muy bien. Pero, ya ves, Letizia, cómo con el tiempo cambian las cosas. No te olvides que su padre, el rey, siempre ha sido muy pillín, muy travieso y que le encantan las mujeres bonitas y que doña Sofía, como todas las reinas, ha tenido que tolerar muchas soledades. Claro que como tú eres una mujer del siglo XXI, quizá no seas tan tolerante como tu suegra. Ojalá que de verdad no te quedes callada respecto a todo lo que no te guste de tu nueva vida. Ojalá que conserves tu personalidad y, aunque sea un poquito, la autonomía que has ganado con tantas dificultades. Y ojalá que, de vez en cuando, puedas comer churros con chocolate con tus compañeros de la televisión con los que acostumbrabas a trabajar en CNN y con los del periódico *Siglo 21* de Guadalajara. Que no se te vaya a subir, Letizia. Te diré lo que siempre me decía mi tía Guillermina: «Trata de conservar tu sencillez. Procura ser siempre humilde y natural.»

Quizá al recibir mi carta te preguntes, bueno y quién será esta señora mexicana tan metiche y tan negativa... Créeme, Letizia, que si te escribo todo lo anterior es porque en primer lugar podría ser tu madre y, en segundo, porque siempre he sido adicta de la vida de las princesas y reinas de todo el mundo. Sé bien lo que suelen sufrir, lo que suelen callar y la realidad con la que se suelen enfrentar.

Leí con gusto que eras una gran amante de la literatura, que te gustaba leer a Rilke, a Scott Fitzgerald, a sor Juana Inés de la Cruz y a Octavio Paz. De ahí que quisiera terminar mi carta con un poema muy revelador de Rubén Darío. Sinceramente no quisiera que nunca te vieras reflejada en él y que dice así: «La princesa está triste, ¿qué tendrá la princesa? / Los suspiros se escapan de su boca de fresa. / Que ha perdido la risa / que ha perdido el color. / Está pálida en su silla de oro. / Está mudo el teclado de su clave sonoro. / Y en un vaso, olvidada, / se desmaya una flor. / La princesa no ríe, la princesa no siente; / la princesa persigue por el cielo de Oriente, / la libélula vaga de una vaga ilusión…»

Me despido de ti, enviándote toda mi solidaridad,

SOFÍA

Las semanas pasaban y con ellas muchos ejemplares del ¡Hola! leídos por Sofía. De todos los temas que trataba el único que le interesaba era el de la boda. Se había quedado azorada cuando leyó que el vestido se había realizado en seda de faya con doce mil hilos en el ancho de la tela, es decir, un tejido que había pasado miles de veces por el telar y que había sido fabricado a lo largo de varios domingos para preservar el secreto de su composición. De las entrevistas que aparecían en el número 3,199 del ¡Hola! le había interesado mucho la que le hicieron a Sara Cuéllar, amiga de Letizia, con la que había compartido un departamento en México («piso», dicen en España) cuando coincidieron en el periódico *Siglo 21*. «Letizia es muy inteligente, va a ser una princesa del pueblo», dijo Cuéllar.

También empezó a preocuparse Sofía por la madre, la hermana y el abuelo taxista de Letizia. Como si se hubiera tratado de Juana de Arco, comenzó a escuchar voces en su cabeza. Eran las voces que venían de la familia Ortiz Rocasolano. Voces que transmitían los sentimientos encontrados de los españoles, que por una parte estaban felices porque se casaba el príncipe y, por otra, porque se casaba con una progre... de familia sindicalista.

Las que escuchaba Sofía eran voces que reclamaban, opinaban, aprobaban, desaprobaban, pero sobre todo expresaban su verdadero sentir. La más clara era la de la madre de Letizia, seguramente porque en el fondo no se lo creía. Era tal vez a la que más trabajo le costaba pensar que un día su hija se convertiría en la futura reina de España.

No, no creía que de un día para otro se hubiera convertido en la consuegra de los Reyes. Y no se lo creía porque lo más probable era que hacía apenas seis meses solo veía a la familia real en las páginas del ¡Hola! Sí, por eso conocía sus nombres, sus vidas y sus tragedias. Pero quién le hubiera dicho en la vida que de ser lectora de la revista se convertiría en una de sus protagonistas. No, eso nunca lo hubiera creído.

¿Qué le decía a Sofía la voz de doña Paloma, abuela de Letizia? Con un estilo muy mexicano, la escuchaba decir: «Ay, mi'jita, pero qué suertuda eres. Cuándo nos íbamos a imaginar que terminaríamos emparentados con la familia real. Y pensar que cuando eras joven tus abuelos no tenían ni en qué caerse muertos. Ni modo que el príncipe se nos vaya a echar para atrás, porque la noticia ya salió en todas partes del mundo: en el ¡Hola! y en la CNN de España. Nada más de pensar en la boda, se me va el sueño por las noches y entonces comienzo a decirme: "Ay, Dios, no vayamos a hacer el ridículo, ¿estará bien mi vestido para este acontecimiento histórico? ¿De qué le voy a hablar al rey? ¿Nos irán a dar un título de la nobleza?" ¡Ay, hija! De ahora en adelante, ¿te tendré que hacer caravanas, te tendré que hablar de usted? Bueno, mi hija, lo único que te pido, es que de plano te olvides de tus orígenes. Ya no nos visites. No te compliques la vida, mi'jita. Tú atiende a tu marido y al pueblo de España.»

También escuchaba la voz de la hermana menor de Letizia. A ella la imaginaba igual de azorada, desconcertada, pero con un ingrediente más, la imaginaba víctima del pequeño monstruo de los ojos verdes llamado envidia. «¿Quién la va aguantar? Si cuando era corresponsal ya se creía la reina de la televisión española, imagínate ahora que lo será de toda España… ¿Quién la va aguantar? ¡Mosca muerta! ¿Cómo lo habrá hecho? ¡Tan guardadito se lo tenía! En la casa nadie sabía nada… Si no hubiera sido porque lo escuché por la radio, hubiera sido la última en enterarme… Arribista como es, no me sorprendería que en unos años hasta nos desconozca. En estos momentos está de hermanita ejemplar porque le conviene para su imagen, pero con el tiempo ni nos querrá ver… Así le va a ir con sus cuñadas, no tardarán en ponerla en su lugar. Ellas sí que son princesas. Su suegra sí que nació para ser Reina, pero, ¿Letizia?, ¿quien se decía progresista, agnóstica y hasta intelectual? Ja-ja-ja… A mí sí que no me puede engañar… Pobre príncipe, seguro que terminará totalmente dominado por su princesita…»

¿Y el abuelo de Letizia? Esa era la voz que escuchaba con más claridad Sofía. Imaginaba que, de toda la familia de la novia, el más ilusionado era don Francisco Rocasolano. Escuchémoslo como solía hacerlo Sofía: «Nada me haría más ilusión que me pidieran del Palacio Real que condujera a los novios en el recorrido que harán el sábado. Nadie mejor que yo, que conozco la ciudad. Ya hasta me aprendí de memoria el itinerario. El otro día lo hice con mi mujer en mi taxi… Estábamos felices… Siempre he querido conducir un Rolls Royce… Sobre todo si se trata de llevar a los próximos Reyes de España... ¡Mi nieta! ¡Mi nieta! ¡Mi nieta!»

¿Se estaba volviendo loca Sofía? No. Estaba preocupada. Por eso una buena mañana le suplicó a su marido que por favor la llevara a Madrid para ser testigo de una boda histórica entre un príncipe y una plebeya como ella. «Tengo que ir, te lo juro que tengo que ir... Ese viaje será mi regalo de Navidad de tres años, el de cumpleaños y si quieres también los juntas con los días de mis santos. No seas malo. Hace mucho tiempo que no vamos a Madrid. Además, vamos a ver a Sonia y a su marido y, claro, también vamos a los museos que te gustan tanto. ¿Sabes también quiénes van a ir? Inés y su marido. Nos podríamos divertir mucho. Tengo muchas ganas de ver a Margarita Kramer. Anda, no seas malo, a lo mejor hasta salimos en el ¡Hola! cuando tomen las fotos de las multitudes fuera de la catedral. ¿No te hace una enorme ilusión?», le preguntó en un tono entre infantil y coqueto a sabiendas de que su marido, como siempre, terminaría por ceder.

Segundo Acto

Dos días después de haber llegado a Madrid, lo que más había llamado la atención de Sofía fueron los comentarios que hacían los taxistas respecto a la boda real. Una vez que les preguntaba cuál era su opinión respecto a este acontecimiento, por lo general siempre se hacía un silencio largo, súbitamente interrumpido por un: «Me da igual. ¡Soy republicano!» Curiosamente muchos de los choferes coincidían, aunque llevaban en los asientos de atrás varios ejemplares del ¡Hola!, cuyas portadas mostraban fotografías de los novios.

A Sofía le habían parecido tan extrañas estas reacciones, que quiso compartirlas con su hija por medio de un correo electrónico (siempre viajaba con su pequeña *laptop* para comunicarse con su casa, con sus amigas y eventualmente consultar los periódicos mexicanos.)

Querida Sofi, mi hija linda:

Desde que tu padre y yo llegamos a Madrid no hemos dejado de tomar taxis y cada vez que les pregunto a los choferes qué opinan de la boda, me contestan de una manera sorprendente. El primero me dijo: «Tengo la impresión de que Letizia es una mujer muy ambiciosa, de muy mala uva. Además, señora, los padres de Letizia son divorciados; ella es divorciada. ¿Qué ejemplo es ese para la juventud? También yo soy divorciado, pero yo no pertenezco a la realeza. Con este matrimonio, la corona española ya no será la misma cosa. Ya verá que cuando se muera el rey, la monarquía desaparece y los chavales terminarán divorciados...»

No sabes, mi'jita, cómo me quedé de desorientada con su comentario. Pero luego vino el segundo chofer. Él se quejaba de lo que probablemente costará una boda totalmente anacrónica, la cual, por añadidura, decía, que no dejaba a nadie contento: ni a la monarquía, ni a los aristócratas ni mucho menos a los plebeyos. «Tampoco están contentos los del gobierno de Rodríguez Zapatero. Ni el Partido Nacionalista Vasco, ni Izquierda Unida, ni los independentistas catalanes. El único que está contento es el abuelo de la novia, que también es taxista. El abuelo ya no da entrevistas porque en la primera y única que dio nada más dijo: "Estoy feliz, joder, joder..." Mire, señora, si contamos todas las medidas de seguridad, la iluminación de los monumentos, las recepciones, el avión espía y todo lo demás, se gastarán como ocho millones de euros, si no más. Aparte, señora, no era el momento de casarse con tanta pompa, después de los atentados. Se debieron de haber esperado… Pero además, esta boda ni me interesa…»

Lo anterior, mi'jita, me lo decía el señor con un tono de indiferencia, pero sobre todo de resignación. Mientras tanto yo observaba desde la ventanilla, bajo un sol resplandeciente, la espléndida decoración de los edificios que se encuentran a lo largo de la Gran Vía por la que pasarán los novios el próximo sábado a las 11:00 de la mañana. Aquellas construcciones que estaban en reparación o que mostraban un espectacular de una película o de un producto comercial, han sido cubiertas con grandes reproducciones de cielos de diversos pintores españoles. Cielos con nubarrones, cielos rosados, cielos color ámbar, cielos tristes y alegres. Puros cielos para los ojos de los príncipes.

En uno de estos edificios se encontraba un fragmento gigantesco del maravilloso cielo visto con los ojos de Velázquez; otro hermosísimo pintado por Goya y otro del hiperrealista Antonio López. El caso es que cuando pasen los novios por la Gran Vía, lo harán como si se encontraran literalmente pasando por entre nubes de todos los tiempos y estilos.

Prometo seguir manteniéndote informada de todo lo que pasa aquí con relación a la boda. Me voy corriendo porque quedé de comer con tu padre, ya sabes cómo se pone cuando llego tarde.

Te quiere y te mando un beso a la española,

TU MADRE

La futura reina de España también tenía muchos detractores que se resistían a verla con una corona sobre la cabeza; incluso la habían bautizado con el nombre de «Letizia la ficticia». Sin embargo, había otros que no dejaban de repetir que se trataba de una «tía muy cojonuda», preparada, moderna y muy trabajadora. Pero lo que empezó siendo una crítica contra una futura reina con pasado, se había convertido en un constante reproche hacia el príncipe de Asturias.

«Si de verdad quiere ser feliz que abdique, pero los españoles no pagamos para que el príncipe nos salga ahora con una plebeya cuyo pasado no conocemos», le había comentado a Sofía un amigo que seguramente había leído la revista *Época* que circulaba por aquellos días y en la cual aparecía en la página 27 una gran foto de la revista mexicana *Quién*, en cuya portada se veía a Letizia muy sonriente, a pesar de que el título del semanario decía en letras gigantes: «El pasado oculto de Letizia de España». En sus páginas se abordaba el espinoso asunto de la supuesta relación de la ex conductora de televisión con un hombre casado. Relación que habría acabado con el matrimonio del presunto amante mexicano (periodista también) de la prometida del heredero español.

«¿Qué es lo que más le reprochan a Letizia? ¿Que es plebeya?», le preguntó Sofía a su amigo tan escéptico respecto a la futura princesa. «Allí está el príncipe Haakon de Noruega, casado con Mette-Marit, una joven de pasado alocado; allí está el príncipe Guillermo de Holanda, esposado con la argentina Máxima Zorreguieta; allí está el príncipe Federico de Dinamarca, que se acaba de casar con la abogada australiana Mary Elizabeth Donaldson; allí está, también, el príncipe Felipe de Bélgica, marido de Matilde, quien será la primera belga que reinaría en su país; allí está el gran duque Enrique de Luxemburgo, matrimoniado con Teresa, una cubana que reside en Suiza; allí está el príncipe Rainiero de Mónaco, ahora viudo de la actriz norteamericana, Grace Kelly, y Carlos Gustavo de Suecia, que pidió la mano de Silvia, una azafata germano-brasileña», terminó por decir Sofía.

Su amigo español se quedó impresionado por tantos nombres. «¡Pero, mujer, ¿tú cómo sabes tanto de la realeza europea?», le preguntó. «Gracias al ¡Hola!», le contestó con una sonrisa maliciosa.

A una semana de la boda, había aparecido en el periódico *ABC* un artículo de Ignacio Camacho que hablaba de los monárquicos que no estaban de acuerdo con la boda real y que habían optado por guardar silencio y no escribir ni una sola línea al respecto.

Ya estaba todo listo: el vestido que había diseñado para Letizia Ortiz el veterano y padre de los modistas españoles, Manuel Pertegaz; ya estaba listo el uniforme que luciría el príncipe, confeccionado por el prestigioso sastre Cecilio Serna; ya estaban listos los doce o quince aperitivos que servirían el día de la boda y que según su creador, Ferrán Adriá, serían muy vanguardistas; ya estaban listos todos los centros de las mesas del banquete compuestos por fresias, bubardias, dendrobium, guisantes de olor, verónicas, lisantium, rosas, tulipanes, tilansias, aster, celindas y lectopernums. Todo, todo estaba listo.

Mientras tanto, miles de personas se paseaban por las calles de Madrid; iban de Recoletos al Prado, de la Plaza de Colón a la Cibeles. «¡Allí está... Allí está la puerta de

Alcalá!», exclamaban los peatones cuando la descubrían toda iluminada en tonalidades fucsia, azul, amarillo, verde y blanco. «¡Coño! ¡Si se ve precioso! Antes, cuando estaban iluminadas con luz blanca, ni la veíamos. ¿Cuándo habíamos visto tanta gente alrededor de un monumento?»

Pascua Ortega, contratado por el Ayuntamiento, era el autor de toda la decoración, que había cambiado totalmente la fisonomía de Madrid. Fue a él a quien se le había ocurrido cubrir la ciudad de flores, las fuentes y monumentos con luz y las fachadas de los edificios de las principales avenidas con reproducciones de fragmentos de cielos madrileños pintados por grandes artistas. «Si le pusiera título a todo el concepto que comprendió esta decoración tan festiva, le pondría *La primavera ha vuelto a Madrid*. Lo digo, porque, después de los atentados del 11-M, muchos españoles pensábamos que ya no regresaría la primavera. Hacía mucho tiempo que no salía el pueblo a pasearse con tanto orgullo por su ciudad. Todos estamos de fiesta. Se siente el júbilo por todas partes; en todas las esquinas y hasta en las copas de los árboles. Eso me da mucho gusto», dijo el decorador. Era su regalo de bodas.

Otro de los aspectos que habían impresionado a Sofía durante su estadía en Madrid, fue corroborar el amor que los españoles le profieren a sus Reyes. Podría llegar a resumirlo en tres puntos fundamentales por las opiniones que escuchó: han traído y mantenido la democracia, han garantizado la unidad de España y porque son como son.

Algo que le resultó evidente a Sofía fue la forma en que el rey Juan Carlos había conquistado a los españoles. Siempre que les preguntaba a sus amigos, aunque hubieran sido republicanos, cuál era su opinión respecto al monarca hacían hincapié en el intento de golpe de Estado en manos de un general del Ejército y cómo «el rey muy sabiamente se opuso a este golpe de Estado y como Jefe Superior de las Fuerzas Armadas ordenó a los golpistas que depusieran su actitud». Comentaban que se trataba de un hombre especialmente sencillo, amistoso y con mucho sentido del humor. Uno de ellos le contó aquella anécdota de cuando el rey iba manejando su motocicleta. De pronto en la carretera se topó con un joven cuyo coche se había averiado. De inmediato, Juan Carlos se detuvo para auxiliarlo y se prestó para llevarlo a la gasolinera más próxima. Cuando el accidentado conductor preguntó a quién debía agradecer la ayuda, como única respuesta vio a aquel hombre altísimo retirarse el casco. El muchacho se quedó sin habla, no tuvo palabras ni para agradecerlo.

«Bueno, pero díganme si los Reyes están contentos con la boda», les preguntó de repente Sofía. «Pues mira, unos dicen que están encantados y otros, afirman que están de luto», contestó uno de ellos muy diplomáticamente.

Por su parte, Jaime Peñafiel ex colaborador de ¡Hola!, sin pelos en la lengua, decía a propósito del mismo tema: «Conociendo como conozco a los Reyes de España, sé que llevan un drama en su fuero interno.»

Tercer Acto

Hacía mucho tiempo que Sofía no veía (por la televisión de la suite del hotel) a un novio tan nervioso y tan impaciente porque llegara su novia. No nada más se veía pálido, sino que no dejaba de retirarse, con la ayuda de un pañuelo, el sudor de la frente. *Cómo suda, pobrecito… Ha de estar tan nervioso… La reina Sofía no le quita los ojos de encima. El que se ve fatal es el rey Juan Car-*

los. Fácil envejeció diez años... Pero el más nervioso, sin duda, es el novio. Qué tan angustiado se ha de haber encontrado el príncipe Felipe que constantemente miraba hacia la puerta para ver si llegaba su futura esposa.

Pero ella no llegaba... *Dios mío, ¿por qué no llegará? ¿Se habrá arrepentido? ¿Se habrán enojado? A lo mejor huyó a... Guadalajara.* No, no podía llegar. En el preciso instante en que su pie estaba a punto de pisar la alfombra roja dispuesta a las puertas de la catedral, comenzó a caer un verdadero diluvio. *Esto sí que es una mala suerte...* Los minutos pasaban y pasaban... y la novia no llegaba. *Pero, ¿dónde diablos estará Letizia? ¿Y si vino su ex marido por ella? ¿Y si mejor se fue a México y está escondida en una playa de Puerto Vallarta? ¿Y si... le acaban de dar un nuevo contrato para la CNN? ¿Y... si... la secuestró su abuelo para evitar que hiciera una tontería...?*

Los invitados se veían entre sí. La reina, a espaldas de su hijo, tenía una expresión de absoluta ternura. Por lo que se refiere al rey, su extrema emoción lo hacía aparentar mayor edad. Las infantas doña Elena y doña Cristina cuidaban, con la mirada, las espaldas de su hermano. *Ay, pero, ¿dónde está Letizia?* Habían pasado ya casi diecisiete minutos cuando, de pronto, finalmente hizo su aparición. *¡Ah! ¡Allí está! Qué guapa se ve. Está delgadísima. Ella también se ve muy nerviosa. Pero mira muy bonito a Felipe... Me gusta su actitud tan digna. La verdad es que nos está sorprendiendo a todos. Ay, qué bonita boda, qué bonita música, qué bonita decoración y qué bonitas se ven todas las princesas y las reinas de Europa. Yo no sabía que estaban invitados Carlos Fuentes, Silvia Lemus y Mónica Sánchez Navarro, hija de Juan... ¿Habrá venido también Eduardo? Creo que es muy amigo del príncipe Felipe... ¡Qué suertudos son! Mira, qué bien se ve la madre de Le-*

tizia. Le queda muy bien su vestido color naranja. ¡Qué guapa se ve la hermana con ese vestido frambuesa! Dice mi marido que es más guapa que Letizia. Qué bien se ve la abuela, con la pamela del mismo color que su conjunto en seda. Bueno, ¡hasta el abuelo taxista se ve elegantísimo!

En efecto, la novia se veía ¡espléndida! El vestido le caía a la perfección. La tiara de brillantes y oro blanco con la que se casó su suegra, doña Sofía, hacía que sus ojos verdes le brillaran aún más; los aretes largos de brillantes montados también en oro blanco, que le habían regalado sus suegros, y la mantilla bordada que le había mandado a hacer el rey Juan Carlos, la hacían verse como una verdadera princesa del siglo XVI.

Doña Letizia, princesa de Asturias, la Gran Cruz de la Real y Distinguida Orden Española de Carlos III (la más alta condecoración nacional creada por el monarca que le dio su nombre en 1771), esposa del futuro rey, sorprendió al mundo entero...

Independientemente de la belleza de Letizia, a Sofía le había gustado su actitud tan discreta, digna, elegante, e incluso dulce, rasgo que nunca antes había mostrado. «¿Verdad que Letizia estuvo a la altura de las circunstancias?», le preguntaba constantemente a su marido mientras juntos miraban la trasmisión.

Contrariamente a lo que algunos esperaban, los Ortiz Rocasolano habían hecho un papel espléndido y seguramente lo harían mejor conforme pasara el tiempo.

Pero Sofía pensaba que para Letizia lo importante no había sido todo ese *show* que fue la ceremonia en la catedral. Pensaba que tal vez lo fundamental para la novia había sido esa frase que le había dicho el príncipe de Asturias frente al altar; esa frase que seguramente no habían podido decir con tanta vehemencia muchos miembros de la familia Borbón. Esa frase que le había cambiado la vida a Letizia; esa frase que le había hecho tomar, contra todos los pronósticos, su vida entre las manos; esa frase que le daría un giro de ciento ochenta grados a la monarquía española. A pesar de que el príncipe de Asturias se lo había dicho muy quedito, a pesar de que nada más ella, la novia, lo había escuchado por boca del futuro rey, su novio, frente al altar de la catedral de La Almudena, al día siguiente todo el planeta Tierra supo lo que le había dicho en secreto: «¡Te quiero, te quiero… Guapa!» ¿Que cómo nos enteramos? Gracias a un especialista en leer los labios que vio toda la ceremonia en la tele de su casa.

Al día siguiente… ¡La cruda verdad!

Tanto vibró Sofía con la boda, que al día siguiente no se pudo levantar de la cama. Estaba exhausta. Se hubiera dicho que ella había organizado todos los preparativos, incluyendo la ceremonia. «Perdóname, mi amorcito, pero hoy me quedo todo el día en cama. Tengo que reponerme. ¿No te importa si no te acompaño a comer con Sonia y su marido? ¿De verdad? Gracias. Mándales muchos saludos y diles que amanecí fatal. Que nos vemos pronto. ¿No te importa si antes de irte me puedes, por favor, comprar el ¡Hola!? Parece que ya salió el número especial de la boda. ¿De verdad no te importa? Muchas gracias, mi amorcito», suplicó Sofía lánguidamente. Tres minutos después sostenía entre sus manos uno de los dos millones setecientos mil ejemplares que se vendieron solo en España con motivo de la boda real. Después de hojearla, despacito, muy despacito, y de regodearse con todas las fotografías, se incorporó, buscó su *laptop*, volvió a la cama y se instaló debajo de las sábanas. Luego puso su computadora sobre las piernas y empezó a escribir.

Mi querida Sofi, mi hijita linda:

Seguramente viste la boda real por la tele. ¿Qué tal estuvo la trasmisión de Televisa? A pesar de la lluvia, a nosotros nos gustó muchísimo. Bueno, te confieso que tu papá ya está un poco harto del tema, pero de todas maneras vimos toda la ceremonia por la tele. No lo vas a creer, pero aquí ya empezaron las críticas.

En los *talk shows* de la televisión española se pasan horas y horas criticando los errores de la ceremonia. Dicen que fue una boda triste. Una boda sin emociones. Una boda contenida. Una boda sin espontaneidad. Una boda pasada por agua. Una boda en la cual todo el mundo estaba incómodo. Una boda sin alegría. Una boda aburrida. Una boda demasiado solemne. Una boda fría. Una boda sin una lágrima, ni de alegría ni de emoción… Una boda… «¿Quién pagará todo esto?» Se preguntan muchos conductores con muy mala leche. «¿Para qué haber gastado todo ese dinero en cambiar la ciudad?», cuestionan casi a gritos. Dicen que había demasiada paranoia, demasiada seguridad, demasiados policías y demasiados perros husmeando por todas partes. Dicen que la boda real costó más de siete millones y medio de euros, pero que en realidad debe haber costado el doble. También están criticando mucho el beso que se dieron los novios en el balcón del Palacio Real. Dicen que fue un beso frío. Un beso contenido, un beso dado sin pasión. El pueblo esperaba un beso en la boca, como el que suelen darse decenas de parejas reales el día de su boda.

Del vestido de la novia, unos dicen que era precioso; otros afirman que no le favorecía en absoluto; algunos aseguran que no iba con su personalidad, que el cuello le hacía parecer como un hongo sumido; que la tela era demasiado pesada; que no tenía el menor chiste; que la hacía verse lúgubre…

Por increíble que te parezca mi'jita, tal vez los comentarios más positivos que se empiezan a escuchar han sido alrededor de la familia de la novia. Que qué bonito vestido llevaba la mamá. Que qué guapa se veía la hermana Erika. Que qué digno estuvo el abuelo taxista. Que qué bien leyó la abuela durante la misa la carta de San Pablo. Que qué buen papel ha hecho cada uno de ellos…

Por último, te comento un incidente que a mi manera de ver fue, además de muy anecdótico muy sintomático. Me refiero al puntapié que le dio Froilán, hijo de tres años de doña Elena, a Victoria, de seis años, hija de la hermana de Letizia. Algo habrá escuchado Froilán en su casa para que hubiera actuado de esa forma… ¿No crees?

Bueno pero lo más importante fue lo que dijo el príncipe Felipe cuando brindó en su recepción: «No puedo ni quiero esconderlo, imagino que salta a la vista: soy un hombre feliz. Y tengo la certeza de que esta condición me la da sentir la emoción de ver y protagonizar la realización de un deseo: me he casado con la mujer que amo». ¿No te parece maravilloso? Ya tengo el ¡Hola! especial de la boda. Voy a llevar varios ejemplares a México para regalar. Claro, habrá uno especialmente para ti.

Tu madre que te quiere,

SOFÍA

Sofía tenía razón. Todavía no había transcurrido una semana de la boda real, cuando ya empezaron a escucharse las críticas por parte de los españoles, pero sobre todo, las protestas de Izquierda Unida. Uno de los primeros reclamos venía relacionado con Televisión Española: era un exceso que la información de la boda acaparara toda la parrilla de la primera cadena de Televisión Española en sus casi veinticuatro horas. Pero la queja en general no tenía que ver nada más con la desproporción del tiempo, sino con que la trasmisión hubiera sido tan mala y tan solemne. Decían que seguramente había sido exigida por parte de la casa real, privando con ello a los telespectadores de numerosas imágenes de interés. Curiosamente las cámaras no habían enfocado a la familia de Letizia, pero sí habían grabado al pequeño Froilán, hijo de doña Elena, mientras le propinaba un puntapié a la pequeña Victoria López-Quesada.

Muchos editorialistas evocaban con nostalgia el nombre de Pilar Miró, antigua directora de RTVE, quien seguramente no hubiera sido tan servil como lo había sido la nueva dama de la televisión, la señora Caffarel: «Para mí fue la caída universal de la democracia: pecó del peor periodismo que toma lo inminente como permanente. La transmisión de estas bodas, que no desbordó tanto (en) otras emisoras y otros periódicos y mucha web, tenía esa ambición y esa flaqueza nuestra: creer que la actualidad es la historia futura», escribió Eduardo Haro Tecglen en el diario *El País*.

Otro tema que se comentaba era el de las responsabilidades de la pareja real. Actualmente se conocen muy bien las funciones del heredero como representante del rey en el extranjero, entre otras muchas responsabilidades, pero no se conocen las tareas que debería de tener su esposa. El catedrático de Derecho Constitucional Antonio Torres del Moral, autor de la obra *El Estatuto del príncipe*, reivindica una reforma legal en este sentido, que tenga forma de ley orgánica complementaria a la Constitución. Por eso pide un estatuto que defina las funciones del heredero y de Letizia. Ahora que entra en escena Letizia Ortiz como consorte, la cosa se complica. Porque si el príncipe, como heredero, desempeña un importante papel institucional, la condición de la princesa de Asturias es, de momento, un folio en blanco. Cuestión aún más compleja da la inquieta personalidad de Letizia Ortiz, una profesional del periodismo, comprometida con causas como el feminismo o los desequilibrios en el Tercer Mundo, que difícilmente va a quedarse con los brazos cruzados.

Después de la boda real, los españoles se preguntaban muchas cosas acerca de todos los gastos que se tuvieron que hacer. Incluso se vendieron muchas camisetas con la siguiente inscripción: «No fui invitado a la boda que pagué». Las críticas no cesaban. Decían que hubo demasiados errores. El primero, no haberse parado en El Bosque de los Ausentes para rendirle un homenaje a los desaparecidos por los actos de terrorismo del 11 de marzo. Nunca entendieron por qué los novios no tuvieron ni el mínimo gesto hacia un hecho que aún no se olvida. El segundo, el hecho de que la ciudad se hubiera colapsado durante varios días a causa de todos los cierres de calles y avenidas. Muchos comerciantes resultaron perjudicados por no haber vendido durante esos días, y consideraron que la única razón para medidas tan extremas de seguridad había sido el clima de paranoia. Pero quizá lo que más molestó había sido la frialdad que se había sentido a lo largo de toda la boda.

Nunca entendieron lo que sucedió. El periodista Vicente Verdú se lo explicaba de la siguiente forma:

Si no fuera mentira, podría decirse que Letizia Ortiz no quería casarse. Naturalmente que deseaba convertirse en princesa de Asturias y vivir, acaso perdurablemente, con su novio Felipe. Pero, sin duda, se le atragantaba la cuestión de la boda. Y en esta tesitura, una de dos: o bien acudió a la ceremonia sin haber superado sus resistencias psicológicas o bien había aceptado tomarse un tranxilium para hacer frente a la dureza de la prueba. Fuera una u otra la causa, el efecto se concretó durante la primera parte de la celebración, en una actitud envarada, espantada o extática. Y después, tras sentarse frente al altar, en una pose desvaída, extraviada o somnolente, tal como si ya estuviera haciendo mella la pastilla.

También causaron molestia la significativa ausencia de jefes de Estado y de gobierno, algunas de ellas especialmente llamativas por su estrecha relación con España. El primer gran ausente llamativo para la casa real, sin duda, fue Vicente Fox. Lo más extraño es que no se envió a nadie en su representación, a pesar de que los rumores decían que irían sus dos hijas, Ana Cristina y Paulina, quienes por cierto se encontraban estudiando en Madrid. Seguramente se vio la posibilidad de sustituir a su padre; pero el trueque no fue aceptado. También se dijo que en su lugar había asistido nuestro embajador en Madrid, Gabriel Jiménez Remus, pero jamás se le vio ni en las fotografías del ¡Hola! ni en televisión. A pesar de la ausencia de cualquier miembro de la familia Fox, sí se les había enviado a los novios su regalo de bodas: una pieza de artesanía realizada en plata mexicana. El presidente argentino, Ernesto Kirchner, tampoco acudió a la boda real por problemas de agenda. Por su parte, el presidente chileno, Ricardo Lagos, excusó su asistencia ya que el 22 de mayo «[…] mi madre cumplirá ciento ocho años y pensamos celebrárselo todos en familia. Estoy seguro que sabrán comprender», dijo Lagos a la prensa española.

Otros ausentes habían sido Fidel Castro, George W. Bush y prácticamente todos los mandatarios del continente americano. El presidente de los Estados Unidos estaba sumamente molesto porque a él no se le había enviado invitación. No hay que olvidar que don Felipe había viajado en muchas ocasiones a los Estados Unidos, incluso vivió ahí dos años (1993-1995) mientras realizaba un Máster en Relaciones Internacionales en la Universidad de Georgetown, en Washington. Curiosamente, los Reyes sí le enviaron invitación a George Bush padre y a Bill Clinton. Ambos ex presidentes mantienen una relación muy estrecha con España, aunque tampoco acudieron a la boda. Asimismo, tampoco fueron el primer ministro de Canadá; Luiz Inácio Lula da Silva, de Brasil, ni el peruano Alejandro Toledo.

Otra de las ausencias llamativas fue la de Ernesto de Hannover, marido de Carolina de Mónaco, a pesar de que sí había asistido a la cena de gala que se llevó a cabo en El Prado la víspera de la boda. De ahí que la princesa de Mónaco atravesara con la cabeza gacha la larguísima alfombra roja que llegaba hasta las puertas de la catedral. Con un paso casi marcial y vestida con un traje Chanel color azul claro, se le vio pálida, despeinada, pero sobre todo sumamente «cabreada», como dicen los españoles para referirse a alguien que está muy enojado. Las malas lenguas dijeron que a él se le había visto en una de las discotecas de la parte vieja de Madrid y que en la mano derecha sostenía una botella de coñac prácticamente vacía.

Finalmente, la peor y más imperdonable ausencia: el beso, ¡el beso en la boca! Este se esperaba con verdadera ilusión, especialmente cuando los novios salieron a saludar al pueblo desde el balcón del Palacio Real. «¡Beso, beso, beso!», gritaban miles de personas que habían esperado durante horas bajo la lluvia… Para ellos este beso en la boca sellaría, una vez más, su historia de amor. Sería un beso histórico, un beso monárquico entre una plebeya y un príncipe… Muchos de ellos, incluso, comenzaron a cantar: «*El beso, el beso en España, lo lleva la hembra muy dentro del alma… la puede usted besar en la mano, o puede darle un beso de hermano, pero el beso de amor, no se le da a cualquiera…*» Sí, sí se besaron los novios, pero fue un beso demasiado púdico, un beso hipócrita, un beso rapidito, como para no dejar. Pero no fue un beso de pasión sino de afecto. Se dieron un beso en la mejilla, se miraron a los ojos con amor, pero no se besaron en la boca.

Antes de despedirse, Sofía fue al salón y allí la manicurista le dijo: «Usted sabe, señora, por qué doña Letizia no le dio un buen beso en la boca al príncipe, si se trata de una mujer tan liberal y moderna. Además tuvo muchas relaciones sentimentales en Guadalajara. ¿Verdad que allá los *mejicanos* sí saben besar en la boca?», le preguntó mientras le limaba la uña del dedo anular. «En efecto, allá los tapatíos besan pero con verdadera pasión. Así como besaba Jorge Negrete», le contestó Sofía con mucho orgullo. La manicurista suspiró y agregó: «Pero seguro que en su primera noche de bodas, el príncipe de Asturias se desquitó con toda su alma…»

14

«La espuma de la vida» en México

En México no hay nobles. Pero sí, personajes notables. Figuras de tan elevada alcurnia y primerísimo nivel que han logrado infiltrarse en el mundo del ¡Hola!, y no solo en pequeñas notas de páginas interiores; hay incluso reportajes completos y hasta portadas, privilegio que no tiene cualquiera. Entre las apariciones más notables en el ¡Hola!, de los notables personajes mexicanos se cuentan algunos tan afamados como María Félix.

La película *El peñón de las ánimas* había sido un éxito en España. De ahí que el ¡Hola! le hubiera dedicado una portada tanto al actor como a su coprotagonista, María Félix. Sí, también la Doña tuvo ese privilegio, a pesar de que en esos años no era nada conocida. Ignoramos quién fue el fotógrafo que le tomó la placa que publicaron de la actriz, pero sin duda se trataba de un verdadero artista, que con gran sensibilidad supo tomar el mejor ángulo de María. Por tan solo tres pesetas, los lectores de la publicación pudieron apreciar la portada en la que aparece la actriz bellísima.

Tiempo después, en exclusiva mundial y por primerísima vez, María Félix, nuestra María, abrió las puertas

de su departamento de París, en la plaza Wiston Chur-
chill.

Ahora María, la Doña, nos ha recibido en ese joyero,
cerrado siempre a cal y canto para periodistas, de su
casa de París. Juan Gynes, su viejo amigo, el fotógrafo genial, lo ha conseguido, y la admiración por ella
reconocida hacia nuestra revista, se lee en la publicación. «La leo todas las semanas, me gusta mucho y es
por eso que les he abierto las puertas de esta casa, que
nunca se abrió jamás para periodista alguno», dice
María a Tico Media, responsable de la entrevista.

Dentro de una atmósfera mágica, misteriosa, impenetrable, sofisticadísima y apabullante, aparece nuestra María
en su departamento de estilo *belle époque.* Aparece entre
objetos orientales y esculturas de pajes de la India; entre
colecciones de cajitas y huevos de concha nácar; entre
cuadros con tigres de Siberia y lámparas de porcelana;
entre juegos de té de plata, mesas sostenidas por escul101-
ras y sillitas doradas; entre candiles de cristal de Murano
y entre espejos, muchos espejos. Espejos que devuelven
la imagen de María, multiplicada hasta el infinito, ilumi-
nando hasta el más mínimo rincón del departamento.
Todo en el interior está impregnado con su sello personal, las cosas se parecen a ella; si hablaran, lo harían
con su mismo timbre de voz. Seguramente muchos de
esos objetos la llamaban desde las tiendas de antigüedades, desde el fondo de las galerías, desde los países más
lejanos del mundo.

Mire, le diré una cosa, Tico, he llorado poco, muy
poco, no me gusta sufrir. Para mí la vida ha sido

siempre muy fácil. Mi pasaporte es mexicano. Yo soy mexicana hasta lo más profundo. Pero también soy parisina, porque he elegido esta casa y este sitio para vivir la mitad de mi vida. Sí, tuve que vender mis ochenta y siete caballos. Tenía uno que se llamaba Nonoalco. Toda mi cuadra francesa tenía nombres mexicanos [...] Mi madre se llamaba Josefina. Era fabulosa. Un día me dijo: «Hija, María, en la vida tú tienes que ser siempre la número uno, nunca la número dos, sino la número uno». Para mí ha sido como una especie de consigna hasta hoy [...] ¿Que cómo es mi vida en París? Me despierto temprano. Leo toda la prensa, incluida la de mi país. Desayuno en la cama. María me trae la charola. Como muy poco, no bebo nada. Si acaso una copa de *champagne*. Salgo mucho. Ayer me acerqué a Suiza en mi Rolls, que maneja Salvador, mi chofer valenciano. Me gusta salir por la noche, ir al teatro, a cenar... Vivo una vida llena de todo para evitar la catástrofe. No me gusta hablar de mi vida pasada. Viviendo hacia delante es una forma de evitar el final inexorable, la edad. Vivo ilusionada. Mi hijo es un muchacho estupendo. Ahora está rodando una película en México. Tiene muy buenas posibilidades de ser un actor estupendo. No creo en el destino, uno se lo hace: teniendo una buena vida, unos buenos amigos, un buen dentista y unas buenas joyas. Mire, le diré una cosa, yo no he tenido penas, nunca. Soy feliz con lo que soy y con lo que tengo. Siempre estoy contenta por dentro.

¿Que si estoy enamorada? Estoy contenta, que casi es lo mismo. Usted dice que me brillan los ojos cuando hablo de Antoine. Así los tengo. ¿Sabía usted que yo ya me maquillo hasta durmiendo por la experiencia que tengo? Antoine, es mi gran amigo. Nos conocemos (desde) hace nueve años. Cada año me ha hecho un cuadro distinto. Le diré algo, a mí, la verdad, no me divierte mucho que la gente me idolatre tanto. Es más interesante querer que ser querida.

¿Qué quiere usted saber de Agustín? Era inteligente, malvado y genial. Le diré una cosa, acérquese usted porque es un secreto: los guapos no sirven para nada. Agustín me parecía un hombre guapísimo.

Eso fue todo lo que María Félix le contó a Tico y a los lectores del ¡Hola! sobre su relación con Agustín Lara. María no le dijo al ¡Hola! lo que Renato Leduc relata en sus memorias…

Cuenta Leduc que un día en que se encontraba en la puerta de una cantina de las calles de Iturbide, esperando a su esposa para ir a comer, se paró frente a él un coche del que se bajó María Félix, diciendo: «Renatito (siempre le llamó así), quiero que me acompañes a comprarle un regalo a Agustín, pues como pasado mañana es su cumpleaños no sé qué regalarle.»

Después de haber recorrido varias joyerías de Madero, finalmente fueron a Kimberley, donde la Doña le compró a su marido un par de mancuernillas con sus iniciales. Después de pagarlas, el empleado se comprometió a entregárselas dos días después, a las dos de la tarde en punto. A los dos días, cuando Renato fue a la casa de María para darle su abrazo a Agustín, solo encontró a su amiga Muñeca Téllez Wood, al hermano de esta y miles de pedazos de vajilla regados por doquier. Al verlo entrar su amiga le dijo: «Tú sabes que Agustín es muy puntual para comer y resulta que, como María llegó a las cuatro y media, este cabrón rompió toda la vajilla y se metió a su cuarto. Después, cuando llegó María y vio el tiradero, no saludó a nadie y también se encerró en su habitación. A ver si arreglas esto». De inmediato Renato Leduc fue a hablar con Lara que estaba sentado en la cama fumando un cigarro. «¿Y María?», le preguntó Renato. «¿Qué, no la has visto? Está en su cuarto». Asegura Leduc que enseguida se dio cuenta de la indirecta; el hombre se estaba imaginando cosas. «La última vez que la vi fue antes de ayer, en el centro, que la acompañé a comprarte tu regalo». «¡Ah! ¿Fuiste tú el de la idea de las mancuernillas?», le reclamó Agustín. Ya calmados, juntos fueron al cuarto de María quien, al ver a su amigo exclamó: «¡Ay, Renatito! ¿Te acuerdas que los de la joyería quedaron en entregarme las mancuernillas a las dos? Bueno, por culpa de esos tipos, Agustín y yo hemos tenido una bronca, ya que me las entregaron a las cuatro». Finalmente se reconciliaron y bajaron a la sala para festejar al cumpleañero. Allí, Muñeca le dijo a Leduc: «Ponte listo, porque el cabrón de Agustín creyó que María y tú se habían ido a encerrar por ahí.»

Las broncas de celos, como las llamaba María, siguieron aumentando, como menciona Leduc en su libro:

Y es que como digo, Lara jodía mucho a María con sus celos, lo cual ocasionó que el matrimonio viviera en constante zozobra porque, además, el compositor no le era fiel a María Félix. Y así, lo que inevitablemente tenía que ocurrir, ocurrió. Una vez que Agustín se enredó con una tonadillera española, la actriz lo mandó muy feo a la chingada. Le mandó la ropa envuelta en una sábana de Holanda. Se la mandó al Follies, que era el sitio donde trabajaba el llamado músico-poeta, con un recado que decía: «Devuélveme la sábana porque la compré en Holanda y me costó muy cara.»

Y justamente, otro de los grandes mexicanos a los que el ¡Hola! honró con su atención fue a Agustín Lara. El semanario cubrió con todo rigor los dos viajes que el músico-poeta realizó a España.

Gracias a la generosidad de la comunidad española residente en México, Agustín Lara pudo viajar a España en el verano de 1954 y conocer las ciudades y parajes que habían inspirado, desde su imaginación, tantas de sus creaciones musicales. Sin falta, las cámaras de la revista ¡Hola! estuvieron muy pendientes de todas las actividades del compositor mexicano durante su recorrido, ya que en esos años Lara era muy conocido entre los españoles.

Desafortunadamente, para dar cuenta del viaje al país que tanto admiraba el músico, no pudimos acceder a los números de la publicación de aquellos años. Por eso, nos vimos obligados a hacer nuestra propia investigación al respecto en los archivos de otras revistas, como fue el caso de *Siempre,* semanario en el que, por cierto, llegó a colaborar Lara. Lo que el maestro dijo al entrevistador de la revista mexicana acerca de sus primeras impresiones del país que tanto amaba, seguramente fue repetido al reportero del ¡Hola!

Don Pedro Gorgolas, jefe de Protocolo del Ayuntamiento, le dio la bienvenida oficial en nombre del alcalde, declarándolo Huésped de Honor de la ciudad, y Alfredo Sánchez Bella, director del Instituto de Cultura Hispánica, dijo unas palabras que se escucharon en toda la Península. Luego, una feria de abrazos: Chicote, Chucho Córdova, Mistral, Tito Junco, Abel Salazar, don Fernando Soler, Beatriz Aguirre Lozano y todos los mexicanos que en ese momento estaban en Madrid, así como muchos españoles que por alguna razón lo conocían. Estaban también presentes los noticieros, los fotógrafos y periodistas de revistas tan prestigiadas como el ¡Hola!, amén de curiosos de todos pelos y tamaños. «¡Gracias, señores!», exclamaba Agustín Lara, conmovido por tan afectuoso recibimiento. Una copa en el aeropuerto con los representantes de don Pedro Domecq y de ahí al Palace.

Eran las cinco de la mañana y seguían tomando fotos. A medio día, aperitivo con rueda de prensa. «Naturalmente quedé para el arrastre», reseñaba Lara.

Fueron quince días de fiesta. No podía faltar el «agasajo postinero» en Chicote. Siguió la verbena de Chamberí, en donde el músico dirigió la Banda Municipal de Madrid, reputada como uno de los conjuntos musicales más extraordinarios del mundo. «Mi chotis *Madrid* sonó como nunca soñé escucharlo. La gente lo coreó, lo aplaudió a rabiar y esta alegría infinita pude compartirla con la señora madre de Carlos Arruza, que me hizo el favor de acompañarme». Luego hubo una fiesta íntima que organizó Lola Flores con lo más selecto de la Villa y Corte.

En Madrid o no se duerme o se duerme muy poco, sobre todo en el verano. Agustín Lara se las arregló para darse sus escapadas a los barrios castizos; caminó por sus calles llenas de leyendas, vibró de emoción en sus iglesias, en sus monumentos, en sus museos, en sus tascas, en sus colmados. En todas partes parecía encontrar algo que ya hubiera conocido y que, sin embargo, era nuevo ante sus ojos: en el Patio de la Corrala, en el Mesón del

Segoviano, en las Cuevas de Luis Candelas, bajo el Arco de Cuchilleros, en la Plaza Mayor. Naturalmente no podía faltar un partido de futbol. El futbol y los toros son las dos cosas que más apasionan al público español. «Al recordarlo se me hace un nudo en la garganta. Alguien advirtió mi presencia en el estadio, se anunció por los altavoces y ochenta y tantas mil almas aplaudieron cariñosamente gritando a coro "Madrid, Madrid, Madrid" […] Y miren ustedes lo que son las cosas, yo no creí que hubiera hecho nada de extraordinario cuando escribí el choticito que, sin falsa modestia, es el preferido de los madrileños. Para poder decir lo que es Madrid es necesario vivir Madrid o mejor dicho saberlo vivir», declaraba Agustín Lara emocionado.

En su viaje, el gran músico poeta visitó, desde luego, Granada, en donde dijo sonriendo: «No me equivoqué al decir: "Granada, tu tierra está llena de lindas mujeres, de sangre y de sol"». Posteriormente, Agustín paseó por Toledo: «Y creo que me quedé corto cuando escribí, "Toledo, lentejuela del mundo eres tú"»; por Sevilla: «¡Ah! Si yo pudiera, viviría en el barrio de Santa Cruz, eternamente enamorado de alguien, embriagado con el olor de sus jazmines, vestido de luceros y preguntando en cada puerta: ¿He dejado aquí mi corazón? […] Sevilla… Por algo te dije en mi cantar Soberana del Sol». Y finalmente en Valencia: «Hicieron el milagro de que yo escuchara mi canción Valencia, como yo la soñé. Estuve bien al cantar, "Valencia mía, jardín de España"», declaró Lara al dejar la ciudad.

Diez años tuvo que esperar Agustín Lara para volver a España después de ese primer viaje. No fue sino hasta junio de 1964 cuando regresó y lo hizo con gran regocijo, acompañado de una enorme delegación compuesta por doscientos veintinueve charros, ciento cincuenta de ellos mujeres, al frente de los cuales iba el doctor Joel Islas Salazar, presidente de la Federación Mexicana de Asociaciones de Charros. El viaje se realizaba como misión de acercamiento y buena voluntad y a ellos se unirían después Mario Moreno, Cantinflas, y el ex torero Silverio Pérez.

En su diario, Rocío Durán, pareja de Agustín, cuenta la excitación que los inundaba justo antes de emprender el viaje: «2 de Junio 1964. Teníamos un nerviosismo terrible. Agustín ya tenía en el perchero de su cuarto la ropa que iba a usar para el viaje. Consistía en camisa blanca, un traje de calle gris oxford («grano de pólvora», como él lo llamaba); zapatos negros y un sombrero cordobés, que había mandado traer una semana antes con unos amigos que tenía y que eran pilotos de Iberia.»

De Madrid viajó a Granada. El diario *El Nacional*, en su edición del 16 de junio de 1964, narra su llegada y parte de su visita a la ciudad:

El famoso compositor mexicano Agustín Lara, nombrado recientemente en el pleno municipal Hijo Adoptivo de Granada, llegó hoy en avión a esta ciudad, procedente de Madrid. En el aeródromo era esperado por una comisión de concejales que le saludaron en nombre de Granada. Esta tarde, en la finca municipal de Los Mártires se celebrará en honor de Agustín Lara una recepción a la que concurrirán las autoridades y representaciones de la capital, así como los charros mexicanos que se encuentran en ella. Por la noche, en el Paseo del Padre Manjón habrá un acto popular en el que Agustín Lara dirigirá la banda de música del Ayuntamiento, que interpretará su famosa composición, *Granada*. Al final del acto, el alcalde hará entrega al compositor mexicano de una placa de plata repujada y cincelada que en su parte superior contiene un relieve del escudo de Granada y en el centro uno de La Alhambra.

El viaje fue especialmente significativo para el compositor mexicano, ya que durante su estancia en suelo español contrajo matrimonio con Rocío. Diversos medios de comunicación locales, el ¡Hola! entre ellos, desde luego, confirmaron la noticia: «El 28 de junio el famoso compositor mexicano Agustín Lara, de sesenta y cuatro años, había contraído enlace con una joven española, la señorita Rocío Durán Ramírez, quien al parecer frisaba los veinticinco». La boda tuvo lugar en la iglesia de Nuestra Señora de Guadalupe y la ceremonia religiosa estuvo a cargo del sacerdote mexicano Salvador Martínez Sosa. Amigos del músico, que no quisieron ser identificados, dijeron que durante la gira que realizaba Lara sufrió un ataque de naturaleza no determinada algunos días antes. Agregaron que el compositor llamó entonces a un sacerdote al hotel en que se hospedaba y solicitó que se le casara con la señorita Duran Ramírez *in articulo mortis*. Al restablecerse, según los informantes, Lara expresó el deseo de contraer matrimonio en una iglesia católica y eligió un templo recientemente terminado, consagrado a la santa patrona de México, la Virgen de Guadalupe. El más famoso *barman* de España (Pedro, Perico, Chicote) actuó como padrino de la boda.

Agustín Lara regresó a México en octubre de 1964, más hispanista de lo que se fue y con mayor admiración por Francisco Franco. Pero dijo que volvería a la Península, porque en ninguna parte se le quería como en España, y allá quería morir.

Y faltaba más. Un verdadero orgullo para los Holíticos mexicanos es que el ¡Hola! le dedicara, a finales de la década de los cuarenta, una portada al muy admirado Jorge Negrete.

Para 1947 la fama de Jorge Negrete había llegado a Europa. En España, sus películas habían tenido muy buena recaudación, pero Negrete no quería visitar ese país a causa de su antifranquismo. Decía que solo cuando la República se restaurara, él iría a conocer la Península Ibérica. Cuando era secretario del la Asociación Nacional de Actores (ANDA), mostró solidaridad con los actores que venían del exilio. En *Novelas de la pantalla* (marzo de 1946), Negrete le dijo al periodista Jorge Vidal: «A España no voy mientras dure el régimen de Franco. Siento gran animadversión por los dictadores.»

Pero en 1948, cuando los aliados ganan la Guerra y el régimen de Franco se estabiliza debido a los tratados que firma con los Estados Unidos, Jorge comienza a reconsiderar su postura ante el régimen de Franco y decide viajar a España.

En Madrid era una de las figuras más populares y su recibimiento se convirtió en una fiesta popular. El gentío era tal, que el general Franco estuvo a punto de mandar a la fuerza pública para controlar la situación.

El 31 de mayo de 1948, en la estación Príncipe Pío, Jorge se asomó por la ventanilla del tren y vio a una inmensa muchedumbre que lo esperaba. Había muchas mujeres y familias completas que habían pasado toda la noche esperando su llegada.

Antonio Serrano Plaja, en un artículo titulado «El paso por España del charro mexicano»[1], escribió que

1. *Gráfica*, septiembre de 1980.

«la primera en llegar junto a él fue una linda muchacha de pelo color trigo, que se arrojó en sus brazos con un ramo de claveles». La multitud era tanta que Jorge tuvo que aventar a una señora que casi lo asfixia, porque lo tenía agarrado de la corbata. Cuenta Enrique Serna que Jorge llegó al hotel Palace chorreando sangre y su madre tuvo que darle primeros auxilios.

Raúl Prado, integrante del Trío Calaveras, también estaba ahí y da su testimonio de la llegada de Negrete:

«Ora sí, ya llegó su padre, hijos desobedientes», nos gritó al llegar; y como era su costumbre nos propinó a cada uno un puñetazo en las costillas. En mi cuarto agarramos la onda con puritita manzanilla y chorizo español importado de Toluca y empezamos a cantar [...] los vecinos protestaron por el escándalo [...] El administrador vino a ver qué pasaba, pero cuando supo que ahí estaba Jorge Negrete nos pidió que lo dejáramos quedarse en la fiesta. En la madrugada fuimos a rematar a una típica churrería de la calle de Alcalá, donde a las siete de la mañana todavía seguíamos cantando [...] cuando Jorge se soltó a cantar [...] *¡Ay Jalisco, no te rajes!* El tumulto que se armó frente a la churrería fue de marca mayor.[2]

El actor español Ángel de Andrés fue quien guió a Negrete por Madrid. Ángel decía recordar que los madrileños se abochornaban de la reacción de las mujeres ante el Charro Cantor. Él lo acompañó para que conociera el bar de Pedro Chicote, el sitio más frecuentado por las grandes figuras que llegaban a España. Su barra aguantó

2. Carlos Bravo Fernández, *La vida de Jorge Negrete,* Cine Mundial, cap. XIII, México, 1954.

el peso de cuerpos tan deseados como el de Liz Taylor, Ava Gardner, Joan Crawford, Rita Hayworth, Gary Cooper, Cantinflas y Orson Welles.

El actor lo llevó a conocer el restaurante Villa Romana. Y era tanto el asedio de las mujeres, que Negrete preguntó en voz alta: «¿Pero es que no tienen hombres aquí?» Dicen que un político franquista escuchó el comentario y se levantó para retar al cantante. Sin embargo, Miguel Prado, del Trío Calaveras, afirma que el altercado solo fue un invento de la prensa; que en realidad el político solo quería un autógrafo para su acompañante.

Aquí, es necesario resaltar la mala relación que tenía Jorge Negrete con la prensa. Por esas fechas dio una entrevista en Madrid en la que decía que algunos periodistas mexicanos carecían de ética. Con muy mala intención la nota se reprodujo en México afirmando que Jorge agredía a los periodistas mexicanos e, incluso, al presidente de la República, Miguel Alemán. En cuanto se enteró de lo anterior Negrete mandó una carta abierta al *Excélsior* para desmentir esas acusaciones, pero especialmente para reafirmar su lealtad al presidente Alemán.[3]

Debe mencionarse también que en España Jorge tuvo diferencias fuertes con los periodistas, por lo que en esa

3. La carta decía: "Llamarme renegado y antimexicano es realmente inaudito, pues la insignificante historia de mi vida habla por sí sola de mis actitudes y de mi acendrado amor por mi patria, que forma una segunda religión dentro de mi espíritu. Al llamarme a mí renegado, también llaman renegados a Agustín Lara y a todos los compositores mexicanos que interpreto en mis actuaciones y a los artistas y técnicos que me acompañan en mi trabajo. Al llamarme antimexicano se olvidan de que por infinidad de países he paseado y exhibido, no las costumbres chinas, ni malayas ni europeas, sino exclusivamente las de mi patria, con toda su jerarquía envuelta en el calor divino de sus canciones, adornado con el incomparable traje nacional. Dios sabe, y el público también, que primero sería capaz de cometer un acto criminal o inclusive de terminar con mi existencia, antes que renegar de mi patria y de mi pueblo."

primera visita la Dirección General de Prensa prohibió la publicación de todo lo referente al Charro Cantor.

No obstante, su figura era de tal tamaño que no pudo ser difuminada por la prensa local. Como muestra, un botón: el semanario ¡Hola! le dedicó nada menos que su portada.

Jalisco canta en Sevilla fue la primera coproducción cinematográfica entre México y España. La película se filmó en Madrid y en los alrededores de Sevilla. Era tanta la expectativa que tenían los admiradores españoles de Jorge, que cuentan que durante el rodaje la gente llenaba las locaciones. «En los intervalos [...] el artista mexicano, con una cordialidad que no agradeceremos bastante nunca, firmó infinidad de autógrafos en abanicos, libros y fotos a todas las personas que tuvieron a bien pedírselo.»

El director de la película fue Fernando de Fuentes y la rodó en solo cuatro semanas. El Chicote hace aquí uno de sus mejores papeles, como pareja cómica de Negrete, y en la cinta debuta la actriz Carmen Sevilla, que encarna a la pareja de Jorge en la cinta.

Al terminar el rodaje, Jorge hizo un recorrido por España en compañía del Mariachi Vargas y con sus interpretaciones conquistó a los españoles. Hasta hoy, todavía quedan clubes de admiradores de Jorge fundados desde entonces.

Finalmente, Jorge Negrete tuvo una relación ambigua con España. Por un lado, parece ser que, en el medio artístico de Madrid, la presencia de Jorge llenó de envidia a muchos actores y cantantes que no podían competir con su figura y su voz, cosa que no redundó, desde luego, en buenas amistades. Pero, por otro lado, el público español llenó de tantas atenciones al Charro Cantor que superaban con creces cualquier incomodidad que hubiera podido pasar en ese país. Conforme pasan los años, Negrete ha crecido como figura artística: sus películas se ven en España y muchos de sus habitantes siguen siendo admiradores fieles, eso sin contar a los lectores del ¡Hola!, que devoraron en aquel entonces las fotografías que ofreció la revista del célebre mexicano.

¿Y quién se iba a imaginar que un presidente de México pudiera pasar a ocupar un sitio tan honroso en la prensa internacional como la portada del ¡Hola!? Pues, aunque hasta hace unos años habría sido impensable semejante proeza, el presidente Vicente Fox con sus botas de charol, no sin la valiosísima ayuda su esposa, la señora Marta Sahagún, lo logró.

En octubre de 2001, los Reyes de España le ofrecieron una cena de Estado al presidente mexicano Vicente Fox con su señora, en el Palacio Real de Madrid. La revista de esa semana publicó en su portada la foto que fue la comidilla en los círculos más ortodoxos del protocolo diplomático y de la etiqueta internacional.

En las páginas 64 y 65 de la edición del ¡Hola!, que comenzó a circular el 5 de octubre, el presidente mexicano y su esposa lucen bellos y esbeltos al lado de los Borbones españoles, Juan Carlos y doña Sofía, así como del príncipe Felipe, heredero al trono, y de sus hermanas las infantas con sus respectivos maridos, los duques de Palma de Mallorca y de Lugo.

La revista muestra, a todo color, cómo la moda que Vicente Fox ha tratado de imponer en su vestimenta, resultado de la pésima y muy mala consultoría que sobre el tema recibe durante sus giras internacionales, dejó como saldo en Europa y en el mundo entero la imagen de un presidente, en el mejor de los casos, «original.»

La serie de comentarios que aparecieron en esos días en la prensa mexicana alrededor de las botas vaqueras de charol que Fox lució durante la cena de Estado en el Palacio Real de Madrid, fueron demoledores. Pero las botas no fueron la única originalidad de su atuendo.

El ¡Hola! apuntó que los invitados de honor, el presidente de México y su esposa, Marta Sahagún, estaban «casi» perfectamente vestidos. Ella en tafetán negro *strapless*, muy ajustado en la pechera y sin mangas, con un broche enorme en pedrería de fantasía (¿Kenneth Lane?), y luciendo su nuevo *look* de peinado sin fleco y recogido hacia atrás. Ciertamente Marta hubiese lucido perfecta si alguien le hubiera informado que las damas, por la noche y más en una gala, no se ponen reloj en la muñeca. Simplemente, de acuerdo con la etiqueta, la mujer no debe ponerse reloj cuando viste traje largo.

El presidente mexicano distó también de lo perfecto en la presentación de su primera gran cena real de Estado. Como se puede apreciar en la foto del ¡Hola!, la lista de errores en la vestimenta de Fox aquella noche en el Palacio Real de Madrid es larga. La encabeza, sin lugar a dudas, su calzado: las ya mencionadas botas vaqueras de charol, que quizás produjeron tan mal efecto debido a que sus pantalones se veían demasiado cortos, por consiguiente la caída no era recta y se quebraba al frente. Los puños de la camisa le nadaban. Por el contrario, las mangas le quedaban chicas, de manera que la punta de los puños no se podía asomar del frac, cuando es precisamente ese detalle el que da valor al corte de la prenda. Ahora que el chaleco… El chaleco estaba fuera de toda etiqueta. En lugar de vestirse con el tradicional chaleco en *piquet* blanco y bien almidonado, con picos cortos, nunca más largos que las puntas del frac, el presidente Fox se puso un chaleco color gris perla, como si se tratara de una ceremonia de tarde o de mediodía. «Su consejero en etiqueta oyó rebuznar y no supo por dónde», comentó por esos días al respecto Nicolás Sánchez Osorio, periodista especializado de *La Crónica*, y agregó:

En efecto: el chaleco de color, y especialmente el gris perla, se usa con el *jacquet* y jamás con el frac. Después de las ocho de la noche, el *jacquet* se guarda en el clóset y se saca el frac. Así es. Las reglas de la etiqueta yo no las inventé, existen desde finales del Siglo XVIII y casi todo el mundo las sigue. Además, el corte del chaleco que Fox se puso en esa cena era *sport* con cinco botones al frente como si se tratara de accesoriar un traje de tres botones, cuando los chalecos de frac son abiertos hasta la altura del tórax, terminan en curva y se abrochan con tres o cuatro pequeños botoncitos al frente.

Se puede decir que el frac estaba medianamente bien cortado, seguramente por Hermenegildo Zegna, pero sus solapas terminaban a la altura del pecho. El corte debe de ir más abajo, a la altura de la cintura, de manera que las puntas de la prenda coincidan armoniosamente con las del chaleco, pero nunca arriba de este, como era el caso del atuendo «foxiano». El espléndido «porte» del presidente de México ponía de relieve la nueva y original moda, que dudo mucho sea implantada en México y el extranjero por una sencilla razón: con excepción de los novios y sus papás, durante las ceremonias nupciales, ya nadie usa frac en nuestro país.

Y ya ni hablar de la camisa. Fue lo peor. Fox se puso una camisa de popelina, de diario, con costura redoblada al frente y cuello normal (no cortado), demasiado holgada al cuello y a la que simplemente le añadió su corbatita de moño blanca de *piquet*. Total, que el moño hacía cortocircuito con la popelina blanca de su camisa.

Fuera de esos pequeños detalles, pequeñísimos errores que no hacen daño a nadie, los Fox se hicieron notar. Su afán de protagonismo los llevó lejos en aquella ocasión: no cualquiera aparece en la portada del ¡Hola!

Martita y su fijación por el ¡Hola!

Dice la *Biblia* que uno de los peores pecados es el escándalo. El escándalo perturba, confunde y confronta. El escándalo hace que las personas piensen mal de los demás. El escándalo provoca alboroto y mucho ruido. El escándalo es desenfreno, desvergüenza y mal ejemplo. El escándalo ocasiona daño y ruina espiritual. ¿Por qué entonces Martita, como primera dama, se empeñó en causar y vivir en el centro del escándalo? Lástima que durante el periodo en que su marido, Vicente Fox, nos gobernó, la señora Marta olvidó que los peldaños del poder siempre, siempre son muy resbaladizos.

En mi reciente visita a España he percibido que la imagen que está dando la pareja presidencial no es la que más le conviene a México. La señora Sahagún le ha dado, sin duda, un gran apoyo a Fox en su campaña, pero una vez ganada la Presidencia está pasando la cuenta con fines de protagonismo personal; y por lo visto él esta de acuerdo en concederle todos sus deseos. De esta forma, la Presidencia de la República, esa institución tan importante y cuyos errores han tenido en el pasado un costo enorme para millones de mexicanos, está siendo usada ahora para el lucimiento de ambos, descuidando las altas prioridades del país y sus compromisos de campaña.

Prueba de esto es la campaña personal que la señora Fox está llevando a cabo, con actos tan torpes como lanzar el ramo de novia en el avión, como la inserción —obviamente pagada con nuestros impuestos— en el ¡Hola!, la revista oficial de la burguesía española. ¡Ya basta! Hay que ponerle un alto al señor Fox y recordarle para qué lo elegimos. Desde luego que no para hacer giras sin ton ni son, como es la que realiza ahora, ni para ofrecer un foro de lucimiento a su señora. Espero sirvan esta notas.

Gracias.

Cuando Sofía leyó esta carta en la Sección de Correspondencia del periódico *Reforma*, se quedó muy pensativa. Venía firmada por un lector anónimo. ¿Por qué habrá dicho el autor de la misiva que el ¡Hola! era la revista oficial de la burguesía española? *Debió haber dicho que la revista era la oficial, pero de la aristocracia europea, no nada más de la burguesía,* se dijo Sofía, un tanto desorientada. El ejemplar al que se refería la persona que había enviado la carta al diario era el número 2,984 con fecha 18 de octubre de 2001. En la página 6, es decir, la nota de la primera dama era el primer reportaje de los treinta y ocho que contenía la publicación de esa semana. En efecto, allí estaba la pareja presidencial. Allí estaban los enamorados, de la mano, felices de la vida, en tanto caminaban por los jardines de la residencia presidencial de Los Pinos.

En medio de ocho fotografías, muchas del día de la boda de los Fox y a todo color, Martita. ¡Con qué aplomo, con qué seguridad y con qué determinación posaba la primera dama! Las diez yemas de sus dedos sobre la gran mesa de trabajo... He ahí una faceta de su personalidad que cada día se consolidaba más, y que mostraba a una mujer dispuesta a todo con tal de, según ella, «sacar al país adelante.»

Curiosamente en las fotografías siguientes tenía un cambio total de personalidad. Martita aparecía como cualquier señora de su casa (casotota) hojeando un libro de arte. En la otra, la señora Fox estaba disfrutando de una taza de té ante los espléndidos jardines de Los Pinos. Todavía más natural y hogareña aparecía en las páginas finales.

No, no había duda. Pronto se advertía que el reportaje exclusivo, con diez fotografías, incluyendo una entrevista larga, se había hecho con esmero, con gran profesionalismo, con ganas, con cuidado, con respeto y seguramente también con mucho dinero, ya que las fotografías son de una espléndida calidad, igual que el formato y los pequeños recuadros con las debidas explicaciones. Lo que seguimos ignorando es quién había pagado a quién. Es decir, ¿la revista le pagó a la señora de Fox por la exclusividad? ¿O la señora de Fox le pagó a la revista por la exclusividad de su entrevista? A saber.

En el texto (excepcionalmente bien escrito) se resalta el currículum de la señora Fox. Después de hacer hincapié en su carrera política al haber ocupado cargos como consejera nacional y estatal; secretaria de Promoción Política de la Mujer en el estado de Guanajuato; coordinadora del Comité Ciudadano de Protección Ambiental y candidata a la Presidencia Municipal de la ciudad de Celaya; se aclaraba que la señora Fox había sido graduada como maestra de inglés en la Universidad de Cambridge, en Dublín, Irlanda, y que era profesora universitaria de La Salle Benavente de Celaya y conferenciante en la Universidad de Celaya y en la Konrad Adenauer Foundation.

¿Para qué tantos datos, cargos y nombramientos?, se preguntó intrigada, Sofía. *¿Para qué tantas fotografías y tomas distintas? ¿Para qué tanto protagonismo? ¿Por qué quiere reafirmarse tanto? ¿Qué busca? ¿Qué pretende? ¿A quién quiere impresionar la señora de Fox? ¿A sus futuros electores? ¿Cómo era posible que se le hubiera ocurrido a Marta Sahagún aventar su ramo de novia durante un trayecto de avión en un viaje oficial, mientras del otro lado del mundo se estaban aventando bombas? ¿No se habrá dado cuenta de que no era el momento de aparecer en el ¡Hola! de la manita (manota) de su marido, ni de organizar conciertos con Elton John en el castillo de Chapultepec, cuyo boleto había costado diez mil pesos? ¿Ni mucho menos hacerse tanta publicidad cuando todavía no sabíamos ni cuántos muertos mexicanos se habían encontrado bajo los derrumbes de las Torres Gemelas?*

Sofía tenía razón. No, no era casual que la entrevista de la primera dama hubiera sido publicada en un semanario como el ¡Hola!, cuyo tiraje representaba miles y miles de ejemplares que, además de viajar por toda Latinoamérica, eran tan buscados en nuestro país.

No, no era casual que la señora Fox hubiera insistido, desde entonces y hasta el día de hoy, en promover tanto su persona, enumerando todos sus logros bajo el pretexto de que todo lo hacía por amor a Vicente y a México. No, no eran casuales tantas casualidades.

¿Por qué el guardarropa de la primera dama incluía vestidos idénticos a los de Carolina de Mónaco y de otras personalidades de la realeza que constantemente aparecen fotografiadas en la revista ¡Hola!? Eso ya era *too much* para Sofía. ¿Por qué tenía Martita los mismos vestidos que Carolina de Mónaco y ella no? Estaba tan enojada ante la pobreza y mediocridad de su vestuario, que tomó algunas prendas y las arrojó al suelo. *¿Cómo no me había yo dado cuenta de lo chafa que me visto? Y yo que me creía tan bien vestida y tan a la moda, en realidad estoy totalmente* out. *Ni siquiera soy To-tal-men-te Palacio... ¡Soy to-tal-men-te cho-za, to-tal-men-te cue-va, to-tal-men-te ja-cal, to-tal-men-te tien-da de cam-pa-ña, to-tal-men-te...* La pobre Sofía no encontraba adjetivos para desahogar su furia. Estaba completamente fuera de sí. Tenía ganas de llorar. «Los gustos de Martita llegan a ser tan parecidos a los de Carolina de Mónaco, que a la casa Chanel le compró el mismo conjunto que se la ha visto a la princesa, de *tweed* en tonos dorados y beige con una fina cadena de metal cosida al forro de seda del saco, para darle a la tela la caída perfecta, cuyo precio fue de tres mil seiscientos dólares, según el dato que fue proporcionado en la propia *boutique*», leyó en el periódico *Reforma*. Cerró los ojos. Tragó saliva y de nuevo volvió a sentir esa extraña mordida con la que se anuncia la envidia. Esa noche no durmió.

Lo que nunca se imaginó Sofía era que el día después se publicaría en el mismo diario la aclaración de la primera dama, respecto a los gastos de su vestuario. En primer lugar dejaba en claro que, en dos años y medio, había gastado únicamente doscientos mil pesos de la partida presupuestal 3,825 que el Congreso autoriza a la Presidencia de la República para ropa y accesorios, y no ochocientos noventa y dos mil pesos, según datos oficiales de la Presidencia, lo cual significaría un gasto mensual, solo en ropa, de treinta y siete mil pesos. Igualmente aclaró que sus joyas, muchas de ellas, eran regalos de Vicente Fox y que otras eran obsequios de quienes «tienen el derecho a regalarme: mi padre, mis hijos y mis amigos.»

¿Era por eso que Marta compraba, para luego existir? Pero el hábito no hace al monje, como se había visto en el reportaje que había aparecido en *El Universal* sobre el guardarropa de la señora Fox, haciendo notar que tenía vestidos y trajes iguales a los que llevaban la reina de España y la princesa de Mónaco. En las fotografías en donde aparecían Marta Fox y la princesa Carolina de Mónaco vistiendo exactamente el mismo traje Chanel, lo primero que se notaba era que el elegante atuendo no se veía igual. Carolina se veía esencialmente elegante. Marta se veía como que tiene puesto un traje elegante. *Nuance*, dirían los franceses. Es decir, esa pequeña poco advertible diferencia separa lo que «es» de lo que «quiero ser».

La esposa de presidente de México no solo era la primera dama, quería parecer la reina de México porque se atribuía el poder para hacerlo. El poder que para ella era una especie de libre servicio. «Yo puedo», seguramente se diría todas las mañanas cuando hojeaba el ¡Hola!, su revista favorita, para ver cómo iban vestidas las damas de la realeza. «Tú puedes», le habrán dicho sus nuevas y ricas, nuevas ricas y pseudoaristócratas amigas de la Sociedad de Admiración Mutua, entre las cuales posiblemente habría un(a) Rasputín(a) que la convencía de todo lo que podía. «¡Ay Martita! No le hagas caso a esas periodistas que te critican. Son una bola de envidiosas». «¡Ay Martita! Gracias a ti pudimos sacar a los priistas de Los Pinos». «¡Ay, Martita! Qué importante eres para las mujeres. Eres nuestro ejemplo, nuestra meta, nuestro reto y nuestra futura candidata...» «Nosotros podemos», se diría la pareja presidencial en la intimidad de su pequeño Trianon en Los Pinos. «Aprovecha la partida que tienes para tus gustos, digo gastos, mi amor», le decía, tal vez, el primer mandatario. Y Sofía continuaba preguntándose: *¿Por qué no hay una partida para que el pueblo se vista mejor? ¿Por qué no promover algún costurero o modista mexicanos? Si tanto admira a Eva Perón, ¿por qué no «Evita» tanto gasto, aparentar lo que no es? ¿Por qué no «Evita» estar siempre en las noticias? ¿Por qué no «Evita» ser tan visible y distraer la atención con su frivolidad, que no hace más que pensar en que es una constatación insistente y resignada de angustia? Si tanto quiere imitar a la aristocracia, ¿por qué no hace como las pseudoaristócratas mexicanas que tienen su costurera, muchas veces chancloncita pero eso sí muy hábil, que les copia los modelos de las elegantes? Por lo menos tiene a alguien que se puede mantener cosiendo. ¿Por qué no promover la alta costura local?*

Es cierto que María Antonieta de Francia no se contentaba con ser reina de Francia, también quería ser reina de la moda. De ahí que sea, actualmente, la patrona de los diseñadores franceses. Sus extravagancias, excesos y gastos le valieron lo que ya sabemos. Fue la primera en usar tela estampada para un vestido. «Mira, la reina está vestida de cortina», comentaban sus enemigas. Su madre, la emperatriz María Teresa, le escribía para reclamarle su conducta. Pero no hay que olvidar que la pobre María Antonieta se casó a los quince años y vivía en un mundo que la excluía de toda realidad. La pobreza excluye, pero la riqueza aísla.

Curiosamente también el buen gusto produce el mismo efecto, aleja a los demás. Tal era el mundo en que vivía, alejada de toda realidad, que se le atribuye haber dicho cuando escuchó que el pueblo no tenía pan: «Pues que coman pasteles.»

Imelda Marcos materialmente enloqueció de poder, a tal grado que se convenció de su papel, creyéndose víctima después. Una vez que el gobierno de su marido cayó, al hacer un inventario de las cosas que había dejado en su casa, descubrieron que el *walk-in closet* de la señora Marcos contenía quinientos pares de zapatos. Muchos de ellos todavía sin estrenar y algunos de estilo idéntico.

Sofía no entendía qué les pasaba a las mujeres esposas de hombres en el poder. *Cuando no se sienten, como algunas, cero a la izquierda, se sienten merecedoras de todo tipo de privilegios, derechos y halagos. Cuando regresaban de alguna batalla victoriosa, los generales romanos eran recibidos por el pueblo con grandes aclamaciones. Durante la procesión triunfal siempre había un esclavo con la obligación de susurrar al oído del héroe dos palabras: «eres mortal», para advertirle de las consecuencias del éxito y del poder: el orgullo, la arrogancia, el exceso de autoestima, la pérdida de perspectiva y olvido de la realidad...*

En el ¡Hola! también ha habido lugar para las grandes bodas como la de Sumi Slim Domit y Fernando Romero Havaux, celebrada en la imponente Catedral Metropolitana de la capital de México. Esa noche, el Altar del Perdón lució al máximo con una sencilla decoración floral, con miles de veladoras y guirnaldas que tuvieron como marco los dorados retablos coloniales. Durante la ceremonia, la conocida cantante Tania Libertad interpretó el «Ave María». Poco después, el obispo Onésimo Cepeda Silva impartió la bendición nupcial a la joven pareja. La novia es hija de

Carlos Slim Helú, sin duda el hombre de negocios más importante de México, y de Soumaya Domit de Slim.

Por su parte, el novio es hijo de Raúl Romero Cenizo y María Cristina Havaux de Romero, que ofrecieron un poco más tarde la deslumbrante recepción para unos mil doscientos invitados en el antiguo colegio de las Vizcaínas, transformado esa noche en un auténtico palacio. El menú fue ofrecido por la casa Mayita. Tres orquestas amenizaron la velada.

Asistió a la recepción el grupo económico y financiero más importante de México, junto a muchísima gente joven, del mundo diplomático, de la política, del arte y de la alta sociedad.

También estuvo presente Felipe González, ex presidente del gobierno español, acompañado por su mujer, Carmen Romero, y su hija, María; la célebre actriz María Félix; Emilio Azcárraga y su joven esposa, Alejandra de Cima; Miguel y Christiane Alemán; el cronista e historiador Guillermo Tovar y de Teresa; María José, viuda de Octavio Paz; el célebre pintor y escultor Juan Soriano; Miguel de la Madrid, ex presidente de México, y su esposa, Paloma Cordero; el escritor Carlos Monsiváis; el embajador España en México, don Ignacio Carvajal y su esposa Elisa; Joaquín y Ana Alicia de Teresa y Polignac; el embajador de Francia, Bruno Delaye, con su esposa, Annie; el entonces ministro de Cultura de México, Rafael Tovar y de Teresa, con su esposa Mariana, y muchos más invitados.

El bebé del ¡Hola! mexicano

—¡¡¡Mamaaaá´!!! —gritó la joven Sofi al mismo tiempo que azotó la puerta.

—Estoy en mi recámara hijita, le respondió Sofía.

Subiendo las escaleras de dos en dos, Sofi se apresuró hasta llegar con su madre, para anunciarle la noticia que a ella le había caído como balde de agua fría, ¡hela-da! Por fin, Sofi entró y con una voz muy agitada le dijo a su madre:

—¿Qué crees, mami? ¿Quién crees que está superembarazada? Estoy enojada y muy celosa, ahora sí que *I can't believe it*. ¿Cómo es posible que me lo hayan ocultado siete meses? No, es que no lo puedo creer…

Sofía interrumpió confundida:

—¿De que me hablas Sofi? ¿Quién se embarazó? No me digas que tu amiga Greta, yo te dije que esa niña era muy, pero muy *open* ¡Qué bárbara! ¿Cómo es posible si existen tantos métodos para protegerse? Pero cuéntame, ¿qué te dijo?

—¡Ay, Mamá! *Hello with you*, ni al caso, no hagas chismes que no son, Greta ni si quiera tiene novio, no inventes, la que se embarazó fue ¡Aracely Arámbula! y el niño es de mi hombre, de mi Sol, de Luismi ¿Quién iba a decir que esta niña terminaría embarazada de un tipazo como Luis mi Rey? Perdón, Luis Miguel. De seguro Luismi le cantó la canción de *Cuando calienta el sol*… Y vaya que la calentó porque hasta terminó embarazada ¡Ay, ma! ¿Qué voy a hacer? Ya no tengo ningún chance con él. Lo peor de todo es que el niño se va a llamar Miguel, de seguro que a ella ni le gusta el nombre y solo lo hace por quedar bien.

Sofía se veía consternada. En realidad no entendía muy bien, por qué diablos le afectaba tanto a su hija el hecho de que Luis Miguel se convirtiera muy pronto en papá:

—Hijita seamos realistas… Esta niña logró envolverlo y mira que lo hizo con un ¡hijo! Ojalá que no la deje como a todas, ojalá que les vaya bien —le dijo.

—*Shut up*! Mamá, no digas eso, o sea, matas todas mis ilusiones, qué mala onda. Pero ¿te das cuenta? Según ella dice estar superpreparada para ser mamá y dice también que él será un papi superresponsable y dedicado con su hijo; pero la neta ma, que no se haga que la virgen le habla, él está dedicado solamente a su carrera y no la va a descuidar solo porque va a tener otro hijo. ¡Por Dios! Si no descuidó su carrera con la hija que dicen que tuvo con Stefani Salas, qué la va a descuidar con otro hijo, ni al caso ma. Para mi Sol, primero es su carrera, después su carrera y al final, ¿qué crees? ¡Claro! Su carrera. *Jesus Christ*, él va a seguir haciendo su dinerito gracias a la maravillosa voz que tiene, la verdad este niño viene a darle más fama, solo eso, fama.

Su madre, mientras tanto, seguía arreglándose frente al espejo de su *boudoir,* en donde también se reflejaba la joven Sofi, con sus ojos color chocolate con leche, con sus pequeñas pecas sobre la nariz respingada y su boca carnosita muy semejante a la de la hija de Carolina de Mónaco; la celosísima Sofi se veía pálida. De pronto, se acercó a su mamá y las dos juntas mirándose en el espejo empezaron a hacerse muecas una a la otra, como para calmar la situación de celos en la que se encontraba Sofi.

—Pero ma, ¿por qué tuvo que ser ella y no otra más, una niña-bien como yo, por ejemplo? Te juro por mi vida, que tú sabes es superimportante, que ella nada que ver con él, la verdad mami y no es por ser mala onda, ella se ve medio corrientita, «naquita» diría Greta, no compares con Mirka o con Mariah Carey, o sea, aún no lo puedo creer.

De pronto, un gran silencio invadió la recámara. Sofi, para romper ese silencio, se aventó a la cama de su mami, se puso una almohada en la cara y empezó a gritar fortísimo. Realmente Sofi estaba deprimida, estaba desilusionada, pero sobre todo, se sentía traicionada por su querido Luis Miguel.

—Mi'jita, cálmate y cuéntame qué más sabes —le dijo Sofía como queriendo armar toda una tertulia entre ella y su querida Sofi. Aunque no lo quería aceptar, a Sofía empezaba a interesarle el tema de la embarazada que tanto había sorprendido a su hija.

—*Ok* mamá, te cuento. Imagínate a esta niña diciendo: «Me considero una mujer afortunada por estar enamorada no solo de la estrella, sino del ser humano, que es aún más grande como persona que como artista». ¡Sí, cómo no! De seguro también está enamorada de sus casas, sus coches último modelo, pero especialmente enamorada del *cash* que tiene Luismi... Pero quién sabe mamá a lo mejor yo estoy diciendo todo esto y la verdad sí se quieren... Pero es que no me cabe en la cabeza. Luismi no es el típico hombre de familia, no me lo imagino cambiando pañales, dándole su Gerber, bañando al niño y arrullándolo con su canción *Sueña* del *Jorobado de Notre Dame*. O sea, no mamá, no, no, no y un millón de veces no. Aparte también dice que ese bebé llega en un momento mágico, muy mágico para los dos, después de casi dos años de relación. Pues claro, tan mágico que ella está segurísima que ya lo amarró, pero ojalá que no le salga con una burrada mi querido Luis Miguel, ojalá y como dices tú, que todo salga bien, porque te soy sincera mamá, si él es feliz yo también lo soy. —Le dijo convencidísima la pobrecita de Sofi.

—No seas ridícula, ni lo conoces, o sea, *hello* contigo, como dices tú. Ahora resulta que tengo una hija loquita.

—Pero mamá, lo conozco gracias a mis sueños y a lo mucho que lo admiro, la verdad que Luis Miguel me enamora cada vez que veo sus fotos en...

—Mira mi'jita linda, ya cálmate y dime, ¿quién te dijo o dónde escuchaste todo esto que me cuentas?

—¡Ay, mamá! Ni lo escuché, ni me lo dijeron, yo solita me enteré gracias a nuestra revista favorita.

—¿Queeeeeeé? No me digas que lo leíste en el ¡Hola! ¿Y qué estás esperando? Tráeme la revista para leer el artículo com-ple-ti-to —le dijo su mamá, apresurada y ansiosa por saberlo todo.

Sofi bajó las escaleras, abrió su mochila, sacó la revista, vio de nuevo la portada y en ella a su rival, Aracely Arámbula, enseñando su panzota de siete meses y de pronto se pone a pensar con envidia: «¡Qué suertudota!» Vuelve a subir de dos en dos las escaleras, entra nuevamente a la recámara de su madre, se la entrega y su mamá casi arrebatándosela le dice:

—Vente Sofi, acuéstate conmigo un ratito mientras se da la hora para irnos a tu clase de Flamenco.

Y mientras la hija iba cayendo poco a poquito en los brazos de Morfeo, la madre veía con atención una a una las fotografías que tanto habían afectado a Sofi.

Foto 1. Aracely Arámbula, la bellísima novia del famoso cantante Luis Miguel, posando embarazada por primera vez. La actriz y cantante luce una camisa negra de seda, de Emporio Armani; pulsera rígida de Chanel y gargantilla de brillantes de Chopard. Los pendientes de aros de brillantes son regalo de Luis Miguel.

Foto 2. «La forma en que Luis Miguel y yo nos conocimos fue muy bonita y muy natural», confiesa Aracely, que luce en estas imágenes un vestido en gasa azul marino sobre gasa color maquillaje de Emanuel Ungaro; gargantilla de diamantes y pendientes largos de Chopard.

Foto 3. La novia de Luis Miguel con un vestido de gasa estampado con detalles de minivolantes verticales sobre las costuras de Armani Collezioni; solitario de brillante amarillo y pendientes en forma de flor de brillantes sobre oro amarillo, todo de Chopard.

Foto 4. Aracely, una bella actriz ilusionada y feliz con su embarazo.

Foto 5. «El nombre del niño lo ha elegido él y para mí es un orgullo que nuestro hijo se llame como su padre», cuenta Aracely, que luce un vestido blanco con cinta de terciopelo negro bajo el pecho bordado en pedrería de Elie Saab, y pulsera y solitario de diamantes de Chopard.

Foto 6. Aracely, con vestido de punto en seda marrón claro de Alberta Ferretti; sandalias en satén dorado de Valentino y solitario amarillo de Chopard.

Foto 7. Aracely Arámbula posa con el vestido de Roberto Cavalli.

Foto 8. Una maternal imagen de la bella actriz, feliz ante la llegada de su primer hijo.

Foto 9. Aracely Arámbula, la bella novia de Luis Miguel, luce en esta foto un vestido estampado de Carolina Herrera y pulsera de Chanel.

Sofía leyó con absoluto morbo la entrevista hecha a la futura madre. Y como todo es bonito en el ¡Hola!, no resulta nada anormal el hecho de que la pareja no esté aún casada, ni comprometida, ni nada. Una vez que la entrevistadora le señala a Aracely que el reflejo de su cara es de «total felicidad», esta le contesta. «Sí, estoy llena de alegría y de felicidad, porque ser madre es lo más maravilloso que le puede suceder a una mujer». Y continúa:

¡HOLA! (H) —Por si fuera poco, el padre del hijo que esperas es, ni más ni menos, que Luis Miguel. Toda una responsabilidad.

ARACELY (A) —Por supuesto. Porque hay mucha gente que lo quiere, que lo sigue y lo admira, no solo en México o en España, sino en muchos lugares del mundo.

Sofía se conmovió con la declaración que acababa de leer de Aracely. Claro que había gente que quería y que seguía al cantante. ¡Su hija, por ejemplo! Qué hubiera dado Sofi por haberlo conocido personalmente o, por lo menos, haberlo visto en alguno de sus espectáculos. De pronto, su madre tuvo remordimientos, porque cada vez que su hija le había suplicado que la llevara a alguno de su *shows* se había rehusado. Siguió leyendo:

H —A veces, los hijos llegan de improviso.

A —En esta ocasión, no. Este bebé llega en un momento mágico, muy mágico para los dos después de casi dos años de relación.

H —Creo que tan mágico como vuestra historia de amor.

A —Efectivamente. Es como una historia de cuento, porque yo estaba enamorada de él desde que tenía once años. Él fue el primer hombre que hizo que latiera mi corazón.

¿Desde que tenía once años? Ja, ja, ja.… A Sofía le había parecido ridícula la confesión de la «panzona», como empezó a llamarla por puritita solidaridad con su hija. *Han de ser mentiras. Claro, con los dos o tres millones de dólares que le han de haber pagado por la entrevista, ha de estar dispuesta a decir cualquier cosa.*

H —Pero si eras muy pequeña, Aracely.

A —Era una mezcla de admiración y enamoramiento infantil dentro de la inocencia y la transparencia que dan los once años.

H —Lo que es la vida, ¿eh? Porque cómo ibas a pensar que Luis Miguel se llegase un día a enamorar de ti.

A —Yo soñaba con conocerlo algún día.

H —Está claro que los sueños a veces se cumplen.

He ahí la consigna de la revista, hacerle creer a las lectoras, jóvenes o adultas, que los sueños «a veces se cumplen». He ahí su manipulación y su afán de contar cuentos de hadas.

[...]

A —Aunque mi admiración por él continuaba intacta, yo ya tenía diecisiete años y me encontraba en otra etapa de mi vida. Me había marchado a México para cumplir mi deseo de ser actriz. Y después de mucho tiempo de estar trabajando en telenovelas, un día me llamaron para protagonizar un video con él.

H —Lo que son las cosas.

¡Ay! Pero qué niña tan mentirosa. ¿Cómo que un día le llamaron para hacer un video con ese muchacho, que en lo personal, me parece demasiado dientón? Es más, nunca me ha gustado como canta. Claro que esto no se lo puedo decir a Sofi porque me mata. Pero en esta casa nunca hemos comprado un solo disco de Luis Miguel. Sin embargo en la recámara de Sofi hay decenas. En fin tengo que respetar sus gustos.

A —Sí, resulta que el video no se hace en las fechas previstas y, por si fuera poco, cuando se fijan otras nuevas yo ya no puedo, porque en esos días tenía que ir a Nueva York a trabajar.

¡Híjole, qué mentirosa! No creo que esta niña hubiera rechazado las nuevas fechas para filmar el video. Que no me cuente...

H —Te daría un vuelco el corazón... pero de pena.
A —Sí, me entristeció. Pero las cosas pasan por algo. Si en ese momento no se dio es porque me esperaba algo mucho mejor. Recuerdo las palabras de mi hermano: «No te preocupes, tú tranquila, porque algún día harás a Luis Miguel el video de su vida.»
H —No solo se lo hiciste, sino que fuiste la protagonista.
A —Así es (ríe felizmente.)

Cómo no se va a reír «felizmente», si ya ha de haber fijado con el ¡Hola! el precio de la portada del ejemplar en donde se publicará el nacimiento de su bebé. ¡Ah, qué niña tan lista...!

H —Y volvió a transcurrir el tiempo, Aracely.
A —Pasaron meses y... Finalmente, nos conocimos. Sucedieron las cosas de una manera muy bonita y muy natural. Parecíamos dos adolescentes. Era como si lo conociera de toda la vida
H —Estabas frente a frente con el amor de tu vida.
A —Sin imaginármelo, así fue. Desde el primer momento me di cuenta de que era un caballero, muy educado y muy galante. Todo sucedió de una manera superespecial. Hasta que un día, él me pidió que fuera su novia.

H —O sea, que fue él quien se declaró.

A —Así es.

Mmmmmm... I wonder..., si así fue efectivamente. Para mí que esta niña cayó embarazada y Luis Miguel no tuvo otro alternativa que pedirle que fuera su novia. Además, a los agentes de Luismi les habrá parecido que ya era oportuno que el cantante tuviera una novia oficial...

[...]

H —Si no te importa, ¿recuerdas el momento en el que le dices a Luis Miguel que va a ser padre?

A —El día de su cumpleaños. Estábamos en Las Vegas.

¡Ah, qué muchacha tan atinada y oportuna! Qué sorpresa tan bonita le tenía a su novio para su cumpleaños...

H —¿Se lo comunicaste inmediatamente?

A —No, esperé unas horas para que fuera el mismo día de su cumpleaños. Fue un gran día para decírselo.

H —Ni por asomo se lo esperaba. Seguro.

A —Para nada. Cuando se lo dije, lo primero que hizo fue sonreírme con esa maravillosa y única sonrisa que solo él posee. A continuación nos abrazamos y compartimos la feliz noticia con nuestros seres allegados.

¿Esa maravillosa sonrisa? Pero si es dientoncísimo. ¡Qué mentirosa! ¿Cómo que no se lo esperaba el futuro padre? ¿No tomaba pastillas anticonceptivas? ¿No conocen el condón? Entonces, ¿se fiaban del ritmo?, se dijo la malpensada Sofía.

H —No cabe duda que Luis Miguel será un padre excelente.

A —Va a ser un padre maravilloso. Excepcional. Yo lo veo superpaternal. Siempre es muy protector conmigo y ahora, con el bebé, lo está siendo mucho más. Me siento tremendamente protegida por él.

H —No me digas que eso no os gusta mucho a las mujeres.

A —Claro. Ahorita nos cuida a los dos. Es muy lindo, habla mucho con su hijo y le canta…

¿A su panza? ¡Ay, qué tierno…! ¿Y la entrevistadora no le va a preguntar acerca de la hija de Luis Miguel, que por cierto ya está muy grandecita y que nunca ha querido reconocer?

[…]

H —Se dice que para amar hay que admirar.

A —Totalmente.

H —Eres consciente de que eres una mujer envidiada.

A —Sí, claro. Pero creo que es preferible que te envidien a envidiar.

¡Ah, qué chica tan filósofa y sensata! Por lo pronto, mi hija ya la envidia con toda su alma…

[…]

H —Yo veo a Luis Miguel como un hombre muy correcto y afable, siempre en su sitio.

A —Es un gran ser humano. Lo es. Es el orgullo de México y también de otros muchos países. Esto no lo digo yo porque lo ame, no, sino que lo dice todo el mundo. Tiene el don de gentes. Es un hombre muy atento y siempre está preocupado de que todo esté bien.

¿El orgullo de México? ¿Qué no son las pirámides de Teotihuacán, los chiles en nogada, el presidente Fox, Martita, la selección de futbol, Pemex, nuestras telenovelas que se exportan a todo el mundo, el Chavo del Ocho, las últimas elecciones presidenciales, el maíz, el jitomate y el cacao?

H —¿Perfeccionista?

A —Lo es, pero sin llegar al extremo. Cuando ve que algo no lo puede cambiar, no se perturba. Por eso digo también que es un hombre muy inteligente.

H —Por eso es mejor no intentar cambiar nada.

A —¿Cambiarlo? ¡Para nada! Él es perfecto como es, porque así lo conocí, así lo quiero y lo respeto y así he aprendido a amarlo. Y porque no hay nada que no me guste de él.

¡Hipócrita!. Espérate unos añitos. No será raro que esta misma revista, en muy poco tiempo, nos hable de la ruptura de esta pareja de enamorados. Vaya, reflexión de la típica amargada. Pero, ¿cómo no lo estaría, si mi hija está tan triste con la noticia?

Refresca en el atardecer de Bel Air. Arden las brasas en la chimenea, junto a la que nos despedimos de Aracely Arámbula, la dejamos a solas cerquita del fuego, con las manos sobre el regazo, donde Miguel, que aún no ha nacido, es ya una estrella. El hijo del Sol. Del astro de México. Del gran Luis Miguel que ha hecho historia en el mundo de la música con sus más de cincuenta y cinco millones de discos vendidos en el mundo, sus nueve Premios Grammy sus trece Premios Billboard, el único capaz de llenar, durante treinta noches consecutivas, el Auditorio Nacional de México. Una nación en la que desde este momento el Sol brilla más fuerte que nunca, porque el rey ya ha encontrado a su princesa.

Híjole, no pueden ser más cursis. Casi me hacen llorar. ¿Quién habrá redactado la nota del primer número mexicano de la revista ¡Hola!? ¿Una mexicana o una española?

De pronto Sofi despertó, vio a su mamá y le dijo:

—Dime que Aracely no está embarazada, dime que solo fue un sueño, o más bien una espantosa pesadilla.

Su mamá la miró, la consoló y le dijo:

—Sofi, *such is life*. Mejor vete haciendo el ánimo. Pero pensándolo bien… Tal vez el ¡Hola! España no miente, pero me temo que el ¡Hola! México sí, y todo lo que aparece en la revista son puras «papas». Ya ves qué mentirosos somos los mexicanos. A lo mejor, todavía tienes esperanzas… Pero lo importante mi'jita es que este es el primer número del ¡Hola! México, eso sí que lo tenemos que festejar… Aunque nos cuenten puras mentiras…— dijo Sofía, tratando de consolar inútilmente a Sofi.

En vista del éxito y la afición que ya hemos comprobado que genera el ¡Hola! entre el público mexicano, entrevistamos a diversos personajes, unos de la vida pública y otros no tanto, para que nos dieran su opinión del semanario. He aquí los resultados:

Viviana Corcuera dice: «Leo el ¡Hola! desde que se fundó. La compro todas las semanas y tanto yo como mi familia gozamos perdernos en sus páginas». Viviana Corcuera expresa que se trata de un «periodismo muy serio en su contenido, que trata de aportar información de todo el mundo»; motivo por el cual su lectura significa «Una gran distracción. Por sus artículos y reportajes una se da cuenta de que está hecha con mucho corazón; no se ocupa de especulaciones ni escándalos». Es tal el gusto de hojearla que «en mi familia nos la peleamos cuando llega a la casa. Leerla se ha convertido en un *must*.»

En cambio, para Nina Menocal, dedicada al arte, es una lectura que se hace solo «cuando la veo por ahí», no se compra. Para ella y para su familia este tipo de publicación «no significa nada». Por ello describe la revista como «la Preysler, una chica glamurosa y ligera.»

La dramaturga Sabina Berman cuenta con cierto tono de ironía sus encuentros con la revista al aclarar, antes que nada lo siguiente: «¿Leer el ¡Hola!? ¿En serio? No. Pero sí la he visto muchas veces (risas)». Recuerda que la primera vez que tuvo la revista en sus manos fue en Madrid en 1990: «Era el clímax de una época de escándalos públicos y privados en España, pues los españoles descubrían su derecho como ciudadanos "de a pie" para meterse en las casas de los ricos y los nobles. Yo estaba desempleada y, de hecho, entré a trabajar a ¡Hola!» Claro, su agudeza mental e ingenio se interpusieron y no duró mucho: «Me encargaron un artículo para rodear la foto de una tenista que, si no mal recuerdo, era Stefi Graff, pero al momento en que leyeron lo que escribí, mi "contratador" me dijo que tenía mala leche. A lo que yo le respondí que más bien era tantito humor. Por lo que mi incomprensión de su sentido positivo, me adelantó el *bye, bye*». No era de esperarse entonces que compre hoy la revista. «La llego a hojear en el salón de belleza o en la casa de campo de mi suegra». En casa no se lee ese tipo de contenido porque su familia es, según dice, «gente terriblemente seria que no tendría interés en tomarse un rato de esparcimiento viendo fotos de realeza ni celebridades o salas decoradas como en épocas de los Luises franceses». De hecho, su anécdota favorita con el ¡Hola! sucedió cuando su hermano Jorge quedó atónito al enterarse de que en Francia había un rey que aparecía fotografiado esquiando en Los Alpes. «Y yo quedé igual, porque no lo sabía». En su opinión, el ¡Hola! bien podría ser «la elegante y discreta anfitriona de un *spa* exclusivo para multimillonarios.»

Quien conoció el ¡Hola! por costumbre familiar fue Marta Lamas: «La conozco desde los años ochenta porque mi mamá sí la leía. Yo la llego a ver cuando la tienen en casa de mis amigos». Para ella, su contenido solo remite a cuestiones frívolas de reyes y princesas y por eso la considera «ventanita a un mundo ajeno». Una ventana atractiva y que no deja de sorprenderla, como aquella ocasión en la que su hijo, con quince años de edad, «me recriminó haberle dicho a mi madre que cómo podía leer algo tan frívolo, espetando que hasta Carlos Monsiváis leía el ¡Hola! Y con eso me dejó callada.»

Para la señora Antonia García López, el ¡Hola! no es una revista que se lea, solo se ve. Conocedora de su existencia desde que la publicación incursionó en el mercado mexicano, dice adentrarse en su mundo cuando la ve en casa de su nuera, en el salón de belleza o «en el súper, mientras hago la fila en caja». En su opinión, no se trata del tipo de lectura que le guste porque no es de su interés saber quién se casó o qué hace la realeza. «Es pura frivolidad, aunque, eso sí, tratan la información de manera muy perfecta, nunca dicen el lado oscuro, siempre aparecen y hablan de la gente lo más perfecto e impecable posible». Tal vez por eso la imagina como «esa dama de sociedad a la que solo le importa quién viajó y qué millonario nuevo hay». En cambio, no deja de asombrarse al recordar que una vez uno de sus sobrinos, de diecisiete años, le declaró que el ¡Hola! era algo indispensable: «Siempre le interesó la *socialite* y bueno, esa era la lectura que le era necesaria para moverse en su círculo. Me causó mucha risa.»

Margo Glantz considera que sumergirse en las páginas de los artículos del ¡Hola! es una buena actividad esporádica de distracción, sobre todo cuando se está en espera de algo: «No es una revista que me interese mucho, así que cuando llego a tenerla en mis manos es porque estaba por ahí mientras esperaba». Añade que «su atinada prosa para relatar los acontecimientos de las celebridades» es lo que, en su opinión, la distingue de otras revistas. Para ella, la mejor forma de retratarla sería decir que es «una persona con mucho *glamour* en su vida». Eso sí, la única vez que recuerda haber invertido en su compra fue el día en que apareció en portada la boda del príncipe Felipe de España. «Desde entonces no la sigo mucho.»

«¡Hola! ¡no es para leerse!», exclama sarcástico Nicolás Alvarado, pues para él la revista significa un agradable gusto heredado por la familia: «Mi abuela y mi madre la compran desde mi infancia —a fines de los años setenta—, desde entonces comencé a hojearla de vez en cuando. Ahora, mi mujer la compra ocasionalmente. De hecho, mi madre compra otras revistas del corazón españolas como *Semana*, *Lecturas* y *Diez Minutos*». Por esa razón afirma que le «resulta irresistible no verla, una vez que alguien la pone frente a mí» y esa condición tentadora se la atribuye a una extraña «confrontación sistemática» que consuela al mexicano pobre. Corresponde con la idea de que «así como los ricos lloran, los nobles chillan. (O, como dirían los alemanes, el *schadenfreude*). Es el "criptomonarquismo" que nos habita a todos los mexicanos», apunta el comunicador.

También afirma que adentrarse en las imágenes del ¡Hola! es un ejercicio para satisfacer otras inquietudes: «La necesidad de enterarnos de chismes sexuales, allende los de nuestras amistades; el sano interés por la moda y por los horribles vestidos de las princesas británicas; y las recetas de cocina que son muy buenas». Sin embargo, no puede negar que la revista tiene un problema: «Está mal escrita. *Vanity Fair* me ofrece lo mismo pero con una calidad periodística, literaria y editorial muy superior». Resumimos lo que piensa de la revista con la siguiente frase: «Es un placer culposo». Eso también lo corrobora el siguiente dato tomado de la historia familiar: «Juan José Arreola, que fue buen amigo de mi familia, llegó a comentarnos muchas veces su afición por ella, lo que demostraba su amplio conocimiento sobre un escándalo entonces en boga: la infidelidad de alguna de las hermanas Koplowitz en Viena.»

15

Adiós a la tía ¡Hola!

Sofi fue la primera en llegar a la habitación número 907 del hospital López Mateos. «¿Qué pasó tía Hola? ¿Cómo amaneciste hoy?», le preguntó su sobrina-nieta con mucho afecto. Hacía varios años Sofi había bautizado a Guillermina con el nombre de la «tía Hola». Claro, el sobrenombre le quedaba como anillo al dedo a la lectora más voraz de la revista. Aunque a Mina no le gustaba mucho su apodo; para ella resultaba un poquito «igualado». «¡Ay, niña! Saliste igual de exagerada que tu mamá…», le decía cada vez que Sofi la llamaba de ese modo. «Es que es muy práctico porque en lugar de saludarte con el típico "Hola, tía", como diría cualquier sobrina boba, pues mejor mato dos pájaros de un tiro y en tu *nickname* ya va incluido el saludo. ¿No te parece genial?» No, a Mina no le parecía nada genial; le parecía incluso ridículo.

La habitación de la tía era pequeña pero como daba a la calle por las mañanas tenía mucha luz, lo cual la hacía parecer más agradable y menos inhóspita que las demás. Mina llevaba en el hospital más de una semana.

Padecía de un cáncer terminal en el hígado, la misma enfermedad de la que había muerto doña Celia, treinta años atrás. Su semblante era terrible, tenía los ojos amarillentos, estaba pálida y en los últimos días había adelgazado más de seis kilos. Sus canas estaban en desorden, sus ojos se veían más saltones que de costumbre sin sus lentes, la palidez de su rostro hacía resaltar aún más sus negras y tupidísimas cejas y su cuello se veía demasiado delgado. En otras palabras su aspecto no mostraba ninguna buena señal. «¿Todavía no te han quitado todos esos tubos? ¡Ay, pobre de ti, tía Holita! Mira, nada más cómo tienes los brazos todos moreteados por el pinche suero». Cada vez que Sofi emitía ese tipo de expresiones como «pinche», «ay, güey» «está cañón», «la neta del planeta»…, frente a su tía, Mina tenía ganas de propinarle un buen coscorrón, pero se abstenía de hacerlo. No valía la pena contrariar a su madre, además, sabía que así hablaban todos los jóvenes, corregirla constantemente hubiera resultado inútil. Finalmente, lo importante era que hubiera ido a visitarla su sobrina-nieta. «¿Qué crees que te traje? El primer ejemplar del ¡Hola!, México. ¿No te encanta? Mira, ¿ves esta mujer toda panzona? Pues se llama Aracely Arámbula y está esperando un bebé de Luismi. ¿No te parece horrible? En primer lugar no están casados y, en segundo, ella no le llega ni a los tobillos… Es una artistilla de telenovelas sin el menor chiste». Guillermina no tenía la menor idea de quién diablos estaba hablando Sofi. No sabía ni quién era ese «Luismi» y mucho menos esa joven que aparecía ante sus ojos con muy poca ropa y a punto de dar luz. No obstante miró de reojo la revista, para inmediatamente cerrar los ojos. Se sentía demasiado cansada. Le dolía el costado derecho y, por añadidura, no la dejaba esa terrible náusea que sentía las veinticuatro horas del día. «¡Ay, tía Holita! ¡Cuántos ¡Holas! tienes por todos lados! ¡Qué padre! Con razón tienes tantas visitas, claro, se instalan muy contentas en tu cuarto y se ponen a leer y a leer y a leer. Que no te las vayan a robar las enfermeras, ¿eh tía? ¿Te los trajo mi mamá, verdad? Por cierto, ahorita viene, es que está atorada en el peri. No debe tardar. ¿Sabías que la revista ¡Hola! es la que más se roban de todos los consultorios? Parece ser que no le duran a los doctores ni dos días. Por cierto, ¿quieres que te lea la entrevista que le hacen a la estúpida de Aracely? ¿No? Tienes razón. Te lo juro que no vale la pena». Mina decía que no con la cabeza. No tenía ganas de nada. Tampoco se quería dormir. Le daba pavor irse para siempre mientras dormía y no despedirse de Sofía. De pronto, volvió a abrir los ojos y muy despacito y haciendo muchos esfuerzos, le dijo a Sofi: «Mira… Hay cosas mucho más importantes en la vida que lo que dicen las revistas. Por ejemplo… Despertarse por las mañanas y escuchar el canto de los pájaros o ver que el sol brilla. Esas minucias son las que importan… Lo demás no tiene importancia. Lo demás, como dicen los franceses, *c'est du cinema*… ¿Por qué mejor no me platicas de tu universidad?»

Sofi no podía contestarle. Tenía un enorme nudo en la garganta. Se sentía triste. No quería que se muriera su tía abuela. Sabía cuán importante había sido siempre para su madre. De alguna manera, Mina representaba para Sofía a la madre buena y comprensiva. De faltar ella, Sofía se quedaría tan sola. ¿Con quién iba a comentar todo lo que salía en el ¡Hola!? ¿Con quién iba a ir al cine o a platicar de las películas viejas? ¿Con quién iba a conversar tanto y tanto tiempo por teléfono acerca de los orígenes de las buenas familias mexicanas? ¿A quién le iba a preguntar sobre su historia y sus desgracias? ¿Con quién iba a ir a comprar los dulces cubiertos en la dulcería Celaya? ¿Con quién iba a compartir la compra de un «entero» de la Lotería Nacional?¿Y con quién se iba ir a comer unos tacos deliciosos a la Casa del Pavo? No, la tía Mina no se podía morir. Con su desaparición, desaparecería toda una época de México y con ella, varias etapas de la vida de Sofía.

«Pues mira tía Holita, la neta, voy muy bien en la universidad —empezó a decirle Sofi con la voz medio temblorosa—. Ya nada más me faltan cuatro semestres para terminar. Estoy feliz con mi novio, aunque mi mamá no lo soporta porque usa un anillito en la nariz y porque no es niño-bien… *Thank God*. En estos momentos estoy furiosa porque Luismi va a tener un niño que se va a llamar como él. No sabes, tía, el éxito que ha tenido la revista en la versión mexicana. Me enteré de que en tres días se han vendido cuatrocientos setenta mil ejemplares. ¡Ha sido una bomba! ¿Te das cuenta de que vas a poder comprarla en la esquina de tu casa, el mismo día que sale en España? Es decir, ya no la van a importar. Parece ser que la máxima ilusión del ¡Hola! España siempre fue que se publicara la revista aquí, es decir, *Made in Mexico*. Claro, ellos saben que aquí tienen un público supercautivo y superleal. Así como mi mamá manda cartas a la dirección del ¡Hola! España, así hacen otras lectoras mexicanas sugiriéndoles que le hagan entrevistas a Viviana Corcuera o a Gaby Vargas o a otras señoras mexicanas de la *high*. Estoy segura de que a mi mamá le encantaría salir un día en sus páginas. Estaría feliz con que le hicieran, por ejemplo, un reportaje que se llamara, "¿Cómo recibe doña Sofía en su casa?"»

Con los ojos cerrados, Mina apenas escuchaba a su sobrina. De pronto recordó la primera revista del ¡Hola! que le había enviado su amiga Montse desde España y la ilusión que le había hecho la portada con aquella fotografía de la boda de la princesa Isabel y el príncipe Felipe. ¡Dios mío! Desde ese ejemplar memorable que guardaba con tanta ilusión habían pasado cincuenta y tres años. ¡Qué horror! ¡Cuánto tiempo! Aunque a la vez le parecía que había sido ayer cuando su madre y ella habían leído juntas todo el reportaje que hablaba de la boda real. «¡Ay, tía! ¡Estás llorando! ¿Qué te pasa, Holita, linda? ¿Quieres que le hable a la enfermera? ¿Te duele mucho el estómago? ¿Qué quieres que haga por ti? Te lo juro que mi mamá no debe tardar. ¡Pinche periférico! ¡Ay, no! Tía, no te pongas triste, por favor. ¿Quieres que te platique de la infanta Leonor? ¿Sabes que ya cumplió un año? ¿Te acuerdas que mi mamá fue a la boda de Letizia a España y que te trajo la taza y muchos recuerdos más de los príncipes de Asturias? ¿Sabías que ya está esperando su segundo bebé? Mira tía, en este ejemplar que es de los más recientes hablan de la fiesta del primer aniversario de la infanta Leonor. Déjame que te lo lea…»

Más que las molestias que sentía en el costado del lado derecho, lo que le dolía a Mina hasta el alma era la sensación de vacío, una extraña sensación de haber perdido tanto tiempo en muchas tonterías, como por ejemplo haberle dedicado tanta energía a la lectura de sus revistas de corazón, o haber soñado tan intensamente en la vida de los príncipes y princesas, o haber seguido tan de cerca las frivolidades de los representantes de la sociedad mexicana; una sociedad mezquina, hipócrita y sobre todo aldeana. Además, lo que también la entristecía profundamente era evocar la vida de su madre, ¿igualmente estéril que la suya? «Pero por lo menos ella se casó y tuvo hijos», pensó Mina, al mismo tiempo que sentía cómo le escurrían las lágrimas hasta el cuello de su camisón. «Holita, no te pongas triste, que me vas a hacer llorar. Deja y le hablo a mi mamá *right away* para saber dónde carajos está.»

Por más que quería evitarlo, Mina no podía espantar toda esa tristeza que se le había venido encima tan de repente. Le pesaba tanto esa tristeza. Le hacía tanto daño. «Yo también quisiera hablarle a mi mamá, para saber, como dice Sofi, ¿dónde carajos está? Claro, ha de estar en el cielo, pero seguro hasta allá no llega el celular de Sofi. Pero no importa, porque la voy a ver muy pronto… Mamita, en muy poco tiempo voy a estar contigo y juntas vamos a volver a leer el ¡Hola! Te prometo llevarme conmigo varios ejemplares. Mamita, te extraño mucho…», pensaba Mina mientras a lo lejos escuchaba los murmullos de Sofi:

«Mamá, híjole, ¿qué onda contigo? ¿Dónde estás? Mi tía necesita verte cuanto antes. Yo creo que está muy adolorida. Se ve que está sufriendo un buen. ¿Qué hago, mamá? Sí, ya llamé por el timbre a la enfermera pero no viene. Te lo juro que ya le toqué como diez veces, pero no aparece. ¿A qué altura del peri estás? *Whaaaaat?* ¿Apenas estás en San Antonio? ¡Híjole, mamá…! Pues acelérale, por favor. Yo mientras tanto le voy a leer uno de sus ¡Holas! ¿*Okey*? No te tardes, *pleeeease*…» Sofi colgó su celular. Se limpió las lágrimas y simulando una sonrisa de oreja a oreja se acercó a la cama de su tía. «Ahorita viene mi mamá, ya está bien cerquita. Es que dice que hay un pinche tráfico… Ya no debe tardar mucho. ¿Ya te sientes un poquito mejor? ¡Híjole! Qué onda con las enfermeras que no vienen. Bueno, pues ahora déjame leerte qué onda con la infanta Leonor. Mira dice aquí que la fiesta fue en el Palacio de la Zarzuela y que:

La pequeña Leonor vuelve a aparecer en palacio junto a don Felipe y doña Letizia, mostrándonos, por primera vez, cómo se sostiene en pie con la ayuda de sus padres.

Siguiendo la costumbre de la familia real española, la infanta Leonor ha «invitado» a su fiesta de cumpleaños a todos sus primos, a sus abuelos, a sus tíos, y nos ha «regalado» estas imágenes en las que, con su aspecto dulce, sano rollizo y hasta sonriente, aparece como una verdadera reina de las instantáneas.

Sofi leía con prisa. Estaba nerviosa. Cada vez que alzaba los ojos de la revista, se fijaba en que su tía-abuela, con los ojos cerrados, fruncía de más en más el ceño. Era evidente que estaba sufriendo. Le asustó su palidez, pero sobre todo su silencio. «¡Ay, Holita! ¿No te parece de lo más cursi lo que te acabo de leer? Pobre de la infanta Leonor. Te lo juro que la van a volver loca con tantas festividades. ¿Te das cuenta que apenas tiene un año y ya hablan de ella como si ya fuera la reina de España? ¿Qué crees que dice aquí? Que ya tiene tres dientes, que nunca ha dado mala noche a sus padres y que le chiflan los biberones. Ja, ja, ja… Pero déjame seguirte leyendo Holita: Dice el artículo que…

[…] tiene los ojos azules más claros que los de su padre, don Felipe, quien unos días antes de que su hija celebrara su primer año de vida contó que «Leonor ya camina cogida de la mano, con ayuda» y que ya ha aprendido a decir «agua» y «papá». La celebración del primer aniversario de doña Leonor es una fecha señalada para la familia real y para los españoles, pero también para la propia infanta que, además, de seguir cumpliendo con «su agenda oficial», pronto tendrá que enfrentarse a la experiencia de pasar por una guardería.

De pronto, Sofi se detuvo en su lectura porque finalmente apareció la enfermera. «¿Qué pasó, señorita Guillermina? ¿Le duele mucho? Bueno, pues le voy a poner una inyección de Temerol. Así lo ha indicado el doctor Robles. Señorita, ¿no le importa si se sale un momentito?», dijo dirigiéndose hacia Sofi. «Para nada. Al rato regreso, tía Hola. Espero que no te duela mucho la inyección». Antes de abandonar la habitación, Sofi tomó varios ejemplares de la revista y desapareció. La enfermera Margarita ejecutaba cada uno de los pasos para inyectar con absoluto profesionalismo. Primero destapó a la paciente para ponerla seguidamente y con mucho cuidado bocabajo. Después tomó la ampolleta, y quebró la parte superior, separó el protector de la aguja, la introdujo en la ampolleta, aspiró su contenido, limpió con una torunda de algodón impregnada de alcohol el cuadrante superior externo de la nalga e introdujo la aguja vaciando su contenido en el glúteo de la paciente. Una vez que extrajo la aguja, limpió el sitio inyectado con el algodón. Cubrió a la paciente y preguntó con una voz ejecutiva: «¿Le dolió, señorita?» Mina dijo que no con la cabeza. «Es su sobrina la señorita que salió de la habitación, ¿verdad? ¿Le puedo hacer una pregunta? ¿Por qué la llamó tía Hola?» Guillermina esbozó una ligerísima sonrisa y luego con su dedo medio tembloroso señaló hacia la mesita donde se encontraban más de treinta ejemplares de la revista. «Ah, ¿a usted también le gusta el ¡Hola!? A mí también. Es como una medicina, calma los nervios. No me lo va a creer pero hay pacientes que no la dejan, duermen abrazados a ella, incluso fíjese que más de uno muere con ella en sus brazos. Como que lo aleja a uno de sus problemas, ¿verdad? Bueno la dejo. Se le va a quitar el dolor de inmediato. Si necesita algo, nada más toque el timbre que está a su derecha y venimos rápidamente». Mina le dio las gracias con la mirada. La inyección comenzó a hacerle efecto. Relajada como empezó a sentirse, se fue durmiendo poco a poquito, hasta quedarse profundamente dormida.

No sabemos si la enfermera habla guiada por la intuición o porque había leído el artículo «El ¡Hola! como medicina», de Antonio Burgos, publicado en el ejemplar número 3,151 de la revista:

«[...] el ¡Hola! es el mejor tranquilizante o calmante que todos encontramos en un momento habitual de angustia y honda preocupación o nerviosismo. Como un Valium. Pero en vez de Valium 10, Valium 3,149 o Valium 3,150, el número de la revista que tengamos entre las manos [...] El ¡Hola! se dispensa como prodigioso tranquilizante y gratuitamente en el sitio donde más se necesita: en las salas de espera de las consultas de los médicos. Tomas [...] el ¡Hola! y ahí empiezas a sentir los poderes altamente terapéuticos de la revista como tranquilizante infalible. Pasas páginas y páginas que te transportan a casonones de ensueño donde viven señoras fantásticas; te entretienes viendo cómo van los invitados a esa boda; sacas quizá el bolígrafo para ponerte a hacer los pasatiempos; recortas la receta de cocina para hacerla en casa [...] o te detienes, quizá, en la lectura de este artículo de la sección «De rosa y oro». En ello estás, o viendo la publicidad fantástica de relojes, de moda, de cosmética, y tan sumergido en la lectura andas, con la revista entre las manos, que te olvidas de la muela, de la endodoncia [...] En un instante te has olvidado de dónde estás y a lo que vas, deslumbrándote por un relajante mundo de lujo y de elegancia. Hasta el punto de que es como si te despertaran de un sueño profundo, cuando llega a la sala de espera la auxiliar que te recibió en su mostrador y te dice: "Doña Cristina, ya puede pasar, que el doctor la está esperando..." La revista nos ha evitado media hora de angustia.»

Mientras tanto, fuera de la habitación, Sofi seguía leyendo, muerta de la risa, en la antesala del tercer piso del hospital el artículo de la infanta Leonor:

No se ha marcado, por el momento, un día concreto para que empiece a «estudiar», ni se ha comunicado oficialmente a qué escuela infantil irá pero, en el círculo del príncipe de Asturias, se dice que, desde hace tiempo, tanto don Felipe como doña Letizia han barajado la fecha de su primer cumpleaños como la más apropiada para plantearse sacar a su hija de la Zarzuela dos o tres horas al día.

Para los príncipes de Asturias es importante, al parecer, que la infanta comience cuanto antes a relacionarse con otros niños que no sean sus primos o los hijos de sus amigos; pero también, el hecho de que su primogénita empiece a descubrir lo que significa compartir y ser una más entre los otros niños alumnos de la escuela, unos compañeros de juegos a los que invitar de vez en cuando a su cuarto azul de enormes ventanales donde se han colocado todos sus juguetes. Durante estas citas infantiles en palacio, doña Leonor les enseñará cómo monta el caballito de madera que trajeron sus padres de un viaje oficial por Baleares y, también, por poner un ejemplo más, lo bien que conduce la réplica de un gran coche de chapa marrón que le regalaron a los príncipes de Asturias durante una de sus audiencias.

Sofi no daba crédito a todo lo que leía. Le parecía tan excesivo tratándose de un niña de un año. Claro, que se hablaba de la hija de los príncipes de Asturias, pero aún así le pareció *too much*. Curiosamente las tres señoras que se encontraban en la misma antesala estaban leyendo interesadísimas el flamante ejemplar del ¡Hola! México.

En esos momentos, en la habitación 907, a pesar de la inyección que le acababan de poner a Mina, inició el deterioro final que inevitablemente conduce a la muerte. No obstante, ya no sentía dolor en el costado derecho, la presencia de la nausea le resultaba intolerable. Se sentía flotar. Ninguna de sus extremidades le respondía. Tuvo miedo. Súbitamente abrió los ojos y se percató de que estaba completamente sola. *¿Dónde estoy? ¿Qué estoy haciendo aquí? Tengo que ir al mercado porque ya va a llegar mi papá y la comida no está hecha... Mamá, ¿estás despierta? Creo que está sonando el teléfono. Ha de ser Sofía... No puedo levantarme. Estoy muy cansada... Tengo que ir a confesarme con el padre Romero... Que alguien conteste el teléfono... Papá, no te enojes... Estoy tan sola. ¿Dónde están mis revistas? Sofía, no te lleves mis revistas... Mamá, ¿estás despiertas? Me muero... de sueño...* Murmuraba una y otra vez. *Me muero... de miedo... Me muero... de angustia... Mamá, están tocando la puerta... ha de ser el de la farmacia...*

no puedo ir a abrir... Se va a enojar mi papá.... Me mue-
ro... de sueño... Sofía, no te lleves mis revistas... Mis
hermanos no me quieren... Mamá, ¿estás despierta? Ya
me voy a la boda de la reina Isabel. Me invitó Piedita
Iturbe. Mamá... no tengo qué ponerme... ¿Me prestas
tu collar de perlas? Mamá, me muero... de miedo... Me
muero... de frío. Mamá, tengo sueño mucho sueño... Me
muero... de sueño...

Entre tanto Sofía seguía luchando por librar un tráfico
atroz, que no le permitía avanzar a más de diez kilómetros por hora. Desesperada como estaba cambiaba de un
carril al otro. Tocaba el claxon, cambiaba constantemente la frecuencia del radio. En una mano llevaba el celular.
Decidió marcarle a Sofi. Estaba ocupado: *¿Con quién*
estará hablando esa niña? A lo mejor le está hablando al
doctor porque mi tía está muy mal... Sofi cuelga el telé-
fono, por favor. Ay, ¿por qué no avanzan estos idiotas?
Odio la Ciudad de México. Ya no la soporto. ¡Pobre de
mi tía! Lo que ha de estar sufriendo en estos momentos
y yo sin poder llegar al hospital. Según el doctor Robles
ya le quedan muy poquitos días porque tiene metástasis
en todo el cuerpo. Además, dice que como es una persona
mayor los tratamientos ya no le están surtiendo efecto.
Nada más se está esperando el desenlace. ¡Qué horror!
Y yo aquí como estúpida, en medio del tráfico... Híjole,
cuando vi a mi tía esta mañana que fui a darle su desa-
yuno la vi fatal. Tenía los ojos y la piel amarillos... Ape-
nas me respondía. Además no desayunó nada. Ni sé para
qué le llevo este pan de muerto del Globo. Está total-
mente inapetente. Pobrecita, pero es que a ella le gusta
tanto. Bueno, ya ni sus revistas le interesan... Ayer me
pidió que la fuera a ver el padre Romero... Tengo que

llamarlo... No es posible, Sofi sigue en el teléfono. Ay,
¿cuál es el número del hospital? Ya no me acuerdo...

Sofía no llegó a tiempo al hospital para despedirse de su queridísima tía. Tampoco Sofi estuvo presente
durante el terrible desenlace. El reportaje de la infanta
Leonor de Borbón la había retenido demasiado tiempo
en la antesala. Cuando llegó a la habitación, su tía abuela
ya había muerto. Mina murió igual que doña Celia, durante el sueño que en realidad resultó como una verdadera pesadilla. Murió, muerta de miedo...

Unas horas después, cuando Sofía fue a buscar ropa
limpia a la casa de Mina para vestirla, una vez que Gayosso hubiera preparado el cuerpo, en el tocador de su
recámara encontró una carta que estaba dirigida a ella.
Con la escritura picudita, típica del Sagrado Corazón,
decía:

Mi querida Sofía:

Estás a punto de pasar a buscarme para ir al hospital.
Aprovecho estos momentos para escribirte una carta. Temo que esta vez sí nos tengamos que despedir
para siempre. Sé que estoy muy enferma y que me
quedan muy pocos días. No te preocupes, me voy en
paz. Hoy en la mañana comulgué y me siento muy
cerca de Dios. Quiero con estas líneas pedirte perdón por todos mis malos modos, los pellizcos que te
di durante tanto tiempo y por no haber sido contigo
mucho más tierna, como tú siempre lo fuiste conmigo. A lo largo de todos estos años me he sentido
muy privilegiada por tu cariño y por el interés que
me manifestabas constantemente. No sé qué hubiera
hecho sin ti, especialmente ahora que he estado tan

enferma. Nunca te dije que todos los días rezaba por ti, por tu familia y por su felicidad. Por eso me voy tranquila, porque los dejo con todas mis bendiciones. Procura conservar siempre tu sencillez, tu generosidad y tu sentido del humor. Nunca dejes de ser curiosa, ni de interesarte por los demás. Cuida mucho a Sofi. Últimamente la siento un poco desorientada. Sé que es una niña muy buena, pero a veces no me gusta su rebeldía.

Por último, Sofía, te quiero decir que con todo mi cariño te heredo mi colección de discos de Charles Trenet, mi colección completa de la revista *Social* y mi colección del ¡Hola! De todos mis sobrinos sé que tú eres la única que valora estas cosas que me acompañaron durante tanto tiempo. Cuídalas mucho, porque un día serán de Sofi y después, tal vez, las heredarán sus hijos. También te dejo las tres sillas miniatura de mimbre que compré en Querétaro (las otras son para las hijas de Daniel), donde siempre solías sentarte cuando eras una niña para leer mis revistas. También te dejo mi misal y la bendición del Papa Pío XII. Puedes estar tranquila que mi mamá y yo te cuidaremos desde el cielo. A Sofi le dejo mi collar de perlas que heredé de mi mamá. Por último, te pido que le pagues lo que le debo al plomero y al señor del gas. Ellos te van a llamar. Que mis hermanos se lleven todos los muebles que se quedaron en la casa, salvo la vajilla de porcelana que es para la hija mayor de Daniel, y que no se olviden de pagar lo que resta de las contribuciones.

Te quiere mucho,

Tu tía Guillermina